파도가 닿았던 모든 순간

海を抱く BAD KIDS

파도가 닿았던 모든 순간

海を抱く BAD KIDS

무라야마 유카 장편소설

양윤옥 옮김

1

❀

파도 위에서 일어서는 방법을 가르쳐준 것은 아버지였다.

정원에 꽃이 흐드러지게 피어 있었으니 아마 봄이었을 테고, 어머니와 누나가 주차장에서 개를 씻기고 있었으니 분명 따듯한 날이었을 것이다. 아버지는 그날 아무 말도 없이 내게 노란 서프보드를 건네주었다.

당시 일곱 살이던 내 눈에 그건 아버지의 롱보드만큼이나 거대하고 길게 보였다. 혼자 힘으로는 들고 일어설 수도 없었다.

검은 웨트슈트를 입고 백사장으로 내려가는 아버지를 노란 보드의 꼬리 부분을 질질 끌며 따라갈 때마다, 아버지도 부럽고 만나는 족족 아버지에게 인사하는 사람들까지도 진짜 부러웠다. 하루라도 빨리 그들처럼 늠름하고 널찍한 어깨를 만들어 보드를 옆구리에 가뿐하게 끼고 걷고 싶었다. 그렇게만 된다면 분명 아무리 힘든 파도라도 내 발로 스르륵 타 넘을 수 있을 거라고, 세상 모든 것을 내 마음대로 할 수 있을 거라고 믿어 의심치 않았다.

"이제 힘들어."

료코가 걸음을 멈추고 그렇게 말했을 때, 나는 뒤돌아보며 피식 웃었다.

"뭐야, 나이 든 사람처럼."

내 얼빠진 웃음이 료코의 눈에는 어떻게 비쳤을까.

"그런 뜻이 아니야." 쓴웃음과 함께 나를 바라보며 료코는 말했다. "너하고 같이 다니는 게 완전히 힘들단 얘기야."

"에이, 뭐야." 나는 바보처럼 중얼거렸다. "그런 뜻이었어?"

그것 말고는 달리 할 말이 떠오르지 않았다. 별일 아닐 때는 스스로도 제어할 수 없을 만큼 실없는 소리가 줄줄 나오는데 막상 필요할 때는 단 한 마디도 나오지 않는다.

하긴 어제오늘 일이 아니다. 고등학생이 되면서 몇몇 여학생과 사귀었지만 가장 오래간 경우가 기껏 석 달이다. 여자친구들이 자꾸 멀어져 가는 건 내가 서핑에 빠져 제대로 챙겨주지 못한 탓도 있겠지만 어쩌면 이렇게 중요한 순간에 센스 없이 구는 게 답답했기 때문인지도 모른다.

여자친구를 사귀는 동안에는 여자들이란 왜 저리도 제멋대로

인가 싶은 일들뿐이었다. 유난히 나를 제 친구들에게 소개하려고 드는 여자애가 있는가 하면, 사람들 앞에서 손잡고 다니는 건 좀 민망하다고 했더니만 장장 일주일 동안 단 한 마디도 안 하는 여자애도 있었다. 또 어떤 애는 무슨 말만 하면 훌쩍훌쩍 울곤 했다. 좋아한다고 분명하게 말로 하지 않으면 그걸 어떻게 아느냐는 케케묵은 이유로.

하지만 나는 내 나름대로 그 여자친구들을 좋아했다. 그러지 않았다면 단 사흘도 함께 어울리지 못했을 것이다. 이번에 헤어진 료코도 처음 내게 고백했을 때는 약간 백치 같은 면이 있다고 생각했다. 실제로 사귀어보니 역시나 백치 같은 면이 있었지만 얼굴과 몸매가 제법 근사하고 아무튼 명랑한 데다 겉과 속이 다르지 않은 단순한 성격이 좋았다.

료코는 곧잘 바닷가 모래사장에서 나를 기다렸다. 한 시간 반쯤 서핑 연습을 하고 모래사장으로 나오면 내게 마른 수건을 건네주었다. 그날그날 가정 실습시간에 만든 케이크며 음식을 챙겨 오기도 했다.

결국 이기적인 것은 항상 내 쪽이었다. 누구를 사귀든 혹은 누구와 헤어지든 나의 하루하루 스케줄에는 한 치의 변화도 없었다. 아침 일찍 이불 속을 빠져나와 학교 가기 전에 바다에 들어간다. 꾸벅꾸벅 졸면서 수업을 듣고, 쉬는 시간에는 껄렁한 친구들과 시답잖은 농담 따 먹기를 하고, 방과 후에는 질리는 줄도 모르고 다시 바다에 뛰어든다.

생각해 보면 나하고 사귄 여자친구들은 같이 어딘가에 놀러 가고 싶어도 꾹 참고 내 스케줄대로 따라준 것이다. 몇 달째 그런 나날이 계속되면 누구든 힘들어지기 마련이다. 그런데도 나는 미처 그런 점까지는 생각하지 못했다. 그렇다, 다카유키가 그 점을 정확히 지적해 주기 전까지는.

"미쓰히데, 그렇다고 딱히 네가 나쁘다는 말은 아니고."

사기사와 다카유키는 럭비부 풀백이다. 스탠드오프인 고사카 히로키와 함께 우리 학교 럭비부의 최대 전력이다. 성질 급한 대학에서 벌써 입학을 제의했다는 소문도 들려온다. 하지만 다카유키는 그런 부류의 스타 선수가 흔히 보이는 거만함을 겉으로 드러내는 녀석은 아니다. 과묵하다고 할 정도는 아니지만 자신이 말하기보다 상대방 말에 귀를 기울이는 일이 더 많다. 힘차고 탄탄한 근육을 가진 체격하며 그야말로 '성질 더러워 보이는 외모'와는 상당히 차이가 나는 성품이라서 나도 처음에는 꽤 당황했다. 3년씩이나 한 교실에서 계속 지내온 지금은 이미 익숙해졌지만.

"어쩔 수 없는 거지." 다카유키는 말했다. "너는 그 여자애들을 위해 애초부터 너의 시간을 쪼개줄 생각이 없었어. 그리고 여자애들도 마찬가지야. 너를 위해 계속 봉사할 마음은 없었던 거야. 그러니까 죄책감을 느낄 필요는 없어."

"그러게 말이다." 나는 대답했다. "그래, 그런 거네. 고맙다."

하지만 그렇게 대답하면서도 약간 양심에 찔리기는 했다. 사실대로 말하면 다카유키가 그렇게 위로해 주기 전에도 죄책감 따위는 거의 느껴본 적이 없었기 때문이다.

다만 이번 이별을 계기로 한 가지 결심한 것이 있다. 앞으로 또 누군가 내게 고백한다면 그때는 애초에 분명하게 다짐을 받을 것이다. 여자친구와 서핑 중에서 하나를 선택해야 한다면 나는 망설임 없이 서핑을 고를 텐데, 그래도 괜찮겠느냐고.

그래도 괜찮다고 대답할 여자애가 이 세상에 있을 리 없지만.

보드 위에 서는 것까지는 간단했다. 큼직한 보드에 자그마한 몸을 올리는 것이라서 그 정도 균형은 잡기 쉽다. 아버지의 훈련 방식은 우는 아이를 달래기는커녕 더더욱 울리는 스파르타식이었다. 누나보다 일곱 살이나 어리고 아들이라고는 나 하나뿐인데도 그렇다고 아버지가 특별 대우를 해주는 일은 없었다. 하지만 그때만 해도 순진하게 말 잘 듣던 나는 눈 깜짝할 사이에 서핑에 푹 빠져버렸다.

자나 깨나 파도가 머릿속에서 떠나지 않았다. 고민이라고는 기껏해야 어떻게 하면 좀 더 유연하게 컷백*을 마스터할까, 어

•　　파도가 부서지는 부분으로 되돌아가는 것.

떻게 하면 백사이드[*] 상태에서 업 앤드 다운[**]할 때 1초라도 오래 견딜가 하는 정도였고, 그 밖의 일은 어떻게 되건 전혀 상관없었다. 내가 열 살 때, 어머니가 딴 남자를 만나 집을 나가버렸을 때도 거의 충격을 받지 않았다. 내 모든 관심은 서핑으로 향하고 있었다. 인정하고 싶지는 않지만 아버지의 피를 물려받았기 때문인지도 모른다.

우리 집은 쇼난 해안이 내려다보이는 높은 지역이라 마당에 1년 내내 비릿한 바다 냄새가 떠돌았다. 밤에는 창문을 열면 파도 소리가 들렸다.

프리랜서 건축가라는 직업상 아버지는 비교적 시간이 자유로운 편이었고, 나는 원래부터 숙제니 시험이니 하는 것들은 안중에 없었던 터라 우리는 틈만 나면 집 앞 계단을 따라 백사장으로 내려가 바다에 풍덩 뛰어들었다. 한마디로 그즈음 나에게이 세상은 엄청 심플한 것이었다.

그런 생활이 중학교 2학년에 올라갈 때쯤까지 이어졌다. 즉 아버지의 폭군 같은 행동을 더 이상 견딜 수 없어 반란의 깃발을 내걸기까지 그런 생활이 이어졌다는 얘기다. 일단 한번 폭발하자 아버지의 모든 것을 용서할 수 없었다. 요즘에야 볼일

- [*] 파도를 등지고 활주하는 것.
- [**] 보드를 발로 밟으며 보드 앞쪽을 들썩거리게 해 속도를 유지하거나 가속도를 높여 파도 위로 올라가는 기술.

이 있으면 몇 마디쯤은 주고받는 사이가 되었지만 그 무렵에는
한 식탁에서 밥을 먹는 것도, 한 방의 공기를 들이쉬는 것도 싫
었다.

열다섯 살에 집을 떠나 지바현에 있는 고등학교에 입학해 혼
자 하숙 생활을 시작한 것도 실은 그런 속사정 때문이었다.

전국에서 유일하게 서핑부가 있는 것으로 유명한 이 고등학
교는 보소반도의 태평양 연안에 자리 잡고 있다. 학교는 바다
와 한없이 가까워서 대형 태풍이 상륙할 때는 그냥 비유가 아
니라 정말로 물거품이 교실 창문을 찰싹찰싹 때린다. 평소에도
서핑으로 유명한 이나무라가사키, 시치리가하마 같은 지역보다
훨씬 높은 파도를 상대로 아침저녁 마음껏 서핑을 즐길 수 있
다. 내게는 엄청나게 큰 매력이었다.

앞으로 어느 대학에 갈 것이냐는 고민 따위, 내 머릿속에는 없
다. 가능하면 서핑으로 먹고살 수 있기를 바랄 뿐이다. 물론 현
재 국내의 관련 업계를 살펴보면 서핑을 직업으로 삼은 사람은
톱에 오른 몇 명, 그야말로 손꼽을 정도뿐이다. 어중간한 실력으
로는 거기까지 올라가기 힘들다는 것도 잘 알고 있다. 그래도 서
핑이 아닌 다른 일로 살아가는 내 모습은 상상도 할 수 없다.

거대하게 출렁이며 솟구쳐 올랐다가 무너지고 밀려왔다가 다
시 밀려가는 파도의 리듬은 이미 내 심장박동과 완전히 일치한
다. 맨 처음 그 노란 서프보드를 손에 든 이후로 바다에 들어가

지 않은 날은 거의 없었다. 아무리 바다와 멀리 떨어진 곳에서 친구들과 웃고 떠들 때라도 잠깐 입을 다문 순간 바다 냄새가 코끝을 훅 스친다. 그리고 그 즉시 오늘은 파도가 어땠을까 하는, 생각해 봤자 별 볼 일도 없는 생각을 해버린다.

입 험한 친구 녀석들은 나를 두고 파도 중독자니 세상 즐기는 법을 모르는 가엾은 연습 벌레니 하며 놀리지만, 나는 서핑에 중독된 내 모습에 불만을 품은 적이 없다. 파도를 타는 것은 내게는 한없이 자연스러운 데다가 필수 불가결한 일이다.

사람들이 모두 밥을 먹고 숨을 쉬는 것과 마찬가지로.

혹은 어떤 부류의 인간들에게는 살기 위해 반드시 술이나 폭력, 마약이 필요한 것처럼.

★

교무실 앞을 지나가는데 큼직한 목소리가 나를 불러 세웠다.

"에리!"

두세 걸음 뒤로 돌아가 교무실을 들여다보자 담임 선생님이 손짓을 하고 있었다.

"미안한데 여기 문법 노트 반만 들고 가줄래? 애들한테 돌려 줄 거야."

"네."

실례합니다, 하고 교무실 안으로 들어갔다. 입구에서 마주친 수학 선생님에게 인사하자, 선생님이 뚱뚱한 몸을 틀어 돌아보았다.

"에리, 지난 시험 백 점이더라. 전교에서 딱 너 한 명이야."

"어, 정말요?" 나는 말했다. "말도 안 돼. 마지막 문제는 자신 없었는데."

"그 문제를 푼 사람도 너뿐이야. 아주 잘했어."

꾸벅 머리를 숙이고 담임 선생님에게 갔다. 문법 노트는 모두 합해도 서른 권쯤밖에 안 되었다.

"선생님, 이 정도는 제가 다 들고 가도 돼요."

"그러니? 무겁지 않겠어?"

"괜찮아요. 저 그렇게 안 연약하거든요."

"음, 그건 그렇지."

"아, 뭐예요. 너무하시는 거 아니에요?"

눈을 흘기는 척하며 웃음을 터뜨린 뒤 노트 더미를 안았다.

복도로 나올 때쯤에야 문득 깨달았다. 동시에 마음속이 써늘해져서 얼굴에 남아 있던 미소가 스르륵 사라지는 것을 느꼈다.

나 또 이러고 있구나. 또 '착한 아이'를 연출해 버렸다⋯⋯.

거울 보기가 싫다.

거울 저편에서 눈에 익숙한, 하지만 아무리 세월이 지나도 눈에 익숙해지지 않는 여자가 무례하게 이쪽을 흘끗 마주 본다. 그 여자의 얼굴을 보면 나는 마치 어금니로 은박지를 꽉 깨문 듯한 기분이 든다.

성별이 바뀐 채로 태어나 버렸다……. 그렇게 느끼기 시작한 게 언제쯤부터일까.

3학년 여학생 중에서 키가 가장 크고 머리는 짧게 깎은 데다 얼굴이 남자 같아서 후배 여학생들에게서 편지를 받는 일은 이따금 있었다. 하지만 역시 나이가 나이인지라 예전처럼 남학생으로 착각하는 일은 이제 없다. 누구든 내가 여자인 것은 한눈에 알아본다. 하지만 막상 장본인인 나는 도무지 모르겠다. 내가 왜 하필 여자로 태어났는지. 이 세상에 나온 지 17년이 지난 지금까지도 아직 이해할 수가 없다. 그런 내 기분은 덜렁 남겨둔 채 몸은 자꾸자꾸 둥글둥글 여성스러워진다. 나는 그게 화가 나서 견딜 수가 없다.

집안이나 학교에서 '후지사와 에리'는 이른바 모범생으로 통한다. 공부든 운동이든 모든 면에서 주변 사람들의 기대에 어긋난 적이 없다. 초등학교 때부터 해마다 학급 임원을 맡았기 때문에 고3인 지금 학생회 부회장이 된 것은 딱히 이상할 것도 없는 일이다. 다들 나를 천성적으로 '착한 아이'라고 생각한다. 가끔은 나조차도 그렇게 착각할 정도다. 실제로는 이딴 거, 그냥 강박관념일 뿐인데.

14

우리 집은 꽃을 재배하는 농가다. 할아버지, 할머니, 아버지, 엄마, 작은오빠 부부와 조카들, 그리고 나까지 모두 아홉 식구가 한 지붕 아래 살고 있다. 큰오빠가 아니라 작은오빠가 가업을 물려받게 된 데는 이래저래 사연이 많았다. 그래서 우리 식구들 사이에는 아직도 그 응어리가 깊게 남아 있다. 하지만 지금 그런 얘기는 하고 싶지 않다. 아무튼 나는 집에서 '착한 아이'가 되는 수밖에 없었다. 내 자리를 지키기 위해서 그것밖에 생각나지 않았던 것이다.

하지만 요즘, 얼핏 보기에도 바른 생활 가족 같은 우리 식구들을 마주하면 나는 몹시 답답해진다. 그래서 날마다 하나마나한 시시한 말만 주절거릴 뿐, 한 번도 가족에게 내 진짜 고민을 상의해 본 적이 없다. 애초에 건전한 사람들에게 상담할 수 있는 것은 건전한 고민, 이를테면 친구와 싸웠다든가, 좋아하는 남자가 생겼다든가, 그런 것들뿐이다. 지금 내가 마음속에 떠안고 있는 고민 덩어리는 그런 건전함과는 근본적으로 질이 다르다.

이를테면 내가 느닷없이 이런 말을 하면 어떻게 될까.

"엄마, 오늘 학교 가는 길에 도로 공사 일을 하는 젊은 남자를 봤거든. 턱에서 땀이 뚝뚝 떨어지는 것을 보자마자 그 남자에게 엉망진창으로 당하는 나를 상상하고 무릎에서 힘이 빠질 만큼 흥분했어. 어떻게 생각해?"

그러면 엄마는 과연 어떤 반응을 보일까.

혹은 이렇게 말한다면 어떻게 될까.

"농구부의 예쁜 후배 여학생을 보면 '쟤하고 벌거벗고 뒤엉켜 키스하면 어떤 느낌일까' 하는 생각이 들면서 바로 몸이 막 달아올라. 엄마, 나 이상해?"

아마 믿지도 않을 것이다. '착한 아이'인 나와는 너무도 어울리지 않는 얘기라서.

하지만 그 두 가지 모두 사실이다.

나 스스로도 이건 뭔가 잘못돼도 단단히 잘못됐다고 생각한다. 분명 몸의 어딘가 고장 난 것이다. 그게 아니면 머리가 돌아버린 것이다. 우선 나부터 그렇게 생각하는데 아버지나 엄마에게 그런 말을 할 수 있을 리 없다. 애써 이만큼 키워낸 자랑스러운 딸의 입에서 포르노에 나오는 욕구불만의 유부녀가 할 법한 고민을 듣고 황당해하지 않을 부모가 어디 있을까.

어느 누구에게도 말할 수 없었다. 그 도로 공사 남자를 봤던 날 밤, 나는 내 욕구를 어떻게도 할 수 없어 결국 스스로 나를 위로했다.

혼자서 기분이 좋아지는 방법은 아주 어렸을 때부터 이미 잘 알고 있었다.

퍽 조숙했던 모양이다. 원래부터 체격이 좋은 탓인지 브래지어도 생리도 또래 중에서 가장 빨랐다. 꼭 그것 때문만은 아니겠지만 내 안에는 어려서부터 성적인 욕구의 싹 같은 게 숨겨져 있었던 것 같다.

가장 오래된 기억은 유치원에 다니던 때의 일이다.

분명 비 오는 날이었다. 엄마는 마루 끝에 앉아 키가 모자라 출하하지 못한 꽃을 이웃에게 나눠주려고 신문지로 돌돌 말고 있었다. 나는 엄마 등 뒤에서 말을 걸었다.

"엄마, 이거 봐. 이렇게 하면 진짜 기분 좋아."

고개를 돌린 엄마는 반으로 접은 방석을 허벅지 사이 깊숙이 끼워 넣은 다섯 살짜리 딸을 보고 얼굴빛이 휙 변해버렸다.

"무슨 짓이야! 당장 빼!"

심상치 않은 그 목소리에 깜짝 놀라 나는 와앙 울어버렸다. 물론 지금은 그때 엄마가 왜 그렇게 허둥댔는지 잘 안다.

남자의 유혹도 있었다. 4학년 여름방학 때, 근처 논의 용수로에서 혼자 물고기를 잡으며 놀고 있는데 웬 남자가 내게 말을 걸어왔다. 상냥해 보이는 사람이었다. 남자는 무슨 물고기가 잡히느냐면서 양동이 안을 들여다보더니, 뜰채를 좀 더 멀리까지 내밀어도 용수로에 빠지지 않도록 뒤에서 나를 잡아주겠다고 말했다.

남자가 뒤에서 내 배를 잡아줘서 나는 몸을 앞으로 한껏 내밀었다. 그런데 남자의 손이 내 배에서 슬금슬금 위로 올라가더니 이윽고 내 양쪽 가슴에 찰싹 붙었다. 티셔츠 위로 내 가슴을 더듬고 있다는 것을 깨닫고 나는 어린 마음에도 뭔가 수상하다는 생각이 들었다. 그래서 남자가 자기 집에 가자고 말했을 때는 '역시나' 하고 생각했다.

물론 거절했다. 따라갈 만큼 바보는 아니었다. 하지만 그때 그 유혹에 응하고 싶은 마음이 털끝만큼도 없었다고 한다면 그건 거짓말일 것이다. 남자의 알랑거리는 말소리며 딱풀로 붙인 것 같은 가식적인 미소가 너무 무섭다고 생각하면서도 동시에 나는 흥분하고 있었다. 내 몸이 '여자'임을 의식한 건 그때가 처음이었는지도 모른다.

내 안의 결함이랄까, '굶주림'을 더 분명하게 깨달은 것은 그로부터 한참 뒤, 아마 5학년 때였을 것이다. 그 무렵 학교 가는 길목에는 더 이상 쓰지 않는 큰 창고 건물이 있었다. 어느 날 우연히 그 창고에 들어갔다가 여기저기 어질러진 자재 더미 뒤편에 산더미처럼 쌓여 있는 낡은 주간지를 발견했다. 처음에는 오빠들이 항상 읽는 만화 잡지 같은 거라고 생각했다. 하지만 주간지를 펼쳐본 나는 허리 힘이 빠져나간 것처럼 그 자리에 주저앉고 말았다. 벌거벗은 여자들이 실린 화보와 정사 장면이 담긴 만화들은 그때까지 전혀 맛본 적이 없는, 견딜 수 없는 기분으로 나를 몰아넣었다. 봐서는 안 될 것을 봤다는 자각이 있었지만, 아니, 그런 자각이 있었기 때문에 더더욱 나는 그 뒤로 이따금 학교에서 돌아오는 길에 아무도 몰래 창고에 들러서 그중에서도 특히 야한 주간지를 골라 정신없이 들여다봤다.

사진이든 그림이든 벌거벗은 남녀가 뒤엉킨 장면을 보면 가슴이 두근거리고 머리가 멍해지고 몸은 근질근질 달아올랐다. 물론 당시에는 그것이 성적 충동이라는 것은 알지 못했다. 하지만 그 굶주림을 채워주는 것이 무엇인지는 본능적으로 눈치채고 있었다.

남자.

남자가 이런 것을 해주면 여자는 기분이 좋아진다. 죽겠어, 하면서 고통스러운 듯 부르짖지만 그러면서도 완전히 싫어하는 것 같지는 않다. 좋아, 라니 뭐가 그렇게 좋은 걸까. 갈 것 같아, 라는 건 대체 어디에 간다는 걸까.

어디에……?

나는 용수로에서 봤던 그 남자를 떠올리고 그의 집에 따라가는 나를 상상했다. 만일 그때 그 말에 홀려 따라갔다면 남자는 나를 어떻게 했을까. 기분이 좋아지게 해주었을까. 아니면 할머니가 전에 말했던 대로 여자애의 목을 졸라 죽이는 나쁜 사람이었을까. 혹시 '죽을 만큼' 기분이 좋아지는 것과 정말로 '죽는다'는 건 아주 비슷한 것이 아닐까…….

중학생이 된 나는 거의 매일 밤 잠들기 전에 습관처럼 침대에서 책을 읽었다. 청소년 소설이든 성인 책이든 약간 진한 러브신이 나오면 그 부분만 몇 번이고 반복해서 읽었다.

그날 밤에는 어떤 책을 읽고 있었는지 기억도 나지 않는다. 어쩌다가 그곳에 손을 댈 생각을 했는지도 생각나지 않는다. 아무튼 그때 나는 예정에도 없는 생리가 온 줄 알고 화들짝 놀라 자리에서 일어나 내 손끝을 바라보았다. 하지만 그게 아니었다. 나는 처음으로 내 몸이 촉촉하게 적셔지는 현상을 알았다.

혼자 하는 방법을 배운 것은 그 바로 뒤였다. 내 몸을 탐색하는 사이에 유치원 때보다 훨씬 능숙하고도 확실하게 쾌감을 이끌어내게 되었다. 이런저런 책에서 관능적인 장면을 찾아본 뒤 침대에서 그것을 했다. 평범한 소설의 베드신에 싫증이 나자 우리 동네를 벗어나 일부러 이웃 동네의 큰 서점까지 나가서 다른 책이나 참고서 틈에 끼워 『패니 힐』*이라든가 『소돔의 120일』** 같은 책을 샀다. 두근두근 떨리는 마음으로 고개를 푹 숙인 채 책값을 계산했다.

그중에서도 가장 흥분했던 책은 헨리 밀러가 연인들에 대해서 쓴 이야기였다. 여자들끼리 뒤엉켜 키스하는 장면을 잠이 들고서는 꿈까지 꾸었다.

그즈음부터 나는 내심 짐작하고 있었다. 내 성욕이 아무래도

- 영국 작가 존 클리런드의 작품으로, 시골 처녀 패니가 창녀가 되어 성의 쾌락을 느끼게 된 경위를 들려주는 18세기의 에로티시즘 소설이다.
- 사디즘으로 유명한 사드 후작의 소설로, 네 명의 권력자가 젊은 남녀 수십 명을 이끌고 120일 동안 벌이는 온갖 변태적 향락의 기록을 담고 있다.

남들보다 훨씬 강하다는 것, 그리고 남들과 뭔가 다르다는 것.

괜한 선입견 같은 건 아니었다고 생각한다. 반 친구들도 성적인 것에 호기심을 보였지만 나처럼 강하게 빠져드는 친구는 없는 것 같았고, 모두가 밤마다 침대에서 그런 짓을 하는 것 같지도 않았다. 게다가 이성뿐만 아니라 동성에게도 이런 마음을 갖다니, 이건 아무리 생각해도 일반적이라고는 할 수 없었다.

나는 심한 자기혐오에 빠졌다. 그래도 밤마다 침대에서의 일을 그만둘 수는 없었다. 그 짓을 그만두지 못하는 내 몸뚱이와 내 부정함이 너무도 지겨워서 날이 갈수록 나 자신이 싫어졌다.

누구나 그런 시기가 있다는 둥의 말은 듣고 싶지 않다. 그런 건 나도 잘 안다. 나 자신이 싫다는 말을 일부러 내뱉는 건 자의식 과잉의 바보뿐이다. 모두 많든 적든 자신의 어떤 점인가를 싫어하게 마련이다.

하지만 연예인 사진을 책받침에 붙이고 다니고, '사랑하는 것' 자체를 사랑하는 주위의 순진한 여자애들 속에서 나 자신이 더러운 짐승처럼 느껴지는 건 어쩔 수 없었다. 무엇보다 지겨운 것은 나 자신이 그 모든 것을 모범생이라는 가면 밑에 숨겨놓은 채 태연히 웃고 떠들며 살아가는 인간이라는 사실이다.

주변에서는 모두 나를 착한 딸이라고 한다. 선생님들은 에리 같은 학생만 있다면 정말 편할 것이라고 한다. 그런 믿음은 모두 나 자신이 지금까지 쌓아온 것이지만, 나는 그것조차 화가 났다.

아무도 진짜 나를 알지 못한다. 그렇다고 이제 새삼 내 입으로 모든 것을 고백할 수도 없다. 인간에게는 저마다 기대되는 역할이라는 게 있고, 나는 지금까지 너무도 능숙하게 그 역할을 해내버렸다. 이제 와서 그걸 내던진다면 나뿐 아니라 주변 사람들까지 상처를 입을 것이다. 그걸 피하려면 나는 이대로 계속 사람들을 속이며 살아가야 한다.

그렇게 생각하면 진짜로 모든 게 지겨워진다. 이따금 내 손으로 모든 걸 끝내버리고 싶을 만큼.

🐚

바다에 뛰어들기 전에 일단 모래사장에 서서 그날의 파도를 자세히 관찰한다.

먼바다에서 태어난, 크기도 방향도 제각각인 파도는 수없이 합쳐지고 정리되면서 이윽고 일정한 리듬으로 모래사장에 밀려든다. 큰 파도 서너 개가 연달아 밀려온 뒤 잠깐의 간격을 두고 다시 크게 뭉쳐서 밀려온다. 우리 서퍼들은 그 몇 단계의 파도를 '세트'라고 부른다.

세트를 이룬 파도는 얕은 곳에서 우르르 일어섰다가 무너지고, 그다음에는 깊은 곳을 향해 흐름을 형성한다. 패들링*으로 먼바다까지 나가기 위해서는 그 흐름을 정확히 읽어야 한다. 특히 바람이 온쇼어**인 날에 너울까지 더해지면 패들링은 더더욱 힘들어진다. 자칫하면 파도에 떠밀려 바닷가로 다시 팽개쳐지기 때문이다. 가장 효과적인 타이밍과 루트를 파악해 밀려오는 파도를 가볍게 받아넘기며 힘을 허비하는 일 없이 멀리까지 나가려면 물론 기술이나 근력도 필요하지만 결국은 평소에 파도를 잘 읽고 몸으로 감각을 익히는 수밖에 없다.

어려서부터 그런 시선으로 바다만 바라본 탓일까.

어느새 나는 사람을 사귈 때조차 일정한 거리를 유지하며 관찰하는 버릇이 생겼다. 게다가 그렇게 거리를 둔다는 것을 상대방에게 들키기는 싫어서 그걸 감추려고 자꾸 시답잖은 개그를 날린다. 말하자면 개그로 중무장한 셈이다. 어린애의 낯가림과 별반 다를 게 없는 짓이라고 나 스스로도 생각하지만 다행히 남들 눈에는 그렇게 비치지 않는 모양이다. 나와 사귀던 여자애들은 대부분 처음에 미쓰히데는 정말 재미있어서 좋아, 하고 까르르 웃어주지만 헤어질 때쯤에는 그런 찬사도 정반대로 바뀌곤 한다.

•   서프보드에 배를 깔고 누워 양손으로 물을 저어 바다로 나아가는 동작.

••   육지 쪽으로 불어오는 바닷바람.

"왜 항상 농담만 해?"

"나하고는 진지하게 대화하기 싫어?"

"둘이 함께 있는데도 왠지 혼자 있는 것 같았어."

뭐, 그런 식이다.

수평선 끝에 엄청 큰 구름이 떠 있다. 조금 뜯어다 와그작와그작 깨물면 이가 시릴 것 같다. 오늘은 하숙집에 돌아가는 대로 긴소매 웨트슈트를 정리해서 창고에 넣어버릴까. 요즘 햇살이 하루하루 눈에 띄게 강해지고 있다. 앞으로 한참 동안은 이 반소매 슈트만으로도 충분하다.

이맘때쯤이면 파도는 가을이나 겨울의 파도와는 다르게 가장자리부터 깨끗이 무너지지 않는다. 그런 만큼 타면 탈수록 불만이 쌓이지만 어떤 의미에서는 좋은 연습이 되기도 한다.

"평소에 나쁜 파도로 열심히 연습하면 좋은 파도일 때 훨씬 더 여유롭게 탈 수 있어. 반대로 좋은 파도에만 익숙해지면 막상 시합에서 나쁜 파도를 만났을 때 마음만 급하고 괜찮은 결과가 나오지 않아."

초등학교 5, 6학년 때쯤인가. 파도가 근사한 곳에 가보고 싶다고 내가 슬쩍 한마디 했을 때 아버지는 그렇게 대꾸했다. 애초에 너는 악착같이 붙어보려는 의지가 부족하고 물러터졌어, 라는 구질구질한 잔소리까지 덧붙여서. 그즈음 내 목표는 주니어 대회에서 우승하는 것이었기 때문에 아버지가 그렇게 몰아치면 대꾸도 못 한 채 혼자 분해서 어쩔 줄 모르곤 했다. 하지만 얼마 전 후배들을 향해 똑같은 잔소리를 날리는 나를 발견했을 때, 내심 어이가 없었다.

내가 혹시 아버지를 닮아가는 건가.

아니, 말도 안 돼, 라는 생각과 함께 날카로운 반발심이 치밀었다. 제기랄, 진짜 말도 안 된다.

물거품을 발로 걷어차며 보드를 이용해 방향을 바꾸려다가 깜빡 놓쳐버렸다. 꼴사납게 넘어진 채 다음에 몰려온 파도를 맞았다. 미처 자세를 정비하기도 전에 다시 다음 것을 맞고는 물속으로 빨려 들어가 엄청난 힘으로 내동댕이쳐졌다.

아, 완전히 세탁기 속에 빠진 꼴이잖아. 힘들어 죽겠다. 제기랄, 어디가 위야?

발목에 묶인 코드*를 잡아당겨 겨우 물 위에 얼굴을 내밀었을 즈음에는 폐에 산소가 거의 고갈된 상태였다.

보드를 잡고 호흡을 가다듬었다. 한 세트가 지나간 뒤의 완만한 파도가 나를 들어 올렸다. 약간 기울어진 수평선 위로 하늘과 구름이 출렁거렸다. 서글퍼질 만큼 눈부신 햇살이 쏟아졌다. 나는 파도를 따라 오르락내리락하며 지금쯤 병원 침대에 누워

---

* 보드를 잃어버리지 않기 위해 발목과 연결해 두는 끈.

있을 아버지를 생각했다.

지난 2년 동안 쇼난 집에는 어쩌다 한 번씩 다녀왔을 뿐이다. 볼일이 있을 때나 어머니를 만날 때 정도다. 누나는 우리를 버린 어머니를 아직도 용서하지 못하는 모양이지만, 나는 왜 그런지 그런 느낌이 전혀 없었다. 어쨌거나 아버지 같은 사람하고 함께 살아준 것만으로도 대단한 일이다, 어머니가 집을 벗어나고 싶어 한 것도 충분히 이해할 수 있다 싶다. 때로는 어머니만 만나고 쇼난 집에는 들르지 않고 그대로 돌아오는 일도 있었다.

집에 돌아갈 때 나는 항상 접이식 자전거를 들쳐 메고 우치보선 전철로 가나야까지 간 다음, 맞은편의 구리하마 항구까지 가는 페리를 이용한다. 5월의 황금연휴나 여름방학 때면 돌아오는 배는 꽃구경이며 해수욕을 즐기러 보소반도로 건너가는 가족 관광객으로 초만원이 되곤 한다.

우라가스이도浦賀水道 뱃길을 가로지르는 데 걸리는 시간은 40분이 채 안 된다. 거리상으로 그리 멀지는 않지만 역시 바다 위를 달리기 때문인지 그때마다 제법 여행하는 기분을 맛볼 수 있다. 그렇게 구리하마 항구에서 내리면 쇼난 집까지는 운동도 할 겸 매번 기를 쓰고 자전거로 달려갔다.

이번 주말에도 집에 가야 한다. 상황이 이렇게 되었어도 여전히 아버지와는 얼굴을 마주하고 싶지 않지만 모든 걸 누나에게만 맡겨둘 수는 없다. 누나도 이제 슬슬 한계일 터였다. 최소한 주말만이라도 내가 교대해서 병실을 지키고 그 참에 이런저런 하소연도 들어줘야지, 안 그러면 누나가 아버지보다 먼저 쓰러질지도 모른다.

뽀그르르 거품이 나는 파도를 살살 달래는 것을 끝으로 이제 그만 물 밖으로 나가기로 했다. 보드에 선 채 파도가 실어 가는 대로 모래사장까지 타고 들어가 바닥이 모래밭에 닿는 참에 훌쩍 뛰어내려 보드를 들어 올렸다. 발바닥 밑으로 보슬보슬 무너지는 모래를 밟고 걸으며 손을 뒤로 돌려 지퍼를 내리자 드러난 등허리 맨살에 바람이 써늘했다. 겨울이든 여름이든 이 써늘함은 마찬가지다.

머리를 흔들어 귓속에 들어간 물을 털어내려던 참이었다. 바람을 타고 파도 소리가 아닌 웅성거림이 들리는 것 같았다.

고개를 들었다. 소리가 계속 들린다.

귀에 손가락을 넣어 물을 닦았다. 본관 건너편 쪽에서 들려오는 소리였다.

함성……?

그러고 보니 학교에서 점심시간에 했던 방송이 기억났다. 방과 후에 럭비부가 연습 시합을 한다고 했다. 함성을 들어보니 이번에도 이긴 모양이다.

다카유키와 히로키의 얼굴이 떠올랐다. 둘 다 지금쯤 엄청 신났을 것이다.

요즘 녀석들은 평소보다 더 강도 높은 연습에 여념이 없었다. 앞으로 한동안 연달아 시합을 할 모양이다. 여름 대회가 끝나면 가을에 하는 학교 축제에서 열릴 친선전이 기다리고 있다. 작년과 재작년에 연승을 거뒀던 만큼 이제 와서 패했다가는 체면이 말이 아닐 것이다.

모래투성이의 보드를 안고 맨발 그대로 길을 건넜다. 체육관 뒷문 옆 소나무 숲속에 수도 시설과 함께 한 칸뿐인 간이 샤워실이 있다.

체육관에서 왕왕 울리는 응원 소리며 공이 튀는 소리를 뒤로 하고 물줄기가 시원찮은 샤워기로 보드부터 씻었다. 샤워기 물을 틀어놓은 채 일단 뒷문 옆에 보드를 세워두려고 나가는데 그 옆으로 농구공이 통통 튀며 굴러갔다. 여학생 하나가 그 공을 쫓아 달려오다가 내 가슴팍에 턱 부딪혔다.

"아, 미안!"

체육복 차림의 여학생이 코를 감싸 쥐며 사과했다. 큰 키에 짧은 머리, 짙은 눈썹에 야무진 얼굴. 학생회 부회장 후지사와 에리였다.

"아니, 난 괜찮은데 너, 물 묻었네."

"응, 괜찮아."

소나무 뿌리 쪽으로 굴러간 공을 집어 들고 가는 에리의 쭉 뻗은 다리를 지켜보다 이번에는 머리 위에 샤워기를 쏴아 틀었다. 심장이 움츠러들었다. 웨트슈트와 살갗 사이로 체온에 익숙해진 바닷물 대신 차가운 수돗물이 목에서 배를 타고 흘러내렸다. 소나무 가지 사이로 비쳐 드는 햇살에 물방울 하나하나가 반짝였다.

몸에 달라붙는 웨트슈트 소매에서 팔을 빼내 웃통을 벗고는 속이 후련할 때까지 샤워를 하고 수도꼭지를 잠갔다. 머리를 마구 내저어 사방으로 물을 흩뿌리고 있는데 찰칵, 하는 소리가 들렸다.

소리 나는 쪽을 돌아본 순간, 눈이 부셔서 저절로 얼굴이 찌푸려졌다. 손으로 차양을 만들고 눈을 가늘게 뜨고 바라보니 저만치에 서 있는 건 3학년 4반의 구도 미야코였다.

허리까지 닿는 긴 머리는 하나로 높이 올려 묶었고 손에는 카메라를 들었다. 역시 사진부 부장답게 카메라를 드는 자세가 딱 잡혀 있다.

미야코 뒤편에는 체육관과 본관을 잇는 실외 복도가 있고 그 너머로 먼지가 폴폴 나는 작은 운동장에 햇볕이 사정없이 쨍쨍 내리쬐고 있었다.

"하이."

미야코는 외국인처럼 새침한 어조로 말했다. 솔잎을 밟으며 다가와서는 내가 만든 물웅덩이 바로 앞에 조심스럽게 멈춰 서더니, 끝이 올라간 커다란 눈으로 내 벗은 몸을 훑어봤다. 오히려 내가 얼굴이 붉어질 만큼 거리낌 없는 시선이었다.

겸연쩍은 기분을 감추려고 부루퉁한 얼굴로 한마디 던졌다.

"사진 찍을 거면 모델료 내."

미야코는 웃음을 터뜨렸다.

"미안하지만 너 찍은 거 아냐. 필름 바꿔 넣은 거야."

미야코와 마주 보고 이야기한 건 처음이다. 미야코에 대해서는 번번이 좋지 않은 소문이 돌았다. 작년에 교감의 불륜 현장이 담긴 사진을 공개했다가 정학을 당한 건 분명한 사실이지만, 다른 고등학교의 누구누구를 너무 심하게 차버렸다느니, 양다리를 걸쳤다느니, 한밤중에 엄청 나이 많은 남자의 볼보 차에서 내리는 걸 봤다느니 하는 소문은 어디까지가 사실인지 알 수 없었다.

하지만 지금 보니 미야코는 다양한 소문의 주인공치고는 제법 착실해 보였다. 교복 치마는 짧지도 길지도 않아서 마치 학생복 전문점의 마네킹 같다. 그런 묘한 부분에서 나는 감탄했다. 교복이란 예쁜 아이가 입으면 규정대로 입는 게 가장 세련되어 보이는 모양이다.

눈으로 흘러드는 물기를 닦고 그 손으로 나는 카메라를 가리켰다.

"이런 데서 뭘 찍으려고?"

미야코는 운동장 쪽을 돌아보며 눈을 가느스름하게 떴다.

"응, 잠깐 기다리는 중이야."

전혀 대답이 되지 않는 대답이었다.

조금 전 벽에 세워둔 보드를 소프트 케이스에 넣으며 내가 다시 뭔가 말하려고 했을 때였다.

여러 목소리가 뒤섞이며 점점 소란스러워지더니 실외 복도 모퉁이를 돌아 럭비부 애들이 뛰쳐나왔다. 그러잖아도 더운 날씨에 야수들의 땀 냄새와 숨이 턱 막히는 열기가 우르르 덮쳐들었다. 아직 시합의 흥분이 가라앉지 않았는지 저마다 흙투성이로 웃고 떠들며 별 이유도 없이 옆 친구의 등짝을 후려쳤다. 다카유키와 히로키의 얼굴도 보였다. 줄무늬 셔츠가 몸에 찰싹 달라붙은 채로 녀석들은 후배들과 어울려 수도꼭지를 먼저 차지하려고 다투며 허겁지겁 물을 마셨다. 그러더니 이번에는 샤워실을 먼저 차지하겠다고 티격태격하다가 옆에 있던 알루미늄 주전자에 물을 받아 아무에게나 뒤집어씌우기 시작했다.

옆에서는 미야코가 정신없이 셔터를 누르고 있었다. 그러고 보니 그녀에 관한 소문 중에는 '구도 미야코가 다음에 노리는 건 사기사와 다카유키'라는 말도 있었다. 아무튼 무작정 따라다니는 게 아니라 미리 잠복하고 있는 점이 미야코다웠다.

나는 보드 케이스를 어깨에 메고 옷 갈아입기도 귀찮아 그대로 하숙집에 가기로 했다. 교과서는 아직 교실에 있지만 가져가 봤자 어차피 펼치지도 않는다. 지금까지 한 번도 펼쳐본 적이 없다.

걸음을 옮기려는데 눈앞으로 히로키가 툭 튀어나왔다.

"야, 간신히 이겼나 보네?"

"간신히는 무슨. 완전 납작하게 눌러줬거든." 히로키는 부르 짖듯 웃어젖히더니 다카유키를 돌아보며 말했다. "다카유키, 맞지?"

그러자 다카유키가 당황한 듯 히로키에게서 시선을 홱 돌렸 다. 야단법석인 부원들 틈에서 왠지 녀석만 썰렁하게 맨정신인 것처럼 보였다. 조금 전까지도 한 덩어리가 되어 떠들던 주제 에 갑자기 리셋 버튼을 누른 듯한 느낌이다.

히로키가 웬일이냐는 듯 어리둥절한 표정으로 나를 보았다.

나는 말없이 어깨를 으쓱 쳐들었다.

다카유키와 히로키는 1학년 때부터 쭉 같은 반이어서 늘 함 께 어울려 놀았지만 그렇다고 개인적인 일까지 참견할 마음은 없었다. 누구에게나 남모르는 사연이 있는 법이다.

젖은 농구화 뒤축을 꺾어 신고 무거운 보드를 멘 채 하숙집으 로 향하면서 나는 문득 반 아이들이 했던 말을 떠올렸다.

"미쓰히데는 좋겠다. 1년 내내 실없는 소리만 하고."

"고민 하나도 없어 보여."

생각해 보니 다시금 은근히 화가 난다. 멍청한 놈들.

이 세상에 고민 없는 인간이 어디 있겠냐.

★

내 우울에는 거센 파도가 쳐서 좋을 때와 그렇지 않은 때의
낙차가 심하다. 모든 고민거리가 마냥 우습게 느껴지는 시기가
있는가 하면 그리 힘들지 않게 죽을 방법을 멍하니 궁리하는
때도 있고 뭐, 그런 식이다.

내가 마침내 내 고민의 일부를 미야코에게 털어놓은 건 두말
할 것도 없이 우울한 파도의 맨 밑바닥, 그야말로 타이타닉처
럼 깊은 바닷속에 가라앉아 있던 시기의 일이다.

미야코와 나는 고등학교에 들어와 곧바로 친해졌다. 자기 생
각을 거리낌 없이 말하는 성격 탓에, 미야코는 과격파라느니 나
댄다느니 하는 식으로 오해받기 쉬워서 입학 초부터 선생님들
의 눈총을 받았다. 하지만 나는 처음부터 미야코가 좋았다.

어른들은 아무것도 모른다. 겉모습만 보고 미야코에게 '헤픈
여자애'라는 딱지를 붙이고, 나한테는 '순진하고 착한 애'라는
딱지를 붙이려고 한다. 진짜 웃긴다.

어려서부터 줄곧 모범생을 연기해 온 나에게 미야코의 올곧
음은 눈부신 것이었다. 상체를 꼿꼿이 세운 그 자그마한 몸에
서는 피 대신 비타민이 흐를 것 같은 생기가 느껴졌다. 스스로
를 왜곡하는 일 없이 누구에게나 꾸밈없는 자신을 내미는 그
강함이 부러웠다. 그와 동시에 어쩐지 미야코가 가엾기도 했다.
다른 애들이 생각하는 것보다 훨씬 더 상처 입기 쉬운 아이라

계속 곁에서 지켜주고 싶은 생각까지 들었다.

미야코의 아버지는 유명한 지휘자다. 어머니는 중학생 때 돌아가셨다. 그렇게 비교해 보면 미야코와 나는 자란 환경이 전혀 다른 것 같지만, 어릴 때부터 주위에 온통 어른들뿐이었다는 공통점이 있다. 같은 학년의 여학생들이 종종 유치하게 느껴지는 건 아마도 그 때문일 것이다.

작년, 2학년 여름방학 때였다. 오랜만에 미야코의 집에 가서 잤던 날 밤의 일이다.

물론 서로 고민을 털어놓는다고 해도 모두 솔직하게 말해버린 건 아니다. 아무리 그래도 길에서 우연히 마주친 남자와 하고 싶다고 생각한 적이 있다는 말은 차마 못 한다. 내가 털어놓은 건 그저 극히 일부, 즉 이따금 여자를 사랑스럽다고 느낀 적이 있다는 부분뿐이었다. 겨우 그 말을 하면서도 나는 숨이 막힐 것만 같았다. 미야코가 주위에 말을 퍼뜨릴 사람이 아니라는 건 알고 있지만, 그녀에게 경멸당하면 어쩌나 하는 두려움이 있었다.

하지만 내 말을 들은 미야코는 이윽고 후훗 미소를 지었다.

"그것 때문에 내내 혼자 고민했어?"

그 미소만으로도 긴장으로 굳어있던 내 몸에서 스르르 힘이 빠져나갔다. 미야코가 거부하지 않았다……. 그렇게 생각하니 울음을 참느라 힘이 들 정도였다. 기도하는 마음으로 나는 미야코의 다음 말에 귀를 쫑긋 세웠다. 계시의 말씀을 고대하는 무녀와도 같은 심정이었다.

"나도 잘은 모르지만, 어쩌면 에리 안에는 남성과 여성, 양쪽이 다 깃들어 있는 모양이지."

미야코의 방에 놓인 커다란 침대에서 나란히 몸을 기대고 마주 보며 이야기했다. 전에 없이 친밀한 공기가 둘 사이에 교차하는 게 느껴졌다. 그러지 않았다면 애초에 털어놓을 엄두도 나지 않았을 것이다.

"그건 중성적이라는 의미야?"

내가 물었다.

"아니, 그거하고는 달라. 그게 아니라 양쪽이 동시에 있다는 뜻이야."

"……달팽이나 지렁이처럼?"

상처 입은 표정의 나를 보면서 미야코는 별일 아니라는 듯 씨익 웃었다.

"바보, 누가 그렇대? 내 말은 몸의 구조가 아니라 마음에 대한 거야. 뭐랄까, 한 마디로 생물학적인 성별과 정신적인 성별이 전혀 다른 거야. 아, 그렇지. 헤르마프로디토스라고 알아?"

그런 건 모른다고 말하려다가 퍼뜩 생각났다. 분명 그리스 신화에 나오는 양성구유兩性具有의 신이다. 여성의 가슴과 남성의 성기, 양쪽을 한 몸에 가진 신비롭고 에로틱한 존재.

"에리 너는 육체적으로는 분명 여성이지만 정신적으로는 헤르마프로디토스인 거야." 미야코가 말했다. "중성이 아니라 양성. 하프가 아니라 더블. 좋다, 어쩐지 멋있어."

"멋있기는 뭐가 멋있어?"

"왜, 싫어?"

"당연하지, 그런 게 좋은 사람이 어디 있어." 나는 웅얼웅얼 중얼거렸다. "너무해, 남 얘기라고 함부로 말하고."

"그런가? 난 멋있는 거 같은데? 그게 그러니까……."

미야코가 마치 새끼 고양이 같은 눈으로 나를 빤히 들여다보는 바람에 적잖이 당황스러웠다.

"남자 기분도 여자 기분도 둘 다 느낄 수 있으니까 둘 다 좋아할 수 있는 거잖아? 와, 멋지다. 아슬아슬하고 언밸런스하고, 어쩐지 강한 느낌도 들고. 난 언밸런스한 거 진짜 좋아."

미야코는 이따금 이런 알 수 없는 소리를 한다. 아니, 아마 본인은 다 알고 하는 말이겠지만 내 감각으로는 따라갈 수가 없다.

하지만 그때 나는 당황한 가운데서도 신비한 감동을 맛보았다. 마치 녹슨 창문이 아주 조금 열리고 새로운 바람이 흘러든 것 같았다. 내 안에서 오래도록 딱딱하게 뭉쳐있던 응어리 하나가 풀린 듯한 느낌이었다. 아주 조금이지만 분명하게 뭔가가 꿈틀 움직였다. 마치 찻잔 속에서 벚꽃 잎이 스르륵 녹아드는 듯한 감촉이었다.

그게 너무도 기분 좋아서 나는 오래전부터 미야코에게 묻고
싶으면서도 차마 묻지 못했던 말을 불쑥 내뱉었다.

"미야코, 좋아하는 사람 있어?"

그 즉시 그녀는 입술을 깨물었다.

"아, 미안." 나는 당황해서 말했다. "방금 그 말, 잊어버려."

그러자 미야코는 정말 못 말리겠다는 듯 나를 보며 피식 웃었
다. "에리, 넌 항상 그러더라."

"응?"

"그렇게 항상 자기 자신을 억누르잖아."

"······내가 그랬어?"

"괜찮아. 에리한테는 말해줄 수 있어." 미야코가 말했다. "이
건 너한테만 말하는 거야. 사실 나, 지금 몹시 신경 쓰이는 사람
이 있어."

"미야코, 난 좋아하는 사람이 있느냐고 물었어."

"알아." 미야코는 쓴웃음을 지었다. "근데 내가 그 사람을 좋
아하는지 아닌지 아직 잘 모르겠어. 싫어하냐고 묻는다면 엄청
싫어한다고 대답할 수도 있어. 근데 자꾸만 신경이 쓰여. 짜증
이 나서 머리가 돌아버리는 거 같아. 이런 일은 처음이라서 나
도 너무 혼란스러워. 그런 사람에게 진심으로 빠지는 건 영 아
닌 것 같기도 하고."

"그거 우리 반 애야?"

"설마. 우리 반에 그런 녀석이 있겠니?"

"그…… 그런가."

"너도 참." 미야코는 다시 킥킥 웃었다. "궁금하면 누구냐고 직접 물어보면 되잖아. 괜찮아. 그렇게 조심조심할 거 없어. 대답하기 싫으면 내가 알아서 대답 안 할 거니까."

"……누구야?"

"기타자키 다케시라는 사진가."

우리보다 스무 살쯤 나이가 많다는 미야코의 말에 나는 놀라서 입이 떡 벌어졌다. 그렇게 나이 차이가 나는 사람과 말이 통하기는 할까. 그런 사람과 사랑에 빠질 수 있을까. 하지만 미야코라면 그럴 수 있을지도 모른다.

미야코가 바닷가 공원에서 어느 가족의 사진을 찍고 있을 때, 그 남자가 뒤에서 말을 걸어왔다고 한다.

"가족사진? 그야말로 상투적인 주제로 사진을 찍고 있군."

불끈 화가 나서 뒤돌아본 미야코는 그 남자가 자신이 오래전부터 존경해 온 사진가라는 것을 알고 더욱더 화가 났다. 그 말을 들은 나까지 화가 났다.

"근데 그 사람, 사진은 정말 대단해. 센티멘털리즘 따위는 전혀 없는데도 무척 아름다워. 척 보면 금세 기타자키 다케시의 사진이라는 걸 알 수 있는데 그 속에 기타자키 자신은 없는 거야."

미야코는 잠깐 침대에서 내려가 크게 인화한 흑백사진 한 장을 가져다 내게 보여주었다.

어느 나라일까, 낯선 글씨가 어지럽게 적힌 벽돌 담장 앞에 뚱뚱한 여자와 바짝 마른 남자, 그리고 우리 또래의 여자애가 끌려 나와서 두 손을 높이 처들고 총구를 들이댄 병사들을 응시하고 있다. 그 발치에서 이를 드러내고 짖어대는 개를 향해 앞쪽의 병사가 무표정하게 총을 겨누고 있다.

그 사진을 바라보는 사이에 왠지 미야코까지 머나먼 딴 세상 사람처럼 느껴졌다.

"아무한테도 말하면 안 된다?"

미야코의 다짐에 나는 가까스로 고개를 끄덕였다.

"저기……."

"응?"

"에리, 키스해 본 적 있어?"

나는 사진을 돌려주면서 얼굴을 붉힌 채 조그맣게 대답했다.

"아니, 아직."

사실이었다. 성적인 경험이 전혀 없어도 성욕은 품을 수 있다. 그것도 배고픔과 거의 같은 정도의 강한 성욕을. 나는 내 몸으로 그걸 알고 있었다.

"유감스럽지만 나도 아직." 정말로 유감스럽다는 듯이 미야코는 말했다. 그러더니 내 얼굴을 보며 물었다. "뜻밖이지?"

"응…… 조금."

"나, 그 사람 앞에서는 잘난 척하느라 나름대로 경험 많은 척했거든." 미야코는 코에 주름을 잡으며 웃었다. "그런 내 말을 적당히 받아넘기는 걸 보면 뻔히 다 아는 것 같기도 하단 말이지. 진짜 너무 분해. 어휴, 화가 뻗쳐서."

미야코의 말투가 재미있어서 나도 모르게 피식 웃음이 터졌다. 미야코까지 덩달아 웃었다. 일단 웃음이 터지면 웬만해서는 멈춰지지 않는다.

그리고 그다음에 우리 사이에 일어난 일을 어떻게 설명하면 좋을까.

우리 한번 해보자, 라는 식의 말은 둘 중 누구도 하지 않았다. 다만 똑같은 순간에 똑같은 생각이 머릿속에 떠올랐고, 그것이 말없이 서로에게 전해졌을 뿐이다.

아마도 우리 사이에 흐르던 특별한 공기가 그렇게 만들었을 것이다. 말하자면 언젠가 서게 될 무대를 대비한 리허설 같은 것이었다. 둘 다 그게 첫 키스라는 생각 따위는 하지 않았다. 어쩌면 마음속으로 '키스로 치지 않을 키스'라는 식으로 생각했는지도 모른다.

얼굴과 얼굴을 평소보다 조금 더 가까이 댄 것만으로도 우리는 부자연스러울 만큼 흥분해서 깔깔 웃었다. 그렇게 장난스럽게 얼버무린 것은 역시 조금쯤은 꺼림칙했기 때문일 것이다. 다른 누구에게 그랬다는 게 아니라 여자들끼리 그런 일을 하는 것이 우리 스스로 꺼림칙했다는 뜻이다. 그렇게 장난치며 웃지 않으면, 자칫 분위기가 진지해지기라도 하면 우리는 진짜 레즈비언이 되고 만다. 그래도 상관없다고 단언할 만큼의 각오는 아직 없었다.

처음부터 입술을 맞댈 용기가 나지 않아 미야코는 진지한 표정으로 자기 입술에 티슈 한 장을 얹었다. 그 모습이 너무 우스워서 다시 둘이서 눈물이 찔끔 날 만큼 웃었다. 몇 번을 시도했지만 미야코가 번번이 그 직전에 웃음을 터뜨렸고 그때마다 티슈가 선녀의 날개옷처럼 팔랑 날았다.

한참동안 더는 진도를 나가지 못해 그저 팔베개를 하고 머뭇머뭇 서로의 머리카락을 만지작거렸다. 그건 그것대로 기분이 좋았다.

하지만 그러다가 내 안에 정말로 미야코에 대한 사랑이 샘솟아 버렸다. 입술을 맞대고 싶은 욕구가 걷잡을 수 없이 커졌다. 그것은 이를테면 후배 여학생에 대한 관심과는 또 다른, 달콤한 아픔을 동반한 감정이었다.

그런 감정이 생기자 그다음은 아주 순조롭게 풀렸다. 처음에는 마치 심장과 입술만 가진 생물이 된 것처럼 아무 정신이 없었지만 두 번째는 좀 더 침착하게 할 수 있었다. 두 입술 사이에 티슈 같은 것 없이도.

미야코가 밝힌 감상은 여전히 아무렇지도 않다는 것이었다.

"상상했던 것만큼은 아니다, 그렇지?" 미야코는 말했다. "근데 왜 순정만화나 드라마에서는 여자들이 키스할 때마다 그렇게 녹아버린 것 같은 표정을 짓지?"

나는 애매하게 웃으며 고개를 끄덕였다. 마음속으로는 큰 충격을 받았다.

미야코와의 입맞춤은 내게는 엄청나게 충격적인, 거의 우주적이라고 할 만한 체험이었다. 내 예상을 훌쩍 뛰어넘을 만큼 대단한 것이었다. 좀 더 입술을 맞대고 있으면 뇌가 흐물흐물 녹아내릴 것 같아서 그게 두려워 얼른 입을 뗐을 정도다. 하지만 미야코는 그렇지 않았던 것이다.

그렇게 내 안에 하나의 의문이 생겨났다. 나는 남자와 키스해도 그때와 똑같은 것을 느낄 수 있을까. 아니면 역시 상대가 여자이기 때문일까.

미야코가 내게 해준 말은 분명 약간의 위로가 되기는 했지만 애석하게도 반절쯤은 전제 자체가 틀린 것이었다. 내가 모두 솔직하게 털어놓지 않았으니 그건 당연한 일이다. 실제로 내 문제는 마음만의 문제는 아니었다. 아니, 그보다 마음의 욕망과 몸의 욕망이 합치되지 않는 게 문제였다. 마음은 여자애를 원하면서도 몸은 남자를 강하게 원한다. 그것이 나의 헤르마프로디토스였다.

마조히즘적인 자기혐오에는 어느새 익숙해져 버렸다. 이따금 우울의 파도에 빠질 때마다 너무도 외로워 견딜 수 없었다. 그럴 때는 한밤중에 어둠 속에서 멍하니 눈을 뜬 채 울기도 했다. 그런가 하면 동성애부터 음란증까지 온갖 것을 다룬 심리학 서적을 읽고 조금이라도 내게 해당하는 부분을 발견하면 충격과 동시에 기묘한 안도감까지 느꼈다. 적어도 나 같은 인간이 이 세상에 딱 한 명만은 아니라는 것 때문이다.

미야코에게 내 고민을 털어놓은 날로부터 어느새 1년 가까이 시간이 흘렀다. 달력은 아직 7월로 넘어가지도 않았는데 오늘 농구부 연습 때 공을 잡으러 체육관 밖으로 뛰어나갔다가 덜컥 여름을 만났다.

지금 나는 옛날에 빈 창고에서 아무도 몰래 읽은 주간지에 대해 생각하고 있다. 남자 밑에 깔린 여자의 일그러진 표정과 입술 틈새로 흘러나오는 죽겠어, 죽겠어, 라는 신음, 미간에 세로로 새겨진 주름 등을 하나하나 머릿속에 떠올린다. 그리고 예전의 그 남자도 생각난다. 가슴까지 슬슬 올라온 뜨끈한 손의 감촉, 달뜬 목소리, 점점 빨라지던 숨결.

각오하기까지 1년 가까운 세월이 걸렸지만 이제 더 이상 망설일 생각은 없다.

단 한 번이면 된다. 실제로 남자의 것을 받아들이면 뭔가 달라질지도 모른다. 남자 품에 실제로 안겨봐서 내 몸뚱이가 죽겠다, 죽겠다 할 만큼 기분이 좋아지는 것을 느낀다면 나도 사실 평범한 여자였다고 고개를 끄덕일 수 있다. 그러면 내 속에 남성이 깃들어 있다는 건 괜한 생각이라는 것도 밝혀지고 더 이상 여자를 좋아하는 일도 없을 것이다. 최악의 경우 내가 원하지 않는 결과가 나올지도 모르지만, 그렇다 해도 지금 내 몸속의 욱신욱신한 열기만은 틀림없이 사라질 것이다.

남들이 들으면 참으로 어리석다고 하겠지만 나는 정말 진지했다. 어떻게든 지금의 나 자신을 개조해야 한다는 생각에 거의 필사적이었다.

제삼자가 본다면 정말 우스꽝스러운 코미디일 것이다. 하지만 개인적으로 심각한 고민이란 대개는 그런 것이다.

❀

하숙집은 학교 바로 앞이다. 3층 남쪽 끝의 과학실 창문에서 내려다보면 내가 베란다에 널어놓은 빨래까지 다 보인다.

"저거 봐. 미쓰히데 팬티, 너무 귀여워."

전에 우리 반 여학생들이 그렇게 호들갑을 떤 뒤부터 속옷만은 방 안에 넌다. 참 사람 귀찮게 하는 여자들이다.

세 평짜리 내 방은 '테이크오프'라는 서핑용품점 2층에 있다. 욕실은 가게 직원들이 사용하는 곳을 밤에만 내가 쓰기로 했다.

화장실도 가게 사람들과 함께 써야 하지만, 그래도 방 옆에 작은 부엌이 딸려 있어서 밤참으로 라면쯤은 직접 끓여 먹을 수 있다. 그 이외의 식사, 즉 매일 아침밥과 저녁밥은 가게 옆 식당에서 한 달에 2만 엔으로 해결한다.

테이크오프의 사장은 아마미야 씨라는 사람으로, 아버지와 절친한 친구 사이다. 아마미야 씨는 에노시마 관광지가 내다보이는 이나무라가사키 국도 연변의 본점을 경영하느라 이쪽 가게는 조카 가쓰야 씨에게 전적으로 맡겨두고 있다.

가쓰야 씨는 올해 서른두 살로, 왼쪽 귀에 작고 동그란 은빛 피어싱을 한 제법 잘생긴 남자다. 몇 년 동안 프로 중에서도 톱 클래스 자리를 지키며 서핑계에서 활약한 뒤, 자신이 태어난 동네로 돌아와 이 가게를 맡게 되었다. 나와 말도 잘 통하고 서핑에 관해서는 누구보다 존경하는 선배지만 그래도 나는 그가 좀 껄끄럽기도 하다. 왜냐하면 가쓰야 씨는 오래전부터 아들인 나보다 아버지에게 더 큰 사랑을 받았고, 아버지의 호된 훈련에 내가 뒤에서 엉엉 울며 분통을 터뜨린 것까지 낱낱이 알고 있는 사람이기 때문이다. 한마디로 이곳은 부엌과 욕실뿐 아니라 감시자까지 갖춰진 이상적인 하숙집인 셈이다.

테이크오프의 정기휴일은 매주 수요일이다. 옆의 식당도 같은 날에 쉬기 때문에 그날만은 다른 곳에서 밥을 챙겨 먹어야 하는 게 좀 번거롭지만 가게 직원들이나 손님들 소리가 들리지 않는 조용한 하루가 나는 아주 마음에 들었다.

럭비부가 연습 시합에서 이긴 다음 날도 수요일이었다.

방과 후, 나는 항상 하던 대로 바다에 뛰어들었다. 서핑부 활동이 있건 없건, 날이 덥건 춥건, 그런 건 상관없다. 이제 곧 서핑 대회가 있다는 것도 사실은 별 상관이 없다. 보드 판을 가로로 길게 겨드랑이에 끼고 모래사장 너머 밀려드는 파도가 허벅지에 부딪치는 것을 느끼는 순간, 모든 자잘한 일들이 파도와 함께 등 뒤로 밀려난다. 최면과 각성이 동시에 찾아오는 듯한 느낌이다.

오늘의 파도는 2퍼센트쯤 부족하지만 바람이 바다 쪽으로 불어서 크기가 어깨에 닿을 정도는 되었다. 저기압 때의 크기에는 한참 못 미쳐도 그 부족함에 대한 불만은 파란 하늘이 채워 주었다. 하늘이 청명한 날의 바다는 두말할 것 없이 기분 좋다.

한 시간쯤 연습하고 뭍에 올라오자 5시가 조금 지났다. 휘적휘적 걸어 하숙집에 돌아왔다. 가게 뒷마당에서 웨트슈트부터 빨아 널고 있으려니 앞쪽에서 투투투 하고 오토바이 서는 소리가 들려왔다.

"미쓰히데!" 가쓰야 씨의 목소리였다. "어이, 집에 없냐?"

무슨 일인가 하고 뛰어갔다가 하마터면 가쓰야 씨와 부딪힐 뻔했다.

"이런 멍청이, 있으면 있다고 대답을 해야지."

"앗, 죄송해요. 근데 무슨 일이에요?"

"무슨 일이냐고? 너, 진짜……." 가쓰야 씨는 말을 하려다가 문득 입을 다물었다. 볼록 튀어나온 울대뼈가 땀에 젖어 있었다. "아무튼 지금 당장 누나한테 전화해."

"누나한테?" 가슴이 철렁해서 되물었다. "누나가 왜요?"

답답한 듯이 가쓰야 씨의 눈이 가늘어졌다.

"네 전화로 연락했는데 도무지 받지를 않아서 할 수 없이 나한테 걸었다더라."

"아니, 그게……."

"미쓰히데."

"……네."

"너, 그런 큰일을 왜 지금까지 말도 안 했어?"

"……죄송합니다."

가쓰야 씨는 내게서 시선을 돌리고 마당의 바윗돌에 털썩 앉더니 듣는 내가 괴로워질 만큼 짙은 한숨을 내쉬었다.

"아버님이 다 알아버렸단다."

"예?" 관자놀이의 핏줄이 터질 것처럼 뛰기 시작했다. "그, 그걸 어떻게?"

"아주머니가 병원에 문병을 오시는 바람에 들켜버렸다더라."

"어머니가 병원에요? 설마, 어머니가 말한 거예요?"

"내가 그렇게 자세한 것까지 물어볼 수는 없잖아." 가쓰야 씨가 툭 내뱉었다. "직접 누나한테 물어보든가."

"⋯⋯."

나는 빨랫줄 옆으로 걸어가 그쪽에 쪼그리고 앉았다.

⋯⋯투둑.

눈앞에 널어놓은 웨트슈트의 발목에서 물방울이 떨어졌다.

⋯⋯투둑 ⋯⋯투둑, 투둑. ⋯⋯투둑, 투둑.

물방울은 떨어지는 대로 콘크리트 바닥에 고여서 거무스레한 물웅덩이의 범위가 서서히, 하지만 확실하게 커져갔다.

⋯⋯투둑, 투둑.

그 물웅덩이는 이 순간에도 아버지의 몸을 파먹고 있는 병, 그 자체로 보였다.

아버지가 설계하는 집은 약간 기묘했다. 쇼난에 지은 우리 집도 아버지가 설계한 것이다. 외관은 마치 선박 같은 모양이고 정원으로 튀어나온 바깥 마루에는 외부 샤워 시설이 있다. 게다가 뒷문을 열고 들어서면 곧바로 개인용 욕실이다. 한마디로 서핑을 즐기는 아버지가 자신의 쾌적함만을 고려해서 지은 집인데, 우연히 서핑 잡지의 특집 기획 '바다를 느끼는 집에서 산다'라는 코너에 소개되면서 주택 설계 의뢰가 부쩍 늘어났다.

바닥은 대부분 두툼한 푸조나무 마루를 깐다. 굵직한 대들보가 그대로 드러나게 2층까지 시원하게 뚫린 거실, 개폐 가능한 천창과 집의 어딘가에 일부러 쓸데없는 공간, 이를테면 중정이라든가 선룸 등을 설치하고, 편리함보다는 바람이 잘 통하는 것을 최우선으로 한다. 그리고 방을 하나 줄이더라도 욕실과 부부가 쓸 방만큼은 널찍하게 잡는다. 특히 마지막 조건에 고개를 끄덕이지 않는 손님은 아버지 쪽에서 딱 잘라 거절한다. 자기가 원하는 일이 아니면 받지 않는 데다가, 그 기준은 거짓말처럼 단순했다. 손님이 바다를 좋아하느냐 아니냐는 것뿐이다. 대체 무슨 이유로 그런 걸 판단 기준으로 삼는지, 나는 도무지 이해할 수 없었다. 분명 또 그놈의 변덕스러운 고집이 도진 거라고 내내 생각해 왔는데…….

"집은, 자연을 거슬러 지으면 반드시 실패하는 법이야."

소독약 냄새가 풍기는 병원 침대에 누워 아버지는 말했다.

팔에는 링거주사, 발밑에는 오줌통. 온 병실에 약 냄새가 가득 차 있었다. 2인실을 사용하는 것은 남는 1인실이 없었기 때문이지만, 옆 침대의 노인은 깨어 있건 잠들었건 늘 몽롱한 상태여서 실제로는 1인실과 별반 차이가 없었다.

너무 여위었다, 하고 나는 생각했다. 아버지에게는 스트레스성 위궤양이라고 대충 둘러대 수술을 받게 했지만, 막상 배를 열어보니 림프샘을 포함해 암이 곳곳으로 전이되어 어떻게 손을 댈 수 없는 지경이라 아무것도 하지 않고 다시 닫았다는, 그야말로 흔해빠진 케이스였다.

오후에 병원에 도착해 누나와 교대했다. 양쪽 침대 사이의 접의식 철제 의자에 앉은 뒤로 나는 거의 한 마디도 말을 하지 않았다. 어쩌다 쇼난 집에 돌아갔을 때도 변변히 말을 나누지 않았는데 이미 자신이 암 말기라는 것을 알아버린 아버지에게 대체 무슨 말을 해야 할지 짐작도 가지 않았다. 둘이 아무 말 없이 앉아 있는데 아버지의 병에 대해 전혀 알지 못하는 사무실 사람이 문병을 왔다. 그는 건축 설계에 대해 몇 가지 조언을 얻고 돌아갔다. 아버지가 주택 건축 방식에 대해 느닷없이 일장연설을 시작한 건 그 뒤였다.

"도시 사람들은 자기 사정에 맞춰 자연을 굴복시키려 들어. 얼마든지 굴복시킬 수 있다고 믿는 거야. 하지만 미쓰히데, 그건 착각이야. 토지는 제각기 그 성질이 다르다는 기본을 망각하고 무리하게 자기 사정에만 맞추려고 해봤자 제대로 된 집을 지을 수가 없어. 토지의 질은 어떤지, 물 빠짐이 좋은지 나쁜지, 바람이 잘 통하는지, 해가 잘 드는지를 봐야지. 그리고 앞으로 그 주위에 어떤 건물이 들어설지도 감안해야 해. 토지 하나하나마다 그 특징을 살리는 방법이 다 달라. 습기 차는 땅을 콘크리트 기초로 꽉 메워봐라, 몇 년 안에 반드시 그 대가를 치르게 되지. 근데 그 부분의 바닥 높이를 올려서 바람이 잘 통하도록 연구해서 지으면 그런 조건의 땅에서도 재미있는 집이 완성돼. 내가 바다를 좋아하는 손님에게만 집을 지어준 건 그런 사

람들이라면 자연과 잘 어우러지는 방법을 알기 때문이고. 인간
이 자연에 맞춰가는 수밖에 없다는 것을 이미 몸으로 알고 있
으니까 일일이 귀찮게 설명하지 않아도 그다음 단계로 수월하
게 넘어갈 수 있다는 얘기야."

"……아버지."

"응?"

"좀 주무시지."

"네가 말 안 해도 내가 자고 싶을 때는 잔다."

내 등 뒤에서 옆 침대의 노인이 웅얼웅얼 잠꼬대를 했다. 나
이가 들어서 이런저런 일을 이해할 수 없게 되는 것도 의외로
그리 나쁘지 않을지도 모른다. 어딘가 만족스러운 느낌의 잠꼬
대였다.

침대 너머 큼직한 창문 밖으로 펼쳐진 시가지 건너편으로는
맑게 갠 쇼난의 바다가 길게 누워 있었다. 지금이라도 표면장력
의 한계를 넘어 거리 쪽으로 넘쳐흐를 것 같은 푸른빛이었다. 시
선을 내려보니 아버지도 고개를 돌려 바다를 내다보고 있었다.

"너무 멀어……."

아버지가 중얼거렸다.

정말 농담 같은 일이다. 이런 상황이 내게 닥칠 줄은 상상도
못 했다.

드라마에서 암 환자가 등장하면 또 눈물 짜는 이야기구나 하

고 아예 볼 생각도 안 했는데, 이럴 줄 알았으면 그거라도 잘 보고 배워둘걸. 그랬으면 적어도 어떤 얼굴로 이런 상황을 넘겨야 하는지는 알았을 것이다.

아버지가 암에 걸렸다는 것을 어머니에게 말해준 건 나였다. 아버지에게는 비밀로 하기로 했다고 분명하게 미리 다짐했었다. 그런데 어머니는 무슨 바람이 불었는지 일부러 병문안을 와서 8년 만에 만난 전남편이 변해버린 모습을 보자마자 말문이 턱 막혀 눈물을 글썽였다고 한다. 게다가 기껏 위궤양 정도에 왜 당신이 병문안까지 오느냐고 캐묻는 아버지에게 제대로 시치미를 떼지 못한 모양이다.

누나는 아까 복도에서 만나자마자 내게 달려와 가슴팍을 퍽퍽 때리며 울었다.

"왜 그런 사람한테 얘기를 했어, 왜, 왜 그랬어……."

나는 그저 멍하니 서서 누나가 때리면 때리는 대로 맞을 수밖에 없었다.

"……해야겠다."

"응? 뭐라고?"

그렇게 되묻자 아버지는 고개를 돌려 나를 보았다.

"일단 퇴원해야겠다고. 의사가 뭐라고 하건 죽기 전에 한 번 더 바다에 들어가야겠어."

나는 입을 꾹 다물었다. 죽는다는 말이 이토록 날카로운 칼날인 줄은 알지 못했다.

"야, 미쓰히데." 색깔을 잃어버린 입술을 삐죽 틀며 아버지가 피식 웃었다. "어때, 오랜만에 나하고 서핑 좀 할래?"

"……."

"참, 지금 그럴 때가 아닌가. 대회가 9월이라고 했지?"

"괜찮아, 그건." 나는 말했다. "어차피 연습은 해야 하니까."

가까스로 아무렇지도 않은 듯 태연한 목소리를 낼 수 있었다.

★

작년 여름방학 때였나, 도쿄에서 식당을 경영해서 친척 중에 가장 성공했다는 평을 듣는 작은어머니가 우리 집에 놀러 왔다가 탱크톱에 짧은 반바지 차림으로 농구부 활동을 끝내고 돌아오는 나를 보고 이런 말을 한 적이 있다.

"에리도 이제 한창 나이인데 조신하게 다녀야지. 그런 차림으로 싸돌아다니면 남자 홀린다고 오해받기 딱이다. 남자들이란 언제든 여자하고 하고 싶어서 안달이 난 동물이라고 보면 돼."

어째서 그럴까. 어째서 이런 얘기가 나오면 어른들은 항상 남자만 그것을 하고 싶어 한다고 생각할까. 지난번에 본 영화에서도 그랬다. 관대한 어른인 척하는 여교사가 남자친구와의 관계로 고민하는 여학생을 앉혀놓고 이렇게 말한다.

"연애는 멋진 일이지만 싫을 때는 분명하게 싫다고 거절할 수 있는 관계를 먼저 만들어야 해. 아무리 남자가 이걸 참다가는 죽을 것 같다는 식으로 청하더라도 말이지. 섹스를 못 했다고 죽는 일은 없거든."

다들 똑같은 전제 조건으로 말한다. 머릿속에 섹스 생각만 가득한 것도, 강한 성욕을 가진 것도 남자뿐이고, 여자는 원하지도 않는데 어쩔 수 없이 따라준다는 식으로. 작은어머니도 그랬다. 남자가 틈만 나면 너하고 하고 싶어 할 테니 단단히 조심하라고 말했을 뿐, 네가 남자하고 하고 싶을 때도 있으니 조심하라고는 말해주지 않았다.

작은어머니가 나를 걱정해 주는 건 충분히 이해한다. 하지만 나는 나 혼자만 아는 이유로 그 말에 상처를 입었다. 그것도 아주 많이.

그날 저녁, 나는 친구네 집에서 자고 오겠다고 아버지에게 거짓말을 하고 요코하마에 갔다. 도쿄 쪽은 안 된다고 생각했다. 도쿄에서는 자칫하면 아는 사람을 만날지도 모른다. 그래서 전에 딱 한 번 가본 적이 있는 요코하마로 정했다. 적어도 도쿄의 시부야나 신주쿠보다는 누군가에게 들킬 위험성이 적다고 생각했다.

그때 작은어머니가 나무랐던 것과 비슷한 옷차림으로 '싸돌

아다니고' 있었더니 다양한 남자들이 말을 걸어왔다. 몇 번째
인가의 지극히 평범한 샐러리맨 같은 사람을 따라갔다. 나보다
키가 작았지만 목소리만은 어딘지 호감이 갔기 때문이다.

　모든 것이 꿈처럼 현실감이 없었지만 내가 무슨 짓을 하는지
는 똑똑히 알고 있었다. 망설임을 완전히 떨쳐버린 것은 아니
었다. 그러나 다음 날 아침까지 그런 건 생각하지 않기로 했다.
나중에야 그때는 내가 정신이 나갔었다는 식으로 나를 속이
는 일만은 하지 말자고 마음속으로 맹세했다. 내가 한 행동조
차 받아들일 수 없다면 애초에 하지 않으면 될 일이다. 일단 저
지른 이상, 아무리 나쁜 결과가 나오더라도 고스란히 감수해야
한다. 그것만은 결코 잊지 말자고 마음먹었다.

　하지만 설마 이런 결과가 나올 줄은 예상도 못 했다.

　'이걸로 끝이야⋯⋯?'

　일이 끝난 뒤, 선잠에 빠진 남자 옆에서 호텔 천장을 올려다
보며 나는 생각했다.

　'이걸로 정말 끝이라고? 겨우 이걸로? 이게 세상 사람들이
금단의 나무 열매라는 듯이 떠들어대는 그거야?'

　키스 한 가지만 해도 미야코와 했던 입맞춤과 똑같은 것이라
고는 도저히 생각되지 않았다. 남자는 담배 냄새 풍기는 물컹
한 혀를 내 입에 밀어 넣었다. 그 두툼하고 축축한 살덩이가 입
안으로 파고드는 감촉은 한없이 불쾌하기만 했다. 몸의 여기저

기, 특히 민감한 부분을 살금살금 만져주는 것은 더 말할 것 없이 기분 좋고 내가 직접 하는 것보다 흥분되었지만 그다음부터는 최악이었다. 아프다기보다 조금 좁아서 뻑뻑했을 뿐, 그 이상의 느낌은 전혀 없었다. 남자가 흥분할수록 그에 반비례하듯이 내 기분은 점점 더 시들해졌다. 맨살이 드러난 어깨와 마찬가지로 가슴속 심지가 썰렁해져 갔다. 기껏 이런 짓을 위해 그토록 고민하며 요코하마까지 나왔다니, 내가 지금 대체 뭐 하는 건가. 너무도 한심해서 피식 웃음까지 터졌다.

아마도 그 샐러리맨 때문은 아니었을 것이다. 그 사람은 중간에 내가 처음이라는 것을 깨닫고 무척 부드럽게 대해주었다. 내가 이런 말을 하는 것도 좀 이상하지만, 나쁜 사람은 아니었다. 어리석은 사람이기는 했는지도 모르지만.

내가 실망한 건 아마도 기대가 너무 컸기 때문일 것이다. 미야코와 그때 나누었던 말처럼 세상 사람들이 왜 이런 짓에 그토록 몰두하는지 도무지 알 수가 없었다. 헛다리를 짚었다고나 할까. 오래도록 까맣게 속아온 일을 이제야 겨우 알아차린 사람처럼 너무 어이가 없어 소름이 돋을 정도였다. 그렇다, 나는 지금껏 완전히 속은 것이다. 그 창고에서 처음 주간지를 읽었을 때부터 지금까지 내내, 거짓말을 철석같이 믿어온 것이다.

당연한 일이지만 이만한 일은 내 안의 헤르마프로디토스를 조금도 변화시키지 못했다. 그러기는커녕 몸속의 열기를 진정시키는 역할조차 하지 못했다.

하지만 한 가지 깨달은 것이 있었다. 그날 미야코와 나눈 입맞춤이 그토록 좋았던 것은 상대방이 여자였기 때문이 아니었다. 설령 여자였더라도 만일 그 샐러리맨처럼 처음 만난 상대였다면 분명 입맞춤도 불쾌했을 것이다. 그날 밤의 일로 나는 확실하게 알았다. 미야코와의 입맞춤이 좋았던 것은 내가 그녀를 좋아하고 사랑했기 때문이다.

남자가 코를 고는 소리를 들으며 나는 마음속으로 몰래 되뇌었다.

'나는 미야코를 사랑해⋯⋯.'

남자 뒤에 숨듯이 걸으며 호텔을 나섰다. 호텔 앞에서 그럼 이만, 이라고 간단히 말하고 헤어질 생각이었다.

하지만 남자는 내가 인사를 건네기도 전에 팔로 내 허리를 휘감더니 저기까지 함께 가자고 말했다.

"호텔을 나서자마자 양쪽으로 갈라서는 남녀가 있지만 난 그런 건 싫어. 그야말로 '우린 그렇고 그런 관계다, 다 알잖냐' 같은 느낌이잖아. 아, 힘들거나 아프진 않아? 더 천천히 걸을까?"

어려서부터 남들이 불쾌할까 봐 아무리 싫은 일도 꾹 참는 버릇이 있는 나는 그런 때조차 남자를 뿌리치지 못했다. 싫다는 내 감정을 멀리 밀쳐내기에 바빴다. 마침내 남자의 팔에서 해방된 것은 호텔가에서 큰길로 나온 뒤였다. 아직도 꿈을 꾸고 있는지 뺨까지 맞비비려는 남자를 피하며 이번에야말로 그럼, 이라고 말하고 등을 돌렸다.

그 순간······.

맞은편에서 길을 건너는 한 남학생과 눈이 마주쳤다. 펄쩍 뛸 듯이 놀라 얼른 시선을 돌렸지만 이미 때는 늦었다. 그는 한참 전부터 나를 알아본 것이다.

나는 그 애를 잘 알고 있었다. 다부진 어깨, 바닷바람에 변색된 머리카락. 직접 말을 나눈 일은 없······지는 않고, 있었다. 언제였나, 체육관 뒤편에서 잠깐 몇 마디. 어쩐지 가벼워 보이는 남학생. 하지만 그런 것보다 그는 이미 학교 안에서 유명인사다. 고등학생이 서핑 세계 대회에 출전한 경험이 있다는 건 꽤 대단한 일이다.

그 애 옆에는 40대 중반쯤의 남자가 있었다. 그래서 그런지 그 애는 내게 말을 걸지는 않았다. 하지만 내 옆을 지나갈 때까지 계속 내 쪽을 지그시 쳐다보았다. 멍하니 멈춰 서버린 내 등 뒤에서 그와 같이 가던 남자가 "아는 애야?"라고 묻는 소리가 들렸다. 나지막한 목소리로 그 애가 "아니, 모르는 사람이에요" 하고 대답하는 소리도 들렸다.

나는 울고 싶었다. 그 애가 나를 모를 리는 없다. 그때 체육관 앞에서 부딪혔던 일은 잊어버렸다고 해도 다달이 학생총회 때마다 단상에 오른 나를 봤을 터였다.

저 남학생이 왜 요코하마에 왔을까. 아니, 아니, 그런 것보다 어떻게든 그의 입부터 막아야 한다. 복잡한 생각으로 머릿속이 가득했다. 분명 돈이 목적이라고 생각했을 게 틀림없다. 어떻게 해야 입을 다물어줄지는 모르겠지만, 아무튼 단단히 약속을 받아내야 한다. 그러지 않으면 내 인생은 엉망진창이 된다. 이미 상당히 엉망진창이지만……. 그래, 아까 헤어진 샐러리맨은 내 남자친구라고 말하자. 그러기에는 헤어지는 방식이 좀 이상하긴 했지만, 의심을 하건 말건 시치미를 뚝 떼면 된다, 증거 따위는 어디에도 없으니까.

그 샐러리맨과 호텔까지 가게 된 진짜 이유를 말할 마음은 털끝만큼도 없었다.

다시 그 애를 마주친 것은 당황스럽게도 바로 그다음 날이었다. 24시간 영업하는 패밀리레스토랑에서 아침까지 시간을 때운 뒤에 요코스카의 구리하마에서 우치보의 가나야로 나가는 페리를 탔는데 거기서 또 덜컥 마주친 것이다.

그 애는 감색 야구 모자를 뒤로 돌려 쓰고 갑판 벤치에 앉아 있었다. 반으로 접은 자전거가 발치에 놓여 있었다. 회색 티셔츠에 색 바랜 헐렁한 면바지는 전날 밤과 똑같았지만 그날은 일행 없이 혼자였다.

시선이 마주친 뒤에 몇 초쯤 망설이는가 싶더니 그 애는 자전거를 휘익 들쳐 메고 자리에서 일어나 갑판 난간 곁에 선 내게로 다가왔다.

내 얼굴이 긴장으로 싸늘해지는 게 느껴졌다. 선박 연료인 중유 냄새가 갑자기 코끝을 스쳐 속이 울렁거렸다. 당장이라도 토할 것만 같았다.

"안녕?"

놀랍게도 그 애는 웃었다. 마치 길이 잘 든 대형견처럼 웃었다. 너무도 수더분하게 웃어서 혹시 간밤의 일이 전부 꿈이 아니었나 하는 어리석은 착각까지 들었다. 그 애는 자전거를 내려놓고 내게 말했다.

"어젯밤에는 미안하다. 내가 집이 이쪽이라서."

"그…… 그랬구나." 비참하게도 목메인 소리가 튀어나왔다. "어제 그, 그 사람은……."

남자친구였다고 말하려고 했는데 도저히 그 말이 나오지 않았다. 당황해서 피가 머리로 쏠렸다. 아예 난간을 넘어 바다에 뛰어들고 싶었다. 그때 그 애가 말했다.

"아, 그 사람? 우리 어머니 애인이야."

"……."

내 말을 질문이라고 착각한 모양이다.

'어머니의 애인이라고?'

말의 의미가 머릿속에 와 닿은 것은 잠시 뒤였기 때문에 그제야 새삼 되묻는 것도 바보짓 같았다. 무엇보다 그때는 그런 걸 돌아볼 겨를도 없었다.

한참 동안 둘 다 침묵했다. 잔잔한 바다를 달려가는 배 위에서 그 애는 난간에 몸을 기댄 채 갑판에서 뛰노는 아이들을 바라보고, 나는 오로지 바다만 내려다보았다. 어서 빨리 어젯밤 일을 입막음해야 한다고 생각하면서도 도무지 입을 열 수가 없었다.

"우리 아버지가……."

"응?"

"아버지, 우리 아버지 말이야."

"아, 응."

깜짝 놀랐다. 느닷없이 아버지 얘기는 왜 꺼내는가 싶었다.

"지금은 몸이 아파서 입원했는데 원래 엄청난 마초거든."

혼란스러웠다. 그런 집안 얘기가 나와 무슨 관계가 있는가.

"남편이 하늘이라느니 남존여비라느니, 어머니는 매번 당하기만 하고 훌쩍훌쩍 울었어."

대체 무슨 얘기를 하자는 건가. 입을 꾹 다물고 있었더니 그는 몸의 방향을 바꿔 난간에 팔꿈치를 괴고 저 먼 곳의 크레인이며 오후의 햇살에 빛나는 콤비나트를 눈부신 듯 바라보았다. 그 애가 나보다 머리 하나쯤 키가 컸다.

"우리 아버지 이름이 '노부나가'야. 진짜 웃기는 이름이지." 남의 속은 아랑곳하지 않고 그는 말을 이어갔다. "누나가 태어났을 때, 아버지는 어머니와 상의도 안 하고 자기 마음대로 '이치코'라는 이름으로 신고해 버렸어. 아, '오이치노가타'•• 알지? 하긴 너, 공부 잘하니까 알겠지. 근데 이치코라는 이름은 그나마 괜찮아. 우리 아버지가 나한테는 '란마루'•••라는 이름을 붙이려고 했어. 진짜 그게 말이 되냐? 란마루래, 란마루. 근데 그때만은 어머니도 더 참을 수가 없어서 '당신, 이 아이를 아예 시동으로 만들 셈이야?' 하고 결사 반대한 거야. 결국 아버지가 란마루를 포기한 것까지는 좋았는데 그다음에는 느닷없이 '미쓰히데'••••라고 지어버렸어. 대체 무슨 속셈인지를 모르겠다니까. 아들인 나한테 배은망덕한 놈이 되라는 건지 뭔지."

말끝이 약간 떨리는 것처럼 들렸다. 나는 시선을 들었지만 마침 그 애가 모자를 앞으로 돌려 쓰고 있어서 얼굴이 안 보였다.

참 말도 많은 남학생이라고 생각했다. 내가 입을 꾹 다물고 있어도 전혀 개의치 않았다.

"우리 어머니, 딴 남자를 만나 집을 나가버렸어. 내가 열 살 때." 목소리는 평소대로 돌아와 있었다. "아버지가 너무나 자기 멋대로 구니까 질릴 대로 질렸겠지. 지금 어머니는 그 사람하고 요코하마에서 살아."

"……."

"어젯밤에 나하고 함께 있던 남자가 그 사람이야."

햇볕에 그을린 목덜미를 틀어 그 애가 나를 똑바로 바라보았다. 챙모자 밑에서 눈동자가 검게 빛났다. 나는 얼른 시선을 피했다.

"뱃속까지 착한 사람이라서 나도 완전 두 손 들어버렸다니까. 가끔 어머니를 보러 가면 이래저래 신경 써주고 맛있는 것도 사주고, 약간 특이한 식당이 문을 열면 일부러 나를 불러서 데려가기도 해. 이것 참, 내가 요즘 절실히 생각하는 건데 인간이란 정말 재미있어. 그렇잖아? 한 가지만 보고 판단할 일이 아니라고 할까, 이론만으로는 다 알 수 없는 거라고 할까. 설마 딸도 아들도 버리고 집 나간 어머니의 남자와 한밤중에 번화가를 어슬렁거리게 될 줄은 꿈에도 몰랐다니까."

캬캬캬 하고 재미있다는 듯이 웃더니 그는 수평선으로 시선을 돌렸다.

"남들이 보기에는 도저히 믿어지지 않을 만큼 부자연스러운 일도 막상 본인에게는 자연스럽다고 할까, 가장 마음 편한 일인 경우가 많아. 누구나 당사자밖에는 알지 못하는 사정이 있다는 게 바로 그런 거겠지? 그러니까…… 너무 걱정할 거 없어, 에리."

움찔하는 나를 쳐다보지 않도록 조심하며 그는 어젯밤과 똑같은 낮은 목소리로 말했다.

"내가 보다시피 경망스러운 면이 있기는 하지만 겉보기만큼 입이 가볍지는 않아. 남의 일에 괜히 참견할 만큼 한가하지도 않고. 그러니까 내 말, 믿어도 돼."

그런 몇 마디에 금세 사람을 믿어버릴 만큼 나는 어수룩하지 않다.

하지만 그렇다고 딱히 다른 뾰족한 수가 있는 것도 아니었다. 그런 장면을 들켜버린 데다 왜 그런지 이유 없이 동정까지 받았다. 어서 빨리 그에게서 해방되고 싶은 마음이 굴뚝같은데도 왠지 발이 떨어지지 않았다. 소금 뿌린 달팽이처럼 나 자신이 오그라드는 것만 같았다. 그 자리에 그대로 있는 것도, 냅다 내빼버리는 것도 똑같이 비참했다.

갑판 곳곳에서 휴일을 앞둔 가족 관광객들이 신이 나 있었다. 반대로 겨우 열두 시간 전에 낯선 남자와 호텔에 갔던 내가 할 수 있는 일은 그저 입을 꾹 다물고 바다를 내려다보며 1분이라도 빨리 배가 맞은편 항구에 도착하기를 기도하는 것뿐이었다.

여전히 말수 많은 그 남자애 옆에서.

🐚

'대체 누가 이렇게 만든 거야.'

그녀를 볼 때마다 그런 생각을 한다.

완전 제멋대로에 늘 자신만만하고 자유분방한 나르시시스트. 그런 주제에 착해빠진 울보.

그녀가 이런 뒤죽박죽인 여자가 된 것은 주위 남자들이 너무 떠받들었기 때문이 아닌가 싶기도 하다. 물론 거기에는 나 자신에 대한 반성도 포함되어 있다.

그녀는 지금 휴대전화로 업무 통화를 하고 있다. 요코하마 변두리의 사무실이 아니라 휴대전화로 직접 전화한 것을 보면 단골손님인 모양이다.

스페인에서 모로코로 건너가는 배편에 대해 몇 번이나 설명해 주면서 그녀는 맨발로 방 안을 빙빙 돌아다니고 있다. 발치에서 올려다보는 개의 머리를 쓰다듬어주는 틈틈이 담배를 피우고 테이블에 펼쳐진 서류를 들여다보고 와인을 홀짝홀짝 마시고 통화 상대의 말에 맞장구쳐 주며 깔깔거리는 한편, 나를 향해 못마땅한 표정을 지어 보이기도 한다.

통이 좁은 청바지 위에 랄프 로렌의 줄무늬 셔츠. 밑자락은 꺼내고 소매는 둘둘 걷어 올렸다. 단추는 세 개까지 풀어놓았다. 주근깨가 박힌 여윈 가슴이 언뜻언뜻 내보여도 전혀 흉하지 않은 것은 마흔일곱 나이의 여성이 가진 특권인 모양이다. 그녀가 꿈꾸는 이상형은 제인 버킨이라는 배우라고 한다. 나는 그 배우를 알지도 못하지만 이미지는 대충 짐작이 간다. 분명 마른 체격에 얼굴도 몸매도 남자 같고 섹시한 구석은 찾아볼 수 없는 것 같으면서도 묘하게 섹시한 여자일 것이다.

"네, 또 뭔가 궁금하시면 언제든지 전화하시고요. ……아뇨, 저야말로 감사하죠. 기다리겠습니다." 딸칵 휴대전화를 닫고 그녀…… 즉 나의 어머니는 긴 한숨을 내쉬었다. "아휴, 바보하고 얘기하는 거, 너무 피곤해."

"어찌 그런 심한 말씀을……." 소파에서 뒹굴던 나는 어이가 없어서 읽고 있던 잡지를 덮었다. "그래도 단골인데."

"단골이 뭐 대수야? 손님이 반드시 하느님인 건 아냐." 어머니는 새 담배에 불을 붙이고 후우 연기를 토해냈다. "저렇게 극단적으로 말귀를 못 알아듣는 사람하고 얘기하다 보면 나까지 뇌가 부식되는 거 같다니까."

"그렇게까지 심하게 말할 게 뭐 있어."

"일본 사람은 왜 이렇게 하나에서 열까지 남에게 결정해 달라고 하는지 모르겠어. 애초에 자기주장이라는 게 없나 봐."

"그건 별수 없는 거 아닌가?"

"뭐가?"

나는 몸을 돌려 반듯하게 누웠다. 그 바람에 잡지가 바닥에 떨어졌다. 그러자 존이 어슬렁어슬렁 다가와 그걸 입에 물고 잡지 선반에 쏙 넣었다. 역시 래브라도 리트리버는 점잖고 일을 잘한다. 어머니 같은 여자에게는 딱 좋은 개다.

"애, 별수 없다니, 그게 무슨 뜻이냐고 묻잖아!"

"괜히 왜 나한테 시비를 거시나. 존, 이리 와……. 음, 잘했어, 잘했어." 길게 늘어진 존의 귀 밑을 살살 긁어주면서 나는 말했다. "아니, 그게 어머니 일이잖아. 여행사란 건 원래 어디로 가서 무엇을 해야 좋을지 모르는 사람들이 이것저것 알려달라고 찾아오는 곳 아니냐고."

그러자 어머니는 피우던 담배를 재떨이에 내려놓고 나한테 슬슬 다가오더니 개를 살짝 밀쳐내면서 말했다.

"오, 세상 좀 아는 듯한 소리를 하시네?"

그러더니 깔깔 웃으면서 뼈가 불거진 양손으로 내 뺨을 감싸고 마구 비벼댔다.

"아이, 왜 이래, 징그럽게."

존까지 날뛰면서 젖은 코끝을 들이밀었다. 녀석의 베이지색 몸에서도, 그리고 어머니에게서도 중성적인 향수 냄새가 났다.

"뭐야, 왜 그래?" 히로시 씨가 거실로 들어오며 말했다. "꽤 소란스럽네. 무슨 장난들을 치고 있나."

"스리섬이야." 말도 안 되는 소리를 하는 어머니. "자기도 낄래?"

"아, 난 사양하겠어." 히로시 씨는 쓴웃음을 지으며 말했다. "미쓰히데, 커피 내리려는데 너도 마실래?"

"네, 주세요."

어머니와 존을 뿌리치고 나는 소파에서 일어섰다.

"어라, 도망가는 거니?"

"그래, 어머니하고는 못 놀겠어."

"미쓰에, 당신은?"

"뭐?"

"커피."

"아, 난 됐어."

엄마는 나 대신 존의 등에 올라타 사랑스럽다는 듯이 마구 쓰다듬고 있었다. 그 난리를 피한 나는 방을 가로질러 주방 식탁 의자에 자리를 잡았다.

"어휴, 저 주정뱅이. 히로시 씨가 너무 봐주니까 저래요. 대낮부터 와인이라니, 한번 따끔하게 혼을 내야죠."

커피 여과지 위에 뜨거운 물을 따르는 히로시 씨의 등이 웃고 있었다.

"아예 나를 알코올의존자인 것처럼 얘기하네?" 방 맞은편 소파에 벌렁 누운 어머니가 말했다. "와인은 술도 아니야. 유럽에서는 물 대신 마신다는데, 뭘."

"안타깝게도 여긴 일본인데요."

"얘, 방금 쟤가 하는 말 들었니?" 어머니는 일부러 존의 눈을 들여다보며 말했다. "저 밉살맞은 말솜씨하고는. 영락없이 노부나가를 닮았다니까."

나는 불끈했다. 아버지를 닮았다는 말만큼 신경질 나는 것도 없다. 그걸 뻔히 알고 어머니는 걸핏하면 비장의 카드처럼 그 말을 써먹는 것이다.

바로 얼마 전까지도 나는 어머니가 딴 남자를 사귀어(그게 바로 히로시 씨다) 집을 나간 것은 고집불통인 아버지의 성격에 지쳐버렸기 때문이라고 생각했다. 하지만 이제는 새삼 이런 생각이 솔솔 든다. 아버지와 어머니가 헤어진 것은 두 사람의 성격이 맞부딪쳐 발생한 당연한 결과인지도 모른다고. 그즈음 어머니는 찍소리도 못하고 울기만 하는 것처럼 보였지만, 가만 생각해 보니 눈물로 줄기차게 자기주장을 하는 어머니에게 아버지가 그만 두 손을 들어버린 경우도 꽤 있었던 것 같다.

히로시 씨가 커피 두 잔을 들고 다가와 내 맞은편에 앉았다.

"원두를 바꿔봤어. 맛이 어떨지 모르겠네."

그는 어머니보다 세 살 연하, 항상 이런 온화한 말투다. 여자처럼 꾸며도 잘 어울릴 듯한 꽃미남이다. 아버지와는 도무지 닮은 구석을 찾기가 어렵다. 어머니는 예쁘장한 남자를 선호하는 모양이다.

어머니와 히로시 씨는 혼인신고를 하지 않았다. 두 사람 사이에 아직껏 남녀의 감정이 있는지 어떤지도 나로서는 상상이 되지 않는다. 이제 결혼 따위는 지긋지긋하다고 어머니가 말하는 것을 들은 적이 있지만, 혼인신고에 대해 히로시 씨가 어떻게 생각하는지 그의 입을 통해 직접 들은 적은 아직 없다. 얘기를 들어봤자 내가 어떻게 해줄 수도 없는 문제일 경우에는 애초에 끼어들지 않는다는 게 내 방식이다. 그 방식으로 후회해 본 적도 아직은 없다.

"오, 좋은데요?"

"신맛이 강하지만 그런대로 괜찮지?"

에어컨이 빵빵한 방 안에서 마시는 뜨거운 커피는 확실히 맛이 좋다. 나는 두툼한 머그잔에 담긴 커피를 한 모금 더 마셨다.

타원형 테이블은 알루미늄 재질에 무광택의 은색이고, 흐르는 듯한 선을 그린 의자는 빨간색이다. 지금 어머니가 존과 함께 누워 있는 소파는 까만색 가죽이고 그 발밑에는 털이 긴 크림색 러그가 깔려 있다. 아버지가 설계한 집의 자연스러운 소재나 분위기에 익숙해져 있던 나는 몇 년 전에 처음 이 맨션을 찾았을 때 너무도 다른 분위기에 적잖이 당황했다. 이런 식으로 드라마에 나올 법한 집에서 사는 사람이 세상에 정말 있구나 싶었다.

"다들 불경기라고 하는데 히로시 씨네 사무실은 그런 것과 별 관계가 없는 것 같아요."

턱을 괴며 그렇게 한마디 던져보았다.

"아니, 천만의 말씀." 그는 머그잔 너머로 눈을 둥그렇게 떴다. "그야 한창 어려울 때보다는 약간 나아졌지만 예전처럼 호화로운 여행을 하는 손님은 부쩍 줄었어. 다들 호텔비를 아끼려 들고 값싼 항공사 중에서도 좀 더 값싼 좌석을 찾기도 해. 서민들이 살림살이를 바짝 조이기 시작하면 가장 먼저 영향을 받는 게 우리 같은 장사야. 하긴 그렇지, 여행은 안 가도 사는 데 별 지장이 없으니까."

"그래도 적자가 나지는 않지요?"

"뭐, 그럭저럭. 단골들이 꽤 찾아주시는 덕분에."

"그런 고마운 손님을 아까 어머니는 바보라고 했단 말이야?"

"……"

이상하네, 웬일로 톡 쏘며 대구하지 않나, 하고 돌아봤더니 어머니는 그새 소파에서 잠이 들었다. 그 곁에 있던 존이 아무렇게나 늘어진 어머니의 팔에 턱을 얹은 채 흰자위 부분이 유독 많은 눈으로 흘끔 나를 쳐다보았다.

"미쓰히데."

"예."

시선을 돌리자 히로시 씨가 재떨이에서 거의 재가 되어가던 어머니의 담배를 꾹 눌러 꺼주면서 나지막한 목소리로 말을 이었다.

"그 뒤로 어떻게 됐어? 아버님 건강 상태는."

허를 찔린 기분이었다. 나는 말없이 마시던 커피로 시선을 떨구었다.

"병원에 들렀다 오는 길이지?"

"……예."

"이런 입장이니 문병은 못 갔지만 계속 마음에 걸렸어. 게다가 미쓰에 씨가 주워 담을 수 없는 말을 해버렸다던데……."

"됐어요, 그건." 나는 컬컬한 목소리를 밀어냈다. "괜찮아요. 그때 어머니가 울고불고 난리 치지 않았어도 어차피 머지않아 아버지에게 들켰을 거예요. 끝까지 감출 수는 없는 일이었어요. 주위에서 아무리 위궤양이라고 말해도 방사선이니 항암제니 쓰기 시작하면 어차피 눈치를 챘을 테니까요. 그러잖아도 의심 많은 사람이라서."

누나의 말에 따르면, 아버지가 맨 처음에는 갑작스럽게 화장실에 뛰어 들어가 토했다고 한다. 거실에서 텔레비전을 보던 누나가 놀라서 들여다보니 변기 안이 온통 빨갛게 물들어 있었다. 구급차가 도착할 즈음 아버지는 이미 의식이 없었다.

암일지 모른다는 것은 아버지 스스로도 이미 어렴풋이 짐작한 모양이었다.

"하지만 무슨 병인지 모르는 것과 확실히 암이라는 말을 듣는 것은 크게 다르잖아." 히로시 씨는 말했다. "우울해하시진 않고?"

그건 맞는 말이다. 암이라는 선고를 태연히 받아들일 사람이 있을까. 다만 낙담을 솔직히 드러내기에는 아버지의 자존심이 너무 강했다. 아무리 실망했어도 나나 누나에게는 결코 그런 면을 보이려 하지 않았다. 오히려 블랙 유머 같은 말로 누나를 놀려먹었을 정도다. 항암제 때문에 내가 머리가 다 빠진 채로 죽으면 반드시 관에 모자를 넣어, 깜빡 잊어버리면 내가 귀신이 되어 찾아갈 줄 알아, 라는 식으로. 그리고 만일 심장이 멈춘다면 의사가 위에 올라타 가슴을 누르고 때리고 전기 충격을 주는 짓만은 절대 못하게 해달라고도 했다.

"하지만 그건 의사의 의무잖아."

"의사의 의무건 뭐건 아버지는 싫대요. 그러다가 자칫 갈비뼈가 부러지면 당장 고소하겠다나? 그때는 이미 죽어버린 뒤라고 해도 듣지를 않아요."

히로시 씨는 어처구니없다는 듯 잠깐 웃더니 이내 아무 말 없이 생각에 잠겼다.

소파 쪽을 돌아보니 어머니는 어지간히 피곤했던지 꿈쩍도 하지 않았다. 그 대신 존이 꿈이라도 꾸는지 귀를 움찔거렸다.

"예상했던 것보다……." 나는 더욱 목소리를 낮춰 말했다. "진행이 빠른 편인가 봐요. 경성硬性 위암이래요. 의사는 지난번 수술 상처가 낫고 체력이 회복되면 항암제를 몇 종류 섞어서 써보자고 했어요."

"하지만 항암제로 도리어 일찍 죽는 사람도 있다던데."

나는 입을 다물었다. 그런 소리, 나한테 해봤자 난처하기만

하다. 그래서 어쩌라는 건가. 항암제를 쓰지 않으면 머지않아 아버지는 틀림없이 죽는다. 항암제를 쓰면 고통은 따르겠지만 일단 암 덩어리는 작아질 가능성이 있다. 어떻든 해보지 않고서는 모르는 일이라고 의사는 미심쩍은 소리를 했다.

애초에 나는 아무 결정도 할 수 없었다. 모든 일이 나를 무시한 채 진행되었다. 아무도 내 사정 따위는 들어주지 않았다. 의견조차 청하지 않았다. 그랬으면서 '도리어 일찍 죽는 사람도 있다던데'라고 마치 나를 나무라듯 말하는 건 뭐냐고 반문하고 싶었지만 실제로는 입 밖에 내지 못했다.

히로시 씨와 적당한 거리를 유지하는 건 꽤 어렵다. 요즘은 사람 좋은 그에게 이따금 숨이 막힌다. 지나치게 착한 그가 미워지려고 한다.

전에는 그런 생각은 해본 적도 없었다. 그러기는커녕 이 집은 나에게 내 방 이상으로 편히 쉴 수 있는 장소였다.

하지만 아버지가 쓰러진 뒤부터 갑작스레 내 안에 모종의 응어리가 생겼다. 어떤 사정이 있었건 간에, 어머니와 히로시 씨가 아버지를 배반했다는 사실만은 달라지지 않는다. 건강한 때라면 또 모르지만 곧 세상 떠날 것 같은 아버지를 병원에 둔 채 두 사람의 집에서 속 편하게 앉아 있는 나를 생각하면 역시 견딜 수 없는 부분이 있었다. 뭔가 불공평하다는 생각이 들었다. 더할 수 없이 지독한 방식으로 내가 아버지를 배신하는 것만 같았다.

아버지처럼은 되지 않겠다고 그토록 반발하고 고집을 피우며 여기까지 왔는데 어째서일까, 막상 위험한 상황이 닥치자 인간적으로 좋아했던 히로시 씨보다 인간적으로 최악인 아버지 편을 들어버린다. 그게 바로 핏줄이라는 식의 말에는 고개를 끄덕이고 싶지 않지만 그것밖에는 달리 설명할 도리가 없었다.

내 침묵을 어떤 뜻으로 받아들였는지, 이윽고 히로시 씨는 약간 거북한 기색으로 말했다.

"뭐, 결국 아버님 스스로 결정할 일이겠지. 말기라는 선고를 받았어도 몇 년씩 산 사람도 있다니까……. 지난번 수술 받고서는 약간은 회복되신 거야?"

"약간은요." 나는 말했다. "아버지는 어차피 낫지도 않을 거면 죽기 전에 퇴원시켜 달라고 씩씩거리는데 의사가 아직 허락을 안 해요. 퇴원시키면 그 길로 바다에 들어갈 줄 뻔히 알기 때문일 거예요."

"그 몸으로 바다에?" 큰소리를 냈다가 히로시 씨는 급히 목소리를 낮췄다. "설마, 그럴 리가 있나."

"아버지는 진짜로 그럴 생각이라니까요."

히로시 씨는 어리벙벙한 듯 내 얼굴을 빤히 바라보았다. 그러고는 쓴웃음과 함께 한숨 같은 것을 내쉬었다.

"나는 정말 모르겠다. 그렇게도 좋은가, 서핑이?"

이번에는 내가 쓴웃음을 지을 차례였다.

"글쎄요. 하지만 만일 내가 아버지였어도 분명 똑같이 했을 거 같긴 해요."

히로시 씨는 어휴, 저런, 하면서 고개를 저었다.

그러고 보니 얼마 전에 내게 그 비슷한 질문을 했던 애가 있었다. 학생회 부회장 후지사와 에리……. 그녀는 우연히 함께 탄 페리가 가나야 선착장에 도착할 때쯤에야 마치 면도날처럼 날카롭게 물었다.

서핑이 뭐가 그렇게 좋아?

식은 커피를 마저 마시고 자리에서 일어났다.

"그만 가야겠어요. 아, 괜찮아요, 그냥 자게 두세요."

어머니를 깨우려는 히로시 씨를 만류하며 나는 살금살금 문 쪽으로 향했다.

소파 옆을 지나갈 때, 존이 눈을 감은 어머니의 관자놀이를 자꾸 핥는다는 것을 알았다.

어머니는 또 몰래 울고 있었다.

★

할아버지 때부터 꽃 재배를 시작한 우리 집은 바닷가 작은 마을에 있다. 난류 덕분에 한겨울에도 서리가 내리지 않아 해마다 2월에 접어들 무렵이면 비닐하우스 안은 물론이고 노지에서 재배하는 꽃까지 예쁘게 피어난다.

흰색이며 핑크색의 비단향꽃무, 노란 금어초, 울긋불긋한 개양귀비. 계절에 따라 장미나 코스모스도 재배한다.

우리 집에서 재배하는 꽃 중에서 나는 극락조화라고 불리는 꽃을 가장 좋아한다. 몇 년 전에 큰오빠가 비닐하우스에서 재배하기 시작한 꽃인데, 큰오빠가 집을 나가버린 뒤로는 아버지와 작은오빠가 함께 키우고 있다.

극락조화는 말 그대로 모양새가 열대 조류, 그것도 '관두루미'라는 대형 새를 연상시킨다. 날카롭고 뾰족한 적자색 옆얼굴에 선명한 오렌지색과 보라색의 관 모양 장식이 아름답게 대비를 이루고, 생동감 있는 진한 초록빛 잎사귀는 보트의 노 같은 모양이다. 특히 내가 좋아하는 것은 사나워 보일 정도로 의연하게 서 있는 그 모습이다. 하얀 카사블랑카 백합보다 기품 있고 빨간 하이브리드 티 장미보다 요염하고, 그러면서도 한없이 고독하다. 꽃이라기보다 야수의 냄새를 풍긴다. 어딘지 멸종 위기종의 마지막 한 마리 같다.

잡지에 좋아하는 꽃을 통해 그 사람의 성격을 맞히는 코너 기사가 있다. 극락조화를 좋아하는 사람은 어떤 성격일까. 선택하는 꽃 중에 이런 비주류 꽃은 들어 있지도 않겠지만, 설령 나온다고 해도 나는 알고 싶지 않다. '음란하고, 착한 척하는 가식적인 성격이다'라는 식으로 나온다면 이 깊은 좌절에서 다시는 일어설 수 없을 것 같아서.

아침에 내가 식탁에 앉을 때쯤이면 다른 식구들은 벌써 한바탕 일을 끝낸 다음이다. 시장에 꽃을 출하하는 날이면 아직 밖이 어둑어둑할 때 일어난다.

나는 대학 입시를 앞두고 있어서 당분간은 일을 거들지 않아도 된다. 전에 할아버지에게 여자가 대학 가서 뭐 하느냐는 시대착오적인 말을 들었을 때는 정말 너무한다고 생각했지만, 둘째 새언니가 한창 커가는 어린 조카들을 돌보면서 눈 밑에 다크서클이 생길 정도로 일하는 것을 보면 미안해서 견딜 수가 없다. 딱히 대학에서 꼭 하고 싶은 뭔가가 있는 것도 아닌데 나 혼자만 이렇게 농땡이를 부려도 되는지 양심의 가책을 느끼고 만다.

밤늦게 문제집을 풀다 보면 오빠 부부가 쓰는 옆방에서 가끔 새언니의 하소연이 들려오곤 한다. 어떤 내용인지는 정확히 들리지 않지만 말투로 금세 알 수 있다.

야무진 성품의 새언니는 작은오빠가 그저 점잖게 달래기만 하는 게 답답한지 이따금 비난하는 투로 쏘아붙인다. 작은오빠 입장에서는 장남 대신 가업을 이어가기로 결정한 이상 아내에게 시부모와 잘 지내라고 하는 수밖에 없을 것이다. 그러니 그저 달래는 것 말고는 다른 방법이 생각나지 않는 것이겠지만,

나는 새언니의 마음도 충분히 이해가 되었다. 가끔은 남편 쪽에서 시부모에게 분명하게 말해줬으면 하는 바람이 있는 것이다. 우리한테도 우리 나름대로의 생활이 있으니까 지나치게 간섭하지 말아달라든가 하는 말.

그래서 나는 다음 날 아침이면 나도 모르게 밥상 앞에서 명랑한 척 너스레를 떤다. 주위에 떠도는 묵직한 분위기를 전혀 눈치채지 못한 척하면서 시큰둥한 표정을 한 새언니를 대화로 끌어들이기 위해 일부러 조카들에게 장난을 친다. 아직 어린 조카들은 시부모(특히 엄마)와 새언니 사이의 다툼의 원인이기도 하고 반대로 윤활유이기도 한 미묘한 존재다. 그 점을 어떻게든 잘 캐치해서 우리 가족 사이에 흐르는 뻑뻑한 공기를 바꿔보려는 것이다.

같은 집에 살면서 험악한 공기가 떠도는 건 너무 싫다. 모두 활짝 웃어줬으면 싶다.

나는 가족을 사랑한다.

하지만 그만큼, 훌쩍 집을 떠나버린 큰오빠가 부럽기도 하다.

집에서 학교까지는 네 개 역, 전철로 20분이면 도착한다.

네 구간뿐인데도 시간이 꽤 걸리는 이유는 중간에 선로가 단선單線이 되면서 마주 오는 전철을 기다리기 때문이다. 청색과 크림색으로 나눠 칠한 오래된 전철은 아침에는 코발트빛 바다를 오른편으로, 저녁이면 황금빛 바다를 왼편으로 내려다보며 덜컹덜컹 왕복한다.

우리 학교는 고등학교로서는 드물게 교과 과정 대부분을 대학처럼 선택제로 하기 때문에 개중에는 2교시나 3교시에 맞춰 등교하는 아이들도 있다. 그래도 역시 1교시부터 수업을 듣는 아이들이 많아서 역 개표구를 나와 학교로 향하는 길은 아침 이 시간이면 똑같은 교복 차림의 학생들로 북적거린다.

역 앞 상점가를 빠져나오자마자 미야코의 뒷모습을 발견했다. 미야코는 집에서부터 걸어서 등교한다. 허리까지 내려온 포니테일이 여름의 아침 바람에 살랑거렸다. 뒤에서 보니 반소매 교복 밑으로 나온 팔이 몹시 가늘었다.

"미야코!"

이름을 들었는지 미야코는 포니테일 머리채로 주위를 탁 치듯이 고개를 돌렸다. 그 시선이 교복의 군중 속에서 나를 포착하고 환하게 미소를 지었다. 웃으면 그녀의 눈동자에는 반짝임이 더해진다.

"안녕?"

"……."

나는 한순간 인사도 잊어버리고 그녀의 도톰한 입술에 빠져들었다. 그곳에 내 입술을 맞댄 게 벌써 1년 전이라니, 믿어지지 않는다.

3학년이 되면서 반이 갈라진 뒤에도 내 가장 친한 친구는 미야코다. 가장 친한 친구. 그렇게 말할 수밖에 없다. 미야코는 어떨지 모르겠지만 나에게 그녀는 유일무이한 절대 친구다. 하지만 내가 그녀를 어떻게 생각하건 혹은 얼마나 좋아하건 그녀는 그런 건 알지도 못한다. 나는 그녀가 알지 못하는 것에 안도하고, 알아주지 않는 것에 초조해하고, 그리고 알게 해서도 안 되는 것에 절망했다.

"에리, 오늘은 늦었네?" 미야코가 말했다. "웬일이야?"

"응, 늦잠 잤어."

나는 거짓말을 했다.

"또 밤늦게까지 공부했구나?"

"아니, 그런 건 아니고."

사실은 잠이 깬 뒤에 이불 속에서 그 짓을 하는 바람에 늦은 것이었다. 엊저녁에 꾼 꿈이 지독히 음란하고 유난히 생생해서 눈을 떴을 때는 어떻게도 해볼 수 없는 상태였다. 그런 때는 그 느낌이 최대한 빨리 사라지도록 의식을 한곳에 집중하는 수밖에 없다.

새언니가 즐겨 읽는 여성 잡지에 여자는 대부분 생리 직전에 성욕이 강해진다고 적혀 있었지만, 내 경우는 그런 것과도 별 관계가 없다. 그렇게 얌전히 주기적으로 찾아오는 게 아니라 돌연 스위치가 탁 켜지는 것이다. 그러면 그걸로 끝장, 아무리 다른 생각을 하며 기분을 바꿔보려 해도 소용이 없다. 아무 튼 한 번은 절정까지 치고 올라가 몸을 만족시켜주지 않는 한, 평소 컨디션으로 돌아올 수 없다. 스위치가 꺼지지 않는 것이다. 꾹 참고 내버려두었다가는 온종일 게슴츠레한 눈으로 지내야 한다. 그걸 나는 이미 잘 알고 있다. 어찌 되었든 내 몸에 관한 일이니.

"그렇게 열심히 안 해도 에리는 좋은 대학에 무난히 합격할 거니까 적당히 해."

삼삼오오 널찍하게 길을 차지하고 걸어가는 아이들 속에서 미야코는 가방을 앞뒤로 흔들며 나를 올려다보았다. 자그마한 몸집의 그녀는 눈높이가 나보다 15센티미터쯤이나 낮다.

"정말 공부가 좋아서 취미처럼 하는 거라면 나도 아무 말 안 하겠어. 하지만 부모님이나 선생님의 기대 때문에 무리하는 거라면 관둬. 알았지?"

"응." 나는 애써 미소를 지었다. "괜찮아, 그런 거 아니야."

결코 그런 게 아니지는 않지만 그건 아무래도 상관없다. 지금 이렇게 미야코가 나를 걱정해 주는 것이 기쁠 뿐이다.

만일 내가 남학생이라면 좀 더 우쭐했을지도 모른다. 이렇게 걱정해 주는 건 그녀도 나를 좋아하기 때문이라는 식으로. 하지만 그런 착각에 혼자 가슴 설레는 것조차 나는 할 수 없다. 동성이기 때문만이 아니라 내가 너무도 현실적인 성격이기 때문이다. 나는 꿈을 품는 일에 서투르다.

　길이 완만한 오르막으로 접어들었다. 언덕 중간쯤을 지나면 정면으로 바다가 바짝 다가오고 길 양쪽의 건물이 모두 등 뒤로 사라지면 시야는 온통 바다와 하늘의 파란빛으로 가득 찬다. 모든 족쇄로부터 해방되는 듯한 그 순간의 느낌이 너무 좋다. 오늘처럼 청명한 날 아침은 더욱 그렇다.

　"바다, 정말 좋아."

　미야코가 말했다.

　"어, 나도 방금 똑같은 생각 했는데."

　방파제에 막혀 왼편으로 길을 돌았을 때, 미야코가 긴 한숨을 내쉬었다.

　"그래서 난 저런 건 도저히 용서가 안 돼. 너무 보기 싫어."

　그녀가 손끝으로 가리킨 것은 큼지막한 포스터였다. 네모난 합판에 붙여 공원 옆 전봇대에 철사로 동여매 놓았다. 한가운데 큰 글씨로 '대마, 재배하지 맙시다'라고 쓰고 그 주위에 대마 잎사귀의 사진을 넣은 포스터다. 섬세한 단풍잎 같은, 이 근처 어디서나 흔히 볼 수 있는 잎사귀다. 도쿄에 놀러 가봐도 이런 포스터는 한 번도 본 적이 없다. 역시 시골이라서 나붙는 것인지도 모른다.

　"저런 포스터는 군이 붙일 필요도 없잖아?" 미야코가 말했다. "그나마 '재배하는 사람을 발견하면 신고해 주세요'라는 말이면 이해가 돼. 근데 '하지 맙시다'라니, 대체 누구한테 하는 소리야? 재배하지 않는 사람이면 어차피 아무 관계도 없고, 그렇다고 재배하는 사람이 저 포스터 보고 '아, 네, 알겠습니다' 하고 순순히 그만둘 리가 없잖아. 그렇지?"

나는 푸훗 웃음이 터졌다. "정말 그렇다."

"아버지가 전에 했던 말이 있어. 우리 아버지, 1년 내내 유럽 등으로 연주 여행 다니잖아. 그러면 일본인이 얼마나 과보호에 익숙해져 있는지 금세 알 수 있대. 나도 실제로 사진을 찍다 보면 느껴. 말장난 같은 교통 표어, 위험 방지 입간판처럼 굳이 내걸 필요도 없는 것들이 길목마다 넘쳐서 진짜 짜증이 나. 카메라 렌즈를 들여다보면 꼭 그런 방해물이 끼어든다니까. 왜 미관이라는 걸 좀 더 고려하지 못 할까?"

"미야코." 내가 말했다. "무슨 안 좋은 일 있었니?"

그녀가 문득 입을 다물었다.

미야코의 어깨에서 이윽고 후우 하고 힘이 빠졌다.

"눈치챘어?"

"……응."

그런 것쯤은 금세 알 수 있다. 미야코의 기분이 평소와 다르다는 것쯤은. 날마다 그녀를, 그녀만을 숨죽여 지켜보고 있으니 당연한 일이다.

"아니, 딱히 안 좋은 일은 아니고…… 그냥 좀 짜증이 났어."

"혹시 그 사진가 때문에?"

그녀의 어깨가 움찔했다.

"응, 그렇긴 한데……."

"사귀는 중?"

"아냐. 미안해, 아직은 얘기를 못 하겠다."

"괜찮아. 나야말로 꼬치꼬치 물어서 미안."

"내가 미안하지. 아침부터 괜히 짜증 내고."

"아냐, 내가 미안……."

문득 얼굴을 마주 보며 우리는 웃음이 터져버렸다. 미야코의 눈동자가 다시 반짝거렸다.

그 순간, 나는 그녀를 껴안고 싶었다. 주위의 다른 애들이 어떻게 생각하건 상관없다. 지금 여기서, 이 바닷가 길 한가운데서 마음껏 그녀를 껴안고 키스하고 싶었다. 그렇게 키스하는 순간 서로의 심장이 멈춰버린다면 얼마나 좋을까.

교실 앞에서 미야코와 헤어지자 곧바로 나는 필요한 교재만 품에 안고 계단을 뛰어 올라갔다. 과학실 맨 뒷자리로 가서 창문을 활짝 열었다. 2학년 때 미야코가 여기서 내다보는 바다가 좋다고 말한 적이 있었다. 그때의 그 창문이다. 눈높이가 바뀌면 바다 색깔도 다르게 보인다.

손목시계를 들여다보았다. 시작종이 울리기까지 아직 3, 4분 남아 있었다.

뒤따라온 반 친구들의 수다에 방해받지 않으려고 창문 너머로 한껏 몸을 내밀었다. 파도 소리가 가까워진다. 그것만으로도 다른 세상이었다. 바닷바람이 얼굴에 들이치자 마치 섬이 되어 하늘을 나는 듯한 기분이었다. 이곳에서 떨어지면 죽으려나, 하고 문득 생각했다.

　갑작스레 옆에서 누군가의 말이 내 귀에 뛰어들었다.

　"3학년 2반의 미쓰히데 말이지?"

　나도 모르게 움찔하다가 하마터면 진짜로 떨어질 뻔했다. 야마모토 미쓰히데, 지금 내가 가장 듣고 싶지 않은 이름⋯⋯.

　돌아보니 바로 옆 창문을 열고 유키코와 대여섯 명의 여학생들이 재잘거리고 있었다.

　"누구냐, 그게? 귀에 익은 이름이긴 한데?"

　"있잖아, 작년에 서핑 세계 대회 참가하러 프랑스인지 어딘지 갔던 애."

　"아, 알겠다. 걔? 하지만 1회전에서 떨어졌다면서."

　"그거야 세계 대회니까. 걔, 괜찮지 않아?"

　"글쎄, 그런가. 어째 좀 가벼워 보이던데."

　"그래도 꽤 멋있어. 말하는 것도 재미있고."

　"난 머리 염색한 남자는 싫어."

　"그건 어쩔 수 없어, 바다에서 탈색된 거라잖아."

　"염색한 거 아니었어?"

"아닐걸. 아마도."

"그래서 걔 하숙집이 어디야?"

"저기 저거."

"어디, 어디?"

"저기라니까. 바로 저 앞. 목욕탕 굴뚝 그림자를 따라서 쭉 앞으로 와봐."

"응? 모르겠어, 어디?"

"얘가 어딜 보는 거야? 좀 더 앞쪽, 저기 서핑용품점 간판 있잖아. 거기 2층이야."

"아, 저기? 진짜네. 빨랫줄에 반소매 웨트슈트가 걸려 있어."

"나오코, 너 웨트슈트도 알아? 아 참, 헤어진 남자친구가 서퍼였지?"

"쳇, 그 얘긴 왜 꺼내?"

"근데 서퍼들은 보통 아침 일찍 일어나지 않니?"

"왜?"

"커튼이 내려져 있잖아."

"새벽에 바다에 나갔다가 돌아와서 다시 자는 애들도 있어."

"그래도 미쓰히데는 2교시 선택영어 수업에 꼬박꼬박 잘 나오던데. 그렇지, 히토미?"

"응."

"저기요, 슬슬 일어나요! 늦잠 자다가 지각해요!"

"혹시 옆에 누가 자고 있다거나?"

"에이, 설마."

"아니야, 미쓰히데는 오는 여자 안 막는다는 소문이 자자하잖아."

"우와, 그런 얘기는 누구한테 들었어?"

"히토미 너, 야하다!"

"소문이라니까, 소문."

깔깔깔 웃어대는 아이들의 말을 한 마디도 놓치지 않으려 귀를 기울이면서 나는 내가 선 창문에서 목욕탕 굴뚝 그림자를 따라가 서핑용품점을 찾아보았다.

그 가게는 금세 눈에 들어왔다. 테이크오프. 예상보다 훨씬 앞쪽이었다. 베란다에 반소매 웨트슈트가 걸려 있었다. 검은색 바탕에 선명한 보랏빛 라인. 저 방 안에서 야마모토 미쓰히데가 자고 있을지도 모른다니.

문득 요코하마에서의 일이 머릿속에 펼쳐지면서 핑그르르 현기증이 났다.

눈을 감고 입술을 깨물었다. 그날 밤 우연히 만난 남자의 두툼한 혀의 감촉이 입속에서 되살아나 나도 모르게 구역질이 났다.

"야, 에리."

눈을 뜨자 바로 옆에서 미즈시마가 나를 들여다보고 있었다.

"너 괜찮아? 또 아픈가 보네?"

"아냐, 괜찮아."

나는 대충 얼버무리고 서둘러 창가 자리에 앉았다. 그와 동시에 시작종이 울렸다. 안도의 한숨이 흘러나왔다. 누구에게도 들키지 않고 넘어갈 수 있었다.

미즈시마가 '또'라고 말한 것은 지난주에 있었던 그 일 때문이다. 월례 학생회 단상에서 빈혈을 일으켜 주저앉고 말았던 것이다. 온몸에서 식은땀인지 진땀인지 마구 쏟아져 살갗이 눅눅해지고 맹렬히 화장실(큰일 쪽)에 가고 싶었다. 가까스로 의식이 돌아왔을 때 나는 강당 대기실 벤치에 눕혀져 있었고, 한문 담당 나카무라 선생님이 책받침으로 부채질을 해주고 있었다. 나이 많은 여자 선생님인 것에 한결 마음이 놓여 긴장이 스르르 풀렸다.

"아유, 가엾어라. 날씨가 너무 더웠어. 단상은 더 그랬지?"

나는 말없이 고개를 끄덕였지만 속이 울렁거린 것은 사실 더위 때문이 아니었다.

'그 녀석에게 들키지만 않았더라면…….'

그날 밤부터 일주일이 넘도록 그 생각을 얼마나 많이 했는지 모른다.

돌아오는 페리에서 내릴 때까지 나는 결국 중요한 말은 한마디도 꺼내지 못했다. 제대로 대답도 못 하는 나는 아랑곳할 것도 없이 파도며 바람이며 서프보드에 대해 줄줄이 늘어놓는 그 애를 쏘아보며 딱 한 마디를 했을 뿐이다.

"서평이 뭐가 그렇게 좋아?"

달랑 그것뿐이다.

"뭐가 좋으냐고?" 그는 깜짝 놀란 듯 나를 내려다보며 답했다. "전부 다 좋다고나 할까?"

그리고 마치 제 연인에 대해 말한 것처럼 수줍게 웃었다.

그 순간, 나는 그 애가 너무 싫었다. 그런 식으로 단언할 만한 것을 아무 장애도 망설임도 없이 손에 넣은 그 애가 얄미웠다.

겉보기만큼 입이 가볍지는 않다, 그러니까 믿어도 된다고 그는 말했다. 안심해, 후지사와 에리, 라고.

정말 웃기지도 않는다. 그렇게 주절주절 말이 많은 애를 대체어떻게 믿고 안심할 수 있을까.

애초에 각오하고 저지른 일이지만 이상한 소문이 나는 것만은 정말 싫다. 그래서 일부러 그 먼 곳까지 갔던 것이다. 그런데하필 그런 녀석을 만나다니…….

내가 상상한 최악의 경우 중 가장 괴로웠던 것은 학교 쪽에들키는 것도 아니고 부모님이 실망하는 것도 아니었다. 그 일이 미야코에게 알려져 그녀에게 경멸받는 것이었다.

'에리 안에는 남성과 여성, 양쪽이 다 깃들어 있는 모양이지.'

그렇게 나를 위로해 준 미야코도 내가 몸속의 근질거림을 참지 못했고, 게다가 내가 평범한 여자인 것을 확인하겠다는 이유로 이름도 모르는 낯선 남자와 잤다는 것을 알게 되면 분명 기막혀할 게 틀림없다. 아니면 그래도 지금까지처럼 다정하게 대해줄까. 에리 안에는 또 한 사람, 색정광에 불감증인 레즈비언 매춘부도 깃들어 있구나, 라고?

활짝 열린 창문으로 바람이 불어왔다. 거기에 홀린 듯 바깥으로 시선을 옮겼다.

가슴이 철렁했다.

그 애가 그만 일어나기로 한 모양이다.

야마모토 미쓰히데의 방 커튼은 어느새 걷혀서 베란다 창밖으로 휘날리고 있었다. 하얀 천이 바람을 받아 부풀어 오르는 모습이 마치 고대 선박의 돛처럼 보였다.

그 애의 까만 눈동자가 머릿속에 떠올랐다.

지난주 학생회에서 평소처럼 학생회장 미즈시마와 함께 진행을 맡고 있던 나는 아래에서 올려다보는 학생들 속에서 그 애를 발견하고 숨을 헉 삼켰다. 시선이 마주치자마자 머릿속의 의미 있는 언어는 모조리 사라지고 혀가 딱 굳어버렸다. 당장 그 자리에서 도망치고 싶었다. 그 애의 시선에서 도망치고 싶었다. 빈혈이 일어난 건 분명 그런 바람이 너무도 강해 내 몸이 반응했기 때문일 것이다.

또각또각 칠판을 치는 분필 소리가 났다. 선생님이 뭔가 화학식을 쓰고 있었다. 나는 느릿느릿 노트를 펼치고 기계적으로 받아썼다.

내가 쓴 글씨가 묘하게 낯설게만 보이고 의미가 머릿속에 전혀 들어오지 않았다. 조금 전 히토미가 했던 말만 머릿속에서 끈질기게 되풀이되었다.

미쓰히데는 오는 여자 안 막는다고 소문이 자자하잖아…….

웬일로 두벌잠을 자버렸다.

평소에는 아침 5시에 일어나 바다 상태를 보고 6시 반까지 파도를 타다가 돌아와 가게 샤워실에 들어간다. 그러고는 가게 옆 식당에서 아침밥을 먹고 잠시 쉬었다가 학교에 간다. 그게 어김없는 내 일과였는데 오늘 아침에는 샤워하고 잠깐 쉴 생각으로 자리에 벌렁 누웠다가 그만 깊이 잠들어 버렸다. 하마터면 2교시 수업에 지각할 뻔했다.

이렇게 피곤한 건 어제 기를 쓰고 자전거를 탔기 때문이다. 어머니 집에서 나온 뒤에 나는 구리하마 항구에서 페리를 타고 가나야로 건너왔다. 평소 같으면 거기서 곧바로 전철을 탔는데 어제는 왠지 속이 답답해서 충동적으로 하숙집까지 수십 킬로미터를 자전거로 주파해 버린 것이다.

그런데 산을 빠져나오는 길이 예상보다 언덕길이 많고 게다가 급경사였다. 중간쯤까지 왔을 때 이미 맹렬한 후회가 밀려들었지만 다시 돌아가는 것도 우습고 그냥 앞을 향해 페달을 밟는 수밖에 없었다. 덕분에 훈련이야 잘되었지만 두 번 다시 할 짓은 아니었다.

평소와는 미묘하게 다른 근육을 사용한 탓에 몸 여기저기가 욱신거렸다.

그러고 보니 지난번에도 평소와 다른 루틴의 근육 트레이닝을 한 다음 날, 내가 온몸이 쑤신다고 투덜거렸더니 가쓰야 씨가 씩씩거리며 말했다.

"다음 날 즉시 근육통이 나타나는 건 젊다는 증거야. 나는 사흘째에나 반응이 오는데."

늦은 아침밥을 입에 몰아넣고 겨우 2교시 영어 수업이 시작하기 직전 아슬아슬하게 교실에 도착했다.

교실 문 근처에 있던 다카유키와 히로키에게 굿모닝 인사를 건네고 자리에 앉으려는데 두 칸 뒤에 앉아 있던 여학생 세 명이 나를 보고 뭔가 속닥거리며 키득키득 웃었다.

"뭐야, 사람 상처받게."

속상한 얼굴로 한마디 해줬더니 여학생들은 한순간 딱 굳어서 눈이 휘둥그레졌다가 금세 다시 웃음을 터뜨렸다.

"아, 미안. 실은 전 시간에 야마모토에 대한 소문이 좀 돌았거든."

새침한 얼굴로 그렇게 말한 것은 히토미였다. 세 명 중에서 그녀만 나와 같은 반이다.

나는 히토미의 눈앞으로 다가가 그 앞자리에 털썩 앉았다.

"내 소문이라니, 무슨 얘긴데?"

"비밀이야."

"좋은 소문이지?"

"글쎄."

"에이, 말해봐." 일부러 친한 척 몸을 들이밀며 달콤한 목소리를 만들어 속삭였다. "히토미, 나하고 너 사이에, 응?"

히토미는 부루퉁한 표정을 지었지만 나는 다른 두 여학생이 깔깔 웃어젖히는 것을 보고 좀 더 립 서비스를 해주기로 했다.

"알려주면 하라는 대로 뭐든 다 할게. 여자친구 삼아달라고 하면 그렇게 해줄 거고, 원한다면 함께 '매실 다방'에도…… 아야얏."

히토미가 인정사정없이 내 머리를 후려쳤다.

"내가 뭐가 아쉽다고 너하고 사귀냐!"

"아, 너무해." 나는 몸을 배배 꼬며 말했다. "아버지도 나 때린 적 없는데."

"입만 열면 거짓말만 하고 있어."

그때 문득 다카유키 녀석과 눈이 마주쳤다. 턱을 괴고 어이없다는 듯이 이쪽을 쳐다보고 있었다. 잘들 논다, 하고 얼굴에 적혀 있었다. 누가 아니라나. 내가 생각해도 그렇다.

그러자 옆에서 다른 여학생이 끼어들었다.

"미쓰히데, 매실 다방에 가본 적 있어?"

어쩐지 생리통으로 고생할 것 같은 애라고 생각하며 나는 대답했다.

"글쎄, 가봤을까?"

마치 깊은 뜻이 있는 것처럼 씨익 웃어주었다. 참고로 '매실 다방'이라는 건 찻집이 아니라 이 동네의 유일한 러브호텔이다. 여자를 데리고 갈 수 있는 숙박시설이라고 하는 게 더 적합할지도 모른다.

"너야말로 가본 적이 있는지 궁금하네?"

"내가 그런 델 왜 가?"

"그럼 시험 삼아 나하고 한번 가볼까?"

여학생들이 서로 눈짓을 주고받았다.

"뭔데, 왜 그러는데?"

"역시 소문이 사실이구나 싶어서."

"자, 잠깐." 나는 말했다. "아무래도 별로 향기로운 소문이 아닌 것 같은데?"

"뭐, 그렇지도 않아. 남자로서는 나름대로 명예로운 얘기일 수도."

그러는데 덜컹덜컹하는 소리가 났다.

"어이, 미쓰히데!" 교단에 오르며 선생님이 말했다. "그런 데서 노닥거리지 말고 빨리 자리에 앉아."

교실이 갑자기 분주해졌다.

"아니, 아직 앉지 마라. 일어난 김에 이 노트나 나눠줘."

"……예."

"그리고 그 참에……."

"또 있어요?"

"다 나눠주고 54페이지 처음부터 읽어봐."

"선생님, 저만 너무 미워하시는 거 아니에요?"

저항한 보람도 없이 나는 예습도 하지 않은 곳을 읽어야 했다. 더듬더듬 한 페이지쯤 읽고 자리에 앉았을 때는 조금 전보다 더 힘이 쭉 빠져버렸다.

이어서 뒷부분을 읽는 누군가의 목소리를 들으며 멍하니 창밖으로 시선을 던졌다. 바다 쪽에서 서퍼 수십 명이 횡렬로 나란히 보드에 올라 파도를 기다리는 모습이 보였다. 이른 아침의 파도에 비하면 지금은 상당히 낮아졌지만 그래도 아주 가끔씩 큼직한 게 몰려온다. 그들은 오로지 먼바다만 응시하며 숨을 죽인 채 기다리고 있었다.

다른 모든 스포츠가 그렇듯이 서핑에도 몇 가지 엄격한 규칙이 있다. 그중에서도 먼저 파도에 올라탄 사람 앞으로 치고 들어가는 건 최악의 규칙 위반이다. 우선권은 기본적으로 파도 정상에 가까운 포지션을 잡은 사람에게 있다. 그가 라이딩을 시작한 순간, 그 파도는 그만의 것이 된다. 다른 사람들은 포기하고 다음 파도를 기다려야 한다. 그래서 서퍼들은 최상의 파도를 내 것으로 만들기 위해 파도가 일어서고 무너지는 방식을 남들보다 먼저 파악해 베스트 포지션에 서기 위해 필사적으로 애쓴다.

이렇게 위에서 지켜보니 라이딩 기술을 논하기 전에 파도를 선점하는 단계에서 이미 실력 차가 드러난다는 걸 알 수 있었다.

"맨 처음 파도에 올라탈 때 최대한 과장해서 몸을 앞으로 쭉 뻗고, 그러면서 옆에 있는 놈을 쓱 노려보면 그건 뭐, 내 파도가 된 거나 마찬가지야."

줄곧 프로 중에서도 톱클래스에서 활동해 온 가쓰야 씨는 그렇게 말하지만 막상 내가 해보면 당장 "야, 너 나가!" 하는 고함이 날아오거나 자칫하면 얻어맞을 분위기가 된다. 외부에서 온 서퍼에게는 유난히 거칠게 구는 자들이 많다.

우리 학교 서핑부는 몇 년 전, 밤 10시 뉴스에 한 차례 나온 적이 있다. 당시 나는 아직 이 학교 학생이 아니었지만 담당 선생님이 그때의 비디오를 보여주었다. 서핑과 정서교육이라는 것을 연결한 특집이었다.

하지만 적어도 최근 2년 동안, 서핑부가 나의 정서교육에 어떤 공헌을 했다고는 생각되지 않는다. 형식상 부원으로 등록되어 있지만 딱히 부원이 아니어도 달라질 건 없다. 지도교사는 일단 서퍼라고는 하는데 좀체 바다에 들어가는 일도 없고 뭘 가르쳐주지도 않는다. 나 역시 바다를 벗어난 사람에게 뭘 배울 마음은 없다.

애초에 서핑이라는 것은 뭐랄까, 지독히 고독한 스포츠다. 괜히 멋지게 말하려는 것도 아니고 그렇게 믿으려는 것도 아니다. 원래 그런 성질의 스포츠다. 파도와 나, 나와 파도, 그냥 그걸로 끝이다. 초보자가 아닌 한, 그 사이에 뭔가 끼어들 여지는 없다. 있다고 해봐야 기껏 보드 한 장뿐이다.

아, 보드라고 하니까 생각난다. 이번 주말에 나의 새 보드가 드디어 완성된다.

갑자기 기쁨이 스멀스멀 밀려들었다. 새 보드가 몰고 올 새로운 세계를 상상하니 어서 빨리 그걸 품에 안고 바다에 뛰어들고 싶어 몸이 근질거렸다.

언젠가는 내가 직접 깎은 보드로 좋은 성적을 거두는 게 꿈이지만 아직 그럴 만한 솜씨는 없는지라 현재로서는 쇼난에 있는 테이크오프 본점의 아마미야 씨에게 부탁하는 처지다. 크리스마스를 앞둔 어린애처럼 두근두근 설레는 가슴으로 좋아, 주말에 아버지 병문안 갔다 오는 길에 물건을 받아 오자고 생각했다. 하지만 그렇게 생각하자마자 아차 하는 마음이 들었다.

바로 그 아버지의 삶이 이제 얼마 남지 않은 것이다.

한순간 그걸 깡그리 잊고 있던 나 자신이 어처구니없었다. 나를 낳아준 아버지의 병세보다 보드에 더 신경을 쓰다니. 나도 모르게 쓴웃음이 터졌다. 참 대단한 아들이다, 너는.

수평선에 대형 유조선이 떠 있다. 하늘은 구름 한 조각 없을 만큼 맑다. 눈이 부신 탓인지 콧속이 찡했다.

움직이는지 멈춰 있는지 알 수 없는 유조선을 바라보다가 쇼난 집에 갈 때 항상 타고 다니던 페리가 생각나서 나는 무심코 후지사와 에리의 얼굴을 떠올렸다.

그날 밤, 요코하마에서 그녀와 함께 있었던 남자는, 이런 말은 좀 그렇지만 도저히 연인으로는 보이지 않았다. 그건 남자의 팔을 뿌리치고 헤어질 때 그녀의 몸짓에서도, 내게 들키자마자 겁에 질려 우뚝 서버린 모습에서도, 그다음 날 돌아오는 페리에서 다시 만났을 때의 새파래진 그 얼굴에서도 분명하게 알 수 있었다. 그래서 그녀가 "어젯밤 그, 그 사람은……"이라고 뭔가 말하려다 머뭇머뭇 입을 다물었을 때, 나는 일부러 히로시 씨 얘기로 얼른 화제를 돌렸다.

그녀에게 얘기했던 대로 누구에게나 남에게 말하지 못할 사연이 있는 법이고, 남에게 설명할 도리 없는 자기만의 생각이라는 것도 있다. 그건 분명한 사실이다. 하지만 남의 일에 참견할 만큼 한가하지는 않다고 거짓말을 늘어놓은 건 나의 허세라고 해야 할 것이다. 에리의 '사연'은 모른 척 넘어가기에는 너

무도 자극적인 수수께끼로 가득 차 있었다. 나 역시 보통 사람
만큼의 호기심은 있다.

혹시 그런 아르바이트라도 하고 있는 걸까, 에리가 그 시원찮
은 비즈니스맨 같은 남자와 자고 그 대가로 돈을 받은 건가. 우
리 학교 최고의 모범생으로 통하는 학생회 부회장이?

있을 수 없는 일이라고 나는 생각했다. 그리고 동시에 이런
생각도 들었다. 의외로 있을 수 없는 일이 태연히 일어나는 게
이 세상인지도 모른다고.

바다에서 오후 연습을 마치고 상쾌하게 샤워한 뒤에 내 방 베
란다로 나갔다. 가장 행복한 시간이다. 바깥벽에 기대고 앉아
아무도 몰래 맥주를 마시며 바다에서 불어오는 시원한 바람을
맞는다.

시야는 뻥 뚫려 있다. 주위는 깊고 푸른 어둠에 감싸였고 하
늘의 나지막한 위치에는 초저녁 별이, 저 높직한 곳에는 달이,
그리고 먼바다에는 집어등이 반짝반짝 흔들린다. 희미한 파도
소리 외에는 온통 고요하다.

맨살이 드러난 윗몸을 눅눅한 바닷바람이 시원하게 식혀주었
다. 서핑도, 장래에 대한 불안도, 아버지에 대한 걱정도 이때만
은 모조리 머릿속에서 떨쳐버릴 수 있다. 이 작은 행복을 조금
이라도 더 곁에 붙잡아 두려고 나는 숨을 죽인 채 조금씩 맥주

를 마셨다.

점점 취기가 올라왔다. 내 몸은 아버지와 어머니의 합작품이
니만큼 알코올 분해효소가 넉넉히 갖춰졌는지 술은 어지간히
마셔도 얼굴에 드러나지 않는다. 하지만 오늘은 샤워한 직후라
혈액순환이 활발한 탓인지 평소보다 빨리 취하는 것 같다. 귀
가 뜨끈하고 맥박이 빨라지는 게 느껴졌다. 머리가 약간 멍해
졌다.

정말 기분 좋다.

얼마 남지 않은 맥주 캔을 내려놓고 나는 빈손을 반바지 허
리춤과 배 사이에 슬슬 밀어 넣었다. 캔을 잡고 있느라 차가워
진 손으로 뜨겁게 달아오른 것을 움켜쥐자 몸이 부르르 떨렸다.
겨울 바다에서 볼일을 볼 때의 감각이 생각났다. 웨트슈트 안
에 미적지근한 액체가 넘쳐 하반신을 감싼 다음 급격히 식으면
서 한순간 몸이 떨리곤 했다.

생각해 보니 요즘 꽤 오랫동안 여자와 잔 적이 없다. 료코와
헤어진 뒤로 이제 슬슬 두 달째다. 그녀와도 그리 자주 한 것은
아니었고(여자와 그것을 하기까지는 실로 복잡한 절차가 필요하다),
헤어질 즈음에는 내 방을 찾아주는 일이 거의 없었으니까 정결
한 바른 생활이 그새 석 달쯤 된 모양이다. 나로서는 제법 오래
참은 편이다.

날이 어두워 아무 데서도 보이지 않을 거라는 생각에 나는 쭉

쭉 체적을 넓혀가는 내 그것을 움켜쥔 채 상하운동을 해주었다. 눈을 감고 머리를 벽에 기댄 채 다리를 쭉 뻗어 버렸다. 입에서 뜨거운 숨이 새어 나왔다. 이대로 달려가 도착할 곳은 익히 잘 아는 장소다. 관자놀이가 툭툭 맥박을 쳤다. 손안에 있는 것도 완전히 똑같은 리듬을 탄다…….

돌연 날카로운 초인종 소리에 나는 화들짝 놀랐다.

조심스럽고 짤막한 소리지만 방해가 되기에는 충분했다. 심장이 벌렁거렸다.

이런 늦은 시간에 누가 찾아왔을까. 가쓰야 씨나 가게 직원이라면 벨을 누르지 않고 열쇠로 문을 따고 들어왔을 것이다. 그렇다면 다카유키나 히로키인가. 아니면 서핑부 애들?

'학교 바로 앞에 사는 것도 장단점이 있다니까.'

한숨을 내쉬며 자리에서 일어섰다. 아직 반쯤 건강하게 살아 있는 녀석을 살살 달래며 계단을 내려가 뻣뻣한 게 겨우 풀린 참에 문 앞에서 말을 건넸다.

"누구야?"

대답이 없었다.

"누구냐고!"

조금 거친 소리를 내뱉었다. 그래도 대답이 없었다.

은근히 경계하면서 살짝 문을 열었다.

"어……."

문밖, 뒷마당의 어둠 속에 서 있는 건 바로 후지사와 에리였다. 교복이 아니라 하얀 티셔츠와 짧은 청치마 차림이었다.

나를 보자마자 그녀 쪽에서 먼저 말했다.

"지금 혼자 있어?"

"뭐라고?"

그녀는 마치 화가 난 듯 빠른 말투로 다시 말했다.

"지금 미쓰히데 너 혼자냐고."

"응, 그렇긴 한데……."

"그럼 잠깐 괜찮지?"

괜찮냐니, 뭐가 괜찮냐고 물어보려는 찰나, 에리는 내가 잡고 있던 문틈으로 스윽 들어서서 내 배를 밀쳐내더니 손을 뒤로 돌려 직접 문을 닫아걸었다.

"뭐하냐, 너?" 나는 당황해서 주춤 뒤로 물러섰다. "아니, 그보다, 왜 왔어?"

그녀는 약 5초 동안 눈을 내리뜨고 있었다. 왜 왔느냐고 내가 다시 물어보기 직전에 고개를 들어 나를 노려보았다.

형광등 불빛 때문만은 아닐 텐데, 얼굴빛이 유난히 하얗다. 그 눈빛에 기이한 매서움이 담겨 있었다. 나도 모르게 뒷걸음질을 쳤을 만큼, 막다른 궁지에 몰린 절박한 눈빛이었다.

역시나 있을 수 없는 일이 의외로 태연히 일어나는 게 이 세상인 모양이다. 하지만 설마 이런 식으로 그 말이 증명될 줄은 생각도 못 했다.

에리가 나를 똑바로 응시한 채 불쑥 말했던 것이다.

"미쓰히데, 나하고…… 잘래?"

★

드디어 정말로 입 밖에 내고 말았다. 나도 이런 내가 믿어지지 않는다.

이렇게 하자는 생각이 떠오른 뒤부터 온종일 미쓰히데의 하숙집 벨을 누르는 나의 모습을 수없이 상상했다. 그러는 사이에 점점 거부감이 줄어들고 현실감이 없어져 문득 깨닫고 보니 눈앞에 진짜 미쓰히데가 서 있었다.

여드레 전의 그날 밤과 완전히 똑같았다. '상상하는 것'과 '실행에 옮기는 것'은 사람들이 생각하는 것만큼 큰 차이는 없다. 낯선 남자와 함께 자면서 깨달은 것 중 하나가 그 점이었다.

그날 밤을 경계로 내 안의 댐이 무너졌다. 지난 18년 동안 고일 대로 고인 물이 한꺼번에 터져버린 느낌이다. 수문을 연 것이 나 자신인지 아니면 다른 무엇인지는 모르겠다. 하지만 일단 터지자 나 스스로는 그것을 막을 방법이 없었다. 썩은 급류에 허우적거리며 한없이 휩쓸려 가는 수밖에 없었다. 과연 어디에 다다르게 될까. 무엇보다 불안한 건 그것이었다. 이대로 가다가 내가 어떻게 될지 전혀 상상이 되지 않는다는 것.

미쓰히데는 어리둥절한 듯 입을 헤벌리고 무슨 말인지 모르겠다는 얼굴로 나를 내려다보았다.

"내 말, 들었어?"

그럴 생각은 아니었는데 부루퉁한 말투가 튀어나왔다.

굳이 "잘래?"라는 노골적이고 천박한 말을 선택한 것은 그런 식이 아니면 도저히 용기가 나지 않았기 때문이다. 그런 말로 나 자신을 비하하고 나 자신을 헤픈 여자로 연출하지 않고서는 평정을 유지할 수 없었다. 그는 알아차렸을까. 내 무릎이 사실은 바들바들 떨렸다는 것을.

"크흠." 그가 헛기침을 했다. "느닷없이 무슨 소리야?"

목소리가 조금 갈라져 있었다.

그렇게 당황하는 모습을 코앞에서 목도하자 반대로 나는 냉정해질 수 있었다. 머리 한 귀퉁이가 방정식을 풀 때처럼 고요해졌다. 아침부터 머릿속에서 되풀이해 온 시뮬레이션 덕분에 이제는 마치 이미 일어난 일의 녹화 비디오를 보는 듯한 기분이다. 정말로 그런 거라면 좋을 텐데, 하고 생각했다. 그렇다면 냉큼 빨리감기 버튼을 눌러 이 코미디의 결과가 어떤지 알 수 있을 텐데.

"야, 장난하지 마." 그는 애매한 미소를 띠며 말했다. "농담 치고는 질이 안 좋아."

"농담이라고?"

웃지도 않고 되물었다. 그뿐, 입을 꾹 다물었더니 몇 초 뒤에 그 애의 얼굴에서 웃음기가 사라졌다.

방금 목욕을 했는지 약간 긴 머리카락이 아직 젖어 있고 가슴쯤에서 비누 냄새가 풍겼다. 그 냄새 때문에 다시 그날 밤의 남자가 생각났다. 눈앞에 있는 미쓰히데의 책임도 아닌데 마구 화가 났다.

그는 회색 반바지 한 장 차림이었다. 조금 전에는 별생각도 없이 밀쳤지만 내 손끝에는 선명한 복근의 감촉이 남아 있었다. 널빤지처럼 단단했다.

"왜 이러는지 이유나 좀 알자." 그가 말했다. "혹시 지난번에 우연히 만났던 일과 관계가 있어?"

바보 같은 녀석이라고 나는 생각했다. 그거 말고 또 뭐가 있다는 것인가. 우리 둘 사이에 접점은 그것 말고는 아무것도 없다.

안쪽은 가게 매장인지 그의 등 뒤 어슴푸레한 공간에 서프보드며 웨트슈트가 줄줄이 걸려 있었다. 검은 웨트슈트가 길게 늘어져 있는 모습은 목 잘린 인간이 줄을 선 것 같아서 으스스했다. 그 광경을 멍하니 바라보며 나는 말했다.

"그런 건 어찌 됐든 상관없잖아. 아니면 너, 지금 사귀는 여자 있어? 그래서 의리상 안 된다는 거야?"

"아, 그건 아니고……."

"그럼 지금 솔로 맞지?"

"그렇긴 한데, 이봐, 에리……."

"걱정할 거 없어." 일부러 중간에 말을 가로막았다. "나 성병 같은 건 없으니까."

그가 분노했다. 눈빛으로 그걸 알았다.

"그런 걸 물어본 게 아니잖아. 이건 어찌 됐든 상관없는 일이 아니야. 분명하게 이유를 말해봐."

말투까지 홱 변해버렸다.

"이유?" 나는 크게 숨을 들이쉬었다. "그 전에 우선 들어오라 는 말쯤은 해줘야 하는 거 아냐?"

내 눈을 찌를 듯한 그의 시선이 버거웠다.

지그시 견뎠다. 그 시선을 마주 쏘아보려고 말없이 이를 악물 었다. 둘 사이의 공기가 졸아들어 점점 산소가 희박해지는 것 같았다.

갑작스레 그가 등을 돌렸다. 맨발로 성큼성큼 안으로 들어가 더니 벽 끝에서 왼편으로 꺾어 사라져 버렸다.

나는 어떻게 해야 할지 몰라 우두커니 선 채로 무의식중에 계 단을 올라가는 발소리를 헤아렸다. 일곱 칸까지 헤아린 참에 소리가 뚝 그쳤다.

"들어오고 싶으면 들어와."

"……."

나는 운동화를 벗었다.

계단 위 층계참에 작은 싱크대와 가스레인지와 냉장고가 놓인 부엌이 있고 그 안쪽이 그의 방이었다. 정면의 큼직한 창문 너머는 베란다였다. 내가 방문 앞까지 가자 그가 하얀 커튼을 쳤다. 그러지 않으면 학교 쪽에서 이 방 안이 고스란히 보일 터였다. 이 시각이면 아직 학교에 선생님이 있을지도 모른다.

인사도 없이 안으로 들어섰다. 이제 새삼 예의 따위 차려봤자 별 의미도 없다. 가장 먼저 눈에 들어온 것은 벽 쪽에 있는 이불이었다. 그걸 보자마자 심장이 움츠러들었다. 내 목적을 이루기에 딱 좋은 환경인데도 아직 마지막 각오가 되지 않았다.

"적당히 아무 데나 앉아."

그가 방석을 반으로 접어 툭 밀어주며 말했다. 그리고 반대편 벽 쪽에 있던 작은 상을 끌어당겨 조심스럽게 나와 그 사이에 놓았다. 나는 '아무 데나' 앉기 위해 방바닥에 어질러진 서핑 잡지 몇 권을 포개서 밀쳐놓고 그 옆에 앉았다.

침묵이 내려앉았다.

밖에서 들이치는 바람 때문에 커튼이 안쪽으로 부풀었다가 다시 방충망에 찰싹 달라붙기를 반복했다.

"뭐 좀 마실래?"

그가 말했다. 적어도 표면상으로는 완전히 침착성을 되찾은 것처럼 보였다. 마음에 들지 않았다. 그가 당황했기 때문에 내가 주도권을 잡을 수 있었는데.

"……됐어."

"난 좀 마셔야겠는데."

그는 닫힌 커튼 아래로 기어들어 가 방충망을 드르륵 열더니 베란다로 윗몸을 내밀었다. 다시 방충망을 닫았을 때는 그의 손에 맥주 캔이 들려 있었다. 고개를 젖히며 꿀꺽 한 모금 마셨다.

"정말 괜찮아?"

갑작스러운 말에 나는 가슴이 철렁했다.

"……괜찮아. 그러려고 왔으니까."

"아니, 그게 아니라 마실 것 말이야."

뺨이 붉어지는 것은 어떻게도 막을 수 없었다.

"괜찮다고 했잖아."

그는 흥 하고 콧소리를 내고 다시 한 모금 마셨다.

대체 저런 여유는 어디서 나오는 걸까.

요코하마에서 만났던 그날 밤 이후로 나는 일주일 내내 그를 주시해 왔다. 물론 미야코를 주시하는 것과는 전혀 다른 의미에서. 몇 개인가 함께 듣는 수업 시간, 쉬는 시간, 방과 후 청소 시간까지 날마다 들키지 않게 그를 관찰했다. 감시라고 해도 좋을 것이다.

하지만 지금 내 눈앞에 무릎을 세우고 앉아 있는 그는 학교에서의 야마모토 미쓰히데와는 전혀 다른 사람처럼 보였다. 평소에 개그맨처럼 덜렁덜렁 떠들어대던 게 '야마모토 미쓰히데'라고 한다면 지금 내 앞에 있는 이 남학생은 대체 누구인가.

나도 모르는 사이에 차원의 터진 틈새로 잘못 들어온 것 같다.

무릎에 시선을 떨구었다. 항상 입는 청치마가 문득 남의 옷처럼 보이고 그곳에 얹힌 내 손가락조차 내 것이 아닌 것만 같았다. 이런 곳에 와 있는 게 현실인지 아닌지조차 확신이 들지 않았다.

침착해지려고 주위를 둘러보았다. 벽에 걸린 달력이며 삐뚤빼뚤한 글씨로 써넣은 수업 시간표 등을 바라보는 동안에만 현실감이 돌아왔다. 반으로 접힌 이불의 베갯머리 쪽 벽에는 서핑 잡지에서 오려낸 사진이 덕지덕지 붙어 있었다.

"거참, 올 거면 미리 말이라도 해줄 것이지. 그럼 내가 방을 깨끗이 치워뒀을 텐데."

그는 이제야 '야마모토 미쓰히데답게' 가벼운 입을 놀렸다.

새삼 가까이에서 보니 그의 어깨는 깜짝 놀랄 만큼 넓었다. 아침저녁으로 하루도 빠짐 없이 바다에 나가 파도를 타기 때문일까, 어깨도 팔뚝도 가슴팍도 인왕상처럼 근육이 울룩불룩하다. 교복을 입었을 때는 그렇게 보이지 않았는데.

바라보는 것만으로도 가슴이 두근거려서 나도 모르게 시선을 떨구었다. 그 샐러리맨을 상대했을 때 이런 느낌은 없었다.

오래전에 봤던 도로 공사 현장의 남자가 머릿속에 떠올랐다.

예상도 못 했던 일이지만 미쓰히데의 몸은 그 남자와 마찬가지로 단지 그곳에 있는 것만으로도 내 몸과 사고를 마비시키는 힘을 갖고 있었다. 이런 걸 섹스어필이라고 하는 걸까.

치마 안쪽이 근질거려 가만히 앉아 있기조차 힘들었다. 무릎과 무릎을 세게 맞비비고 싶었다.

하지만 이런 감각에 휩쓸릴 수는 없다. 무릎을 꿇고 나를 안아달라고 애원해서는 여기까지 찾아온 의미가 없다.

나는 여전히 부루퉁한 척하며 말했다.

"아까 하던 얘기인데……."

그는 말없이 나를 보고 있었다.

"나는 안 돼?"

"아니, 이건 그런 문제가 아니라……."

"미쓰히데, 너는 오는 여자는 안 막는다면서?"

"누가 그런 소리를……." 말을 하다가 그는 쩝 혀를 찼다. "히토미가 그랬구나?"

"아닌데?" 나는 시치미를 뗐다. "그럼 혹시 히토미하고도 잤어?"

"야, 그런 거 아냐."

그는 답답한 듯 남은 맥주를 들이켰다. 목울대가 꿀꺽 움직인다. 호두 같은 게 그 안에 들어 있는 것처럼.

"저기." 젖은 아래턱을 손등으로 닦더니 그는 나지막한 목소리로 말했다. "내가 지난번에 말했을 텐데? 남의 일에 참견할 만큼 내가 한가하지 않다고."

그 순간, 분노인지 수치심인지 알 수 없는 감정이 휘발유를 타고 흐르는 불길처럼 온몸을 내달렸다. 우뇌에 전극이 꽂힌 듯한 느낌이었다.

"그런 말을 내가 믿을 거 같아?" 무릎을 부르쥐고 목소리를 죽여 나는 말했다. "게다가 미안하지만 나는 누구에게도 빚지고 싶지 않아. 그러니까 이건 부탁이 아니라 거래라고 생각해. 앞으로 네가 원할 때마다 자도 좋아. 좀 위험한 날이라든가 그거 하는 날만 아니면 대부분 응해줄 수 있어. 하지만 그 대신 이 일하고 그날 밤 일은 아무에게도 절대 말하지 않는다고 약속해. 조건은 그것뿐이야. 어때, 간단하잖아?"

내 말의 대부분은 거짓이 아니었다. 나는 정말로 그에게 빚을 지고 싶지 않았고 이건 순수한 거래라고 생각했다. 하지만 말하지 않은 게 몇 가지 있었다. 학교에서 그가 누구와 이야기하는 것을 볼 때마다 혹시 내 얘기가 아닌지 불안해 견딜 수 없었다는 것, 이번 사건이 혹시 미야코에게 알려질까 봐 몸이 자지러든다는 것, 그 두려움과 불안 때문에 밤잠을 설친다는 것, 이런 식으로 그를 공범으로 끌어들이지 않고서는 내 머리가 돌아버릴 지경이라는 것…….

"허, 이것 참." 그는 답답하다는 듯 한숨을 내쉬었다. "너, 뭔가 엄청 억지를 쓰고 있지 않냐?"

"무슨 뜻이야?"

"전혀 너와 어울리지 않아. 네가 그런 말을 하니까 솔직히 깨기도 해. 청순한 여배우가 변태 연기를 하는 거 같다고."

"뭐?" 나도 모르게 피식 코웃음이 터졌다. "이 와중에 너까지 나를 착한 모범생이라고 생각하는 거야? 그런 장면을 봤으면서도?"

"……."

그는 기가 죽은 것처럼 보이지는 않았다. 여전히 여유 만만한 표정이었다.

그 얼굴을 보자마자 점점 더 화가 뻗쳤다. 믿을 수 없을 만큼 올곧게 자란 이 남자애를 마구 상처 입히고 싶었다. 어디를 봐도 정상적이고 건전하며 나쁜 짓이라야 기껏 아무도 몰래 맥주를 마시는 정도, 어두운 그늘이라고는 한 조각도 없는 그 얼굴이 고통과 자기혐오로 일그러지는 꼴을 보고 싶었다.

"나, 돈 받았어, 그때."

문득 깨닫고 보니 굳이 하지 않아도 될 말까지 하고 있었다.

"……뭐?"

이번에야말로 그의 표정에 긴장감이 나타났다. 그 반응에 마음속으로 내가 이겼다고 부르짖었다. 정말 고소했다. 좀 더 충격을 받고 좀 더 어이없어하면서 나를 경멸해 주면 좋겠다고 생각했다. 나는 그런 대접을 받아 마땅한 사람이다.

"3만 엔이었나?" 일부러 아무 일도 아닌 것처럼 말했다. "뭐, 내가 달라고 한 건 아니야. 하지만 준다는데 차갑게 거절하는 것도 좀 딱하잖아? 그래서 군소리 없이 받았어. 시가보다 쌌는지 비쌌는지는 모르지만 편의점 아르바이트를 생각하면 꽤 높은 편이지? 시급으로 치면 거의 2만 엔이야. 옷 벗고 누워만 있으면 되는데 그렇게 많이 주다니, 진짜 놀랍잖아?"

멈출 수가 없었다. 상대가 불쾌한 표정을 짓는 것을 보자 더욱더 멈출 수 없었다. 내가 자학적인 말을 하면 할수록 그는 자신이 얻어맞은 듯한 표정을 보였다. 이 위선자, 라고 생각했다. 내 고통을 너 따위가 감히 어떻게 알아? 사실은 아무것도 모르는 주제에, 아무 데도 아프지 않은 주제에. 그런 표정 지어봤자 내가 속을 줄 알아?

"애써 내 '사연'까지 배려해 줬는데 정말 미안하네." 툭 내던지듯이 나는 말했다. "그런 짓에 딱히 이유 같은 건 없어. 그냥 남자와 자보고 싶었어. 상대는 누구라도 상관없었고. 그거, 기분 좋거든. 그렇잖아?"

그는 입을 꾹 다물고 나를 빤히 바라보았다. 무슨 생각을 하는지 알 수 없는, 복잡한 감정이 뒤섞인 눈빛이었다. 내게 그나마 구원이 있었다고 한다면 그 눈빛 속에 나를 불쌍해하는 기색이 없다는 것이었다. 그런 동정을 받느니 차라리 죽는 게 낫다.

사실은 이러려고 했던 게 아니다. 히토미가 말한 '소문'을 그대로 믿은 건 아니지만 나 역시 미쓰히데라는 남자애는 좀 더 가벼운 애라고만 생각했다. 그래서 슬쩍 꼬드겨 먹이를 던져주면 그 샐러리맨처럼 간단히 걸려들 거라고 예상했다. 도쿄의 작은어머니도 말하지 않았는가. 남자란 언제든지 여자랑 하고 싶어 하는 동물이라고. 그런데 그 동물이 설마 내가 던져준 먹이의 이유에 대해 고민할 줄은……. 이건 명백히 반칙이다.

그는 아무 말도 하지 않았다. 나는 점점 침묵을 견디기가 힘들어졌다.

어떤 심한 말을 들어도 이대로는 돌아가지는 않겠다고 어금니를 악물었다. 지금 도망치면 모든 게 물거품이 되는 건 물론이고 전보다 더 심한 상황이 된다. 그렇게 생각하면서 한편으로는 내 안에 이런 격렬한 면이 있다는 것이 놀라웠다. 이런 감정을 지금까지 어디에도 터뜨리지 못하고 착한 연기만 계속하다가 결국 이성을 잃어버린 나도 딱하지만 아무 죄도 없이 그 화풀이 대상이 된 미쓰히데도 딱했다.

하지만 여기까지 온 이상, 이제 뒤로 물러설 수는 없다. 어떻게든 그를 나와 똑같은 곳으로 끌어내리지 않으면 안 된다. 대체 어떻게 해야 내 유혹에 넘어올까. 남겨진 방법은 무엇일까. 아예 옷을 훌훌 벗고 그의 품에 뛰어들까.

그가 몸을 움직인 것은 그때였다.

반사적으로 흠칫하는 내 눈앞에 투박한 손을 쓱 내민 것이다. 뭘 하려나 했더니 둘 사이에 놓인 작은 상을 번쩍 들어 원래의 벽 쪽에 돌려놓았다. 내가 혼란에 빠져 있는 동안 그는 천장 형광등에 매달린 끈을 두 번 당겨서 껐다.

느닷없이 팔을 잡아챘다. 어둠 속에서 나는 저절로 비명이 터졌다. 그는 아랑곳하지 않고 나를 바닥에 넘어뜨리고 위를 덮쳤다. 무거웠다. 게다가 예상했던 것보다 거칠었다.

나도 모르게 저항하려다가 퍼뜩 깨달았다.

바라던 바다. 괜찮다, 아무리 거칠게 대하더라도. 생판 모르는 남자도 아니고, 설령 마구잡이로 나를 다룬다 해도 살해될 걱정은 없다. 오히려 지금 난폭하게 하면 할수록 나중에 그가 약속을 지켜줄 가능성이 높아진다.

나는 몸의 힘을 뺐다. 마음을 굳게 먹고 그의 등을 팔로 껴안기까지 했다.

어둠에 익숙해지자 방 안이 그리 컴컴하지도 않았다. 커튼 너머 푸르스름한 달빛으로 사물의 윤곽이 또렷이 보였다.

바로 위에 있는 그의 눈을 올려다보았다. 낮은 천장을 배경으로 그의 표정은 어쩐지 몹시 분노한 것처럼 보였다. 아직 머뭇거리는 기척이 느껴졌다.

"에리, 역시 이건 좀……."

아무 말도 듣고 싶지 않았다.

그래서 나는 태어나 처음 해보는 짓을 했다.

손을 밑으로 뻗어 그의 반바지 위로 그것을 움켜쥐었다. 그는 헉하고 말문이 막히더니 미간을 찌푸렸다. 외계인이라도 만난 듯한 눈빛으로 나를 응시했다. 그의 것은 내 예상보다 단단해져 있었지만 나는 기죽지 않으려고 움켜쥔 손을 애써 서툴게 움직였다. 그의 눈빛에 궁지에 몰린 기색이 강하게 떠올랐다. 마침내 낮은 신음을 내더니 거칠게 내 손을 뿌리치고 머리카락을 움켜쥐며 입술을 맞댔다. 그의 입에서도 목덜미에 맺힌 땀에서도 발효된 꿀 같은 달착지근한 맥주 냄새가 났다.

하지만 큰 착오가 있었다.

이게 대체 뭔가. 우연히 만난 남자와 했을 때는 다시는 하고 싶지 않은 짓이라고 생각했다. 전혀 기분이 좋지도 않았다. 정말 어처구니없고 확 깨는 기분이었는데…….

그랬는데 미쓰히데의 신음과 그 미간에 잡힌 고통스러운 세로 주름을 보자마자 내 몸은 단숨에 달아오르고 흐물흐물 녹아버렸다. 몸속이 마치 용광로 같았다. 깨물듯이 난폭하게 거듭되는 키스가 전혀 싫지 않았다. 그러기는커녕 눈을 감고 혀를 강하게 핥고 있으려니 이상하게 기분이 점점 고조되는 게 느껴졌다. 그의 혀가 빠질 만큼 강하게 빨았다. 그가 야수 같은 신음을 내며 내 아랫입술을 깨물었다. 아픔보다 흥분 때문에 나는 그의 등에 손톱을 세웠다. 이미 유혹 따위는 안중에도 없었다. 더 이상 거래 따위도 아니었다. 그저 어서 빨리 벌거숭이가 되어 아까 잡았던 그의 것을 내 안 깊숙이 넣고 싶어 미쳐버릴 것만 같았다. 빨리, 빨리 나를 채워줘, 라는 생각까지 했을 정도니까 나는 이미 미쳤는지도 모른다.

내 가슴을 움켜쥔 그의 오른손이 금세 티셔츠 밑으로 기어들어 와 눈 깜짝할 사이에 브래지어 호크를 풀었다. 아, 이 자식 능숙하잖아, 하고 생각하는 순간 그는 내 셔츠 자락을 둘둘 걷고 브래지어까지 밀어 올린 뒤 젖꼭지를 입안에 넣었다. 나도 모르게 등을 젖히며 소리를 지르려는 순간, 그의 손이 내 입을 막았다.

지금까지 사귄 여자애들에게도 이런 식으로 난폭하게 굴었을까. 이불도 펴지 않고 이런 식으로 품었을까. 그랬을 것 같지는 않다. 하지만 상관없다. 애초에 정식으로 사귀는 연인 사이도 아니다. 좀 더 거칠게 대해도 상관없다. 페리에서 만났을 때처럼 쓸데없는 동정을 받는 것보다 그러는 게 그나마 덜 비참하다.

부끄러움 따위는 한 조각도 느끼지 않았다. 불이 켜져 있었어도 별로 신경 쓰지 않았을 것이다. 오히려 모든 것을 내 눈으로 분명하게 확인하고 싶기까지 했다. 그의 표정이며 허리의 움직임, 그리고 나와 어떤 식으로 이어지는지, 모두 다.

그의 오른손이 점점 아래로 내려갔다. 땀에 젖은 허벅지 안쪽을 움켜쥐는 바람에 나는 둔한 아픔을 느끼고 저절로 크흑 소리를 흘렸다. 그런 곳에는 아무것도 없어, 뜨거운 건, 녹고 있는 건 더 안쪽이야. 하지만 그는 더 이상 뭔가를 하려고 하지 않았다. 그저 내 입만 빨면서 머뭇머뭇 망설이고 있었다.

너무 깨물려서 얼얼해진 입술을 떼어내고 숨이 닿는 거리에서 그의 눈 속을 들여다보며 속삭였다.

"아직도 망설여?"

"……."

"비겁하다, 너. 나한테 더럽혀지는 게 그렇게 싫어?"

"너, 진짜 어떻게 그런……." 악문 이 사이로 그가 신음했다. "어떻게 그런 억지소리만 하냐고. 어울리지 않는다고 했잖아."

화나고 상처 입은 검은 눈동자가 나를 응시했다. 놀라웠다. 아무래도 아픈 곳을 찌른 모양이다.

우리는 말없이 서로를 노려보았다. 눈도 깜빡이지 않고 계속 그렇게 바라보기만 했다.

이윽고 내 입술과 똑같이 부풀어 오른 그의 입술이 희미하게 움직였다.

"……제기랄."

그가 내 속옷을 거칠게 끌어내렸다.

"나, 돈 받았어, 그때."

에리가 그 말을 한 순간, 내 심장은 움찔 죄어들었다.

"……뭐?"

돈을, 받았다고?

'설마'와 '역시'가 뒤섞였다. 전교 최고의 모범생으로 통하는 후지사와 에리가 돈을 받고 남자와 잤단다. 그 자체를 믿을 수 없다기보다, 아니, 그것도 상당히 믿기 어려운 얘기지만 그보다 나를 더 놀라게 한 것은 잘 알지도 못하는 나에게 그녀가 그런 중대한 비밀을 털어놓았다는 사실이었다.

바짝 굳어버린 내 얼굴을 에리는 비웃듯이 빤히 바라보았다.

입천장에 혀가 딱 붙어버린 것을 느끼고 나는 손에 든 캔 맥주를 다시 한 모금 마시려고 했다.

빈 캔이었다.

캔을 찌부러뜨리면서 눈을 어디에 두어야 할지 난처해서 고개를 숙였다. 반바지 한 장 차림인 게 갑자기 신경 쓰이기 시작했다. 빨아둔 티셔츠는 옷걸이에 걸린 채 행거에 매달려 있지만 냉큼 자리에서 일어나 그걸 꺼내 입는 것은 내 속셈을 그대로 드러내는 꼴 같았다. 별수 없이 찌그러진 캔만 옆에 내려놓았다.

"3만 엔이었나?" 에리는 아랑곳하지 않고 말을 이어갔다.

"뭐, 내가 달라고 한 건 아니야. 하지만 준다는데 차갑게 거절하는 것도 좀 딱하잖아?"

딱하기는 뭐가 딱해? 딱 잘라 거절했어야지.

그렇게 말하려고 했지만 혀는 여전히 입천장에 딱 붙어서 떨어지지 않았다.

"시가보다 쌌는지 비쌌는지는 모르지만 편의점 아르바이트를 생각하면 꽤 높은 편이지?"

비교할 걸 비교해라.

"시급으로 치면 거의 2만 엔이야. 옷 벗고 누워만 있으면 되는데 그렇게 많이 주다니, 진짜 놀랍잖아?"

예쁘장한 입술에서 어울리지도 않는 대사가 잘도 쏟아져 나온다.

그때마다 맥주 캔처럼 찌부러진 내 심장이 욱신거렸다. 말도 안 되는 소리라고 생각했다. 무슨 그림 모델도 아니고, 그냥 옷 벗고 누워만 있으면 될 리가 없지 않은가.

속이 거북한 것은 술기운 때문만은 아니었다. 애초에 이런 기분 좋은 저녁나절에 어째서 이렇게 속이 메슥거리는 못된 소리를 들어야 한단 말인가. 에리가 몇 명의 남자와 잠을 잤건, 뭘 해서 돈을 벌었건 그건 자기 자유지만, 내가 모처럼 기분 좋게 여유를 즐기고 있는 참에 막무가내로 남의 방에 쳐들어와 느닷없이 "나하고 잘래?"라는 건 대체 뭔가. 부탁이 아니라 거래라고? 앞으로 내가 원할 때는 함께 자도 좋다고? 그날 밤 일은 아무에게도 말하지 않겠다고 몇 번이나 다짐하지 않았는가. 진짜 사람을 바보 취급하는 것도 정도가 있지.

위 속의 내용물이 부글부글 끓어오르는 한편, 심장은 여전히 욱신거렸다. 요코하마에서 본 남자의 모습이 머릿속에 다시 떠올랐다. 컬러 화면이 시신경 안쪽에서 깜빡이는 것 같은 느낌이었다.

샐러리맨인 듯한 그 남자는 에리보다 키가 작은, 보잘것없는 사내였다. 그런 남자가 지금 눈앞에 있는 여자애와 잤다니. 호텔 침대에 누워 옷을 벗고 맨몸으로 키스를 하고 철떡철떡 혀를 빨고 가슴을 주물럭거리고 온몸을 쓰다듬고 무릎을 양쪽으로 갈라서는 쭉 뻗은 긴 다리를 양쪽으로 한껏 벌리고……

에리가 나를 노려보았다. 무슨 상상을 하는지 훤히 다 안다는 듯한 시선으로 쨍 소리가 날 만큼 날카롭게 노려보고 있었다.

견딜 수 없어서 나는 다시금 시선을 돌렸다.

왜 이렇게까지 도발적인 태도를 취하는가. 에리의 언동은 내가 이해할 수 있는 한계를 뛰어넘고 있었다. 내 입을 봉하려고 여기까지 찾아온 주제에 어째서 자신의 불리함에 쐐기를 박는 비밀까지 털어놓으며 일부러 나를 화나게 하려는 것인가. 그것이 얼마나 자신에게 불리한지 깨닫지 못할 만큼 바보는 아닐 터였다.

"애써 내 '사연'까지 배려해 줬는데 정말 미안하네." 한겨울 바다보다 차가운 말투로 에리는 말을 이어갔다. "그런 짓에 딱히 이유 같은 건 없어. 그냥 남자와 자보고 싶었어."

흠칫해서 나도 모르게 시선을 들었다.

"상대는 누구라도 상관없었고. 그거, 기분 좋거든. 그렇잖아?"

에리의 얼굴은 도자기처럼 창백하고 머리카락까지 뻣뻣해질 만큼 긴장하고 있었지만 표정만은 평정을 가장한 채였다. 아무래도 지금 자신이 내뱉은 말이 내게 뭘 알려줬는지도 모르는 모양이다. 아마도 무의식중에 나온 말이리라.

이럴 수가.

머리가 아파왔다.

그냥 남자와 자보고 싶었어…….

에리의 그 말은, 뒤집어 보면 그 전까지 남자와 자본 적이 없다는 것, 즉 그때가 첫 경험이었다고 실토하는 것이나 마찬가지였다.

또 한 번 정말 믿을 수 없는 일이라고 생각했다. 오늘 저녁 들어 벌써 몇 번째인지 모르겠다. 첫 경험 상대를 일부러 오다가다 만난 남자로 골랐단 말인가. 아무리 그래도 그렇지, 그런 바보 같은 짓을 하는 여자가 있을까 싶었지만, 그래도 그렇게밖에는 생각할 수 없었다. 왜? 무엇이 이 여자애를 그렇게 하게 만들었지? 대체 애가 무슨 생각을 하는 건가. 기분이 좋다고?

그런 걸 첫 경험 때부터 느낄 수 있는 건가? 처음에는 그냥 아프기만 한 거 아닌가? 료코였는지 이즈미였는지는 기억나지 않지만 분명 누군가 그런 말을 했었다.

무수히 겹쳐진 물음표가 해일처럼 밀려와 내 주위에서 소용돌이쳤다. 머리가 지끈거려 뭔가를 조리 있게 생각할 수 없었다.

눈앞에 앉아 있는 여자애가 말 한마디 통하지 않는 외계인처럼 보였다. 학교에서 본 '학생회 부회장 후지사와 에리'의 이미지와는 너무도 차이가 컸다. 대체 어느 쪽이 진짜 후지사와 에리인가. 학교에서 본 모범생 후지사와 에리가 진짜고, 지금은 억지로 불량한 척하는 것뿐인가. 아니면 여기 있는 후지사와 에리가 진짜고, 학교에서는 양의 탈을 쓴 채 또 다른 얼굴을 연출한 건가. 나는 도무지 알 수가 없었다.

그보다 더더욱 알 수 없는 것은 내 하반신이었다.

그러잖아도 1층 뒷문 벨이 울린 순간까지 나 혼자 하고 있던 짓의 여운이 몸속에 잉걸불처럼 남아 끈질기게 연기를 피우고 있었다. 에리의 고백은 거기에 새 장작을 던져 넣는 꼴이었다.

예전부터 나는 궁금했다. 차려놓은 밥도 못 먹으면 남자로서 창피한 일이다, 여자의 유혹에 응하지 않는 건 남자로서 수치스러운 일이다, 라고들 하는데 그걸 덥석 받아먹는 게 오히려 더 창피한 거 아닌가?

너는 오는 여자는 안 막는다면서?

여학생들 사이에서 어떤 소문이 도는지는 모르지만, 아까 내 방에 들어서자마자 에리가 말했던 그런 이유 때문이라면 나로서는 너무도 뜻밖이다. 그 소문을 전적으로 부정할 수는 없지만 나도 나름대로 취향이라는 게 있고 조금쯤은 자제심도 있다. 처음 만나자마자 당장 그날로 잠자리를 가졌던 여자도 없었고 일단 잠자리를 함께한 여자와는 최소한 한 달 이상은 성실하게 사귀었다. 원 나이트라느니 섹스 파트너라느니 하는 건 지금까지 한 번도 없었다. 아무리 한창 하고 싶은 나이라지만 무슨 발정 난 개도 아니고 치마만 두르면 다 좋다는 식은 결코 아니다.

그런데 그런 자부심이 지금 처음으로 휘청거리고 있다. 그뿐인가, 하반신에서 거듭거듭 솟구치는 욕망이 너무도 강해서 당혹스러울 정도였다.

아까부터 나의 그것은 기묘할 만큼 흥분해서 불끈불끈 열을 내며 요동치고 있었다. 아까부터라는 건 정확히 말하자면 에리가 그 남자와 엉기는 모습을 상상했을 때부터다. 점점 빠르고 격렬해지는 피의 흐름이 밀림에서 울리는 큰북처럼 나를 자꾸 부추기고 유혹했다.

'내던져 버려, 이성이고 신념이고 다 내던져, 내던져 버려, 내던져 버려……'

답답함 비슷한 근질근질한 욕망이 배꼽 아래쪽에서 꿈틀거렸다. 그 욕망을 어디에도 쏟아내지 못하는 것이 답답했다. 배

속에도 그것 주위에도 무수히 많은 개미가 우글거리는 것만 같았다. 이토록 강렬한 성욕은 지금까지 사귄 어떤 여자에게서도 느껴본 적이 없었다. 우리 반 남학생들과 비교해도 나는 성에 대해 담백한 편에 속한다고 생각했는데, 이게 대체 뭔가. 날더러 어쩌라는 건가. 에리가 바로 코앞에, 손만 내밀면 닿을 거리에 있는 것을 보면서 체온이 급상승하고 살갗에 땀이 맺히고 그냥…… 하고 싶어서 견딜 수가 없었다. 딱히 이 여자에게 끌리는 것도 아닌데, 원래 이렇게 드센 여자는 별로 좋아하지도 않는데, 왜 그런지 지금 꼭 이 여자와 하고 싶다. 이 여자가 아니면 아무 의미가 없다. 사랑이니 친절함이니 이론이니, 귀찮은 수속 같은 건 모두 생략하고 그냥 이 여자 속에 들어가 아무 생각 없이 마지막까지 내달려 버리고 싶다. 이 뜨거운 흥분과 안달복달하는 그것을 지금 당장 진정시킬 수만 있다면 앞으로 죽을 때까지 두 번 다시 못한다고 해도 좋다…….

다리 사이의 팽팽한 긴장은 이제는 너무 딱딱해져서 뻐근하게 아플 정도였다.

애초에 거래를 하자고 말한 것은 에리 쪽이 아닌가. 그녀 역시 이대로는 물러설 수 없을 것이다. 내 쪽이 냉정한 척하면서 끝까지 거절하면 그녀에게 창피를 덮어씌우는 일이 되지 않을까. 육체관계를 맺는 것으로 그녀가 안심할 수 있다면 잔소리 말고 그렇게 해주는 것이 사나이의 배려가 아닌가.

'내던져 버려, 내던져 버려, 내던져 버려…….'

습기를 품은 공기 속에서 침묵이 이어졌다. 그러잖아도 좁은 방의 벽이 사방에서 슬금슬금 덮쳐드는 것 같아 더욱더 숨이 막혔다.

창밖에서 파도 소리가 희미하게 들려왔다. 마당 끝에서 벌레가 울기 시작했다.

아래쪽 길을 트럭인지 뭔지가 지나갔다. 짧은 경적, 멀리서 딱 한 발의 로켓형 폭죽을 쏘아 올리는 소리.

고집스럽게 침묵하며 나를 노려보던 에리가 슬쩍 입을 벌리고 숨을 들이쉬는 게 보였다. 폐가 부풀고 그에 따라 불룩한 가슴이 티셔츠를 밀어 올렸다. 얇은 흰색 천 밑으로 브래지어 선이 희미하게 비쳤다.

목 뒤편의 솜털이 거꾸로 서는 듯한 흥분에 나는 부르르 몸을 떨었다.

창문으로 시원한 바람이 들어왔다. 안쪽으로 둥실 부풀어 오른 커튼 자락이 내 벗은 등허리를 스르륵 쓰다듬고…….

'내던져 버려.'

스르륵 쓰다듬고…….

'내던져 버려.'

스르륵 쓰다듬고…….

'크윽, 한계다!'

생각하는 것보다 먼저 손이 나갔다. 에리가 흠칫했다.

작은 상을 밀쳤다.

전등 끈을 잡았다.

쥐어뜯듯이 잡아당겨 꺼버렸다.

어둠 속을 더듬었다.

팔이 닿았다.

움켜잡았다.

짧은 비명이 튀었다.

아랑곳하지 않고 그녀를 밀어뜨리며 위를 덮쳤다.

도망치려고 그녀가 버둥거렸다. 내 가슴을 밀쳐내려고 했다.

자기 쪽에서 그토록 도발했으면서 이제 와서 대체 뭔가, 내심 답답해하는 반면, 기묘하게도 마음속 어느 한구석에서 나는 안도하고 있었다. 지금까지 그녀의 모든 언동이 일부러 강한 척한 허세일 뿐임을 확인한 셈이었기 때문이다.

하지만 저항은 금세 멈췄다. 그뿐인가, 그녀는 각오를 다진 듯 내 등을 힘껏 끌어안았다. 뱀이 휘감았나 싶을 만큼 차갑고 매끈한 팔이었다.

어둠에 익숙해지면서 예상보다 훨씬 더 가까운 거리에서 에리의 새파랗게 질린 얼굴이 드러났다. 마치 다카라즈카의 남장 여배우처럼 단정한 이목구비였다. 시원하게 갈라진 길쭉한 눈, 까만 눈동자가 나를 똑바로 올려다보았다.

문득 나 스스로도 당황스러울 만큼 마음이 뒤흔들렸다.

그날 밤에도 이 여자는 이런 식으로 남자를 올려다봤을까. 오늘처럼 손쉽게 자리에 누워 남자의 등에 차가운 팔을 휘감았을까. 이런 맑디맑은 눈빛을 하고서 그 돈을 받았을까.

'제기랄, 대체 왜 일이 이렇게 된 거야.'

강간까지는 아니더라도 이건 내가 지금까지 해온 방식과는 달라도 너무 달랐다. 이제 새삼 그녀에게 정말 후회 안 하겠느냐, 라는 식으로 확인한다면 바보라는 욕이나 실컷 들을 게 뻔하지만 그래도 뭔가 죄책감을 지워버릴 수 없었다.

"에리, 역시 이건 좀⋯⋯."

컬컬한 목소리로 겨우겨우 말했다.

다음 순간, 숨을 헉 삼켰다.

일순 무슨 일이 벌어졌는지 알 수가 없었다. 나는 딱딱하게 굳어버린 채 멍하니 에리를 내려다보았다.

그녀는 내 그것을 움켜쥐고 한 걸음도 물러서지 않겠다는 듯 나를 빤히 마주 보았다. 그 손이 마구잡이로 움직였다. 지나치게 힘이 세서 아프기만 했지만 그래도 내 피는 단숨에 끓어오르고 엄청난 기세로 역류하기 시작했다. 뇌혈관이 터져버릴 것 같았다.

더 이상 견딜 수가 없어 그녀의 손을 뿌리치고 입술을 덥석 깨물었다.

깜짝 놀랐다. 여자의 입술은 좀 더 부드러운 것이라고 생각했는데 에리의 입술은 내 입을 튕겨낼 만큼 탄력이 있었다. 마치 귤 알맹이 같은 감촉이어서 나도 모르게 이를 세우고 깨물어 터뜨리고 싶었다.

턱을 잡고 억지로 입을 벌리게 해서 혀를 들이밀었다. 희미하게 치약 냄새가 났다. 내가 쓰는 치약과 분명 똑같은 것이다. 부모님에게는 어디에 간다고 말하고 나왔을까. 하지만 그런 잡생각은 서투르게 응하는 에리의 뜨거운 혀 때문에 어딘가로 날아가 버렸다.

에리는 희미한 소리를 내며 내 혀를 빨았다. 혀뿌리가 빠져버릴 것 같았다. 얼굴을 엇갈리게 댄 채 아랫입술을 잘근잘근 깨물어줬더니 등에 날카로운 아픔이 느껴졌다. 손톱이 파고든 것이다.

이것도 모두 연기인가. 아니면 정말로 느끼는 건가.

입술을 얼른 떼어내고 그녀의 얼굴을 더듬어보았다. 어둠 속에서도 분명하게 알아볼 만큼 뺨이 달아오르고 숨은 흐트러지고 눈이 촉촉해져 있었다. 이게 연기라고 한다면 완전 오스카상 수상감이다.

가슴을 세게 움켜잡았다. 에리의 미간이 단숨에 찌푸려졌다. 티셔츠 안으로 손을 넣어 브래지어 호크를 더듬어 손끝으로 톡 튕겨 단숨에 풀어버리고 셔츠 끝을 말아 올렸다. 젖꼭지가 떨어져 나갈 만큼 강하게 빨았더니 그녀는 새우처럼 등을 젖히며 뭔가 부르짖으려고 했다.

엉겁결에 손을 내밀어 입을 막았다. 저녁에는 사람 소리가 유난히 크게 울린다. 창문 바로 아래쪽이 길거리다. 누구 귀에 들어갈지 모른다. 퇴근하는 선생님이 마침 그 길을 지나갈 시각이다. 게다가 여기가 내 하숙집이라는 걸 아는 친구 녀석들이 한두 명이 아니다.

슬그머니 손을 치우자 에리의 입에서 눅눅하고 뜨거운 입김이 새어 나왔다. 짧은 치마 아래로 천천히 손을 넣어 허벅지 안쪽을 잡았다. 고압 전류를 맞은 듯 그녀가 몸을 파르르 떨었다.

멍한 상태에서 건성으로 키스를 거듭했다. 그렇게 시간을 벌면서 지금이라면 그만둘 수 있다, 혼신의 힘을 쥐어짜면 그렇다는 얘기지만 어떻게든 그만둘 수 있을 것이다, 하지만 이 안쪽에 손을 대버리면 그걸로 끝장이다, 그때는 돌이킬 수가 없다, 하고 아무 근거도 없는데 나는 그런 생각들을 하고 있었다.

그러자 내 양쪽 머리카락을 움켜쥐고 그녀가 억지로 입술을 떼어냈다.

"아직도 망설여?" 에리는 따지고 드는 눈빛으로 말했다. 내가 대답하지 않자 무표정하게 그녀는 말을 이어갔다. "비겁하다, 너. 나한테 더럽혀지는 게 그렇게 싫어?"

날카로운 아픔이 뇌에서 척추를 타고 발끝까지 내달리고 겨드랑이에는 식은땀이 흘러 축축해졌다.

"너, 진짜 어떻게 그런……." 어떻게 알았느냐고 내뱉으려다 급히 뒷말을 꿀꺽 삼켰다. "어떻게 그런 억지소리만 하냐고. 어울리지 않는다고 했잖아."

달려들 듯한 눈빛으로 쏘아보는 바람에 나도 모르게 불끈 화가 났다.

"제기랄……."

이제는 될 대로 되라는 심정이었다. 이런 여자애에게 배려 따위는 필요 없다. 차려준 밥상이든 주문한 밥상이든 내가 알 게 뭔가.

속옷을 잡아 무릎까지 단숨에 벗겨버렸다. 에리의 목울대가 크흑 울렸다. 용암처럼 뜨거운 충동이 온몸의 혈관을 휘돌며 나를 몰아쳤다. 청치마 지퍼를 내리고 옷자락을 양손으로 잡아 쭉쭉 끌어내렸다. 무의식적으로 웅크리는 에리의 몸에 억지로 올라타 목울대를 혀로 핥았다. 지독히 짭짤하다. 티셔츠를 머리 위로 벗겨내고 브래지어도 빼내 뒤로 내던졌다. 그녀의 팔을 벌려 양쪽에서 잡아 누른 그다음 순간, 아무 생각 없이 내 입에서 말이 튀어나왔다.

"그렇게도 하고 싶다면, 좋아, 해줄게."

내가 말해놓고 내 귀를 의심했다. 에리가 두 눈을 둥그렇게 떴다.

"그 남자보다 훨씬 황홀하게 해줄 테니까."

들어본 적도 없는 낮은 목소리지만 틀림없는 내 목소리였다. 내 혀가 누군가의 조종을 받은 것처럼, 마치 저주를 받은 것처럼 제멋대로 움직였다. 아, 잠깐, 잠깐, 아냐, 이런 말을 할 생각이 아니었는데.

"괜히 속일 거 없어. 거래니 뭐니 하는 건 핑계지? 사실은 나하고 하고 싶었던 것뿐이지?"

내 밑에서 에리의 얼굴이 일그러졌다.

후회와 동시에 꼴좋다는 고소한 마음도 있었다. 딱하다는 생각과 동시에 그 표정이 좀 더 일그러지는 모습을 보고 싶은 마음도 있었다. 이런 지독한 말을 입에 올리다니, 완전히 정신이 나갔다고 생각하면서도 한편으로는 내가 내뱉은 말의 잔인함에 등이 오싹오싹하는 쾌감을 느꼈다. 지금까지 여자와 하면서 어떻든 상처 입히는 말만은 하지 않도록 주의해 왔는데. 못된 말로 여자를 괴롭히며 즐기는 취미 따위는 없었는데.

야비하고 탐욕스럽고 심술궂은 또 하나의 야마모토 미쓰히데. 이 녀석은 지금까지 대체 어디에 숨어 있었을까. 뭔가 시커먼 것이 배 속에서 똬리를 틀고 뱀처럼 고개를 쳐들기 시작했다. 분노나 초조함 비슷한 그 감정이 에리를 향한 것인지 아니면 나 자신을 향한 것인지도 이제는 알 수가 없었다.

그녀의 눈을 들여다보며 천천히 반바지를 벗었다. 한쪽 다리를 빼내고 그 발끝으로 반대편 무릎에 걸쳐진 바지를 아래로 내려 어딘가 옆으로 걷어찼다. 가슴과 가슴을 맞댔다. 어느새 둘 다 땀투성이였다. 에리의 가슴이 내 가슴 밑에 납작하게 눌려 매끈하게 미끄러졌다. 입술과 마찬가지로 탄력 있는 가슴이었다. 날씬한 몸매와는 어울리지 않을 만큼 풍만했다.

다리 사이에 나의 그것이 닿는 것을 느끼자마자 에리의 숨이 흐트러졌다. 눈꺼풀은 굳게 닫히고 미간은 괴로운 듯 찌푸려지고 뺨은 점점 더 달아오르는 게 보였다.

마음을 굳게 먹고 손가락을 대보니 그녀의 그곳은 이미 아무런 준비도 필요 없을 만큼 축축했다. 지금까지의 여자들은 수줍은 척 다리를 꼭 오므리곤 했는데 에리는 그 반대였다. 눈은 꼭 감았지만 다리는 자기 쪽에서 벌려주었다. 마치 유혹하듯이, 내 손끝을 좀 더 안쪽으로 맞아들이듯이 허리를 쳐들었다.

'진짜 이번이 두 번째인 거야?'

반쯤 어이없어하면서 책장에 손을 뻗어 가장 아래 칸 안쪽에서 작은 상자를 꺼냈다. 안에서 납작한 봉지를 꺼내 이로 찢었다. 좋아하는 여자를 위해서라면 조심하는 게 당연하지만 좋아하지도 않는 여자라면 더욱더 어설피 임신시킬 수는 없다.

한 손으로 그럭저럭 준비를 마쳤다. 그렇게 다른 때와 마찬가지로 순서를 밟는 동안 어느 정도 나 자신의 페이스를 되찾았다. 더 이상 에리에게 휘둘릴 수만은 없다.

내 것을 손에 쥐고 입구에 갖다 대자 에리가 짧게 부르짖었다.

나는 움직임을 멈췄다. 그녀가 눈을 뜨고 나를 쳐다볼 때까지 일부러 기다렸다가 말했다.

"소리 내지 마라?"

"……."

에리의 목울대가 꿀꺽 울리는 소리가 들렸다.

★

"아파? 미안해. 착하지, 조금만 참아. 아픈 건 처음 한 번뿐이니까. 여자는 다들 이걸 꾹 참고 어른이 되는 거야."

요코하마에서의 그날 밤.

그 샐러리맨은 허리를 요동치는 동안 내내 그런 변명을 했다.

정말 지겨워서 죽을 뻔했다. 아무 말 없이 몸의 리듬을 맞춰주기는 했지만, 마치 처녀를 위한 안내자 역할을 한다는 투로 자기 자신에게 도취된 그 남자의 꼴이 너무도 어처구니없어서 그 말을 듣는 내가 오히려 낯이 뜨거웠다.

남자들이란 어쩌면 이렇게도 바보인가, 하고 생각했다. 하지만 그런 남자하고 자고 싶어서 고민했던 사람이 바로 나였다고 생각하니 그것도 너무나 한심해서 점점 더 우울해졌다. 이제 와서 보면 그 남자와의 섹스에 집중하지 못한 것은 그런 잡념이 머릿속을 맴돌았기 때문인지도 모른다.

하지만 오늘 밤은 달랐다.

이 하숙집을 찾아오기 전까지는 어차피 처음 했을 때처럼 썰렁한 기분이거나 중간에 시들해질 게 틀림없다고 생각했는데 미쓰히데는, 아니, 정확히 말하자면 그의 몸은 무시무시할 만큼 강한 자력으로 나를 빨아들였다. 더 노골적으로 말하면 나는 그가 발하는 수컷 냄새에 엄청나게 홀려버렸다. 식충식물이 발하는 냄새에 파리가 흐늘흐늘 빨려 들어가 자멸하는 것처럼.

옛날에 빈 창고에서 발견한 어떤 포르노 잡지나 만화보다도, 지금껏 몰래 읽어온 어떤 포르노 소설의 묘사보다도 미쓰히데의 벗은 몸은 훨씬 야하고 사납고 관능적이었다. 그 스스로는 전혀 알지 못하는 것 같지만 몸매나 근육은 물론이고 몸짓이며 목소리 톤까지 필요 이상으로 에로틱했다. 아니, 정확히 말하면 그의 그런 것들이 나의 에로틱한 기분을 자극했다. 어쩌면 그를 이런 식으로 느낀 사람이 나뿐만이 아닐지도 모르지만 지금은 그딴 것은 문제도 되지 않았다. 문제가 되는 건 내가 지금 이렇게 죽을 만큼 발정이 났다는 사실뿐이다.

줄곧 나 자신을 자존심 강한 인간이라고 생각해 왔다. 실제 나 자신이 그 자존심에 적합한 인간이냐 아니냐는 차치하고라도, 어떻든 자존심에 상처 입는 것만은 질색했다는 건 틀림없다.

"괜히 속일 거 없어."

땅을 기는 듯한 음울한 목소리로 미쓰히데가 내뱉은 순간, 내 머리는 사고가 딱 멈췄다.

"거래니 뭐니 하는 건 핑계지? 사실은 나하고 하고 싶었던 것뿐이지?"

그 눈에 손톱을 들이대 후벼 파내도 시원찮을 만큼 지독한 소리를 들었는데도 내 몸과 입은 마비되어 꼼짝하지 않았다. 그가 내 양팔을 짓누르지 않았더라도 마찬가지였을 것이다.

새삼 미쓰히데 따위에게 착하게 보이려고 애쓸 필요는 없었다. 그래서 그가 무슨 소리를 하건 반론할 필요도 없었다.

하지만 내가 그의 말에 분노조차 느끼지 않은 것은 그런 이론적인 이유 때문이 아니었다. 다만 그의 지적이 너무도 정곡을 찌르는 말이었기 때문이다. 이 하숙집에 찾아온 원래의 목적은 정말로 그의 입을 봉하기 위해서였지만 이제 그딴 건 어떻게 되든 상관없었다. 설령 그가 이런 거래는 하지 않겠다, 내일 학교에 가서 요코하마에서의 일을 죄다 불어버리겠다, 하고 말했다고 한들 상관없었다. 그냥 이대로 돌아가는 것만은 견딜 수 없을 만큼 나는 그를 갖고 싶었다.

미쓰히데의 몸놀림은 하나에서 열까지 얄미울 만큼 능숙했다. 콘돔을 끼는 것만 해도 지난번의 샐러리맨은 내게 등을 돌린 채 한참이나 부스럭거리며 시간을 끌었는데 미쓰히데는 그야말로 간단히 준비를 마쳤다.

대체 지금까지 몇 명이나 되는 여자애들이 이 방에서 옷을 벗었을까. 게다가 다들 한두 번이 아니었을 것이다.

그렇게 생각하면 이건 내게는 그냥 두 번째가 아니었다. 두 번째 처음인 것이다. 그 샐러리맨과 했을 때보다 오히려 놀랄 일이 더 많았다. 지난번에는 모든 것을 아, 이런 거구나, 하고 이해했을 뿐이지만 이번에는 그때와 하나하나 비교되었기 때문이다. 키스하는 방법도, 애무하는 순서도, 맞닿은 살갗의 감촉이며 냄새, 몸의 특징에 이르기까지 사람에 따라 이토록 다른 것인 줄은 상상도 못 했다.

이윽고 내 중심에 그의 끝이 닿았다. 드디어, 드디어……. 너무도 큰 기대감에 나도 모르게 아앗 소리가 새어나왔다.

하지만 그뿐, 그는 아무것도 하지 않았다. 답답해하면서 눈을 뜨자 그가 무표정하게 나를 내려다보고 있었다.

"소리 내지 마라?"

부루퉁한 그 말을 듣는 순간, 찌리리릿 느낌이 왔다.

나를 가르고 그가 들어왔다. 천천히…… 용서 없이……. 그가 방바닥에 두 팔을 짚고 있어서 나를 짓누르는 무게는 그곳 한 지점에 집중되었다.

미간을 찌푸리고 턱을 당기며 지그시 견뎠다. 하지만 내 깊은 곳까지 모조리 잠겨든 그가 갑작스레 허리를 움직이자마자 나는 다시금 신음이 터지고 말았다. 당황해서 손등으로 입을 틀어막았다.

그가 미간을 좁히며 나를 들여다보았다.

"아파……?"

가슴이 철렁했다. 뭔가 심한 소리를 할 거라고 예상했는데 그런 친절한 말은 뜻밖이었다. 내가 이 일에 익숙하지 않다는 것을 눈치챈 것일까. 이게 두 번째라는 것을 알아차리면 그는 부담감에 의욕을 잃고 중단해 버릴지도 모른다.

나는 고개를 가로저으며 일부러 도발적으로 말했다.

"됐으니까 빨리 하기나 해."

다행스럽게도 느끼는 척할 필요는 없었다. 나는 정말로 느끼고 있었다. 약간의 아픔은 있었지만, 그리고 그 아픔이 이전보다 약간 강했지만 참을 수 없을 정도는 아니었다. 나의 내부가 서서히 그의 형태나 크기에 익숙해지면서 아픔은 거의 느껴지지 않았다.

서로의 움직임과 호흡이 점점 빨라지고 거칠어졌다.

어차피 동물이나 마찬가지라고 생각해 봤다. 멜로 영화에서라면 베드신에 반드시 발라드 같은 아름다운 배경음악이 들어가고 남자와 여자는 서로를 응시하며 시트 밑에서 우아하게 허리를 물결치는 것이 보통이지만 결국 하는 짓은 개와 마찬가지다. 뒤집힌 거북이 같은 우스꽝스러운 자세로 다리를 쩍 벌리고 서로 이어진……. 이런 짓이 뭐가 아름답다는 것인가.

그런데도 나는 어떻게 해볼 수도 없이 흐물흐물 녹아들었다. 아무리 참으려 해도 터져 나오는 신음을 손가락을 깨물며 필사적으로 억눌러야 했다. 이런 것을 두고 죽겠어, 죽겠어, 라고 하는 것인지는 모르겠지만, 아무튼 지금까지 느껴본 어떤 감각과도 달랐다. 어떤 것으로도 비유할 도리가 없었다. 내 몸속에 이물질이, 생판 타인의 몸의 일부가 들어오는데도 그것을 태연히 받아들이다니, 참으로 믿기 어려운 일이지만 나는 지금 그것을 하고 있고, 게다가 그것에 의해 심장이 멎어버릴 만큼 흥분하고 있다.

배 아래쪽 근육이 응어리가 생긴 것처럼 딱딱하게 긴장하는 게 느껴졌다. 발가락이 모조리 뻣뻣하게 젖혀졌다. 그가 맞비벼 대는 부분에서부터 타버릴 듯한 열기가 온몸으로 전해지고 머릿속 한쪽이 풍선처럼 부풀어 의식이 가물거렸다. 예전에 잡지에서 봤던 좋아, 좋아, 라는 말의 의미를 이제야 겨우 알 것 같았다.

슬그머니 눈을 떠보았다.

그의 이마와 목울대, 움푹한 쇄골에 땀이 방울방울 맺혀 있었다. 차가운 유리잔에 맺힌 물방울 같았다.

아름답다. 한 방울씩 혀끝으로 떠내고 싶을 만큼 아름답다…….

신기했다. 미쓰히데를 싫어하는데 왜 그의 몸에는 혐오감을 느끼지 않는 걸까. 행위 자체도, 서로 사랑하는 감정이 없다는 것도 그 샐러리맨 때와 완전히 똑같은데.

울룩불룩한 팔뚝이 내 등과 방바닥 사이를 비집고 들어왔다. 튤립 줄기처럼 휘어진 내 몸을 안아 일으키면서 그는 내 젖꼭지를 입에 물었다. 그곳은 이미 아플 만큼 민감해져 있었지만 그렇게 해주는 것만으로도 몸이 홱 뒤로 젖혀질 만큼 기분 좋았다. 그의 혀 위에서 내 젖꼭지가 굴렀다. 그 데굴데굴한 감촉을 나는 나 자신의 혀끝으로 맛보는 것처럼 느꼈다. 따스하고 묘한 그리움이 느껴졌다.

그가 이를 세웠다. 더 이상 견디지 못하고 나는 그의 머리를 끌어안고 머리카락을 마구 휘저었다. 땀에 젖어 가닥가닥 갈라진 머리카락이 서늘한 감촉을 남기고 실크처럼 손가락 사이를 스르르 빠져나갔다. 굵은 팔뚝이 내 허리를 조였다. 끊어질 것 같다. 그의 입술이 내 목을 타고 내려갔다. 미끈한 혀가 연체동물처럼 핥고 지나간 자리를 창문 너머로 불어오는 바람이 금세 시원하게 식혔다. 멘톨을 바른 것처럼 싸하다.

"……가 난다."

내 귓불을 깨물며 그가 뭔가 중얼거렸다.

"……응?" 두 팔과 다리로 그에게 매달린 채 나는 가까스로 되물었다. "뭐, 뭐라고 했어?"

"너……." 컬컬한 목소리로 그가 다시 말했다. "바다하고······."

이윽고 내가 태어나 처음 맛보는 흥분으로 숨이 턱 막혀 발
끝을 파르르 떨며 비명을 올리는 순간까지 미쓰히데의 그 말은
몽롱한 의식의 한복판에서 몇 번이나 울려 퍼졌다.

"너, 바다하고 똑같은 냄새가 난다······."

2

🐚

여름 초입에 아버지와 맺었던 약속…….

9월부터 시작하는 대회 시즌 전에 오랜만에 둘이 바다에 들어가자는 그 약속은 결국 지켜지지 못했다. 아버지의 건강은 그 뒤로도 계속 나빠지기만 해서 서핑은커녕 혼자 병원 매점에 나가는 것조차 여의치 않은 상황이었기 때문이다.

누나에게서 아버지가 암이라는 말을 처음 들었을 때, 나는 이런 질문을 했다.

"그래도 아직 악성으로 판정된 건 아니지? 암에도 양성과 악성이 있잖아."

지금 생각해 보면 너무 어리석은 질문이어서 피식 웃음이 터진다. '양성 암' 따위는 있을 리가 없다. 종양 중에서 악성만을 암이라고 하는 것이다.

게다가 아버지는 경성의 진행성 위암이었다. 보통 위암은 크기가 기껏해야 10센티미터인데 아버지 것은 20센티미터 가까이나 된다고 한다. 암세포가 점막이며 근육 속에 깊이 박힌 채 번져 나가기 때문에 발견했을 때는 이미 손쓸 수 없는 케이스가 많다.

위 입구에도 큰 암 덩어리가 생겨 아버지는 제대로 먹지도 못하고 링거액으로 혈관을 통해 영양을 주입하며 체력을 유지하고 있다. 입으로 먹기 위해서는 위 입구에 생긴 암 덩어리를 밀쳐내는 식으로 위와 장을 이어주는 우회로를 만드는 방법이 있다는데, 그러자면 당연히 배를 다시 가르지 않으면 안 된다. 그런 수술을 버텨낼 만한 기력이 이미 아버지에게 없다는 것쯤은 아마추어의 눈으로 봐도 명백했다.

"미쓰히데, 걱정 마라. 나는 암으로는 안 죽어."

그날 오후, 병원의 하얀 천장을 지그시 올려다보며 아버지는 말했다. 창문으로 비쳐드는 햇살의 부드러움도, 멀리 보이는 바다의 푸른빛도 벌써 틀림없는 가을의 그것이었다.

자신의 병세가 이미 말기에 이르렀다는 것을 잘 알면서 이제와 무슨 엉뚱한 소리인가. 대꾸할 말이 없어서 아무 말 않고 있으려니 아버지는 다시 한번 말했다.

"암으로는 안 죽어. 죽는다면 단순히 그게 내 수명이었기 때문이야."

또 개똥철학을 늘어놓네, 하고 생각했다. 몸이 이 꼴인데도 말수만은 줄지 않았다. 아직도 의사나 간호사에게 외골수 바보처럼 너무 늦기 전에 여기서 내보내 달라고 졸라대서 미움을 사고 있었다.

"아버지."

"왜?"

"……."

"뭔데 머뭇거려? 빨리 말해봐."

"……무섭지 않아?"

아버지는 곁눈질로 나를 흘끔 쳐다보며 입 가장자리를 삐뚜름하게 틀었다.

"흥, 앞날이 없는 사람이 무서울 게 뭐가 있어?"

정말 그럴까. 일반적으로 앞날이 없다는 것 자체를 무서워하는 거 아닌가.

"야, 미쓰히데, 살아 있는 것들은 반드시 죽어." 내 머릿속을 들여다본 것처럼 아버지는 말했다. "나 같은 암 환자의 사망률이 얼마나 되는지는 모르겠지만, 꼭 그런 게 아니더라도 어차피 언젠가는 수명이 다해 죽는 거야. 인간의 사망률은 100퍼센트야. 그러니까 죽는 것 자체는 별일도 아니야. 오히려 고통스러운 건……."

아버지는 거기서 잠시 말을 끊고 내가 잘 듣고 있는지 확인한 뒤에 다시 말을 이어갔다.

"내가 고통스러운 건 조용히 죽게 해주지 않는 거야. 쓸데없는 연명 치료로 의식도 없는 사람을 억지로 살려두는 거 말이야. 잘 들어, 미쓰히데. 이것만은 꼭 기억해 다오."

……다오.

내 기억으로는 아버지가 내게 뭔가를 부탁한 건 그게 처음이었다.

9월 첫 주에 어느 기업 주최로 열린 서핑 대회에서 나온 내 성적은, 가쓰야 씨의 말을 빌리자면 "너, 장난하냐?"였다.

"잠이 덜 깬 것도 아니고 뭐야, 이게? 애써 연습한 네 특기는 어디로 사라졌어? 늘 하던 공격적인 라이딩 말이야. 그걸 그냥 무난하게 처리해 버리다니, 곧 죽을 노인네냐, 너?"

작년에는 1위였는데 올해는 4위까지 떨어졌으니 사실 어떤 꾸지람이 떨어져도 대꾸할 말이 없었다.

연습 부족이라든가 컨디션 같은 문제가 아니었다. 딱히 적극적인 공격이 두려워서 무난하게 처리하려고 했던 게 아니라 그저 공격하고 들어갈 마음이 나지 않았던 것이다. 깨지고 나서 하는 말이 아니다. 패배의 원인은 단순한 의욕 상실이었다. 그래서 그런지 별로 분하지도 않았다. 여름 초입에 참가 신청을 했을 때, 반드시 우승해서 상품으로 나오는 2인 괌 여행권을 어머니와 히로시 씨에게 선물하기로 마음먹었던 터라 그게 조금 안타까웠을 뿐이다. 아무리 여행사를 운영한다고 해도 공짜로 여행을 다닐 수 있는 건 아니다.

의욕 상실은 한 경기에서 끝나지 않았다. 될 대로 되라는 권태감은 그 뒤에도 점점 더 심해졌다. 방과 후 항상 하던 대로 바다에 나가도 전혀 기합이 들어가지 않았다. 이런 일은 태어나서 처음이다.

파도를 탈 수만 있으면 온 세상이 만족스러웠던 내가 그렇게 변해버린 것을 어릴 때부터 지켜본 가쓰야 씨가 눈치채지 못했을 리 없다.

"미쓰히데, 잠깐 나 좀 보자."

저녁 무렵, 사흘 연속으로 일찌감치 연습을 접고 하숙집으로 돌아갔더니 가쓰야 씨가 계단을 올라가려는 나를 불러 세웠다.

"방금 가와이가 다녀갔어. 내일 아침에도 연습 안 나올 거냐고 물어보라더라."

"그랬어요?"

속으로 끌끌 혀를 찼다. 아침 연습을 땡땡이친 것까지 들켜버렸다.

가와이 선배는 나이는 나보다 한 살 많지만 학년은 나와 같다. 성적이 형편없었던 데다 출석일수가 부족한 탓에 올해 졸업하지 못한 것이다. 하지만 천성적으로 태평한 가와이 선배가 그런 일 때문에 속을 끓이는 기색은 전혀 없었다. 그러기는커녕 부족한 수업을 보충하기 위해 일주일에 사흘만 등교하면 된다는 점을 이용해 가족 사업인 청과물 가게 일을 거드는 한편, 이번 여름부터는 태연하게 서핑까지 시작했다.

먼저 졸업한 친구들이 여름방학을 맞아 고향에 내려왔을 때, 잠깐 그 친구들의 보디보드*를 빌려 타본 뒤부터 파도를 가르는 속도감이며 스릴에 재미를 느껴 푹 빠진 모양이었다. 어차피 배울 거, 기왕이면 서핑이 여자들에게 더 인기가 있다느니, 마침 일류급 선수가 가까이에 있는데 지금 배워두지 않으면 손해라느니 하면서 테이크오프에서 싸구려 중고 서프보드를 구입하고 매일 아침 내가 연습할 때마다 함께 따라나선 것까지는 좋았는데……. 안타깝게도 절망적일 만큼 운동신경이 젬병이었다. 한 달 반을 연습한 끝에 겨우겨우 보드 위에 잠깐씩 설 수 있었다.

"가와이가 나중에 다시 전화한다더라."

"네, 알았어요."

얌전히 대답하고 계단을 올라가려고 했지만 역시 가쓰야 씨는 그렇게 만만하지 않았다.

"미쓰히데, 잠깐만. 너 요즘 좀 이상해. 무슨 일 있었어? 어서

---

*　배를 깔고 타는 보드의 일종.

말해봐."

어쩔 수 없이 돌아서자 가쓰야 씨는 상품이 진열된 유리 케이스 위에 양손을 짚고 진지한 얼굴로 나를 보고 있었다.

"아휴, 걱정도 팔자시라니까." 나는 쓴웃음으로 대충 얼버무렸다. "별일 없어요. 좀 피곤해서 그래요."

"거짓말인 거 눈에 뻔히 보이는데? 솔직히 말해봐. 무슨 일이야?"

"아무 일도 없지만, 설령 무슨 일이 있다고 해도 가쓰야 씨에게는 말할 수 없어요."

"왜?"

"고스란히 우리 누나 귀에 들어갈 테니까요."

가쓰야 씨 얼굴이 카멜레온 못지않게 순식간에 빨개졌다.

"네, 네가 그걸 어떻게⋯⋯."

"그냥 한번 떠본 건데요."

"이, 이⋯⋯."

자식이, 라는 말까지는 들을 것도 없이 잽싸게 계단을 뛰어올랐다.

아버지의 병이 알려진 뒤부터 가쓰야 씨와 누나가 전보다 더 빈번하게 통화를 한다는 건 진즉에 눈치챘다. 아버지로서도 오래전부터 친아들보다 더 아끼던 가쓰야 씨가 딸과 맺어진다면 크게 기뻐할 것이다. 자신이 암에 걸려준 덕분이라느니 뭐니 하면서 큰소리를 칠지도 모른다.

　층계참까지 올라가 방의 미닫이문을 열려는 참에 아래층에서 가쓰야 씨가 고함을 쳤다.

　"미쓰히데, 그래서 어쩔 거야?"

　"뭘요?"

　"내일 아침 말이야! 또 땡땡이칠래?"

　걱정해 주는 건 고맙지만 그 순간 폭발하듯이 모든 게 다 귀찮다는 생각이 들었다.

　"……내일은 갈 거예요."

　일단 대답은 했다.

　보드 위에서 균형을 잡는다는 점만을 보고 서핑을 스노보드나 스키와 비교하는 사람들이 있다. 하지만 거기에는 큰 차이점이 한 가지 있다. 서핑의 경우, 올라타는 파도 자체가 움직인다는 점이다.

　특히 저기압이 다가올 때의 파도에 올라타는 것은 흉포한 미지의 생명체를 길들이는 것과 같다. 한순간이라도 딴생각을 했다가는 거대한 발톱에 홱 낚여 물 위로 내동댕이쳐지고 이내 바다 밑으로 끌려간다.

　"태풍 전의 파도를 정복하면 세상에 무서울 게 없어져." 옛날부터 아버지는 입버릇처럼 말하곤 했다. "태풍 때의 파도는 다음 순간에 어떻게 움직일지 전혀 예측할 수가 없거든. 그런 바다에 비하면 인간 따위는 아메바보다 단순하지."

하지만 나는 지금 아버지에게 그렇지 않다고 말하고 싶다.

그렇지 않다. 인간은 그렇게 단순하지 않다. 적어도 에리는 전혀 단순하지 않다. 다음 순간을 예측하는 건 고사하고 에리가 지금, 이 순간에 무슨 생각을 하는지 전혀 짐작조차 할 수 없다.

여자와 남자가 아무리 별개의 생물이라고 해도 하나에서 열까지 모두 다를 리는 없다. 하지만 에리만은 나로서는 도무지 이해할 수 없는 존재다. 지금까지 사귀었던 여자애들의 불가사의한 점을 모두 합해도 따라갈 수 없을 만큼 그녀는 특히 더 불가사의하다.

처음 에리와 자버린 날로부터 벌써 두 달이 되어간다. 그동안 그녀는 여섯 번에 걸쳐 내 하숙방을 찾아왔다.

여섯 번 모두 먼저 말을 꺼낸 사람은 나였다. 그것이 상대의 약점을 파고드는 야비한 짓거리라는 것을 다 알면서도 도저히 그만둘 수 없었다.

거래.

처음에 에리가 그 말을 꺼냈을 때는 어이가 없고 화가 났지만 일단 몸을 섞고 나니 그런 건 의외로 간단히 잊혔다. 말하자면 이건 에리의 청을 받아들였다기보다 나 자신의 어두운 부분을 받아들인 것에 가깝다. 이러니저러니 잘난 이론을 들이대 봤자 다 헛소리다. 결국 나는 그때 욕망을 이기지 못해 에리와 자버렸다. 그런 짓을 할 수 있는 인간이었다는 얘기다.

하지만 솔직히 말해 그날 밤 에리와의 섹스는 엄청 좋았다. 그 쾌락을 두 번 다시 맛볼 수 없다면 살아갈 가치도 없다고 생각할 만큼 엄청났다. 죄책감이니 뭐니 하는 소소한 감정은 그 압도적인 쾌감 앞에서 눈곱만큼도 힘이 없었다. 나는 생각나는 모든 체위를 에리의 몸을 이용해 시도했다. 나를 좋아한다는 여자애를 상대할 때는 도저히 할 수 없었던 것도 그녀에게는 왠지 아무렇지도 않게 요구할 수 있었다. 그녀의 몸은 엄청나게 민감하고 동시에 엄청나게 터프했다. 서투른 가운데서도 내 움직임에 응하고, 게다가 놀랍게도 자기 쪽에서 움직였다. 모든 것을 다 쥐어짜 내려는 듯한 탐욕스러운 움직임이었다.

물론 쾌락으로 나 자신을 잊을 수 있는 것은 한창 할 때뿐이었다.

밤늦게 에리가 자신의 스쿠터를 타고 돌아간 뒤, 혼자 남겨진 나는 지난 18년 동안의 삶 중에서 두 번째로 지독한 기분에 휩싸였다. 참고로 말하자면, 첫 번째는 쇼난 집 앞의 바다에서 파도에 휩쓸려 실컷 바닷물을 마시고 물 위로 떠오른 내 코앞에 썩은 고양이 시체가 떠 있었을 때였다.

이런 기분이라면 이제 다시는 에리와 잠자리를 하지 않겠다고 매번 결심했다. 차라리 내 오른손의 도움을 받는 편이 훨씬 낫다고 생각했다.

그 굳은 결심의 결과가 여섯 번이라는 숫자다. 고작 두 달 만에. 한심하다 못해 비참해진다. 그래도 멈출 수 없었다. 멈출 도리가 없었다. 그 어떤 부정적인 감정도 메우고 남을 만큼 에리와의 섹스는 굉장했다. 그녀의 몸 따위에 대해 말하려는 게 아니다. 아마 상성相性이라고 표현할 수밖에 없을 것이다. 둘의 상성이 지나치게 좋은 탓에 씁쓸한 감정 따위는 사흘이면 쓱싹 잊어버리고, 닷새쯤 지나면 벌써 들썽들썽 침착성을 잃고, 일주일쯤 지나면 아무 일도 손에 잡히지 않는다. 열흘쯤 되면 참는 것도 그만 한계에 이르러 문득 깨닫고 보면 학교 복도에서 에리를 마주친 순간에 "와라" 하고 낮게 속삭이고 마는 것이다.

모조리 평면뿐인 세계에서 오직 에리만 입체적인 몸을 갖고 있는 것 같았다. 친구들이나 우리 반 여학생을 상대로 개그를 날리며 실없이 웃어대는 것과 똑같은 방식으로 에리를 향해 컴컴한 유혹의 말을 가볍게 내뱉었다. 그때마다 나 자신이 이중 인격자가 된 게 아닌가 생각했다.

여자에 빠진다는 게 이런 것일까.

내가 에리에게 미쳐버린 걸까.

모르겠다. 에리와 이런 사이가 된 뒤부터 나로서는 도저히 알 수 없는 일들이 부쩍 많아졌다. 예전에는 이러지 않았다. 그저 바다를 바라보며 파도와의 거리감을 재는 일로 나 자신의 위치를 확인했다. 그것만으로도 충분히 만족할 수 있었다.

내가 오라고 했는데 에리가 거절한 적은 아직 한 번도 없다. 말을 건네면 오히려 내가 불안해질 만큼 무표정하게 흘끔 올려다볼 뿐 대답은커녕 고개도 끄덕여 주지 않으면서 저녁 무렵 아래층 가게가 문을 닫을 때쯤을 노려 어김없이 내 하숙방에 찾아왔다. 그러고는 내 얼굴을 제대로 쳐다보지도 않은 채 옷을 벗기 시작한다.

'사실은 얘도 나하고 하고 싶은 거 아닌가?'

그런 생각이 들 때도 있었다. 학교에서 나를 향해 그토록 험악한 눈빛을 던지고 단둘이 된 뒤에도 옷을 벗기 전까지는 그 눈빛에 변함이 없으면서도, 일단 살을 맞대면 그녀의 뺨은 단숨에 붉게 달아오르고 나를 바라보는 눈망울은 마치 연인의 뒤를 따라 가출한 여자처럼 촉촉해졌기 때문이다.

나와 하기를 원하는지 아닌지 하는 문제는 둘째 치고, 최소한 에리가 그걸 싫어하지 않는다는 것쯤은 아무리 둔감한 나도 알수 있다. 더 분명하게 말하면 싫어하지 않는 정도가 아니다. 그녀의 욕구는 때로는 남자인 나조차 따라잡을 수 없을 만큼 강하고 격렬했다. 아무리 감추려고 해도 몇 번 몸을 합해보면 안다.

창문을 꼭꼭 닫은 방 안, 그것밖에는 머릿속에 없는 두 마리 동물처럼 뒤엉켜 땀투성이가 된 채로 위아래를 바꿔가며 우리는 항상 첫째 날 밤과 똑같이 서로를 물어뜯는 잔인한 말을 주고받았다. 특히 내가 그녀의 강한 성욕에 대해 이죽거리는 말을 할수록 그녀는 거세게 몸을 떨며 나를 원하고 내게 응했다. 그건 일종의 의식이었다. 이것이 어디까지나 거래이며 계약이고 결코 그 이상의 의미는 없다는 것을 서로 확인하기 위한 의식 말이다.

이러느니 다른 평범한 연인들처럼 서로 다정하게 사귀면 훨씬 편할 텐데, 하고 생각했다. 딱히 연애 감정이 아니라도 좋다. 육체관계를 가진 남녀 사이에 일반적으로 생겨나는 단순한 친밀함이라든가 편안함이어도 괜찮다. 최소한 그런 정 같은 것을 주고받을 수 있다면 나중에 굳이 최악의 기분에 빠질 일도 없지 않은가.

하지만 에리의 태도를 보면 그런 안이한 편의주의는 전혀 받아들일 것 같지 않았다. 그녀는 내가 다정하게 대해주는 것조차 철저히 거부했다.

다시 한번 말할 수밖에 없다.

나는 후지사와 에리라는 여자애를 도저히 모르겠다.

대체 왜 그토록 혼자이고 싶어 하는지, 나와 친해지는 것을 왜 그토록 거부하는지, 도저히 모르겠다.

★

어째서 나를 이해해 보겠다는 둥의 생각을 할까. 나는 한 번도 미쓰히데에게 이해받고 싶다는 생각 따위는 해본 적이 없는데.

단지 그의 몸만 있으면 다른 건 하나도 필요 없다고까지는 말하지 않겠다. 하지만 내가 원하는 건 어디까지나 그 몸을 가진 미쓰히데다. 육체를 뺀 그에게는 볼일이 없다.

그래서 우리는 둘이 있을 때 서로에 대해 아무 말도 하지 않았다. 침묵이 어색하다고 음악을 트는 일도 없다. 함께 어딘가에 놀러 가지도 않는다. 물론 그의 방에 가서도 옷을 벗지 않은 적은 한 번도 없다.

그래도 요즘은 미쓰히데의 모습을 멀리서 발견하면 어쩐지 가슴이 두근거린다. 그의 굵직한 손이 누군가의 어깨를 잡는 것을 보면 마치 내 어깨를 잡힌 것 같다. 복도에서 서로 스치는 순간에 그의 냄새가 희미하게 코끝을 스치는 것만으로도 무릎이 후들거린다.

만일 내가 반 친구나 농구부 친구들에게 그런 얘기를 한다면 분명 사랑에 빠진 거라고 단언할 것이다. 여자애들은 모두 사랑하고 싶어 하는 경향을 보이기 때문에 남의 연애 이야기에도 홀딱 빠져든다.

하지만 나는 그런 이야기에 가담하는 게 서툴렀다. 여자애들이 '사랑'이라고 말하는 것은 어차피 '욕정'과 똑같은 수준의 충동에 지나지 않는다고 생각한다. 단순한 동물적 본능에 '사랑'이라는 이름을 붙여 순수하고 플라토닉한 것처럼 미화하면서 그녀들은 무의식적으로 문제를 바꿔치기한다. 남자에게 성적인 욕망을 품은 것에 대한 꺼림칙함을 얼버무리려는 것이다. 그런 건 순수는커녕 오히려 몹시 불순한 거 아닌가.

반 친구 중에서 조금 조숙한 아이들이 '남자와 여자 사이에 우정은 성립되는가'라는 식의 진지한 토론을 하는 것을 보면 나는 저절로 닭살이 돋는다. 그런 애들은 아마 생각해 본 적도 없을 것이다. 남자와 여자 사이에 '사랑'과 '우정' 이외의 관계가 존재한다는 것을.

사랑도 우정도 아니지만 남자와 관계를 지속하는 건 가능하다.

농구부 활동이 끝나고 체육관 뒷문으로 소나무 숲을 슬쩍 내다보면 이따금 서핑 연습을 마치고 보드를 씻거나 간이 샤워실에서 나오는 미쓰히데의 모습이 보이곤 한다. 가을의 새파란 바다를 배경으로 그의 벌거벗은 상반신에 물방울이 흐르는 걸 보면 나는 교복 차림 그대로 그의 품에 달려가 쇄골의 움푹한 곳에 입술을 들이대고 싶은 충동에 휩싸인다. 샤워기 아래 선 채로 섹스하는 나의 모습을 몽상하며 멍해져 있다가 뒤에서 후배가 부르는 소리에 흠칫 정신을 차린 적도 있었다.

혹은 월례 학생회 때 1000명 가까운 학생들 사이에서 이쪽을 올려다보는 미쓰히데와 시선이 마주칠 때마다 나는 태연한 척하기가 힘들어졌다. 아직까지 당황해서 단상에서 쓰러진 적은 없지만 그 대신 혐오감과 흥분이 뒤섞인 전율이 다리를 타고 기어 올라와 속옷 안쪽이 금세 젖어버린다. 그럴 때 나는 아무도 눈치채지 못하게, 곁에 앉은 학생회장 미즈시마도 알지 못하게 허벅지를 꼭 맞대고 몰래 뜨거운 한숨을 내쉰다.

이따금 진짜로 걱정스럽기도 했다. 혹시 이 아이들 중에 타인의 마음을 읽어내는 초능력자가 있으면 어떡하지? 선생님들에게 칭찬받는 모범생 얼굴을 하고서 사실은 이런 음란한 생각을 한다는 것을 누군가 알아챈다면 너무 창피해서 단 하루도 살 수 없을 것이다.

하지만 한편으로 나는 항상 미쓰히데가 불러주기만을 속을 바작바작 태우며 기다렸다. 때로는 도저히 참을 수 없어 그가 부르기 전에 내가 먼저 그의 하숙방에 쳐들어갈까 생각했을 정도다. 물론 다행스럽게도 여태까지 실행에 옮긴 적은 없다. 매번 미쓰히데의 인내력이 먼저 바닥났기 때문이다. 내가 정말로 견딜 수 없어지기 1초쯤 전에.

그가 이 일로 괴로워한다는 건 알고 있다. 하지만 그걸 딱하게 여겨줄 마음 따위는 없다. 아무리 고민하며 버둥거려 봤자 그는 결국 나를 부를 수밖에 없고, 그러면 반드시 나와 자버리고 만다. 이제 어지간히 포기하는 게 좋을 텐데, 하고 나는 생각한다. 부르지 말았어야 하는데, 이건 아닌데, 언제까지나 꾸물

꾸물 고민하는 미쓰히데를 보면 답답하기 짝이 없다.

그는 타인에게도 자신에게도 지나치게 착한 것이다. 나는 그런 사람이 진짜 싫다. 더욱더 싫은 건 그런 사람을 증오하지 않고서는 버틸 수 없는 나 자신이지만, 이 상황에 그런 말은 해봤자 아무 소용 없다.

미쓰히데는 아마 지금까지 사귄 여자들에게도 똑같이 대했을 것이다. 그는 나와의 관계에 뭔가 껄끄러운 장애물이 있으면 어떻게든 개선해서 평평하게 고르려고 했다. 기분 나쁜 부분이 있으면 기분 좋게 정비하려고 했다.

보통은 그게 당연한 일이고 대부분의 여자들은 그걸 반길지도 모르지만, 나에게는 쓸데없는 친절일 뿐이다. 왜냐하면 서로 마음을 주고받았다가는 그걸로 끝, 지금까지처럼 그와 잘 수 없다는 것을 알고 있기 때문이다.

미쓰히데가 나를 이해하지 못한 덕분에 이 관계에서 나는 주도권을 쥘 수 있었다. 혹은 그가 내게 연애 감정 따위는 품고 있지 않다는 걸 잘 알기 때문에 나는 내 욕망에 솔직할 수 있었다. 그 앞에서만은 어떤 식으로도 가장할 필요가 없었다. 모범생일 필요도 없고 착한 여학생으로 보일 필요도 없다.

함께 엉겨서 흥분하면 그는 뭔가 심한 말을 내뱉었다. 정신이 나갈 듯한 상태의 나를 내려다보며 굵은 눈썹을 찌푸리고 신음하는 듯한 낮은 목소리로 속닥거린다.

"넌 진짜 음란해. 처음 봤다, 이렇게 좋아하는 여자는."

그 말을 들은 내가 점점 더 스르르 녹아 흐트러지는 것을 보고 그는 씁쓸하게 말을 잇는다.

"좋아 죽겠지, 내가 해주는 거?"

딴사람이 된 듯한 가학적인 말투로 그가 중얼거릴 때마다 나는 나 자신을 정말로 어떻게도 해볼 수 없이 음란한 여자라고 생각했고, 그가 해주는 것이 견딜 수 없이 좋다고 생각했다. 그리고 왜 그런지 그 순간만은 그런 나 자신을 용서할 수 있었다.

그런 말만이 이 세상에서 유일하게 나를 벌해주었기 때문인지도 모른다. 혹은 단순히 나의 내면에 말로 상처받기를 즐기는 습성이 있는 것뿐인지도 모른다. 그런 성향이 존재한다는 건 나도 알고 있다. 내가 그렇지 않다고 단언할 근거는 어디에도 없었다.

어찌 됐건 나는 아마도 미쓰히데에 의해 구원을 얻은 모양이다. 그가 계속 그 상태로 있어주는 한 나는 마지막 자존심을 유지할 수 있다. 집착의 대상을 동정하는 것은 미쓰히데도, 아니, 어느 누구도 불가능할 것이기 때문이다.

한마디로, 미쓰히데와의 관계를 편안한 것으로 바꿀 수 없는 이유는 바로 그 때문이다.

자칫 서로 정이라도 든다면 미쓰히데는 나와 섹스하면서도 더 이상 자신의 생각을 입 밖에 내지 않을 것이다. 음란한 여자라는 말 따위 두 번 다시 하지 않을 것이고, 어쩌면 나를 올바른 길로 인도하겠다는 어리석은 생각까지 할 수도 있다. 그뿐인가, 그의 성격으로 봐서는 서로에게 더 이상 상처를 입히지 않기 위해 나와 잠자리를 하지 않을지도 모른다.

그래서는 아무 의미도 없다.

그렇다, 내가 원하는 것은 그의 마음 따위가 아니므로.

미야코가 또다시 정학 처분을 받은 것은 11월 초의 학교 축제 날이었다.

그날 오후, 나와 미야코는 운동장을 빙 두른 스탠드에 나가 연례행사가 된 럭비부 초대 시합을 관전하고 있었다. 우리 학교는 상대 팀을 2점 차까지 따라잡았지만 시간이 얼마 남지 않았다. 제한 시간은 이미 지났고 이제 로스타임뿐이다. 심판은 벌써 호루라기를 입에 물고 시계를 들여다보고 있었다.

관중은 모두 포기한 참이었다. 어쩌면 선수들도.

그런 상황을 단숨에 뒤엎은 것은 풀백 사기사와 다카유키였다.

스탠드오프에서 오른편 윙으로 건너간 패스를 바로 뒤쪽에서 따라가던 그가 재빨리 가로챘고 옆에서 달려드는 상대 팀 선수를 필사적으로 뿌리쳤다. 앞쪽에 아직 상대 선수 두 명이 있는 것을 보자마자 그는 볼을 눈앞에 떨어뜨렸다.

순간, 실수한 줄 알았다.

스탠드 전체가 크게 술렁였다.

하지만 실수가 아니었다. 볼이 바운드하는 순간 힘껏 차올린 것이다. 타원형 볼이 마치 의지를 가진 것처럼 남아 있던 15미터를 휘익 날아 골포스트를 뛰어넘었다.

그 직후 호루라기가 요란하게 울려 퍼졌다. 관중 모두가 자리를 박차고 일어섰다. 나도 저절로 벌떡 일어나 손뼉을 치고 있었다.

하지만 서너 번 펄쩍펄쩍 뛰는 사이에 금방 열기가 식어버렸다. 요즘 늘 이렇다. 뭘 하든 나 자신이 가식적이라는 생각이 들면서 스르르 김이 빠져버린다. 미야코가 눈치챌까 봐 박수만 계속 치면서 나는 소리 높여 말했다.

"굉장하네, 다카유키. 역시 네가 점찍을 만한 인물이야."

미야코는 요즘 다카유키를 집중적으로 카메라에 담고 있었다. 어째서 다카유키냐고 물어보는 내게 미야코는 대답했다. 나를 엄청 자극하거든, 하고.

나도 그건 이해가 된다. 나 스스로는 다카유키에게 아무 느낌도 없지만, 아마 미야코가 말하는 자극이란 내가 미쓰히데에게서 느끼는 것과 비슷한 것이 아닐까.

그런 다카유키의 대활약으로 우리 팀이 이겼는데도 미야코는 왠지 흥이 나지 않는 표정이었다. 마음이 어딘가 딴 곳에 가있는 것 같았다.

"왜 그래?" 키가 작은 미야코의 얼굴을 슬쩍 들여다보았다.
"재미없어?"

"……."

미야코는 입을 다문 채 고개를 가로저으며 미소를 지었다. 단순히 나를 안심시키려는 미소라는 것을 깨닫고 나는 적잖이 섭섭했다.

미야코는 요즘 내게 속마음을 털어놓지 않는다. 혼자 생각에 잠길 때가 많은데도 이전처럼 고민을 털어놓지 않는 것이다.

그 기타자키라는 사진가와 잘 풀리지 않는 걸까. 남자 따위, 그렇지 않아도 믿을 수 없는 존재인데 왜 굳이 스무 살이나 나이 많은 사진가를……. 나라면 절대로 미야코를 괴롭게 하지 않을 텐데. 혼자 한숨 쉬며 슬퍼하게 하지 않을 텐데. 만일 미야코가 나를 받아만 준다면, 절대로.

하얗고 자그마한 미야코의 옆얼굴을 보며 나는 손바닥에 손톱자국이 생길 정도로 주먹을 부르쥐었다.

그때였다.

미야코가 흠칫 놀라는 것과 동시에 스탠드가 다시 술렁였다. 아래를 내려다보니 다카유키의 큼직한 몸이 운동장에 널브러져 있었다.

"다카유키!"

스탠드오프인 히로키가 그를 안아 일으키고 있었다. 아마 산소 결핍으로 빈혈을 일으킨 것이리라. 그렇게 격렬하게 뛰었으니 그럴 만도 하다.

시야 끝에 눈에 거슬리는 회색빛이 나타났다. 내가 가장 싫어하는 선생이 스탠드 아래쪽 통로를 지나가는 것이었다. 생활지도부 선생이다. 사실은 '선생님'이라는 호칭도 붙이기 싫다. 그는 미야코를 늘 눈엣가시처럼 여긴다.

추레한 얼굴이 얹힌 목을 닭처럼 쭉 늘이고 누군가를 찾는 것 같았다.

뭔가 불길한 예감이 들었다.

생활지도부 선생의 시선이 여기저기 헤매다가 우리 쪽에서, 정확히 말하면 내 옆에서 딱 멈췄다. 구도 미야코, 하고 부르는 소리가 시끄러운 주위의 소음에 섞여 들려왔다.

나는 옆을 돌아보았다. 미야코는 자신을 부른다는 것도 모르는 채로 마치 연인을 응시하듯 안타까운 눈빛으로 운동장의 선수들을 내려다보고 있었다. 입가에 쓸쓸한 웃음을 띠고.

그 순간 생활지도부 선생 따위는 머릿속에서 깨끗이 지워졌다. 주위의 풍경까지 사라졌다. 미야코의 붉은 입술만 내 눈에 들어왔다. 항상 그렇듯 그때 나는 키스의 감촉이 되살아나서 심장이 아플 만큼 움츠러들었다.

"구도 미야코!"

제발 떠들지 마, 하고 나는 마음속으로 부르짖었다. 내 손에 농구공이 없었던 게 천만다행이다. 만일 있었다면 나도 모르게 그 선생의 얼굴을 향해 힘껏 던졌을 것이다. 이 정도면 충분히 사정거리 안이다.

"미야코……."

내가 부르자 그녀는 내 쪽으로 고개를 돌렸다. 단지 그것뿐인데도 이토록 기쁘다니, 내가 얼마나 미야코의 따스함에 굶주려 있는지 새삼 깨달았다.

아직도 걱정스러운 표정인 그녀에게 나는 말했다.

"너, 또 무슨 일 저질렀어?"

"왜?"

"아니, 저기……." 내 염려가 친구로서의 선을 넘지 않는 것으로 들리도록 조심하며 말했다. "너 찾는데?"

나중에야 알았지만, 생활지도부 선생이 미야코를 호출한 것은 그녀가 교내 전시회에 출품한 사진 때문이었다. 사진부 선생님의 사전 점검을 받은 작품들만 전시했는데 미야코가 오늘 점심때 자신의 출품작을 다른 사진으로 바꿔버린 것이다.

내가 갔을 때 문제의 사진은 이미 떼어낸 뒤였다. 하얀 보드에 줄줄이 걸린 사진반 친구들의 작품 사이에 그곳만 뻐끔 비어 있었다. 떼어내기 전에 그 사진을 목격한 아이들의 말에 따르면 다들 입이 떡 벌어질 만큼 충격적인, 그야말로 '물건'이었다고 한다.

시트로 몸을 감싼 미야코가 상반신을 드러낸 남자의 목에 매달려 행복한 표정을 짓는 장면을 찍은, 아마도 아침의 풍경. 상대 남자가 몇 살이라느니, 연예인 누구누구를 닮았다느니, 그 손이 미야코의 허리를 껴안고 있었다느니, 세세한 점에 관해서는 저마다 말이 달랐다. 갖가지 헛소문이 붙어 과장되기는 했지만 남자와 미야코가 특별한 관계라는 점만은 어느 누구도 의심하지 않았다. 당연한 일이다. 미야코의 사진은 항상 애매한 것과는 정반대의 지점에 있었다.

사진 속 남자는 기타자키일 거라고 나는 생각했다. 그 사람 말고는 달리 있을 리 없다. 2학년 여름에는 아직 키스도 해본 적이 없다고 했는데 어느새 그런 사이가 되었을까.

더욱 알 수 없는 것은 미야코가 왜 그런 사적인 사진을 사람들 앞에 공개했는가 하는 점이었다. 좋은 구경거리로 전교생의 주목을 받고 선생님들에게는 혼나고……. 그렇게 되리라는 건 뻔히 알고 있었을 것이다. 아니면 그렇게 할 수밖에 없는 특별한 이유가 있었던 것일까. 내게 조금이라도 미리 상의해 주었으면 좋았을 텐데.

"야, 에리!"

흠칫해서 돌아보니 학생회 총무 다니가와가 학교 축제 때 사용한 간판들을 끙끙거리며 들고 서 있었다.

"뭘 멍하고 있어? 도와주지 않을 거면 좀 비켜달라니까."

"아, 미안."

서둘러 물러선 내 옆을 지나 다니가와는 우물 정# 자 모양으로 쌓아놓은 장작더미 위에 간판을 얹었다. 이제 잠시 뒤에는 캠프파이어로 모두 재가 된다.

학생회 임원은 학교 축제 실행위원도 겸하고 있다. 나는 저녁 뒤풀이 준비에 쫓기느라 미야코 일을 걱정하면서도 어떻게 되었는지 가볼 수 없었다.

생활지도부 선생에게서는 이제 풀려났을까. 어떤 처분이 나왔을까.

조금 전에 볼일이 있어 교무실에 잠깐 들렀을 때, 구석에서 선생님들이 미야코 얘기를 하는 말소리가 언뜻 귀에 들어왔다. 정식 결정은 이따가 교무회의에서 정해지지만, 그 자리에서 논의하는 건 정학 기간을 어느 정도로 하느냐는 것뿐인 모양이었다.

"애초에 그런 애는 아무리 타일러도 안 통해요."

체육 선생님이 내뱉듯 말하자 국어 선생님이 난처한 듯 대꾸하는 소리가 들렸다.

"그렇다고 무조건 못 하게 할 수는 없죠. 이래저래 사정이 있는데."

그 '이래저래'에 대해 미야코가 내게 직접 말해준 적이 있다. 지휘자로 활동하는 미야코의 아버지가 해마다 우리 학교에 상당한 기부금을 낸다는 것이다.

"그냥 세무사가 권하니까 기부한 거야. 덕분에 나는 누구를 칼로 찌르기라도 하지 않는 한 퇴학당할 일은 없을걸."

미야코는 어깨를 으쓱하며 말했었다.

처음 정학 처분이 떨어진 게 2학년 봄, 그때는 분명 일주일이었다. 작년 학교 축제에 교감의 밀회 현장을 몰래 찍은 사진을 전시했을 때는 열흘의 정학 처분을 받았다. 그렇다면 이번에는 좀 더 길어지는 건가.

불안한 마음으로 주위를 둘러보았다. 뒤풀이 프로그램이 진행될 운동장으로 축제 정리를 끝낸 아이들이 줄줄이 모여들었다. 그새 날이 어둑어둑해졌다. 서쪽 하늘의 노을도 거의 빛을 잃어가고 있다.

6시. 캠프파이어는 예정된 시각에 맞춰 시작되었다.

학교 축제 실행위원장이기도 한 학생회장 미즈시마가 횃불을 던지자 파앗 하는 소리와 함께 불길이 장작더미를 휘감고 피어올랐다. 박수 소리와 환성이 들끓었다. 엄청난 음량으로 스피커에서 음악이 흘러나왔다. 주로 미즈시마 취향의 음악이다. 모닥불 불빛이 주위에 앉은 아이들의 얼굴을 어루만지고 있었다.

잠시 지켜보다가 나는 모닥불 곁을 떠났다.

고등학교에서의 마지막 캠프파이어를 미야코와 나란히 지켜볼 수 없다는 게 너무도 아쉬웠다. 이곳에 오지 않은 걸 보면 아마 강제 귀가 조치가 떨어졌을 것이다. 하굣길에 미야코네 집에 잠깐 들러볼까. 하지만 혼자 있고 싶을지도 모르는데…….

교실 건물 출입구로 들어섰다. 바다에서 불어오는 바람이 좀 강해졌는지 이곳에서 보니까 캠프파이어 불기둥이 오른쪽 왼쪽으로 몸을 뒤틀고 있었다.

출입구 옆에 준비해 둔 예비 소화기를 몇 개 더 그쪽으로 옮겨 가려고 허리를 숙인 참에 교실 쪽에서 누군가 나오는 소리가 들렸다. 긴 나무 발판을 덜컹덜컹 밟으며 다가온 발소리가 내 앞에서 뚝 멈췄다.

닳아빠진 운동화를 양말도 신지 않은 맨발로 뒤꿈치를 꺾어 신고 있다.

나는 천천히 그 자리에 웅크리고 앉은 뒤에야 시선을 들었다.

교복 주머니에 두 손을 꽂고 나를 내려다보는 사람은 예상대로 미쓰히데였다.

와아아 하고 운동장 캠프파이어 쪽에서 환성이 터졌다. 미쓰히데가 그쪽을 돌아보았다. 누군가 마이크에 대고 떠들어댄다. 소리가 너무 커서 무슨 말인지 전혀 알아들을 수 없는데도 다들 웃고 있었다.

나 혼자 있고 싶었다. 지금은 도저히 미쓰히데와 어울릴 기분이 아니다. 가만히 내버려둬. 아무도 건드리지 마. 내 몸도, 내 마음도.

미쓰히데가 내게로 시선을 돌렸다. 그 입이 움직이기 전에 나는 먼저 내뱉었다.

"오늘은 안 돼."

미쓰히데가 머쓱해하는 게 느껴졌다. 하지만 그의 입가는 금세 씁쓸한 웃음으로 일그러졌다.

"이런 바보. 그런 얘기 아냐." 턱을 툭 내밀어 소화기를 가리키며 그는 말했다. "그거, 들고 갈 거지?"

"뭐?"

"내가 들어준다고."

"왜?"

"아, 미안해할 거 없어."

미안해하기는 누가 미안해한다고. 그냥 얼떨떨했을 뿐이다. 제 하숙방에 오라는 것 말고 그가 내게 말을 거는 일은 여태껏 없었으니까.

"몇 개야?"

미쓰히데가 물었다.

나는 자리에서 일어나 교복 치마 끝을 털었다.

"두어 개만 들고 가면 돼."

미쓰히데는 주머니에서 두 손을 꺼내 자신의 발밑에 있는 소화기 세 개를 번쩍 들더니 다시 나를 보았다.

"어디로?"

"……당연히 캠프파이어 옆이지."

그가 피식 웃음을 터뜨렸다.

"하긴 그렇다."

무슨 업보인지 미쓰히데와 나란히 서서 모닥불을 바라보는 신세가 되었다. 다른 아이들이 둥그렇게 둘러앉은 곳에서 한참 떨어진 자리였다.

모닥불 근처에 설치된 무대에서는 밴드부 친구들이 자작곡을 연주하고 있었다. 창피할 만큼 노래도 연주도 서툴렀지만 자기들끼리는 무척 즐거운 모양이다.

이쪽에 등을 돌리고 앉은 아이들의 그림자가 우리 발밑 근처까지 길게 늘어지고 불길은 바람이 부채질하는 대로 하늘하늘 춤췄다. 나와 미쓰히데의 그림자도 똑같이 뒤로 길게 늘어져 흔들흔들 소나무 숲속의 어둠으로 빨려들었다.

이만치 떨어져 있어서 불길의 열기는 거의 느껴지지 않았지만 이따금 바람의 방향에 따라 연기 냄새가 풍겼다. 가만히 서 있으려니 발끝부터 꽁꽁 얼어오는 게 느껴졌다. 이제 겨울도 바로 코앞이다.

"아 참." 미쓰히데가 불쑥 말했다. "미야코의 그 사진, 봤어?"

오후 내내 전교생이 똑같은 화제로 떠들어댔는데도 미쓰히데가 미야코의 이름을 입에 올리자 묘한 위화감이 들었다.

"아니."

"왜? 너, 미야코하고 친해 보이던데."

"그래서, 뭐?" 시비할 마음 따위는 없는데도 나도 모르게 그런 말투가 튀어나왔다. "네가 무슨 상관인데."

미쓰히데가 흥 하고 콧숨을 내쉬었다. 한숨인가 했더니 아무래도 웃은 모양이다. 그뿐, 아무 말도 하지 않아서 어쩔 수 없이 내가 물었다.

"그러는 너는, 봤어?"

"봤어." 팔짱을 끼며 미쓰히데는 말했다. "애들이 와아 몰려들어서 나는 뒤에서 어깨 너머로 슬쩍 본 정도야. 생활지도부 선생이 핏대를 세우며 달려와서는 잽싸게 떼어 가는 바람에 제대로 못 봤어."

자작곡이 끝나고 요즘 유행하는 노래로 바뀌었다. 역시 서툴렀지만 아이들은 음악에 맞춰 춤추며 노래하고 있었다.

한참 침묵이 이어진 뒤에 입을 연 것은 미쓰히데 쪽이었다.

"미야코는 예상대로 정학 처분을 받는다더라."

흠칫 놀라 처음으로 미쓰히데를 똑바로 올려다보았다.

"누구한테 들었어?"

"미야코에게."

"뭐?"

"아, 직접 들었다기보다 미야코가 얘기하는 걸 지나가다 잠간 들었어."

"언제?"

"방금. 다카유키가 괜찮은지 보려고 보건실에…… 아, 너 우리 반 사기사와 다카유키 알지? 럭비부 친구."

"봤어, 시합."

"뭐야, 다 아네? 아무튼 그 녀석이 시합 끝나고 쓰러졌잖아. 좀 나았는지 보려고 보건실에 갔는데 마침 미야코하고 얘기하고 있더라고."

"무슨 얘기?"

왠지 거기서 미쓰히데가 머뭇거렸다. 적당한 말을 찾는지 묘한 틈이 벌어졌다. 입을 다문 그의 뺨이 불빛을 받아 오렌지색으로 얼룩졌다. 처음 만난 무렵보다 약간 야윈 것 같았다.

"무슨 얘기냐고."

다시 한번 재촉하자 그는 그제야 내 쪽을 보았다.

"정학 처분이 떨어졌지만 오히려 속이 시원하다고 했어."

"미야코가 직접 그렇게 말했어?"

"……응."

속이 시원하다니, 무슨 뜻일까.

"그리고 또, 딴 얘기는?"

"글쎄."

"글쎄라니, 그게 뭐야? 들었다면서?"

"내가 남의 얘기를 길게 엿들을 만큼 뻔뻔하지는 않거든? 모처럼 단둘이 있는데 방해하는 것도 좀 그래서 아무 말 안 하고 얼른 나왔어."

단둘이…….

그 두 사람이 말을 주고받은 건 내가 아는 한 그게 처음이었을 것이다. 물론 그것도 나 혼자만 모르는 일일 수도 있지만 적어도 그 둘이 아직 그렇게 친한 사이가 아니라는 건 분명하다.

생활지도부 선생에게서 풀려난 뒤 미야코는 그 길로 보건실에 갔던 것일까. 운동장에서 쓰러진 다카유키가 걱정되어서? 아니면 그와 할 얘기가 있어서? 둘이서 어떤 얘기를 하지? 나한테는 말하지 않는 일도 그에게라면 털어놓는 건가.

격렬하게 질투하는 나 자신을 깨닫고 피가 날 만큼 입술을 깨물었다. 답답한 마음을 가장 가까이 있는 사람에게 퍼부었다.

"흥, 네가 뻔뻔하지 않다고?"

미쓰히데의 화난 얼굴을 보면서도 그저 씁쓸한 뒷맛이 남았을 뿐이다.

최악의 기분으로 8시가 넘어서야 집에 돌아왔다. 2층으로 올라가려는 참에 계단 옆 전화기가 울렸다.

주방에서 새언니가 손의 물기를 닦으며 나왔다. 또 그 전화인가 봐, 하고 짜증스러운 목소리로 중얼거렸다.

"아까부터 계속 이상한 전화가 오고 있어. 어머님이 받아도 내가 받아도 목소리만 듣고 아무 말 없이 끊어버리지 뭐야."

작은오빠와 아버지는 아직도 비닐하우스 작업을 하느라 밖에 있는 모양이었다. 할아버지와 할머니는 기본적으로 전화를 받지 않는다.

전화벨이 계속 울렸다.

"내가 받을까?"

두 칸쯤 올라간 계단을 다시 내려와 손을 내밀었다. 누굴까. 집으로 전화할 만한 내 친구 중에 그런 예의 없는 아이는 없다. 우리 반 남학생인가. 설마, 미쓰히데?

수화기를 들어 귀에 댔다. 자동차가 지나가는 소리가 들렸다. 어딘가 바깥이다.

"……여보세요?"

상대는 아무 말도 하지 않았다.

"누구세요?"

수화기 너머에서 후우 한숨을 내쉬는 기척이 들렸다.

"어휴, 이제야 네가 받는구나."

나도 모르게 흠칫했다. 큰오빠냐고 물으려다가 급히 그 말을 삼켰다.

옆에서 새언니가 걱정스럽게 지켜보고 있었다.

어쩌지, 어떻게 해야 하지?

"에이, 뭐야······ 미치코니?" 나는 부자연스러울 만큼 명랑하게 목소리를 높였다. "미안, 전화 소리가 좀 멀어. 혹시 네가 아까부터 전화했어? 아, 안 했다고? 아냐, 아니면 됐어."

"옆에 누구 있구나?"

당황한 기색으로 큰오빠가 말했다. 그 목소리가 새어 나가지 않게 수화기를 최대한 귀에 바짝 댔다.

"응, 그래."

나는 새언니를 향해 입 모양으로 '친구'라고 알려주었다. 그제야 마음이 놓인 듯 새언니는 고개를 끄덕이고 커튼 너머 주방으로 돌아갔다.

주방 쪽에 등을 돌리고는 수화기를 끌어안다시피 하고 속삭였다.

"이제 괜찮아." 큰오빠 목소리를 들어본 게 대체 몇 년 만인가. 2년, 아니, 이제 곧 3년째다. "어디야? 건강한 거야? 잘 지냈어?"

"에리, 부탁이 좀 있어." 내가 묻는 말에는 한 마디도 대답하지 않고 큰오빠는 말했다. "내일 잠깐 만날 수 있겠어?"

내일? 내일 어디서 만나자는 것일까. 그렇게 생각한 순간, 수화기 너머 목소리가 아주 가깝다는 것을 알았다.

"설마, 이쪽에 돌아왔어?"

여전히 대답하지 않은 채 큰오빠는 애원하듯이 말했다.

"부탁이다, 에리, 꼭 좀 보자." 아키히토 오빠, 3년 전에 집을 나갔던 큰오빠가 불쌍한 목소리로 덧붙였다. "너밖에 없어, 부탁할 데가. 이제 진짜 너밖에 없다니까."

🐚

방에서 베란다로 나오려는데 연기 냄새가 났다.

아까 운동장의 캠프파이어에서 나온 연기인가 하고 생각했지만 그럴 리는 없다. 학교 축제 뒤풀이가 끝나고 불을 꺼버린 지도 벌써 한 시간이 넘었다. 아무리 학교와 가까운 곳이라지만 모닥불이 꺼지고 남은 연기 냄새까지 풍겨올 리는 없다.

셔츠 자락에 코를 대봤다. 이거다. 돌아오자마자 교복을 벗었는데 연기 냄새는 안에 입은 셔츠까지 배어들었다. 아마 머리카락이며 살갗에서도 똑같은 냄새가 날 것이다.

등이 후르르 떨렸다. 흰 입김이 나올 정도는 아니지만 그새 공기가 써늘해졌다. 밤하늘에는 구름 하나 없고 달은 수평선을 한참 벗어나 은빛으로 아련히 흔들리며 바다를 비춘다. 그대로 영화의 한 장면이 될 만큼 아름다운 광경이지만 가만히 바라보는 사이에 도리어 우울해졌다. 아름다운 것과 조용히 마주하는 일에는 아무래도 그 나름의 에너지가 필요한 모양이다.

어째서 이렇게 우울의 불씨만 자꾸 늘어나는 건가.

나 자신을 불쌍해할 생각은 없다. 딱히 불행하다고 생각하지도 않는다. 부모가 이혼한 것도 아버지가 서서히 죽어가는 것도 딱히 나 혼자만의 불행은 아니다. 어쩔 수 없는 것은 그냥 그대로 받아들여 정리해 두는 장소도 나는 마음속에 분명하게 갖고 있다.

그래도 이 만성적인 우울만은 어떻게 해볼 도리가 없다. 중세의 고문처럼 가슴 위에 무거운 돌이 차곡차곡 쌓여가는 듯한 기분이다.

에리가 내 청을 거절한 건 오늘 밤이 처음이다. 정확히 말하면 그녀는 내가 말을 꺼내기도 전에 거절했다.

"오늘은 안 돼."

그런 얘기가 아니라고 응수했다. 실제로 그때는 다른 말을 하려고 했었지만, 만일 그녀가 그런 식으로 거절하지 않았다면 아마 3분쯤 뒤에는 내 하숙방에 오라고 말했을 것이다.

'왜 안 된다는 거야, 지금 생리 중도 아닐 텐데.'

무심코 그렇게 생각한 뒤에 가슴이 덜컥했다.

어느새 그만큼 익숙해져 버렸다. 에리와 자는 것을 당연한 일처럼 생각하고 있다. 이게 대체 뭔가. 이게 정말 나인가?

에리와 맺은 계약은 7월의 그날 밤, 처음으로 그녀가 내 방에 왔을 때 이후로 철저히 지켜지고 있었다. 내가 원할 때는 언제든지 그녀와 잘 수 있고, 그 대신 그녀의 비밀은 어느 누구에게도 흘리지 않았다. 물론 그런 계약이 아니었어도 남한테 그런 말을 하고 다닐 생각 따위는 애초부터 없었지만 그건 우리 사이에는 금지된 말이었다. 아직껏 서로에 대해 제대로 알지도 못하는 우리가 이런 관계를, 각자 이유는 다르지만, 이어가기 위해서는 반드시 둘 다 그 계약의 효력을 믿는 척하는 것이 필요했다.

에리와 나 사이에는 그 밖에도 헤아릴 수 없을 만큼 많은 금기가 있다. 이를테면 그녀의 본심을 캐고 드는 것, 그녀의 행동을 비난하는 것, 그녀를 동정하는 것. 다정하게 대하는 것, 서로에게 편해지는 것, 그녀가 나를 어떻게 생각하는지 확인하는 것, 내가 그녀를 어떻게 생각하는지 밝히는 것…….

그래서 우리는 둘이 있을 때, 되도록 쓸데없는 이야기는 하지 않는다. 나는 그녀의 몸에 있는 흉터를 모두 알고 있지만 흉터가 생긴 이유를 물어본 적은 없다. 그녀는 내가 어떤 체위를 좋아하는지 아주 잘 알고 있지만 어떤 음식을 좋아하는지는 전혀 알지 못한다. 벌거벗고 하는 일에 관해서는 어떤 금기도 없는데 막상 그 이외의 부분에서 마주하려고 하면 그 즉시 관계가 삐거덕거린다.

이건 부자연스러운 일이다. 이런 짓을 계속해서 좋을 리가 없다. 하루라도 빨리 끝을 내야 할 일이다. 그렇다, 지금 당장이라도 그녀에게 전화를 걸어 다시는 너를 부를 마음이 없다고 말해버리면 된다. 괜찮다, 비밀은 지켜줄 것이다, 이제 충분하다, 하고 말해버리면 된다.

하지만 그렇게 생각하자마자 내 안에 있는 또 하나의 나는 오늘 밤 내 청을 거절한 그녀에게 분노하기 시작한다. 이제 충분하다는 둥의 말을 할 때가 아니다. 아직도, 아직도 부족하다. 너무도 부족하다. 지금 당장 그녀를 껴안고 싶다. 그녀의 뜨겁고 부드러운 살이 나에게 엉겨드는 것을 느끼고 싶다…….

상상만 해도 심장이 날뛰고 숨이 거칠어진다. 목이 얼얼하고 온몸이 타들어 가는 것 같다. 그렇건만 그 애는…….

에리가 첫 거부권을 행사하기 30분 전쯤.

나는 혼자 보건실로 갔다. 시합 끝에 쓰러진 다카유키를 문병하기 위해서였다.

히로키가 다른 친구들과 같이 보러 갔을 때는 태평하게 쿨쿨 자고 있었다고 했지만 이제 잠도 깼을 즈음이고, 어쩌면 온 관중이 보는 앞에서 기절해 버린 게 창피해서 밖에도 못 나오는지 모른다, 의외로 자존심이 센 녀석이니까, 하는 생각에 내가 몸소 구해주러 간 것이다.

아이들은 모두 학교 축제 뒤풀이를 위해 운동장으로 나간 데다 보건실이 있는 별관은 한참 멀어서 주위에 아무도 없었다. 어슴푸레한 복도 안쪽으로 들어갔다. 막다른 모퉁이 보건실의 미닫이문이 반쯤 열려 있었다.

아직도 자고 있나, 하고 무심코 그 문을 열려고 했을 때였다. 작은 말소리가 귀에 들어와 나는 잡았던 문손잡이를 놓았다.

"……였으면 더 놀랄 일이지."

여학생이다. 그 목소리가 어쩐지 귀에 익었다.

"다카유키, 난 원래 이런 애지만 그렇다고 남자라면 누구든 다 상관없는 건 아냐."

그제야 생각났다. 노래하는 듯한 낮은 목소리. 구도 미야코였다. 생활지도부 선생님에게 오늘 된통 혼났을 텐데, 그녀가 지금 왜 여기에 와 있는 건가.

"나도 그런 식으로 생각하지는 않아."

다카유키의 목소리였다.

"아무튼 내 말을 좀 더 들어봐. 그 반대로 여자에게 욕망을 느낀 적도 있어. 키스도 해봤고."

깜짝 놀라는 내 얼굴을 마치 보기라도 한 것처럼 미야코의 그 다음 말이 이어졌다.

"뭘 그렇게까지 놀라고 그래? 여자의 반절쯤은 아마 한 번쯤 그런 기분을 느꼈을 거고, 또 그중 반절은 나 같은 경험도 했을 걸. 여자들이 그런 면에서는 사고방식이 더 유연하기도 하지. 어려서부터 만화 같은 걸로 면역이 되었거든. 그래서……."

바깥에서 지이잉 하고 마이크 소리가 울리는 바람에 미야코의 목소리가 지워졌다. 나는 미간을 좁히며 바짝 귀를 기울였다.

"……는 소리 하지 마. 남자라면 당연히 여자를 좋아해야 한다니. 그건 말도 안 돼. 우리는 동물과는 달라. 본능이 이끄는 대로 교미하는 게 아니란 말이야. 우선 상대를 사랑하고, 그 결과로서 관계를 갖잖아. 그 차이를 알기나 하니?"

어느 틈에 내가 어금니를 악물고 있었다는 것을 깨닫고 숨을 후우 토해냈다. 대체 두 사람이 왜 저런 이야기를 하고 있는지 전혀 이해되지 않았지만, 어떻든 다카유키를 상대로 내뱉은 미야코의 말이 나한테까지 깊숙이 꽂혔다.

우리는 동물과는 달라.

우선 상대를 사랑하고, 그 결과로서 관계를 갖잖아.

가슴을 쿡 찌르는 소리다 싶었다. 나와 에리가 동물과 다른 점이 있다면 기껏해야 본능이 아니라 쾌락에 취해 교미한다는 점뿐인지도 모른다. 대체 어느 쪽이 더 짐승에 가까운 것인지.

귓가에 그날 밤 에리의 목소리가 되살아났다.

상대는 누구라도 상관없었어.

에리가 만일 지금 여기에 있다면 뭐라고 할까. 친한 친구 미야코의 의견을 어떻게 생각했을까.

상상한 순간, 나는 미야코에게 분노를 느꼈다. 그런 식으로 말할 수밖에 없었던 에리의 마음을 네가 알기나 하냐고 따져 묻고 싶었다. 하지만 곧 말도 안 되는 소리라고 생각했다. 나 역시 에리의 마음을 모르기는 마찬가지다. 내가 정말 정신이 나간 모양이다.

"아, 캠프파이어 준비 다 됐나 봐."

보건실 침대의 프레임이 삐걱거리고 사람이 움직이는 기척이 들렸다. 그만 나오는 줄 알고 나 혼자 허둥거렸지만, 그런 게 아니었다.

파앗 하는 소리와 함께 복도 쪽 창문이 환해졌다. 장작에 불이 붙으며 캠프파이어가 시작된 것이다. 환성이 터지고 음악이 흘러나왔다.

바깥이 소란스러워 미야코와 다카유키의 말소리가 거의 들리지 않았다. 답답해서 좀 더 귀를 바짝 대보니 놀랍게도 다카유키가 던진 말에 미야코가 깔깔거리며 웃는 소리가 들렸다.

망설임은 아주 잠깐이었다. 숨을 죽인 채 머리를 슬쩍 미닫이문 틈새에 댔다. 그제야 두 사람의 한 마디 한 마디가 똑똑히 들렸다.

"……그게, 첫 경험 상대를 꾸물꾸물 잊지 못하는 나 자신이 너무 싫었어. 그래서 그 사진을 전시회에 내건 거야. 비밀이니 고민 같은 거, 소중한 물건처럼 혼자 껴안고 있으면 더 무거워지잖아? 일단 사람들 앞에 공개해 버리면 싫더라도 객관적으로 바라볼 수 있고. 정학을 받긴 했지만 덕분에 속이 시원하더라니까. 오늘 아침부터 애들은 연예 리포터도 아니고 뭘 그렇게 꼬치꼬치 캐묻던지. 그게 무슨 대수로운 일이냐는 식으로 당당하게 나갔더니, 나 스스로도 점점 별일 아니라는 생각이 드는 거야. 기타자키처럼 불량스러운 아저씨 한두 명쯤, 뭐가 그렇게 대단하다고…….”

환성이 잠시 커져서 그녀의 목소리가 다시 지워진 직후였다.

뒤쪽에서 무슨 소리가 들리는 것 같아 나는 재빨리 머리를 빼냈다. 숨을 죽이고 복도 안쪽을 살펴보았다. 그새 어두컴컴해져 있었다. 마침 바깥을 왕왕 울리던 음악이 끝나면서 주위가 조금 조용해졌다. 학생회장의 안내 방송과 박수 소리, 그 틈새를 누비며 이번에는 분명하게 건너편 모퉁이에서 드르륵하고 문이 닫히는 소리가 들렸다.

누군가 오고 있었다.

잠시 뒤에 모퉁이를 돌아 나타난 사람은…… 생활지도부 선생이었다.

순간적으로 나는 몸을 돌려 반대편 모퉁이를 돌아 계단을 성큼성큼 뛰어 내려왔다. 아무 생각도 없었다. 보건실에 있는 두 사람에게 내가 엿들었다는 것을 들킬까 봐 다른 건 전혀 생각할 겨를도 없었다. 1층까지 뛰어내려 와 후우 한숨을 내쉰 뒤에야 깨달았다. 생활지도부 선생에게 들키면 거북한 처지가 되는 건 그 두 사람 역시 마찬가지 아닌가. 도망치기 전에 방금 온 척하며 다카유키와 미야코에게 선생이 떴다는 걸 알려줬어야 했는데……. 하지만 후회해도 이미 때늦은 일이었다.

1층 복도 창문으로 운동장 한복판에서 타오르는 캠프파이어 불꽃이 훤히 내다보였다. 모닥불을 둘러싸고 신나게 떠들어대는 아이들의 검은 그림자는 마치 비밀 종교의 의식이라도 치르는 광신도들처럼 보였다. 서투르기 짝이 없는 밴드부의 연주 소리가 크게 울릴수록 건물 안은 왠지 지독히도 조용하게 느껴져서 내 발소리만 듣기 싫게 철떡철떡 울렸다.

운동장을 끼고 맞은편의 체육관과 교실에서 오렌지색 불빛이 새어 나왔다. 그 뒤로는 저물어가는 바다가 펼쳐졌다.

문득 견딜 수 없는 외로움과 답답함이 나를 덮쳤다. 결코 따라잡을 수 없는 뭔가를 쫓아가는 듯한, 혹은 뒤에서 누군가 급하게 쫓아오는 듯한 느낌이었다. 운동회며 학교 축제 같은 이런 이벤트가 오래전부터 이 계절에 집중된 탓인지도 모른다. 해 질 녘의 바다를 배경으로 학교 건물에서 새어 나오는 불빛은 뭔가를 한없이 되풀이하면서 확실하게 종말을 향해 달려가는 것에 대한 상징 같았다.

혼자라는 생각이 들었다. 느닷없이. 쿡 찌르는 듯한 아픔과 함께.

부모는 이미 없는 것이나 마찬가지고, 누나와도 그리 깊은 대화를 나눠본 적이 없다. 친구는 제법 많지만 마음 깊은 곳에서 진짜 친구라고 할 만한 놈은 없다. 물론 지금은 연인도 없다. 아니, 지금까지 한 번도 참된 의미에서의 연인은 없었다. 사귄 여자는 꽤 많지만 진지한 사랑은 아직 한 번도 해본 적이 없다. 그것이 몹시 외로운 일이라고 지금 돌연 깨달아버렸다.

이를테면 내가 당장 내일 이 세상에서 사라진다면 진심으로 슬퍼해 줄 사람이 있을까.

잠깐 생각해 봤지만 마음에 짚이는 놈이 없었다. 단 한 사람도 생각나지 않는 게 견딜 수 없이 섭섭했다. 마치 엉뚱한 화풀이처럼, 조금 전에 그런 얘기를 함께 나누던 다카유키와 미야코가 부럽기만 했다.

사람이 그리웠다. 누군가의 체온을 접하고 싶었다. 지금이라면 상대가 누구든 예전보다 훨씬 더 다정하게 대해줄 텐데, 하고 생각했다.

그렇게 신을 갈아 신고 밖으로 나오다가 만난 것이 에리였다.

현관 옆 시멘트 바닥에 놓인 소화기를 들고 가려던 그녀는 나를 알아보자마자 천천히 그 자리에 웅크리고 앉았다. 올려다보는 그녀의 시선이 내려다보는 내 시선과 마주쳤다. 겉으로 드러난 서로의 마음이 맞부딪친 듯한 기분이었다. 신기하게도 그것은 살갗을 맞대는 것보다 훨씬 더 생생한 감촉이었다.

도저히 견딜 수 없어서 나는 환성에 정신을 빼앗긴 척하며 시선을 돌려버렸다.

마이크의 음량을 지나치게 올리는 바람에 왕왕 깨진 소리가 울렸다. 이 정도쯤까지 축제의 흥이 오르면 그다음은 뭐가 어떻게 되건 다들 무조건 신이 나는 법이다.

시선을 되돌리자 에리는 아직도 웅크리고 앉아 나를 보고 있었다. 연보랏빛 저녁 어스름의 한 귀퉁이에 웅크리고 있는 그녀의 몸은 평소보다 훨씬 여리게 보였다. 여학생 중에서 가장 키가 큰데도 몹시 조그맣다.

뭐든 해주고 싶어져서 입을 열려고 하자마자 에리가 말했다.

"오늘은 안 돼."

하려던 말이 턱 막히면서 솔직히 엄청 화가 났다. 가까스로 얼굴에 그런 감정을 드러내지 않고 넘어갈 수 있었다.

"이런 바보. 그런 얘기 아냐."

그 대신 소화기를 들어주겠다고 말했더니 그녀는 진심으로 뜻밖이라는 표정을 보였다. 어휴, 진짜 사람을 뭘로 보는 건지.

첩첩 둘러선 아이들의 맨 뒤에 나란히 서서 캠프파이어를 구경했다. 우리 반 남학생이 뒤를 돌아보다가 먼눈으로 나와 에리가 같이 있는 것을 보고는 눈이 휘둥그레져서 옆에 있는 놈을 팔꿈치로 툭툭 쳤다. 에리는 노골적으로 달갑지 않은 표정을 보였지만 자리를 피하지는 않았다. 너희들 맘대로 생각해라, 하고 내뱉는 듯한 감정이 어깨 근처에 감돌고 있었다.

하지만 그것도 내가 미야코 얘기를 꺼내기 전까지의 일이다.

"미야코는 예상대로 정학 처분을 받는다더라."

그렇게 말하자마자 에리는 놀란 얼굴로 나를 쳐다보았다.

내심 아차 싶었다. 미야코의 사진 전시회 사건은 전교생이 떠들어댄 얘기였기 때문에 정학 처분이 떨어졌다는 것쯤은 모두다 알고 있을 거라고 섣불리 넘겨짚었던 것이다.

"누구한테 들었어?"

"미야코에게."

다카유키가 시합 후에 쓰러졌다는 건 에리도 알고 있었다.

"좀 나았는지 보려고 보건실에 갔는데 마침 미야코하고 얘기하고 있더라고."

"무슨 얘기?"

나는 머뭇거렸다. 무엇을 어떻게 말해야 좋을까.

"무슨 얘기냐고."

에리가 딱딱한 말투로 재우쳐 물었다. 마치 심문을 당하는 듯한 기분이었다.

"정학 처분이 떨어졌지만 오히려 속이 시원하다고 했어."

일부러 에리를 똑바로 쳐다본 것은 그만 이 화제에서 벗어나기 위해서였지만 그 정도로 이해하고 넘어갈 그녀가 아니었다.

"그리고 또, 딴 얘기는?"

"글쎄."

"글쎄라니, 그게 뭐야? 들었다면서?"

"내가 남의 얘기를 길게 엿들을 만큼 뻔뻔하지는 않거든?"

나도 모르게 거짓말이 튀어나왔다. 바로 그 '남의 얘기를 길게 엿들은' 것에 대한 죄책감 때문에 굳이 할 필요도 없는 거짓말을 해버린 것이다. "모처럼 단둘이 있는데 방해하는 것도 좀 그래서 그냥 아무 말 안 하고 얼른 나왔어."

그러자 무슨 영문인지 순식간에 에리의 표정이 변해가는 게 느껴졌다. 길쭉한 눈꼬리가 바짝 치켜 올라갔다. 입은 일자로 꾹 다물었다. 부상을 입고 예민해진 암고양이가 목덜미의 털을 곤두세운 듯한 느낌이었다.

별 이유도 없이 아차, 실수했구나, 하고 생각한 순간, 칼로 딱 자르듯이 그녀가 말했다.

"흥, 네가 뻔뻔하지 않다고?"

찍소리도 하지 못했다. 맞는 말이었다. 나만큼 뻔뻔한 놈도 없다.

하지만 동시에 그렇게까지 심하게 말할 건 없지 않느냐는 생각도 들었다.

뭐냐고 진짜. 그럼 너랑 나랑 뒹굴던 그건 진짜가 아니라는 거야, 뭐야. 넌 싫어했는데 내가 일방적으로 했다는 거냐고. 내가 보기에는 너도 무척 즐기는 거 같았어…….

당장 입 밖으로 터져 나오려는 말을 가까스로 꿀꺽 삼켰다. 어떻게든 그 말을 참아낸 나 자신을 칭찬하고 싶을 정도다.

어떤 사람에게든 결코 입에 올려서는 안 될 말이 있다. 평소에 심한 농담을 연발할 때도, 혹은 진짜로 말다툼을 할 때도 나는 그것만은 지키려고 노력해왔다. 생각해 보면 이것도 아버지의 가르침이다. 이른바 마지막 도주로는 끊지 말라는 것이다.

쓴웃음을 지으며 나는 혀를 끌끌 찼다. 태어나 처음으로 허탈하다는 것이 어떤 기분인지 알았다.

거래라느니 계약이라느니, 어이없는 핑계를 내세워 그토록 그녀를 내 마음대로 하긴 했다. 하지만, 그야말로 뻔뻔한 소리인지도 모르지만, 그래도 한 번쯤은 웃는 얼굴을 보여줘도 괜찮은 거 아닌가. 사실 에리에게 해주고 싶은 말이 있다. 나는 너를 전혀 싫어하지 않아. 네가 친구들과 어울려 웃을 때의 그 얼굴, 제법 괜찮아. 정말로 하고 싶은 건 그런 종류의 말이었다. 그런데도 나는 왜 그 말을 못하는가. 아니, 그녀는 왜 나에게 그런 말을 하지 못하게 하는가.

긴 한숨을 내쉬고 1층 가게의 욕실로 내려가 뜨거운 물을 틀었다. 욕조가 채워질 때까지 계산대 옆 의자에 앉아 어슴푸레한 가게 안을 바라보았다.

행거에 웨트슈트 샘플이 걸려 있고 선반에는 서프보드와 발목을 잇는 코드며 미끄럼 방지용 왁스, 보디보드용 물갈퀴 같은 상품들이 진열되어 있다. 보드는 벽을 따라 세워져 있다. 테이크오프에서 자체 제작한 상품부터 켈리 슬레이터의 알메릭

보드(단, 대량생산 모델)까지 번쩍거리는 새 상품들이 주르륵 늘어선 것을 보고 있으려니 아주 조금이지만 기분이 풀렸다.

나 서핑 엄청 좋아하네, 하고 생각했다. 누구였던가, 한 인간의 본질 속 깊이 파고들어 삶의 방식 자체를 바꾸는 힘을 가진 것은 모든 스포츠 중에서도 서핑뿐이라고 말한 사람. 다른 스포츠에 빠져본 경험이 없는 나는 그 말이 정말인지 아닌지 알지 못한다. 럭비에 몰두하는 다카유키나 히로키가 그런 말을 듣는다면 말도 안 되는 소리라고 화를 낼지도 모른다.

'다카유키……'

생각이 다시 조금 전의 그 자리로 돌아가려는 것을 머리를 흔들어 털어내고 나는 의자에서 일어섰다.

살갗이 벌게질 만큼 벅벅 문지르며 뜨거운 욕조에서 목욕을 마치고 새 셔츠로 갈아입었다. 머리를 수건으로 비비며 계단 중간쯤까지 올라갔을 때 휴대전화 벨이 울렸다. 나머지 계단을 껑충껑충 뛰어 아직 연기 냄새를 풀풀 풍기는 교복 주머니 속에 손을 넣었다. 화면에 가와이 선배의 번호가 찍혀 있었다. 탁하고 굵직한 목소리가 느닷없이 귓속에 뛰어든다.

"어, 미쓰히데. 나다."

"나라니, 누구십니까?"

잠깐 농담 삼아 시치미를 떼어봤다.

"앗, 죄송합니다."

성질 급한 선배는 전화를 잘못 건 줄 알고 서둘러 끊어버렸다. 말릴 틈도 없었다.

나는 손에 든 휴대전화를 멀거니 내려다보았다. 날마다 만나는 사이 아닌가? 목소리쯤은 알아들어야지. 어쩌면 지금쯤 속았다는 것을 깨닫고 혼자 씩씩거릴지도 모른다. 뭐, 중요한 볼일이라면 선배가 다시 걸어줄 것이다.

한 살 많은데도 같은 학년, 같은 학년인데도 선배.

그런 미묘한 관계에서는 공연히 배려해 주느니 어쩌느니 하기보다 오히려 마음 편하게 막 대해야 가까워질 수 있다. 덜렁덜렁 느긋하고 착한 가와이 선배의 성격이 때로는 답답하게 느껴지기도 했지만, 이 선배에게 서핑을 가르치는 일이 귀찮은 일이라거나 시간 낭비라고 생각한 적도 없다. 나보다 나이가 많은데도 마치 동생처럼 손이 많이 가는 선배와의 관계는 줄곧 누나와 둘이서만 살아온 내게는 제법 신선한 일이었다.

손에 든 휴대전화의 화면이 환해지더니 연달아 벨이 울렸다. 댓바람에 욕을 얻어먹을 각오를 하고 휴대전화를 귀에 댔다.

"여보세요, 미쓰히데?"

"예."

"아, 다행이네, 조금 전에 뭘 잘못했는지 엉뚱한 데로 전화를 했지 뭐냐. 어휴, 진짜 미안하더라."

그게 바로 나라는 말은 미안해서 차마 입 밖에 내지 못했다.

"무슨 일 있어요?"

"너, 내일 아침에도 연습하러 갈 거지?"

"예, 그럴 생각인데요."

"실은 고이케하고 스기타가 지금 여기 와 있거든. 대학 축제 끝내고 휴강이라서 내려온 모양이야. 오랜만에 파도 좀 타보겠다는데, 스기타한테 코드가 없단다. 미안하지만 내일 가게에서 한 개만 갖다 줄래?"

"좋죠." 나는 말했다. "무슨 색으로 드리면 될까요?"

"아무 거나 상관없어. 그냥 발이 연결되기만 하면 돼."

"그럼 제일 비싼 걸로 가져갑니다?"

"좋아, 좋아, 그렇게 해."

껄껄껄 웃으며 가와이 선배는 전화를 끊었다.

고이케와 스기타는 작년까지 가와이 선배와 같은 반이었던 선배들이다. 올해 무사히 졸업해 도쿄에 있는 대학에 입학했다. 가와이 선배에게 서핑의 즐거움을 가르쳐준 것도 그들이었다. 모래사장에서 항상 보던 선배들이고 근본이 못된 사람들은 아니라는 건 잘 알지만 아무래도 나와는 뭔가 맞지 않는다고 할까, 그 선배들이 썩 마음에 들지 않았다. 물론 겉으로 그런 감정을 드러낸 적은 없다. 가와이 선배와는 달리 그 두 사람은 엄연히 '선배'다. 어찌 됐건 조심스러운 마음이 있었다.

좀 따분하다는 생각이 들었다. 약속을 했으니 내일은 틀림없이 나가야겠지만 솔직히 별로 내키지 않았다. 지금 나에게는 다른 누군가를 신경써 줄 만한 기력도 여유도 없다. 코앞에 닥친 이런저런 문제들을 처리하는 것만으로도 힘에 부치는 형편이다.

세상 사람들 모두 다 그러면서 살아가는 것이라고 한다면 뭐, 그야 그렇긴 하지만.

★

밖에서 먹고 왔으니 저녁밥은 괜찮다고 슬쩍 거짓말을 둘러댔지만 엄마에게는 통하지 않았다. 반찬이며 채소만이라도 먹으라고 자꾸 권해서 별수 없이 주방으로 갔다.

"아 참, 에리, 아까 그 전화 누구였어?"

가슴이 덜컥했다.

"미치코야. 내일 함께 할 게 있어서 잠깐 연락해 준 거야."

"네 새언니한테 그 얘기 들었어? 아무 말도 안 하고 끊는 장난 전화가 왔었다는 얘기."

"응, 들었어. 근데 미치코는 그런 전화 안 했다던데?"

조금 전 전화도, 그 전에 온 전화도 모두 큰오빠였다는 말은 차마 할 수 없었다. 절대 아무에게도 말하지 말라고 큰오빠가 지겨울 만큼 다짐에 다짐을 한 것이다.

"그나저나 미치코하고 내일 뭐 하려고? 너, 내일은 학교 쉬는 날 아니었어?"

"응, 근데 오후에 잠깐 지바에 다녀오려고."

"지바? 거긴 왜?"

나는 식구들의 밥을 밥공기에 담으면서 미리 준비해 둔 거짓말을 했다.

"지바 학원에서 특별 입시 강의를 하는데 내일은 무료 체험을 할 수 있다나 봐. 우리 반 애들도 몇 명 간다더라. 엄마, 그 강의 있잖아, 괜찮으면 나도 신청하고 싶은데. 그래도 될까?"

밥솥에 시선을 떨구고 있었던 덕분에 예상 밖으로 거짓말이 술술 나왔지만 그래도 심장이 두근두근했다.

"그거 괜찮네." 마음 착한 엄마는 바로 믿어주었다. "에리 너는 학원 같은 거 필요 없다고 했지만 아무래도 다니는 게 더 좋지. 이제 막판이니까 열심히 해봐. 그래서, 학원비는 얼마래?"

"다섯 가지는 들어야 하니까, 4만 엔쯤?"

"그 정도면 준비할 수 있어. 혹시 부족하면 내일이라도 은행에 가서 뽑아 오면 돼. 학원비 입금은 나중에 해도 괜찮지?"

아니, 안 돼. 내일까지 돈이 꼭 필요하다니까.

"정원이 정해져 있던데." 아슬아슬하게 또 다른 거짓말로 둘러댔다. "신청자가 몰리면 일찌감치 마감될 수도 있다고 그러네."

"그래? 그럼 별수 없네, 당장 현금이 없으면 할머니한테 좀 빌려야겠다."

"엄마, 미안. 고마워요."

그렇게 말하고 나니 마음이 턱 놓였다. 하지만 이제 연말과 연초 내내 식구들에게 들키지 않게 어딘가의 도서관에서 꼼짝없이 공부해야 하는 처지가 됐다. 큰오빠가 그토록 애걸복걸하지 않았다면 도저히 이런 거짓말은 할 수 없었을 것이다.

"에리, 돈이 필요해."

조금 전 전화에서 큰오빠는 그렇게 말했다. 얼마가 됐든 좋다, 하지만 최대한 많이 챙겨 와라, 부탁한다, 내가 지금 진짜로 힘든 상황이다……. 무슨 일이냐고 물어도 대답하지 않았지만 몹시 급박한 목소리였다.

대체 무슨 일일까. 또다시 도박 빚이라도 졌나.

혼자 추측해 봤자 별수 없다는 생각에 나는 조용히 밥공기를 날랐다.

도합 아홉 명, 4대에 걸친 가족이 함께하는 식탁은 평소처럼 북적북적했다. 우리 집 저녁 식사 시간은 항상 늦다. 가족들이 바깥일을 마치고 돌아올 때까지 기다렸다가 모두 함께 먹는다.

내 자리도 당연히 정해져 있지만, 귀를 막고 싶을 만큼 요란한 수다와 텔레비전 소리가 왕왕거리는 그 자리에 앉는 것은 사람 가득한 엘리베이터에 억지로 들어설 때만큼의 기력이 필요했다. 할아버지와 아버지, 작은오빠까지 남자 3대는 어쩌다 우물우물 몇 마디 하는 정도지만 나를 제외한 여자 3대는 텔레비전에 지지 않을 만큼 큰소리로 쉴 새 없이 떠들어댄다. 작은 오빠네 조카 둘의 낭랑한 목소리까지 오늘은 찌릿찌릿 신경에 거슬렸다.

식사가 끝날 때까지만 꾹 참자고 나 자신에게 되뇌었다. 여기서 음울한 얼굴을 보였다가는 당장 할머니와 엄마가 귀찮을 만큼 시시콜콜 캐물을 터였다.

시늉으로 조금 담아온 밥과 된장국을 마주했다. 보기만 해도 식욕이 사라지는 방울토마토를 옆자리 조카 접시에 슬쩍 건네주었다.

"에리, 신이치라는 남자애, 기억나?" 어머니가 말했다. "너 어릴 때 같이 놀았던……."

"아, 생각난다. 기요미즈 씨네 신이치."

그는 나보다 두 살이 많은 남자애다. 4학년 때쯤에 아버지가 전근하는 바람에 센다이인지 어딘지로 이사 갔다. 단순히 기억난다고 할 정도가 아니라 내 첫사랑이었다. 그 무렵에는 아직 내가 여자라는 것에 위화감을 느끼지 않았고 여자는 남자를 좋아하는 것이라는 점에도 전혀 의문을 느끼지 않았다. 계속 그대로였다면 얼마나 좋았을까.

"근데 왜?"

이것도 예의상 물어본 것인데 엄마는 오늘 장을 보러 나간 길

파도가 닿았던 모든 순간

에 신이치의 어머니를 우연히 만났다는 이야기를 했다. 남편이 지바 지점의 지점장이 되어 7년 만에 옛집으로 다시 돌아왔다고 한다.

"그 신이치가 단번에 히토쓰바시 대학에 합격해서 지금 도쿄에서 혼자 자취한다고 그러네."

"그래?"

한없이 간단하게 대답했는데 아니나 다를까, 어김없이 그다음 말이 날아왔다.

"너도 열심히 해야 돼."

"알았어."

부모는 일단 안심시키는 게 가장 좋다. 엄마가 안달복달해 봤자 뭐가 어떻게 되는 것도 아니고 어차피 결과는 나올 때가 되면 다 나오는 것이다.

그보다는 어서 빨리 이 이야기를 끝내고 싶었다. 오빠와 새언니 앞에서 대학교 얘기를 하는 것 자체가 고통이다. 담임에게서 국공립도 충분히 가능합니다, 하는 말을 듣고 완전히 기분이 좋아진 엄마는 미처 눈치채지 못한 모양이지만 대학 얘기가 나올 때마다 작은오빠와 새언니의 태도가 싸늘해진다.

작은오빠는 지금 스물여섯 살이다. 3수까지 해서 어느 대학의 경제학부에 들어갔지만 영화 연구회 동아리에 가입하면서 그쪽 세계로 빠져들었고, 이윽고 강의도 제대로 듣지 않고 실제 촬영 현장에서 조수 아르바이트로 밤낮을 지새웠다. 언젠가는 영화감독이 될 결심을 한 모양이었다. 화초 재배의 가업은 한 살 많은 큰오빠가 물려받기로 일찍부터 정해져 있었기 때문에 작은오빠는 기본적으로 어떤 직업을 갖든 상관없었다.

하지만 3년 전에 돌연 큰오빠가 증발했다. 마작으로 도박 빚을 엄청나게 떠안은 데다 술집에서 만난 연상의 여자와 눈이 맞았다. 그걸 기둥서방에게 들키는 바람에 그 남자가 집에까지 쳐들어와 고함을 지르고 난장판이 벌어졌다. 결국 미칠 듯이 화가 난 아버지에게 실컷 두들겨 맞았는데, 그러고 며칠 뒤 그 여자와 야반도주를 해버렸다. 집에 있던 돈이란 돈은 모두 쓸어 가고 도박 빚은 떼어먹은 채.

재난은 그것으로 끝이 아니었다. 그해에는 장미 묘목이 모조리 병들어 할아버지는 화병으로 쓰러지고 태풍까지 온실을 덮치는 바람에 카네이션도 모두 쓰러지고…….

작은오빠는 그런 집안을 외면할 수 없어 대학을 중퇴하고 영화감독의 길도 포기한 채 가업을 물려받는 쪽을 선택했다.

그런데 어느 날 무슨 얘기 끝에 작은오빠와 의견 충돌이 생기자 아버지가 홧김에 그만 심한 말을 내뱉었다. 이런 멍청한 녀석, 그만한 것도 모르냐, 대학까지 보내줬더니만 쓰잘머리 없이 영화 따위에 정신이 팔려서는 결국 개똥만큼도 쓸모가 없구먼, 뒷돈까지 처들여서 보냈는데.

작은오빠는 아직도 그런 말을 퍼부은 아버지를 용서하지 않았다. 누가 뒷돈까지 들여서 넣어달라고 했는가. 누구 때문에 꿈을 포기하고 시골로 돌아온 줄 알기나 하는가. 그렇게 대들고 싶었을 것이다. 이른바 속도위반으로 결혼해 우리 집에 들어온 새언니도 물론 작은오빠와 한편이었다. 그래서 작은오빠와 새언니는 아버지가 나를 일류 대학에 보내는 데 열의를 보이면 아무래도 시들한 얼굴을 했다. 막내딸은 고생 모르고 사니 참 좋겠다, 하고 말하고 싶은 얼굴이다.

막내인 것도 나 혼자만 딸로 태어난 것도 내 책임은 아니다. 별로 힘들이지 않고 좋은 성적을 받아 오는 것도 내 잘못은 아니다. 하지만 작은오빠와 새언니에게서 대학 문제로 어떤 말을 들은 적이 없는데도 나는 어쩐지 그 둘의 눈치가 보였다.

큰오빠가 있을 때가 그래도 좋았다는 생각이 들곤 한다. 큰오빠에게라면 웬만한 일은 다 털어놓을 수 있었다. 그리고 큰오빠는 언제라도 내 편이 되어주었다. 나이 차가 아홉 살이나 나는데도 식구 중에서 큰오빠와 나는 오누이라기보다 친구 같은, 좀 더 말하자면 동지 같은 특별한 신뢰 관계로 맺어져 있었다. 특히 어렸을 때는 매사에 내 편을 들어주는 큰오빠가 무척 강하고 남자답게 보였다. 큰오빠가 그런 식으로 행동했던 것은 여동생인 내 앞에서일 뿐이라는 건 상상조차 하지 못했다. 물론 이제는 다 알고 있다. 나는 큰오빠의 약점을 선량함이라고 착각했던 것이다.

"너 말고는 어디 부탁할 데가 없어."

전화를 얼른 끊는 바람에 지난 3년여 동안 큰오빠가 어디서 무슨 일을 했는지는 물론, 지금 어디 있는지도 물어보지 못했다. 그때 함께 달아났던 여자와는 아직도 함께 살고 있을까. 내일 만나면 알게 되기는 하겠지만.

겨우 저녁상을 물리고 내 방에 돌아온 뒤, 혹시나 해서 문까지 잠그고 속옷을 넣어둔 옷장 서랍에서 물방울무늬 파우치를 꺼냈다. 그 안을 확인하는 데는 약간의 용기가 필요했다. 마음을 굳게 먹고 지퍼를 열어 몇 장의 생리대를 헤치고 바닥에서 반의반으로 접힌 지폐를 빼냈다.

그날 밤 요코하마의 남자에게서 받은 3만 엔이다. 도저히 쓸 마음이 나지 않아 그대로 처박아 뒀는데 이런 때 도움이 될 줄은 생각도 못했다. 여기에 엄마가 학원비로 줄 돈까지 합하면 7만 엔이다. 그 정도면 큰오빠가 만족할까.

돈은 일단 서랍에 다시 넣어두고 문의 자물쇠를 풀었다. 감춰야 할 일이 있을 때일수록 감춰야 할 일 따위는 아무것도 없다는 듯이 행동해야 한다.

그제야 마음이 놓여서 침대에 자리를 잡고 앉자마자 마음 밑바닥까지 지칠 대로 지쳐 있는 나 자신을 발견했다. 오늘 하루, 너무나 많은 일이 있었다.

등을 기대고 베개에 뺨을 묻었다.

미야코는 지금쯤 무엇을 하고 있을까. 아버지는 독일인지 어딘지로 연주 여행을 떠났다고 했다. 혼자 외로워하고 있는 건 아닐까.

옆의 탁자에 손을 내밀어 무선 전화기를 들고 미야코의 집 번호를 눌렀다.

꽤 오래 울렸는데도 아무도 받지 않았다. 이렇게 늦은 시간에 집에 없는 걸 보면 어쩌면 기타자키를 만나러 갔는지도 모른다. 혹은 미쓰히데의 말이 사실이라면 다카유키와 마음이 맞아 그대로 집에 돌아오지 않은 걸까. 정학 중인데 밤에 놀러 다니는 모습을 누가 보기라도 한다면 이번에야말로 정말 안 좋을 텐데.

힘없이 전화기를 돌려놓는 것과 동시에 노크 소리가 들리고 미처 대답도 하기 전에 새언니가 얼굴을 내밀었다.

"어머, 자고 있었어?"

나는 몸을 일으켰다.

"아니, 배불러서 잠깐 누워 있었어. 무슨 일이야?"

"커피라도 한 잔 타줄까 하고."

그냥 내버려둬, 마시고 싶으면 내가 챙겨 마실 거니까 제발 좀 가, 나 혼자 있고 싶다고.

아니, 못 한다, 그런 말은.

"응, 마침 한 잔 마시고 싶던 참이야." 그리고 나는 어리광을 피우듯이 덧붙였다. "오늘은 에스프레소 기분이랄까?"

"까분다, 정말."

어딘지 편안해진 표정으로 아래층에 내려가는 새언니의 발소리를 들으며 나는 베개를 끌어안았다.

나도 안다. 새언니는 딱히 나를 싫어하는 게 아니다. 단지 내 기분보다는 남편과 자신의 기분이 더 중요한 것뿐이다. 그리고 이 집이 무조건 싫은 거고.

한숨을 내쉬며 자리에서 일어나 책상 앞에 앉았다. 도저히 집중이 되지 않았지만 공부하는 시늉이라도 하지 않고서는 커피를 얻어먹을 이유가 사라지게 된다.

책상 가득 문제집과 노트를 펼쳐놓았다. 하얀 노트에 어린 신이치의 얼굴이 희미하게 떠올랐다. 내 머리채를 잡아당겨서 걸핏하면 울리곤 하던 그 남자애가 벌써 대학교 2학년이라니, 전혀 실감이 나지 않았다.

그 무렵 난 신이치와 참 많이도 놀았다. 신이치는 악동이라고 할 정도는 아니지만 꽤 고집이 센 남자애였다. 언젠가 한 번은 내 치마 속을 궁금해하다가 억지로 속옷을 무릎까지 끌어내린 적이 있었다. 깜짝 놀란 내가 울음을 터뜨리자 그는 별수 없다는 표정으로 나를 풀어주었다. 그의 손이 예상보다 쉽게 떠나가는 바람에 마음이 놓이는 한편 약간은 실망했던 것이 기억난다.

그렇다. 내가 그렇게 신이치 때문에 엉엉 울며 집에 돌아올 때마다 나를 달래준 사람은 역시 큰오빠였다. 아버지와 엄마, 할아버지와 할머니는 항상 일에 쫓겨 나를 돌봐줄 시간이 없었고 작은오빠와는 어쩐지 마음이 맞지 않아 늘 큰오빠 옆에만 붙어 있었다. 언젠가 할머니가 이런 말을 했다. 에리, 너는 큰애 없으면 목욕탕에도 안 들어갔어, 라고.

하지만 그것도 네 살 때쯤까지였던 것 같다. 어느 쪽이 먼저 피하게 되었는지는 기억나지 않는다. 단지…… 지금 퍼뜩 생각났다. 큰오빠와 함께 욕조에서 서로 간지럼을 태우곤 했던 일.

처음에는 까르르 웃으며 도망치려고 한다. 큰오빠의 손이 끈질기게 겨드랑이를 잡고 엉덩이를 쓰다듬는 게 너무 간지러워서 몸을 비비 꼬며 웃어댄다. 나를 와락 껴안기도 했다. 싫다고 도리질을 치며 웃는다. 가슴을 더듬거나 다리 사이로 손이 들어온다. 싫어, 싫어, 하고 도리질을 치며 웃는다. 그리고 문득 깨닫는다. 큰오빠가 평소와 다르다는 것을. 얼굴에는 표정이 없고 눈꼬리는 처지고 내 어깨를 잡는 손에는 강한 힘이 담겨 있었다…….

"정말 열심히 하네?"

흠칫 놀라서 돌아보았다.

어느새 들어왔는지 새언니가 머그컵을 들고 곁에 서 있었다.

"어머, 노크했는데 못 들었어?"

"그랬어?" 나는 헛기침을 했다. "좀 복잡한 문제를 푸느라고."

머그컵을 책상에 내려놓은 새언니가 의아한 얼굴로 나를 들여다보았다.

"어쩌 안색이 창백한 거 같아."

"아냐. 오늘 학교 축제 때문에 좀 피곤해서 그런가."

"그래? 너무 공부만 파고들면 못써."

나가려는 새언니의 등에 대고, 커피 잘 마실게, 하고 인사를 건넸다.

새언니는 미소를 지으며 문을 닫고 나갔다. 그 발소리가 멀어지자 나는 더 이상 견디지 못하고 자리에서 일어나 문의 잠금 버튼을 꾹 눌러버렸다. 뭘 감추기보다 나 스스로를 어딘가에 꼭꼭 숨기고 그대로 사라져 버리고 싶었다.

딱히 특이한 일은 아니라고 나 자신을 타일렀다. 열세 살 남짓한 남자애가 여자애의 몸에 관심을 가지는 건 당연한 일인지도 모른다. 하지만…….

다시 떠올릴 일이 아니었다. 그딴 일은.

문 안쪽에 등을 대고 주르륵 주저앉았다.

그러고 보니 그날도 큰오빠는 오늘 전화로 했던 것과 똑같은 말을 했다.

아무에게도 말하지 마.

참고서로 가득 메워진 책상이 지독히 멀게 보였다.

"으악, 무서워!"

콰르르 밀려드는 파도 소리에 섞여 굵직한 비명이 귀에 들어 왔다. 큼직한 파도가 먼바다에서 우르르 솟구쳐 몰려올 때마다 가와이 선배의 "우아악, 오지 마, 오지 말라고!" 하는 부르짖음 은 한계선까지 높아졌다가 "죽고 싶지 않아!" 하는 외침과 함 께 뚝 끊긴다.

막판에 몰리면 스스로 물에 풍덩 뛰어들어 파도를 따돌리는 정도는 할 줄 아는 것이다. 이른바 돌핀스루, 즉 엎드린 채 한쪽 다리를 뒤로 들고 서프보드 끝을 가라앉히면서 파도 밑을 빠져 나가는 테크닉이다. 이제 선배도 그 정도쯤은 할 줄 알아야지 안 그러면 정말 곤란하다.

똑같이 파도를 뚫고 나가서 수면 위로 떠오른다. 짜디짠 바닷 물이 스며든 눈을 벅벅 비볐다. 가와이 선배와 고이케 선배, 스 기타 선배의 머리가 건너편에 부표처럼 둥둥 떠 있는 것을 확 인한 뒤, 먼바다 쪽으로 시선을 돌렸다.

맑게 갠 아침이다. 모처럼 근사한 파도가 와주었는데 서핑부 녀석들이 아무도 나오지 않았다. 바보 같은 놈들이라고 혼자 구시렁거렸다.

오늘의 파도는 대단하다. 가와이 선배가 잔뜩 긴장한 것도 당 연하다. 모래사장에서 봤을 때는 별거 아니었는데 점점 파고가 높아지면서 조금 전부터 세 개, 네 개짜리 세트로 뭉쳐 밀려오고 있다. 바다 쪽으로 부는 바람이 강해지는 정도에 따라 파도가 솟구쳐 일어나고 정상이 둘둘 말리면서 불완전하나마 튜브·를 형성하는 게 보였다.

반강제로 나 자신을 채찍질하며 마음먹고 튜브 안으로 달려 들어갔다.

덮쳐드는 산더미 같은 세트를 차례차례 타 넘으며 따돌렸지만 역시 잡힐 때는 여지없이 잡혀버린다. 바닷속으로 끌려들어가 찌부러져도 가까스로 물 위로 떠오르면 마음을 가라앉히고 다시 좀 더 먼 바다를 목표로 도전한다. 나 자신을 채찍질하지 않고서는 끓어오르는 파도의 박력에 기가 죽을 것 같았다.

팔을 한 번씩 휘저을 때마다 혼신의 힘을 담는다. 헤아릴 수 없을 만큼 돌핀스루를 거듭하고 수없이 내동댕이쳐지는 것을 견디며 겨우겨우 포인트에 도착하면 그곳은 진공처럼 고요한 바다다.

이어서 파도 기다리기 태세에 들어간다. 보드 위에서 다리를 벌려 몸을 낮추고 허리로 균형을 잡으면서 아득히 먼바다에서 다가오는 파도를 기다린다. 하늘과 바다의 경계를 정확히 응시하며 아주 작은 움직임도 놓치지 않도록 집중한다. 머릿속이

• 둥근 터널 형태로 부서지며 속이 통처럼 비어 있는 파도.

점점 단순해지고 의식이 날카롭게 벼려진다. 그것은 마치 기도와도 같다. 나는 아직 신에게 기도를 올려본 적은 없지만 분명 비슷할 것이다.

왔다.

저 멀리 바다의 선이 서서히 솟구쳐 일어나더니 엄청난 에너지 덩어리가 되어 스르륵 다가왔다.

보드 꼬리를 물에 담그고 빙그르르 방향을 바꾸었다. 배를 대고 엎드려 패들링에 가속을 붙였다. 등 뒤에서 쫓아오는 야수 같은 파도가 아슬아슬한 선까지 높아진다. 정점에 오른 파도는 내 보드를 따라잡으려고 꼬리를 휘리릭 말아 올렸다. 머리에서 핏기가 싹 가신다. 필사적인 패들링으로 극한까지 속도를 높인 보드가 아주 조금 파도 앞으로 나갔다가 불현듯 급경사면을 타고 미끄러진다.

잽싸게 몸을 일으켜 세웠다. 좋아, 최고의 테이크오프*를 해냈다.

파도의 정점에서 발밑을 내려다보면 깊게 파인 계곡이 입을 벌리고 있다. 파도의 뱃구레는 살집이 두툼하고 무시무시할 만큼 파랗다. 그 경사면을 맹렬한 속도로 미끄러져 내려오면 물

---

* 패들링으로 파도를 잡는 것과 동시에 보드에서 일어서서 파도의 경사면을 질주하기 전까지의 과정.

보라로 흐려진 시야 한 귀퉁이에서 멀리 모래사장이 기울어지고 낙하하는 감각이 엉덩이에서 머리끝으로 찌릿하게 훑고 지나간다. 이어서 날카로운 흥분이 덮치는 레일 없는 제트코스터가 시작된다. 파도 쪽으로 몸을 숙이며 무릎을 한껏 낮추고 원심력을 이용해 부드럽게 보텀턴,** 솟구치는 물의 벽을 이번에는 쭈우욱 달려 올라가 파도의 엄청난 힘에 압도된다는 두려움을 떨치고 물거품을 걷어차며 억지로 톱턴***을 하려는 순간!

움찔했다.

당장이라도 무너져 내릴 듯한 립.****

파도의 브레이크가 너무 빠르다.

아차, 잘못 짚었어.

무릎과 어깨가 긴장한 그 순간, 강하게 뺨을 내려치는 물에 힘껏 내동댕이쳐졌다.

거품이 부글거리는 파도에 잡혔다.

보드에 머리를 부딪히고 수없이 데굴데굴 구른다.

위도 아래도 오른쪽도 왼쪽도 알 수 없는 상태에서 짜디짠 물을 엄청 들이켠 끝에 가까스로 눈을 뜨자 크고 작은 투명한 물

파도가 닿았던 모든 순간

거품이 나를 휘감고 있었다. 이대로 영원히 물 밖으로 떠오르지 못할 듯한 공포감에 휩싸여 정신없이 발목을 더듬어 코드를 찾았다.

녹초가 될 만큼 파도를 타다가 모래사장으로 나오자 가와이 선배가 모래 바닥에 앉아 따분한 얼굴로 나를 기다리고 있었다. 한참 전에 나왔는지 아침 햇살을 받은 검은 웨트슈트가 벌써 군데군데 말라갔다.

"다른 선배들은?"

"먹을 거 사러 갔어."

눈이 부신 듯 나를 올려다보며 가와이 선배는 말했다. 가쓰야 씨가 친구에게서 공짜로 구해다 준 웨트슈트는 가와이 선배의 뚱뚱한 몸에는 너무 작아 목 뒤 지퍼가 5센티미터쯤 잠기지 않았다.

"선배는 진짜로 오기가 없다니까요." 옆에 앉으면서 내가 한마디 던졌다. "그러니 아무리 해도 실력이 안 늘죠."

"아니, 내가 어떻게 상대하겠냐, 저런 괴물 같은 파도를." 선배가 입을 툭 내밀며 말했다. "몇 번을 빠졌는지 모르겠다. 그때마다 모래사장까지 떠밀려왔어."

"그것도 연습이라고요. 살 빼는 데 딱 좋잖아요."

"시끄러워." 선배는 웃으면서 나를 향해 발끝으로 모래를 걷어찼다. "오늘은 너의 쿨한 라이딩을 보며 이미지 트레이닝한 것으로 만족해야지."

"영어 섞어서 멋있게 말하면 통할 줄 알아요?" 나는 말했다. "백날 그렇게 쳐다봤자 아무 도움도 안 돼요. 내가 요즘 영 시원찮아서."

가와이 선배가 한숨을 내쉬었다. "너처럼 잘 타는 놈이 그런 소리를 해? 이건 뭐, 완전 사람 약 올리는 거잖아."

나는 쓴웃음을 지었다.

"나도 아직 멀었어요."

여자들에게 멋진 폼을 자랑하겠다거나 취미로 쉬엄쉬엄 서핑을 할 생각이라면 이 정도로도 충분할지 모른다. 하지만 내 목표는 프로 선수다. 게다가 그 전에 아마추어 선수권 대회에서 챔피언십을 따야 한다. 그러면 내 이름이 영원히 기록으로 남기 때문이다. 하지만 조금 전처럼 중요한 순간에 과감한 공격을 하지 못한다면 대회에서 좋은 성적은 바랄 수 없다.

그걸 그냥 무난하게 처리해 버리다니, 곧 죽을 노인네냐, 너?

지난번에 가쓰야 씨가 던져준 지적이 얼마나 중요한지 이제야 슬슬 깨닫는 중이다. 처음에는 단순히 의욕이 떨어져 컨디션이 약간 무너진 것뿐이었는데 문득 돌아보니 어느새 수비에만 치중하는 버릇이 들어버렸다. 이번 여름 이전에는 실패가 두려워 무난하게 처리하는 쩨쩨한 짓은 결코 하지 않았다. 그런데 요즘은 어떤가. 되든 안 되든 과감하게 도전하지 않는 놈에게 승리는 굴러 들어오지 않는다. 그런 것쯤은 나도 뻔히 아는데 왠지 망설임을 단호하게 끊어내지 못하고 있었다.

슬럼프가 처음은 아니지만 이번 슬럼프는 뭔가 다르다. 지금 느끼는 이 장벽이 얼마나 두터운 것인지 상상도 되지 않는다. 적어도 돌핀스루로 대충 넘겨버릴 만큼 간단한 놈은 아닌 것 같다.

"어, 저기 가쓰야 씨 아니냐?"

선배가 툭 치길래 어깨 너머로 돌아보니 분명 가쓰야 씨였다. 모래사장 입구 주차장 근처 울타리에 앉아 있었다.

조금 전의 그 바보 같은 라이딩을 다 지켜보고 있었나…….

오늘은 바다에 들어올 생각인 듯 웨트슈트 차림에 보드까지 들고 있었다. 아직도 젊다고 생각하는지 아니면 허세를 부리려는 건지 이 써늘한 날씨에 반소매 슈트 차림이다. 우리가 쳐다보는 걸 알았는지 보드를 껴안은 채 이쪽으로 다가왔다. 틀림없이 잔소리를 듣겠구나, 하고 잔뜩 긴장했는데 가쓰야 씨는 흘끔 우리를 쳐다보며 "누군가 했더니, 가와이였구나?" 하고 선배에게 먼저 말을 건넸다.

"저쪽에서 보고 있었는데, 무슨 바다사자가 기어 올라온 줄 알았다."

"아이쿠, 무슨 그런 심한 말씀을."

"심하기는 뭐가 심해? 제발 살 좀 빼. 그런 몸으로 물 위에 떠 있으면 어부가 작살 들고 쫓아와."

가쓰야 씨가 모래사장에 꽂은 보드가 눈부신 아침 해를 가려 줘서 겨우 눈을 뜰 수 있었다.

"어때, 미쓰히데, 가와이는 실력 좀 늘었어?"

"그야 두말하면 잔소리죠." 나도 맞장구를 쳤다. "그렇죠, 가와이 선배? 진짜 잘해요, 파도 기다리는 건."

"야, 인마!"

덤벼드는 바다사자를 보고 나는 급히 몸을 피했다.

"아 참." 가와이 선배가 자리에서 일어섰다. "가쓰야 씨, 고이케하고 스기타 보셨어요?"

"아니, 못 봤는데? 걔네들 내려왔어?"

"내일까지 여기 있을 거래요."

"나중에 잠깐 가게에 들르라고 전해. 특히 고이케. 이제 외상값 좀 갚으라고 해."

"그 말 하면 안 갈 거 같은데요?"

"그럼 내가 직접 말해야겠네. 아무튼 들르라고 해."

한 손을 번쩍 치켜들더니 가쓰야 씨는 바다로 들어갔다.

밀려드는 물거품을 아랑곳하지 않고 패들링만으로 능숙하게 먼바다까지 나가는 가쓰야 씨의 뒷모습을 바라보며 가와이 선배가 홀린 듯이 중얼거렸다.

"와아, 역시 잘 탄다."

"당연하죠." 나는 어이가 없어서 말했다. "바로 얼마 전까지 손꼽히는 프로 선수였는데."

말을 하면서 왠지 이상한 기분이 들었다. 안도와 낙담, 그리고 답답함. 가쓰야 씨가 내게 잔소리를 하지 않는 게 이토록 불안한 일인 줄은 생각도 못했다. 뭔가 한 소리 들었다면 그건 그것대로 짜증 났을 거면서.

"미쓰히데, 오늘 저녁에 뭐 하냐?"

문득 가와이 선배가 내 쪽을 보며 말했다.

"왜요?"

"아니, 밤에 노래방에나 갈 생각인데 그다음에 갈 만한 곳이 없어서 말이야. 우리 집은 어머니 잔소리가 너무 심해서……."

선배가 무슨 말을 하는지 짐작이 갔다. 시내에서 실컷 놀고 난 뒤에 내 하숙방으로 우르르 몰려가도 괜찮겠냐고 묻는 것이다. 다른 집과 달리 내 하숙방은 주인도 없고 동거인도 없다. 주위는 한적한 상점가라서 와자지껄 떠들어도 이웃에 폐가 되지 않는다. 아침까지 술을 마시며 진탕 놀기에는 안성맞춤의 장소인 것이다. 하지만…….

대답을 망설인 게 불과 몇 초였을 뿐인데도 가와이 선배는 머쓱한 표정을 보이며 말했다.

"아, 아냐, 괜찮아. 무리할 거 없어. 너도 볼일이 있지? 알았어, 다른 데로 알아볼게. 그냥 잊어버려."

딱히 볼일이 있는 건 아니었다. 다만 혼자 누리는 마음 편한 시간을 방해받고 싶지 않았을 뿐이다.

다시 잠깐 망설이기는 했지만 나는 결국 미안하다고 머리를 숙였다.

후지사와 에리에게서 전화가 온 것은 그날 오후, 2층에서 오랜만에 이불을 말리고 있을 때였다.

휴대전화로 그 목소리를 들었을 때, 처음에는 누군지 알지 못했다. 여보세요, 라고 말해놓고 잠시 뒤에 한 마디 툭 던졌다.

"⋯⋯나야."

"누구?"

내가 되물었더니 그제야 이름을 댔다.

"에리."

깜짝 놀랄 만큼 우울한 목소리여서 나도 모르게 물었다.

"무슨 일 있었어?"

잠깐의 침묵 뒤에 그녀는 마음먹은 듯 빠르게 말했다.

"부탁이 있어."

"뭔데?"

"미쓰히데, 지금 돈 얼마나 있어?"

"뭐?"

"돈 얼마나 있냐고."

나는 탁자 위에 엉덩이를 대고 앉았다. 머릿속으로 대충 생활비를 계산해 보았다.

"2만 엔쯤?"

사실은 3만 엔쯤은 있겠지만 순간적으로 조금 적게 대답했다.

"저, 부탁인데⋯⋯." 나지막하게 억누른 듯한 목소리로 에리는 말했다. "그 돈 좀 빌려줘."

"뭐야, 무슨 일인데?"

그녀는 침묵하고 있었다.

"너, 혹시⋯⋯."

"그건 절대 아냐. 그럴 리가 없잖아."

"아, 그래. 그렇지?"

분명 그건 말이 안 된다. 항상 피임에는 최대한 신경을 썼다. 물론 그녀가 나 말고 다른 남자와 잔 게 아니라면 그렇다는 얘기지만.

"이유쯤은 말해줘야지." 나는 말했다. "이유도 모른 채 빌려줄 수는 없잖아."

에리는 조금 전보다 더 길게 침묵했다.

"⋯⋯가⋯⋯."

"뭐라고? 잘 안 들려."

"큰오빠가⋯⋯ 좀 딱한 상황이라서⋯⋯."

"근데 왜 네가 돈을 구하러 다녀?"

"이래저래 사정이 있어." 전화 너머에서 에리는 짜증을 냈다. "사람마다 모두 다 사연이 있다고 말했던 게 너잖아."

뭐, 하긴 그렇다.

"부탁할게." 에리가 되풀이해서 말했다. "얼마가 됐든 상관없어."

그 목소리가 너무도 절박해서 나는 그만 그러겠다고 말해버렸다. 그뿐이 아니었다. 몹시 급하다는 그녀의 강압적인 애원에 못 이겨 돈을 다테야마 역까지 직접 갖다주는 처지가 되었다.

참 나, 내가 생각해도 도무지 말이 안 되는 짓이다. 지금까지 사귀었던 어떤 여자친구에게도 이렇게까지 친절하게 대해준 기억이 없는데.

시간표를 살펴보니 이번 전철을 놓치면 한참 동안 다테야마까지 가는 차편은 없었다. 급한 볼일이 있다고 둘러대고 가쓰야 씨가 사랑해 마지않는 가와사키 오토바이를 빌렸다. 기름을 가득 채워 돌려주기로 약속한 덕분이다. 이건 정말 엄청난 민폐다.

에리는 역 구내에서 기다리고 있었다. 내가 역 건물 밖에서 부르자 면바지 차림의 그녀가 흠칫 놀라 돌아보더니 개표구를 지나 곧장 내게로 달려왔다. 평소에는 절대로 그러지 않았을 것이다.

봉투도 없이 1만 엔짜리 지폐 두 장을 쑥 건네주자 에리는 나와 눈을 마주치기 싫은지 고개를 푹 숙이고 어렵사리 입을 열었다.

"고마워……. 이렇게 많이, 괜찮겠어?"

"괜찮아. 네가 나한테 부탁을 다 하다니, 그럴 만한 사정이 있겠지."

또다시 몸 팔러 나가는 꼴도 못 보겠고, 라는 말은 하지 않았지만 실은 그게 솔직한 심정이었다. 그녀를 다른 누군가와 공유하다니. 그건 진짜 싫다.

"돈도 물론 갚겠지만 이렇게 갑작스럽게 폐 끼친 거, 어떤 식으로든 꼭 갚을게."

"아니, 돈만 정확히 돌려주면 돼. 한심하신 너희 큰오빠에게 인사나 전해주고."

에리는 입술을 깨물었지만 아무 말도 하지 않았다.

하숙집에 돌아오니 4시가 넘었다. 완전히 차가워진 이불을 걷고 가게 일도 좀 거든 뒤에 다시 바다에 들어갔지만 파도 상태가 아침만큼 좋지는 않았다. 보드와 웨트슈트를 헹궈서 널어놓고 뜨거운 물에 목욕을 하고, 가게 옆 식당에서 덮밥 세트를 먹었다. 그것만으로 하루가 끝나버렸다. 모처럼 학교가 쉬는 평일인데 뭔가 몹시 아까운 기분이 솔솔 들었다. 게다가 지갑에는 이제 천 엔짜리 몇 장밖에 없었다. 오토바이에 기름을 넣어

주느라 더 줄어든 것이다.

화풀이로 오늘 저녁에는 일찌감치 자버리자고 생각하던 참이었다.

"……히데!"

누군가 내 이름을 부르는 것 같아 귀를 기울였다. 창문 밑이 묘하게 소란스러웠다. 또 술꾼들이 난장을 치는가 했더니만 큼직한 목소리가 아예 합창을 시작했다.

"미-쓰-히-데! 나와라!"

벌떡 일어나 창문을 드르륵 열었다. 아래쪽 길에서 고이케와 스기타 선배가 낯선 여자 두 명까지 데리고 서로 어깨동무를 한 채 올려다보고 있었다. 그 뒤편에서 가와이 선배가 쩔쩔매는 얼굴로 큼직한 몸을 웅크린 채 미안하다고 한 손을 치켜들며 연신 고개를 숙였다.

없는 척할 걸, 하고 엄청 후회했지만 이미 때는 늦었다.

"야아, 우리가 왔다아!"

비쩍 마른 스기타 선배가 말했다. 혀 꼬부라진 소리였다.

"잠깐 네 방에 좀 올라가자. 한판 놀아보자고!"

고이케 선배도 말했다. 눈 주위만 불그죽죽 달아올라서, 윤곽이 뚜렷한 얼굴이 완전히 망가져 있었다.

일단 방에 올라오면 쉽게 돌아갈 리 없다는 건 뻔한 일이지만 이렇게 된 마당에 거절할 수도 없었다.

"······예, 올라오세요." 한숨을 삼키며 나는 말했다. "뒷문으로 돌아서 들어오세요."

그러잖아도 좁은 하숙방은 그들이 들어서자 더욱더 좁아졌다.

선배들은 방에 들어오자마자 편의점 봉투에서 맥주며 레몬 소주 등을 꺼내고 안주까지 펼쳐놓더니 세상 편하게 널브러졌다.

체격이 큼직큼직한 네 명의 사내들 사이에서 여자들은 유난히 낭랑한 목소리로 떠들어댔다. 도쿄에서 놀러온 길에 우연히 만난 고이케 선배 일행의 유혹에 넘어가 노래방에서 신나게 놀고 온 모양이었다. 두 사람 다 꽤 예쁜 편이었고 나이는 열아홉 살이라고 했다. 정말인지 아닌지는 알 도리도 없지만 그런 건 뭐 상관없었다. 어차피 나와는 관계없는 일이다.

이윽고 가와이 선배가 슬쩍 다가와 다른 선배들에게 들리지 않게 웅얼웅얼 사과했다.

"미쓰히데, 미안하게 됐다."

"뭐, 괜찮아요."

"말리기는 했는데 다들 취해서 당최 들어먹어야 말이지."

"그거야 나도 알죠."

"너, 오늘 한다던 일은?"

"괜찮아요, 끝냈으니까."

"어이." 고이케 선배의 목소리였다. "미쓰히데."

내가 돌아보자 고이케 선배는 뭔가 하얀 것을 코앞에 들이대

220

며 말했다. "내가 아주 기막힌 선물을 주지."

얇은 종이에 둘둘 감은 담배 비슷한 것이었다.

"이게 뭡니까?"

"너, 아직 한 번도 피워본 적 없어?"

뭘요, 라고 말하려다가 숨을 헉 삼켰다.

"설마……."

"맞아, 대마초야. 근데 너, 정말 피워본 적 없어?"

"없어요, 그런 거."

"아니, 이럴 수가. 명색이 서퍼인데." 고이케 선배는 과장스럽게 놀란 척하며 말했다. "그럼 기념비적인 첫 경험이군. 이거, 오늘 모래사장에 나온 사람한테 아주 싸게 샀어. 자기 집 뒷마당에서 길렀다더라."

"어머, 진짜?" 여자 한 명이 어이없다는 듯 높은 소리로 되물었다. "그렇게 간단히 재배할 수 있는 거야?"

"뭘 모르시네. 이런 건 찾아보면 이 근처 덤불에도 수북하게 널렸어."

분명 그런 얘기는 들은 적이 있다. 예전에 삼실을 얻기 위해 재배하던 게 야생 마가 되어 지금도 길가나 산속에서 자라는 것이다.

"그런 걸 피워도 괜찮아?" 또 한 명의 여자가 말했다. "괜히 이상해지는 거 아냐?"

"이상해져야 좋은 거지." 그렇게 말한 것은 스기타 선배였다. "걱정할 거 없어. 미국 같은 데서는 다들 당당하게 피워. 담배보다 훨씬 덜 해롭다고 하던데?"

"그래도 그건 안 좋지. 피우지 마."

가와이 선배가 말했지만 아무도 귀를 기울이지 않았다.

"그럼 시작해 볼까." 스기타 선배가 말했다. "이건 기분이 안정되는 게 아니라 붕 뜨는 쪽이야. 진짜 기분 좋아져. 자자, 게임이라고 생각하자고."

고이케 선배는 대마초를 입에 물더니 주머니에서 라이터를 꺼내 은근한 동작으로 불을 붙였다. 연기를 한껏 빨아들인 뒤 곧바로 토해내지 않고 숨을 멈췄다. 그러고는 30초쯤 뒤에야 후우 하고 내 얼굴에 연기를 내뿜었다. 움찔해서 고개를 돌리는 나를 보고 키들키들 웃더니 옆에 있는 여자에게도 똑같이 연기 세례를 먹였다.

낯선 냄새가 방 안 가득 고였다. 다들 어서 빨리 돌아가 줬으면 했지만 탁자에 잔뜩 쌓인 먹을거리며 바닥에 벌렁 누워 양말까지 벗어던진 스기타 선배의 꼴을 보고는 차마 가라는 말을 꺼낼 수 없었다.

"야, 미쓰히데." 술 때문인지 대마초 때문인지 개개풀린 눈으로 고이케 선배가 말했다. "기분 최고야. 다 날려버리자. 안 좋은 일은 싸악 잊어버리자고!"

★

　해가 저물어가는 시각, 지바역 뒤편에서 기다리고 있으려니 느닷없이 누군가 내 팔을 잡았다.

　미처 돌아보기도 전에 옆길로 질질 끌려갔다. 3년 만에 만났는데도 큰오빠는 등밖에 보여주지 않았다.

　"어디 가는 건데!"

　큰오빠는 대답은커녕 내 쪽은 돌아보지도 않고 팔만 잡아끌었다.

　"팔 아프다니까."

　대답도 하지 않는다.

　"아프다고, 이거 봐!"

　소리를 지르자 그제야 큰오빠는 손을 놓고 멈춰 섰다.

　철도 밑의 어두운 길이었다. 머리 위에서 물이 뚝뚝 떨어졌다. 지나가는 전동차가 크르릉 하고 엄청난 소리를 내는 가운데 큰오빠가 천천히 나를 돌아보았다. 어둑어둑해졌는데도 선글라스를 쓰고 있었다. 앞이 제대로 보이기나 할까.

　"에리……."

　컬컬하고 친근한 목소리. 눈에 익은 검은색 점퍼의 옷깃을 세워 얼굴 아랫부분을 가리고 있었다. 소매 끝은 이미 닳을 대로 닳아빠졌다.

　"오빠, 얼굴 좀 봐봐."

잠시 망설이던 큰오빠는 주위를 둘러보며 선글라스를 벗었다.

"왜, 왜 이런 거야?" 나도 모르게 그런 말이 튀어나왔다. "어디 아파?"

큰오빠는 깜짝 놀랄 만큼 앙상하게 야위어 있었다. 부석부석한 얼굴에 눈만 큼직하고 광대뼈가 불룩 튀어나왔다. 길에서 우연히 마주쳤어도 알아보지 못했을 것 같다.

"갑자기 무리한 부탁을 해서 미안하다." 큰오빠가 말했다. "그래서, 돈은 가져왔어?"

댓바람에 그것부터 챙기다니.

"가져오긴 했는데……."

조금 전과 반대 방향에서 전동차의 굉음이 다가왔다. 큰오빠는 다시 선글라스를 쓰고 걸음을 옮겼다.

다급하게 그 뒤를 따라가 옆에서 큰오빠의 얼굴을 들여다보았다. "오빠, 왜 이렇게 말랐어? 어디 아파? 밥도 제대로 못 먹는 거 아냐?"

큰오빠는 아주 조금 얼굴을 일그러뜨렸다. 아무래도 쓴웃음을 지은 모양이다.

"너는 건강해 보이네."

지금의 그와 비교하면 교수대에 오르는 사형수가 오히려 더 건강하게 보일 것이다.

사람의 왕래가 많은 밝은 길로 나서자 큰오빠는 주위를 신경

쓰며 다시 옷깃을 세웠다. 약속 시간을 날이 어두워진 뒤로 잡은 것도 사람들의 눈에 띌까 봐 그런 모양이었다.

"실은 요즘 내가 변변히 먹은 게 없다." 큰오빠가 말했다. "억지로 먹어보려고 하면 금세 토해. 내 몸이 받아주는 건 술뿐이야."

"그게 무슨 소리야?" 나는 충격을 받았다. "병원 가봤어?"

"그럴 돈 있으면 술 사 먹지." 내 쪽을 흘끗 쳐다보며 큰오빠는 다시 피식 웃었다. 뺨이 일그러졌다. "아니, 농담이야. 그런 얼굴 하지 마. 지금은 안 취했어."

갑자기 다시 내 팔을 잡고 옆길로 끌고 갔다. 한사코 사람이 없는 쪽으로만 가려는 것이다.

한쪽에 줄줄이 자동차들이 서 있는 좁은 길을 한참 걸어가자 작은 공원이 나왔다. 큰오빠는 아무도 없는 것을 확인하더니 구석 벤치에 자리를 잡았다.

나도 그제야 조금 마음이 놓여 그 옆에 앉았다.

그네와 시소, 미끄럼틀밖에 없는 작은 공원이었다. 주위에는 배기가스에 강할 듯한 나무들이 서 있고, 다시 그 주위를 낡은 빌딩이 둘러싸고 있었다. 낮에는 햇볕을 쬐러 나오는 사람들도 있겠지만 지금은 나무 그늘이 깜깜해서 어쩐지 으스스한 분위기였다. 누군가 이런 곳에 끌고 와 폭력을 휘두른다면 아무리 크게 소리쳐도 알아듣는 사람이 없을 것 같았다.

큰오빠는 성마르게 다리를 달달 떨면서 안주머니에서 담배를 꺼내 불을 붙였다. 필터가 달리지 않은 담배였다. 뭔가 오기가 나서 제 몸을 마구 들볶는 사람처럼 보였다.

"지금까지 내내 어디 있었어?"

큰오빠는 어깨를 으쓱 쳐들었다. "뭐, 여기저기."

"여기저기라니?"

"그냥 여기저기라니까."

대답하기가 싫은 것이다.

"오빠." 나는 마음을 굳게 먹고 물었다. "그 여자는 어떻게 됐어?"

큰오빠의 어깨가 움찔 흔들리고 달달 떨던 다리가 딱 멈췄다.

"혹시 헤어졌어?"

그렇게 물어도 큰오빠는 아무 대답 없이 담배 끝만 응시했다. 술기운이 끊긴 탓인지 손 떨림이 심해 금세라도 재가 뚝 떨어질 것 같았다. 이윽고 큰오빠는 말했다.

"시간이 없어."

"응?"

"에리, 미안한데 어서 돈이나 줘. 부탁이다."

나는 큰오빠의 얼굴을 아래쪽에서 들여다보았다.

"대체 무슨 일이야? 그 정도는 말해줘도 되잖아."

"에리……." 다시 다리를 덜덜 떨기 시작한다. 악다문 이 틈새로 큰오빠는 목소리를 밀어냈다. "제발 아무것도 묻지 말고."

"······."

나는 한숨을 내쉬며 작은 배낭을 열었다. 내가 챙겨 온 건 모두 합해 10만 엔 남짓이었다. 요코하마의 남자에게서 받은 3만 엔과 엄마에게 학원비라고 거짓말해서 받은 4만 엔, 거기에 원래 내 지갑에 있던 돈, 그리고 미쓰히데에게서 억지로 빌려온 2만 엔이다.

미쓰히데가 순순히 돈을 빌려준 것보다 오토바이까지 몰고 달려와 준 것에 정말 깜짝 놀랐다. 그와의 전화를 끊고 나서야 전철 시간표를 보고 한참 동안 차편이 없다는 것을 알았기 때문에 큰오빠와 약속한 시간까지는 오지 못할 거라고 내심 각오하고 있었는데.

"가까스로 이만큼 준비했는데······."

그렇게 말하면서 내가 배낭에서 돈 봉투를 꺼내자마자 큰오빠는 낚아채듯이 가져가 안을 확인했다.

"어? 겨우 이거야?"

"겨우 이거냐니······ 10만 엔이나 되잖아. 친구한테 빌리고 엄마한테는 거짓말까지 하면서 어렵게 마련했어."

"쳇, 그까짓 게 뭐 대수라고!"

"뭐라고?"

"아, 아냐."

머리 위쪽에서 가로등이 여러 번 깜빡거리다가 켜졌다.

큰오빠가 담배를 발밑에 버리고 밟아 껐다.

"미안하다. 고마워."

"어쩔 건데, 그 돈?"

큰오빠는 말없이 봉투를 주머니에 넣었다.

선글라스를 벗어 옆에 놓고 덥수룩하게 수염이 자란 뺨을 두 손으로 북북 문질렀다. 손가락 사이로 그 얼굴이 울음을 터뜨릴 것처럼 일그러지는 게 보였다.

"……씨발." 옆으로 퉤엣 침을 뱉으며 큰오빠는 중얼거렸다. "그 개 같은 년 때문에 내가……."

거의 혼잣말 같은 중얼거림이었지만 나는 전보다 더 큰 충격을 받았다. 내 귀가 이상해졌나 의심스러울 정도였다. 큰오빠가 그렇게 험한 말을 쓰는 것은 지금껏 한 번도 본 적이 없다. 내 앞에서든 다른 누구 앞에서든.

3년이라는 세월의 길이를 생생하게 내 눈앞에 들이댄 듯한 느낌이었다. 작은오빠와는 별로 닮지 않은 잘생긴 옆얼굴에는 삭막한 주름이 수없이 새겨져 있었다.

나는 그 모습을 찬찬히 바라보았다. 큰오빠가 어떻게 변했건 이대로 내버려둘 수는 없다는 내 마음까지 변한 건 아니었다. 어렸을 때의 그 기억은 어찌 됐든 역시 그가 내게 베풀어준 정이 적지 않다. 여동생이 오빠에게 이런 말을 하는 건 이상한지도 모르지만.

"오빠."

"……왜?"

내 쪽을 봐줄 때까지 기다렸다가 나는 말했다.

"지금 나랑 집에 가자, 응?"

그의 눈이 휘둥그레졌다.

"이런 바보, 내가 이 꼴로 어떻게 집에 들어가?"

"뭐가 어때서? 그야 처음에는 다들 화를 내겠지. 하지만 오빠가 몸이 아픈 걸 알면 아버지도 더는 나무라지 않을 거야. 돈 문제도 어떻게든 해결해 줄 거고."

"안 돼, 그건."

"안 될 게 뭐가 있어?" 나는 필사적으로 말했다. "진심으로 용서를 빌면 틀림없이 받아준다니까."

"그런 게 아냐." 큰오빠는 다리를 더 심하게 달달 떨기 시작했다. "용서받지 못할 일이 있어."

"글쎄 괜찮다니까."

"……."

"오빠, 가자."

"못 간다고!"

갑작스레 고함을 쳤다.

왜 못 가느냐고 묻는 내 손을 뿌리치고 큰오빠는 자신의 얼굴을 감싸 쥐었다. 그리고 다시 한번 말했다.

"못 간다고."

한참 그러고 있더니 돌연 자리에서 벌떡 일어섰다. 큰오빠는 함께 일어나려는 나를 말리면서 초췌한 눈빛으로 바라보았다.

"에리, 잘 들어. 오늘 나 만났다는 거, 절대로 말하지 마. 우리 식구뿐 아니라 다른 사람들이 물어도 절대로 말하면 안 돼."

"대체 무슨 일인데?"

"알았지? 내 말 명심해."

"오빠, 잠깐만. 자꾸 이상한 소리 하지 말고, 무슨 일인지는 모르겠지만……."

"이제 곧 알게 돼." 큰오빠는 선글라스를 쓰고 옷깃을 바짝 세웠다. "아마도."

몸짓만 보면 야쿠자 영화에 나오는 주인공을 흉내 내는 것 같아 우스꽝스럽기도 했지만 그 얼굴빛은 장난이 아니라 정말로 창백했다.

"그럼, 에리, 이만 간다."

급히 걸음을 옮겼다.

"잠깐만, 오빠."

하지만 쫓아갈 이유를 잃은 채 나는 엉거주춤 멈춰 섰다. "그럼 연락처라도 알려줘. 아무한테도 말 안 할 테니까!"

큰오빠는 공원 출구 울타리 근처에서 뒤를 돌아보았다.

셋을 셀 동안만큼 그 자리에 서서 강한 눈빛으로 나를 보았다. 말로는 못 할 복잡한 표정으로 지그시 응시하고 있었다. 그러더니 등을 홱 돌리고 가버렸다.

"오빠!"

손도 흔들어주지 않고.

나는 벤치에 털썩 주저앉았다. 온몸에서 스르르 힘이 빠져나갔다.

멍하니 손목시계를 보았다. 약속시간에서 겨우 15분밖에 지나지 않았다. 3년 만에 만났는데 겨우 15분이라니. 게다가 내 질문에는 단 한 마디도 대답하지 않고 떠났다.

도무지 현실이라는 생각이 들지 않았다. 엊저녁에 큰오빠에게 전화를 받은 뒤부터 모든 일이 마치 꿈만 같았다. 정말로 방금까지 이 자리에 큰오빠가 있었는가. 정말로?

갑자기 하늘이 핑 돌아서 나는 급히 눈을 질끈 감고 허리를 숙였다. 지난번에 강당에서 쓰러졌을 때처럼 지이잉 하는 이명이 들리고 속이 메슥거렸다. 시야가 좁아지면서 점점 흐려졌다.

하지만 이번 현기증은 지난번보다는 가볍게 끝났다. 의식을 잃지 않고 지나간 것이다.

한참을 혼자 그렇게 견딘 뒤에 조심조심 눈을 떠보았다. 머리가 지끈거렸다. 온몸에서 쏟아진 땀이 그새 식으면서 오슬오슬 추워졌다. 아직도 흐릿한 시야에 가로등의 환한 불빛이 스멀스멀 돌아왔다.

나는 그 자리에 있는 것들을 응시했다.

발로 밟아 꺼버린 꽁초 바로 옆 모래땅에는 큰오빠가 뱉은 침이 스며들어 검은 흔적이 남아 있었다.

🐚

가와이 선배가 다시 내 하숙방에 찾아온 것은 붕 떴던 그날 밤으로부터 일주일쯤 지난 뒤였다.

"미쓰히데, 그때는 진짜 화났었지?"

벽 쪽에 자리를 잡고 앉으면서 가와이 선배가 말했다. 간밤에 이불에 싼 오줌을 들킨 어린애처럼 눈을 슬쩍 치켜뜨며 내 눈치를 살피고 있었다. "하긴 화날 만도 하지. 정말 미안하다."

"아뇨, 선배가 사과할 일도 아닌데요, 뭐." 나는 층계참의 냉장고를 열고 허리를 숙였다. "맥주, 오렌지주스, 우롱차 있어요. 뭐 드실래요?"

"괜찮아, 신경 쓰지 마."

"허 참, 어울리지도 않게 사양을 다 하시고."

선배는 그제야 입가가 풀어지며 피식 웃었다.

"그럼 주스로 줘. 미안하다."

주스 병과 컵을 선배에게 내주고, 베란다 창문을 등진 채로 책상다리를 하고 앉아 내 몫으로 가져온 맥주 캔의 고리를 푸슈 소리 나게 땄다.

"그래도 역시 그날은 내가 잘못했어. 애초에 녀석들을 이쪽으로 데려오지만 않았어도 일이 그렇게 되지는 않았는데."

"아뇨, 선배 때문이 아니라니까요." 나는 말했다. "이쪽으로 데려올 생각이 아니었다는 것도 알아요. 그 대마초도 결국 끝까지 거절하지 못하고 피워버린 내가 잘못이죠. 하지만 그건 이제 완전히 질렸어요. 그런 일, 다시는 겪고 싶지 않네요."

선배는 한숨을 내쉬었다.

"그렇겠지. 너 혼자만 배드 트립*이었으니."

그렇다, 그건 배드 트립 정도가 아니었다. 그때 맛본 환각에 비하면 실제 지옥 쪽이 그나마 나을 것이다. 머릿속에 다시 떠오르자 조건반사처럼 새삼 속이 메슥거렸다. 그날 이후로 3, 4일은 온몸이 나른해서 어떤 일에도 의욕이 나지 않고 계속 멀미하듯이 구역질에 시달렸다. 기분이 진짜 좋아진다고 하던 스기타 선배의 말은 어이없는 거짓말이었다. 하지만 그렇다고 그를 원망하는 건 번지수를 잘못 짚은 일이다. 그 말을 믿은 내가 바보였을 뿐이다.

끝까지 거절하기로 마음먹었다면 얼마든지 거절할 수 있었

---

* LSD나 대마초 등의 마약류에 의해 불쾌해지거나 우울해지는 환각 상태.

다. 실제로 거절하려고 했었다.

이제 새삼 변명거리도 안 되는 얘기지만.

그날 밤, 고이케 선배는 유난히 끈질겼다.

"야, 진짜 괜찮으니까 피워봐." 바닷가 모래사장에서 헌팅했다는 여자들까지 흥미진진한 눈빛으로 우리를 지켜보았다. "왜 그렇게들 착한 척이야? 진짜 분위기 싸하게 만들래?"

처음에는 한사코 손을 내저었던 가와이 선배까지 머뭇거리면서도 호기심을 이기지 못해 받아 피우는 것을 보자 나는 혼자만 뒤처진 듯한 기분이 들었다.

대마초.

마리화나.

이름만 다를 뿐인데 똑같은 물건이 아닌 것 같았다. 마리화나를 피운다고 하면 그야말로 큰 죄인 듯한 느낌이라서 아무래도 뒤가 켕긴다. 하지만 이게 소문으로만 듣던 그 대마초인가, 하고 생각하니 그리 대단할 것도 없다는 마음이 들었다.

"기껏해야 대마 잎사귀잖아." 고이케 선배는 코웃음을 치며 말했다. "외국에서 몰래 들여온 것도 아니고 순 국산이야. 게다가 우리 고향 땅에서 난 것이라고."

아버지도 예전에 쓴웃음을 지으며 얘기한 적이 있었다. 나도 젊었을 때는 대마초를 피우고 해롱해롱했어, 라고. 그때는 그런 게 흔한 시대였다고 하기도 했다. 물론 그 무렵에는 아버지도 건강했다.

피우는 자리에 함께 있었던 적은 없지만 자기도 피워봤다고 큰소리치는 놈들이라면 얼마든지 널려 있다. 바닷가 주차장에서 샤워하다 보면 몰래 물건을 내밀며 사라고 하는 장사꾼도 있었다. 그때마다 거절하긴 했지만 전혀 흥미가 없었다고 한다면 그건 거짓말이다. 이번에 선배들이 가져온 물건도 아마 그런 장사꾼 중 한 사람에게서 사들였을 것이다.

"근처에서 흔히 자라는 풀 잎사귀 좀 말아 피운 것뿐인데 왜들 그렇게 야단이냐고. 안 그래?" 스기타 선배가 침을 튀기며 말했다. "누구 딴 사람한테 피해를 주는 것도 아니잖아."

그는 여자들이 담배 모양으로 말아준 대마초를 받아 천천히 빨아들였다. 다른 한 개비에 불을 붙이고 고이케 선배가 말했다.

"미쓰히데, 이거 피우면 진짜 대담해져. 아무리 큰 파도라도 전혀 무섭지 않아."

"그거 좋네." 스기타 선배가 웃으며 말을 받았다. "가와이는 겁이 많으니까 딱 좋잖아."

쿨룩쿨룩 기침하는 가와이 선배를 가리키면서 여자들이 서로 쿡쿡 찔러가며 킥킥거렸다. 비웃음거리가 된 가와이 선배까지 함께 웃었다. 뭐가 그리 재미있는지 모르겠지만 아무튼 기묘한 웃음이었다. 술에 취한 건가. 아니면 역시 대마초 탓인가.

"미쓰히데, 이거 뭔가 엄청 재미있어." 가와이 선배가 히죽히죽 웃으면서 내게 대마초를 건넸다. "아무렇지도 않아. 괜찮으니까 한번 시험 삼아 피워봐."

여전히 망설였지만 나는 결국 그것을 받고 말았다.

일단 받았으니 입에 물지 않을 도리가 없었다.

입에 물었으니 피우지 않을 도리가 없었다.

이건 분명 범죄지만 어차피 이 자리의 모든 사람이 공범이다. 나 혼자만 고집스럽게 버텨봤자 별 의미도 없다……

그런 변명이 거품처럼 머릿속에 떠올랐다가 톡톡 터지며 사라졌다.

날뛰는 심장을 달래며 슬쩍 빨아들였다. 연기는 지독히 씁쓸했다. 담배와는 근본적으로 다른, 끈끈하고 묵직한 쓴맛이었다.

알려주는 대로 천천히 깊게 들이쉰 뒤에 기침이 터지려는 것을 꾹 참고 숨을 멈추었다. 폐의 점막을 지나 혈액 전체로 연기가 퍼지는 게 느껴졌다. 가슴이 급하게 뛰기 시작했다. 그만큼 순환도 빨라지는 것 같았다. 숨이 답답해지면 조금만 토해내고 다시 그만큼만 공기를 들이쉰다. 그리고 다시 조금만 토해내고……. 마침내 정말로 힘들어서 후우 숨을 내쉬었다. 이미 연기는 거의 나오지 않았다.

가와이 선배에게 돌려준 대마초가 스기타 선배를 건너 다시 내게로 돌아왔다. 그렇게 몇 차례 거듭하는 사이에 이윽고 눈꺼풀이 묵직해졌다.

"전에 우리 대학 선배가 뭄바이에 여행을 갔었어." 스기타 선배의 말소리가 내 머릿속 한가운데서 왕왕 울렸다. "길을 걸어가는데 어딘지 수상쩍은 사람이 다가와서는 '타이머? 타이머?' 하면서 자꾸 따라오더라는 거야. 왜 타이머 같은 걸 팔고 다니나 이상하게 생각했더니만 그게 바로 대마초를 가리키는 말이었대."

모두가 배를 부여잡고 헉헉거리며 웃었다. 그다지 우스운 얘기도 아닌데 다들 자칫 경련이 일어날 만큼 웃어젖혔다.

가슴 속이 술렁거리기 시작했다. 결코 좋은 기분이 아니었다. 더구나 웃음 따위는 전혀 나지 않았다. 오히려 사악한 생물에 쫓기는 듯한 불쾌한 기분이었다. 나는 이렇게 불쾌한데 왜 다들 웃고 있을까…….

'아니, 이건 아냐. 안 돼.' 뭐가 안 된다는 건지도 알지 못한 채 나는 마음속에서 되풀이했다. '안돼안돼안돼안돼안돼안돼안돼안돼안돼…….'

모든 사람이 나를 비웃고 있다는 생각이 들었다. 정말로 귓가에 비웃음 소리가 들려왔다. 아주 또렷하게.

천장 대들보의 나이테가 뱀처럼 꿈틀거렸다. 눈을 질끈 감았다가 다시 뜨고 바라보니 이번에는 천장 자체가 내게 덮쳐들었다. 이대로 멍하고 있다가는 깔려 죽는다. 얼른 도망치려고 바라본 창문 커튼에 낯선 여자의 얼굴이 심령사진처럼 떠올랐다. 그 여자까지 나를 비웃고 비웃고 비웃고, 그 뒤틀린 얼굴이 주르륵 벗겨져 내게로 날아왔다. 내 땀구멍을 뚫고 슈우욱 안으로 들어와 심장 주위에 젖은 비닐처럼 철썩 들러붙더니 그대로 마구 조이기 시작했다. 꾸욱 꾸우욱……. 이게 바로 환각인가. 아픈 머리를 부여잡고 신음했다. 이게 바로 그 배드 트립이라는 건가. 숨, 숨숨숨이 제대로, 숨이 제대로 쉬어지지 않는다. 파도에 휩쓸, 파도에 휩쓸렸을 때처럼 아무리 버둥, 버둥거려도 위로 떠오르지 못할 것 같다. 폐가, 폐폐폐폐폐가, 사, 산소를 찾아 비명을 올린다. 당황해서 눈을 뜨자 테이블에 놓인 맥주 캔이 산산이 부서져 가루가 되고 그 하나하나가 지네 같은 벌레벌레벌레벌레가 되어 우르르 몰려와 내 다리로 팔로 기어오르고 목덜미를 타고 옷 속으로 들어오려고 했다. 꺼끌꺼끌한 지네 발이 살갗에 걸려 나도 모르게 비명을 지르며 온몸을 손으로 마구 털어냈다. 뭐 하는 거야, 대체! 누군가의 목소리가 귓속에 왕왕 울렸다. 저것 좀 봐, 저 녀석, 이상해. 웃음소리가 뇌를 찔렀다. 뇌척수액이 마치 지옥의 바늘 산처럼 뾰족해졌다. 모든 게 대마초로 인한 환각이다. 진짜가 아니다. 다 알고 있는데도 무섭다무섭다무섭다. 뭐가 어떻게 무섭다는 게 아니라, 이론으로는 설명할 수 없는, 아니, 아무튼 무섭다무섭다, 무서워서 견딜 수가 없다. 주위의 모든 것이 두렵고 숨이 막혀서 비틀

비틀 자리에서 일어나 보라색 대리석 무늬로 뒤섞이며 녹아드는 미닫이문을 열고 방 밖으로 몸을 굴렸다. 안전한 곳을 찾아 아래층 가게로 도망치려고 하자 계단이 흐늘흐늘 파도처럼 들고 일어나 내 머리 위까지 솟구쳤다. 마치 공룡의 등뼈처럼.

"내가 그날 본 환각을 얘기해 줄까?"

오렌지주스를 몇 잔째 컵에 따르며 가와이 선배는 말했다.

"너하고 완전 반대였어. 딱히 웃기지도 않은데 계속 웃음이 나는 거야. 멈추려고 해도 멈출 수가 없더라니까. 무슨 웃긴 일이 있어서가 아니라 그냥 웃겨. 엄청나게 행복했어. 내 옆에서 와하하 웃고 있는 고이케의 팔을 잡으려고 했더니 내 손이 스윽 지나가 버리더라. 3D 영상 있잖아? 그걸 잡으려고 한 것처럼 스윽 통과하더라고."

그때를 떠올리며 이야기하는 가와이 선배의 얼굴은 환각이 아니라 꿈을 꾸는 것처럼 행복해 보였다.

"이 방의 모든 것이 흐늘흐늘 뒤틀렸어. 저기 저 책상도 책장도 죄다 주르륵 녹아내렸어."

"그거, 나도 알아요."

"하지만 내 느낌은 너와는 달리 완전 행복했어."

선배는 신기하다는 듯이 고개를 갸웃거리며 말했다.

"아무튼 기분이 너무 좋았거든. 중간에 스기타가 저기에 CD

를 넣고 음악을 틀었는데, 뭐랄까, 소리 하나하나가 날아와 내 눈에도 보이고 손으로도 만질 수 있는 거야. 아니, 정말이야. 옆 사람의 기분까지 내 것처럼 훤히 알 것 같고, 말을 하지도 않았는데 그 사람이 무슨 생각을 하는지 생생하게 전해졌어. 텔레파시처럼. 와아, 세상 어떤 일이든 다 용서할 수 있을 것 같은 기분이랄까. 그래서 그 여자들도…….”

거기서 말이 뚝 끊겼다. 가와이 선배는 슬그머니 고개를 돌려 자신의 무릎에 시선을 떨구었다. 뭔가 어색한 침묵이었다.

“그때…….” 선배의 목소리가 나지막하게 떨어졌다. “너 혼자 여기서 나간 뒤에 어떻게 됐어?”

“그거야 뭐…….” 다시 생각할수록 오싹 소름이 끼쳐서 나는 억지웃음을 지었다. “그야말로 공포의 세계를 헤매고 다녔죠. 몇 년쯤 지난 것처럼 길게 느껴졌는데 실제로는 세 시간 정도였더라고요. 정신이 들었을 때는 아래층 가게 진열장 뒤에 웅크리고 앉아 벌벌 떨고 있더라니까요. 대체 뭐가 그렇게 무서웠는지 모르겠어요.”

선배는 입을 꾹 다물고 있었다.

베란다에 널어둔 웨트슈트가 바람에 흔들리면서 창문을 툭툭 쳤다.

“……뭐, 어쩔 수 없었어요.”

선배가 정말 미안하다는 눈빛으로 나를 바라보았다.

"강제로 피우라고 한 것도 아닌데요, 뭐."

"그야 그렇지만……." 선배는 겸연쩍은 표정으로 다시 시선을 떨구었다. "나중에 생각해 보니 네가 진짜 화났을 거 같더라."

"솔직히 말하면 그리 기분이 좋지는 않았죠."

가까스로 정신을 차리고 북북 기어 내 방에 돌아왔더니 여전히 환각에 빠진 남녀 다섯 명이 벌거벗은 채 뒤엉킨 모습이 펼쳐져 있었다. 역시 엄청 불쾌한 광경이었다.

"하지만 뭐, 괜찮아요. 어쩔 수 없죠." 나는 다시 한번 말했다. "다들 제정신이 아니었으니까."

물론 그건 말장난에 지나지 않는다. 제정신이 아니었으니 무슨 짓을 해도 어쩔 수 없다는 말로 모두 해결되는가. 그럴 리 없다. 애초에 대마초로 제정신을 놓아버린 것 자체가 용서받을 수 없는 일이었다. 다만 이제 새삼 그런 말을 해봤자 아무 소용이 없다는 것뿐이다.

"그래도……." 선배는 다시 한번 머뭇머뭇 말했다. "한심하다고 생각했지?"

수없이 거듭되는 사과에 그만 짜증이 나서 나는 빈 맥주 캔을 움켜쥐고 천천히 찌부러뜨렸다.

도쿄의 다른 선배들만큼 노는 데 익숙하지 않은 가와이 선배는 그 여자들 일 때문에 자기혐오에 빠진 것이다. 내게 일부러 사과하러 찾아온 그 마음에 거짓은 없겠지만, 나한테 사과하는 것보다 오히려 괜찮다는 내 대답을 듣는 게 더 중요한 눈치였다.

"내가 뭘 한심하게 생각하고 자시고 할 게 있나요." 찌부러뜨린 캔을 들고 신중하게 겨냥해 방구석 쓰레기통에 정확히 던져 넣었다. "이제 그만하세요. 괜히 끙끙거리지 말고 다 잊어버리죠. 나도 잊어버릴 테니까. 아 참, 선배의 지저분한 똥구멍을 본 것도 싸악 잊어버릴게요."

"헉, 이 녀석이!"

그제야 평소처럼 콧구멍을 벌름거리며 씩씩거리는 선배에게 나는 어깨를 으쓱 쳐들어 보였다.

"선배는 너무 순정파라니까. 그만한 일로 혼자 고민하다니."

한심하게 생각했냐고?

어떻게 선배들이 한 짓을 한심하게 생각할 수 있을까. 나한테 그럴 자격이 있을 리 없다. 대마초에 취해 여자와 잔 것도 아니고 나는 완전히 제정신인 채로 에리와 잤다. 그것도 한두 번이 아니다. 몇 번씩이나 잤다.

처음 한동안은 후지사와 에리를 만날 때마다 혼란스러웠다. 학교에서 모범생으로 통하는 에리의 모습과 내 앞에서 보이는 흐트러진 에리의 모습이 도저히 일치하지 않았다. 하지만 이제는 알고 있다. 어느 쪽이 진짜 그녀인지. 아니, 그보다 그런 구별을 하려고 했던 것 자체가 말이 안 된다는 것을.

그 무렵 에리에게 느꼈던 것과 똑같은 종류의 이질감을 나는 요즘 나 자신에게 느끼고 있었다. 이를테면 학교에서 친구와 한창 낄낄거리며 장난치다가 문득 땀범벅이 되어 에리와 뒤엉켰던 나 자신을 떠올리고 흠칫하곤 했다. 하지만 그런 때의 내가 참된 내가 아닌가 하면 결코 그렇지는 않다. 반 친구들과 어울릴 때, 바다에 들어갈 때, 선배들 앞에 나설 때, 가쓰야 씨와 이야기할 때, 아버지나 어머니를 마주할 때, 하숙방에서 혼자 있을 때, 그리고 에리와 뒤엉킬 때……. 그 모든 것이 서로 다른 나이고 게다가 모두 똑같이 나인 것이다.

그것을 인정하기까지 상당한 고통을 맛보았다. 그때의 나는 참된 나가 아니라든가, 그때는 정신이 나갔던 거라고 정리해 버렸다면 훨씬 편했을 것이다. 내 안의 나쁜 면에 눈을 질끈 감아버리면 내가 좋아하는 나만을 마주하며 살아갈 수 있다. 과거의 잘못은 그저 흘려보내고 새로운 나를 만들어갈 수도 있을 것이다. 하지만 내가 저지른 '잘못'은 아직도 현재진행형이다. 에리와의 관계에 딱 잘라 마침표를 찍지 못하겠다면(못한다) 역시 그런 나 자신까지 포함해 통째로 받아들이는 수밖에 없는 거 아닌가.

그날, 다테야마 역에서 에리에게 빌려준 돈은 아직 받지 못했다. 생활비가 똑 떨어져 버린 나는 어쩔 수 없이 주말에 어머니 집에 갔을 때 애걸복걸해서 1만 엔을 빌렸다.

학교 복도에서 마주칠 때마다 에리는 똑같은 말을 반복했다.

"조금만 더 기다려. 틀림없이 갚을 테니까."

틀림없이 갚겠다는 말이야 물론 반갑지만, 마주칠 때마다 번 번이 그런 말을 하는 통에 도리어 화가 뻗쳤다. 내가 무슨 이자 놀이 하는 사채업자도 아니고, 내 얼굴에 '돈돈돈' 하고 적혀 있기라도 하냐고 한 마디 쏘아붙이고 싶었다. 마치 채무 관계 로만 맺어진 사이 같아서 내심 우울해지기도 했다. 하긴 채무 관계 말고 또 무슨 관계가 있느냐고 묻는다면 육체관계밖에 없 긴 하지만.

어찌 됐건 그날 이후로 나는 에리를 내 하숙방에 부르지 못했 다. 돈을 빌려준 것을 빌미로 그녀의 몸을 요구하는 것 같아서 영 내키지 않았다.

가만히 생각해 보면 그것도 너무 어처구니없는 생각이었다. 나와 에리의 관계는 처음부터 거래로 맺어진 것이다. 거기에 돈을 빌려줬다는 마이너스 조건이 한 가지 늘어났다고 해서 뭐 가 달라지는 것도 아니다.

한 마디로, 어느새 내게는 그녀와 자는 일이 거래 따위가 아 니게 된 것이다. 어쩌면 처음부터 그랬는지도 모른다. 사랑은 아니라고 해도, 아니, 어쩌면 사랑 같은 것보다 훨씬 더 강렬하 게 나는 에리를 원하고 있었다. 단순한 성욕과 어디가 어떻게 다르냐고 누군가 묻는다면 제대로 대답할 수는 없다. 하지만 이를테면 예쁘장하고 몸매 좋은 여자가 이런저런 귀찮은 수속은 다 생략한 채 나와 자겠다고 제안하더라도 나는 역시 에리를 선택했을 것이다. 그녀와 관계를 맺을 때마다 매번 씁쓸한 뒷맛을 느낄지라도. 역시 나에게는 적잖이 마조히즘 경향이 있는지도 모른다.

에리가 마침내 내 하숙방에 찾아온 것은 12월 초의 방과 후였다. 아래층 가게가 수요일마다 쉰다는 것을 그녀는 이제 빠삭하게 알고 있었다.

맨 처음 찾아온 날을 빼고 내가 부르기 전에 에리가 먼저 온 것은 그날이 처음이었다. 그뿐인가, 그녀는 전기난로 하나만 켜둔 컴컴한 내 방에서 여느 때처럼 옷을 벗어던지더니 지금까지는 내가 요구하지 않는 한 결코 하지 않았던 것까지 자진해서 하려고 했다.

"어, 이러지 마." 내가 당황해서 얼른 제지했다. "빚 갚겠다는 게 이런 거였어?"

하지만 에리는 멈추지 않았다.

"이러지 말라니까. 그냥 돈만 갚아주면 된다고 했잖아."

"됐어. 내가 속이 개운하지 않아서 그런 것뿐이야." 에리는 우물거리는 소리로 대답하며 몸을 숙일 때마다 흘러내리는 앞머리를 한 손으로 쓸어 올렸다. "너도 싫지 않잖아? 새삼스럽게 착한 척할 거 없어.”

　물론 싫지는 않았다. 좋아하느냐고 묻는다면 좋아한다고 대답해도 무방하다. 기분이 좋으냐고 묻는다면 엄청나게 기분 좋다고 대답할 수밖에 없다. 하지만 문제는 그런 게 아니었다.

　지나치게 날카로운 쾌감이 반복적으로 밀려왔다. 그 느낌이 그곳을 중심으로 뜨겁고 찌릿찌릿하게 온몸으로 퍼져나가 자칫하면 쏟아버릴 것 같다. 어금니를 악물고 참으면서 정신을 다른 곳으로 돌린 뒤에 나는 에리의 얼굴을 억지로 밀어냈다.

　“뭐 하는…….”

　말을 하려는 그녀의 팔을 잡아 반듯하게 눕히고 나는 그녀의 몸 위에 엎드렸다. 에리의 딱딱한 시선이 나를 노려보았다. 젖은 입술에 난로 불빛이 비쳐 아름다운 빛깔의 연체동물처럼 번들거렸다.

　“너, 빚지는 건 싫다고 했지?”

　“…….”

　“내가 원하지 않는 걸 해봤자 빚을 갚았다고 할 수 없어.”

　“그럼 뭘 원하는데?”

　원하는 건 없다고 말하려는데 에리가 먼저 톡 쏘아붙였다.

　“설마 없다고 하진 않겠지? 빨리 말해, 뭐든 해줄 테니까.”

　나도 모르게 긴 한숨이 터져 나왔다.

　애는 대체 왜 이렇게 생겨 먹었을까. 벌써 다섯 달이 지났는데도 여전히 보호막을 풀지 않는다. 제 주위에 겹겹이 철조망을 치고 나를 결코 그 안에 들여주지 않는다. 답답해서 한 대 때려주고 싶었다.

"그래, 좋아." 마음을 가다듬으며 나는 말했다. "원하는 게 딱 한 가지 있어."

"뭔데."

"얘기."

"뭐?"

"얘기 좀 해줘."

"……무슨 얘기?"

"너에 대한 얘기."

에리는 미간을 찌푸렸다.

"나는 네 얘기를 듣고 싶어." 아랑곳하지 않고 나는 말했다. "가족 얘기, 친구 얘기, 네가 키우는 동물 얘기, 어렸을 때 얘기, 농구부 얘기, 뭐든 좋아. 너에 대한 거라면 뭐든 좋으니까 얘기해 봐."

내가 말하는 사이에 벌써 에리의 미간에는 깊은 주름이 새겨졌다.

"놀고 있네."

"놀고 있는 거 아냐."

"지금 놀고 있잖아. 내가 왜 그런 얘기를 너한테 해야 하지?"

"빚."

에리는 말문이 턱 막혔다.

"틀림없이 갚겠다고 했지?"

고개를 홱 돌리고 불편한 듯 꿈지럭거리는 그녀의 가느다란 몸을 나는 내 몸무게로 찍어 눌렀다.

"얼른 얘기해 보라니까."

★

어처구니가 없네. 말도 안 된다. 왜 너 같은 애 따위에게 내 얘기를……

그런 생각이 맴돌았지만 뭐든 해주겠다고 약속한 이상, 뒤로 물러설 수는 없었다.

"오빠가 둘이 있어."

그야말로 툭 내뱉듯이 말했다. 그에게서 시선을 돌려 전기난로의 불빛을 받아 붉어진 방 한쪽 구석을 향해 나는 말했다.

"모두 합해 아홉 명, 대가족이야. 친구는 대충 몇 명 있어. 동물은 안 길러. 어렸을 때는…… 그냥 평범했어. 그리고 또 뭐가 있었지?"

"그런 얘기를 듣고 싶다는 게 아니지." 미쓰히데가 말했다. "다 알면서 왜 이래? 난 더 제대로 된 이야기를 듣고 싶다고."

"제대로 얘기하고 있잖아."

갑작스럽게 손이 다가와 내 턱을 잡았다. 억지로 내 얼굴을 제쪽으로 돌리고 미쓰히데는 말없이 내 눈 속을 들여다보았다.

나도 마주 노려보았다. 쓸데없는 얘기 늘어놓지 말고 냉큼 안아주면 될 거 아냐. 나는 그걸 바라고 여기 온 건데.

지난번에 온 이후로 한 달씩이나 벌어진 것은 첫째로는 학교 축제 날 밤에 내가 그를 견제한 탓도 있지만, 더 큰 이유는 그 돈 때문이었다. 미쓰히데가 계속 나를 부르지 않은 건 아마도 나한테 돈을 빌려준 게 도리어 부담스러웠기 때문일 것이다. 보통 돈을 빌려간 쪽이 부담을 느끼는 법이지만 그의 경우는 정반대인 것이다. 미쓰히데와 정신적으로 연결되기를 원했던 적은 한 번도 없지만, 이만큼 어울렸으니 그 정도 습성쯤은 저절로 파악이 되었다.

그래서 오늘은 마음먹고 내가 먼저 이 하숙방에 찾아왔다. 그때 빌린 돈은 내년에 세뱃돈이나 받아야 겨우 갚을 수 있을 텐데 그렇다고 앞으로 또 한 달이 넘도록 나 스스로 위로하며 지내는 건 도저히 견딜 수 없다. 요즘은 내 강한 성욕을 아예 질병이라고 생각하고 포기했다. 큰오빠의 몸이 술을 필요로 하는 것처럼 내 몸에는 그것이 필요한 것이라고.

미쓰히데는 입을 꾹 다물고 내 눈을 응시했다. 여드름 하나 없는 이마는 매끈하고 눈썹도 콧날도 사나울 만큼 곧았다. 보기에 따라서는 잘생겼다고 하지 못할 것도 없는 생김새라서 그게 더욱더 나를 화나게 했다. 만일 찌부러진 감자 같은 모습이었다면 그나마 조금쯤은 다정하게 대할 수 있었을지도 모른다.

"그럼 한 가지로 정해줘." 결국 그의 고집을 꺾지 못하고 나는 말했다. "갑자기 모두 다 말하라는 건 너무 어려워."

미쓰히데는 그제야 내 턱을 놓아주었다.

"그 대신 내 질문에 정확히 대답해."

"묵비권은?"

"그런 게 있겠냐?"

"……."

"자, 그럼." 한 박자 쉬었다가 그는 말했다. "칠칠치 못한 그 큰오빠에 대해."

흠칫해서 나도 모르게 몸이 뻣뻣해졌다.

관찰하듯이 바라보던 미쓰히데가 내 위에서 내려와 옆에 나란히 누웠다. 팔꿈치를 짚고 머리를 거기에 얹은 채 내게로 얼굴을 향했다.

"그건 나하고도 관계있는 문제니까 물어볼 권리도 있겠지?"

분명 미쓰히데에게서 돈을 빌린 건 큰오빠 때문이고, 그가 자세한 사정을 알고 싶어 하는 것도 당연한 일이다. 큰오빠는 아무에게도 말하지 말라고 했지만 그때 이미 미쓰히데는 내가 큰오빠를 만난다는 걸 알고 있었다. 이제 와서 새삼 감춰봤자 쓸데없는 일이다.

별수 없이 큰오빠가 집을 나가게 된 전후 사정을 대략 말해주었다. 학교 축제 날 밤에 집에 걸려온 전화, 그리고 지바역에서 만났을 때의 상황 등을 띄엄띄엄 이야기했다. 중간중간 말을 어물거리거나 뭔가 감추려고 하면 미쓰히데는 금세 눈치채고 끈질기게 캐물었다. 결국 엄마에게 거짓말을 하고 4만 엔을 타낸 것이며 요코하마의 샐러리맨에게서 받은 3만 엔을 보냈다는 것까지 털어놓아야 했다.

"아무에게도 말하지 말라고 했어." 나는 떨떠름하게 다짐을 받았다. "그날 큰오빠를 만난 것은 우리 식구뿐 아니라 다른 어느 누구에게도 절대로 말하면 안 된다고 했어. 그러니까 너도 아무한테도 말하지 말아줘. 부탁이니까."

"내가 너희 오빠 얘기를 누구한테 하겠냐. 걱정하지 마. 내 입이 무겁다는 건 이미 증명이 됐잖아."

신경질이 나서 힘껏 눈을 흘겼지만 그는 쿨한 얼굴로 나를 마주 보았다.

나는 다시 고개를 홱 돌렸다.

내 얘기를 털어놓는 동안 미쓰히데 쪽을 똑바로 바라볼 수 없었다. 우리의 마음까지 이어졌다고 오해할 것 같아서. 아니, 그보다 도리어 나 자신이 그런 착각에 빠질 것 같아서.

여태까지 서로 몸을 끌어안고 뒹굴면서도 마냥 태연할 수 있었는데, 내 얘기를 털어놓는 것이 이토록 창피할 줄은 생각도 못 했다. 게다가 마음이 이토록 무방비해지다니. 말은 마치 상대에게 내주는 인질 같다.

"혹시 너희 오빠, 이상한 일에 휘말린 거 아닌가?" 미쓰히데는 하나마나 한 소리를 했다. "동생에게 돈을 뜯어 갈 만큼 곤란한 처지라니, 역시 이건 보통 일이 아니야."

"돈을 뜯어 갔다니, 그건 아니지. 내가 주고 싶어서 준 것뿐이야."

미쓰히데는 뾰족이 내민 입을 옆으로 틀었다.

"아, 미안."

유난히 고분고분하다.

"그 뒤로는 연락 없었어?"

나는 고개를 끄덕였다. 살았는지 죽었는지조차 알지 못한다. 어딘가 다른 지방으로 떠나버렸는지도 모른다. 그때도 주위 사람들의 시선에 몹시 신경을 썼던 걸 보면 미쓰히데 말대로 이 근처에는 붙어 있을 수 없는 일을 저지른 게 틀림없다.

문득 깨닫고 보니 미쓰히데의 손이 내 어깨를 쓰다듬고 있었다. 아마 무의식적으로 하는 짓일 것이다. 그 손놀림에서는 성적인 냄새가 전혀 느껴지지 않았다.

하지만 그렇기에 더욱더 친밀한 행위로 느껴졌다. 그 친밀함을 짜증스럽게 생각하는 마음과 모르는 척 몸을 내맡기고 싶은 마음이 내 안에서 뒤엉켰다. 이런 친밀함 따위는 단호하게 뿌리치면 될 텐데 그러기에는 왠지 아쉬운 마음이 밀려들었다. 잠시만 더 이러고 있어도 상관없을 것 같아 미적미적 결단을 내리지 못했다.

가까스로 마음을 다잡고 휙 등을 돌렸다. 눈을 감고 이불을 끌어당겨 머리 위까지 덮었다가 다시 턱까지 내렸다. 미쓰히데의 이불에서는 남자 냄새가 풀풀 났다.

감은 눈꺼풀 안쪽이 뜨끈해졌다. 어느새 내가 이렇게 약해진 걸까. 이러다가는 정말로 모든 것을 미쓰히데에게 말해버릴 것 같다. 말뿐인가, 나 자신까지 통째로 바치고 말 것 같다.

그때 뭔가 따스한 것이 뒷목 근처에 살그머니 다가왔다.

미쓰히데의 이마라는 것을 아는 데까지 2초쯤 걸렸다.

"예전에……."

눅눅한 입김이 등에 훅 끼쳤다.

"우리 아버지 얘기, 했었지?"

나는 기억을 더듬었다.

우리 아버지 말이야, 지금 병원에 입원해 있는데…….

요코하마에서 돌아오는 페리에서 처음 미쓰히데와 그런 말을 나누었던 게 까마득한 옛날 같이 느껴졌다.

"사실은 우리 아버지, 암이야."

"……뭐?"

"이제 곧 죽어."

나도 모르게 돌아보려고 했지만 그가 뒤에서 팔로 나를 껴안았다. 조용한 한숨과 함께 그 팔에 천천히 힘이 주어졌다.

왜 느닷없이 그런 말을 하는지 알 수 없었다. 그런 얘기를 내게 해서 어쩌자는 건가. 위로라도 해달라는 건가.

갑판 위에서 모자를 고쳐 쓰던 순간에 미쓰히데의 목소리가 파르르 떨렸던 게 생각났다.

아들인 나한테 배은망덕한 놈이 되라는 거야 뭐야.

그때 미쓰히데는 이미 아버지가 회복될 수 없다는 것을 알고 있었을까.

뭔가 더 말할 거라는 생각에 조용히 기다렸는데 그는 더 이상 아무 말이 없었다.

나는 이윽고 몸에서 스르르 힘을 뺐다. 미쓰히데의 팔이 묵직하게 느껴졌다. 등에 바짝 닿은 그의 가슴이 무척 따뜻했다.

모든 게 실감이 나지 않았다. 이 하숙방만 바다 밑으로 깊숙이 가라앉아 있는 것 같았다.

그뿐, 우리는 오래도록 전기난로의 희미한 소음에 서로의 숨결이 겹쳐지는 소리를 듣고 있었다.

3

🐚

"한참 생각해 봤는데 꼭 만나고 싶은 사람이 별로 없더라."

여느 때처럼 창문 너머로 먼 곳을 바라보며 아버지는 말했다. 딱히 대답을 기대하는 말이 아니라는 것도 여느 때와 똑같았다.

바짝 여위어 힘줄이 두드러진 손등에는 링거 바늘, 허벅지에는 영양주사 바늘. 기능이 속속들이 떨어져 버린 몸에 필요한 영양분이며 약과 진통제를 주입하기 위해서라지만 그런 모습은 도무지 아버지와 어울리지 않아 몇 번을 봐도 익숙해지지 않았다.

옆 침대의 할아버지가 다른 병동으로 옮겨 간 뒤부터 이 병실은 아버지 혼자 쓰게 되었다. 하얀 커튼이며 빳빳하게 풀을 먹인 시트에 겨울 초입의 연약한 햇살이 멍하니 반사되어 그러잖아도 혼자 쓰기에는 너무 넓은 방이 더욱더 넓어 보였다.

"미쓰히데."

"응?"

"냉장고에 아마미야가 가져온 과일 있어."

"……응."

"꺼내 먹어. 사 온 사람 성의를 생각해서."

누나 말에 따르면 아마미야 씨는 가게 일도 바쁠 텐데 일주일에 한 번은 꼭꼭 병문안을 온다고 한다. 작은 냉장고를 열자 멜론이며 딸기, 오렌지 같은 싱싱하고 부드러운 과일들이 가득 들어 있었다. 죽조차 소화시키지 못하지만 이런 과일을 보면 그나마 식욕이 날지도 모른다고 아마미야 씨는 생각했을 것이다. 하지만 이제는 갈아낸 사과조차 한두 스푼 겨우 떠먹고 그나마도 금세 토해버렸다.

나는 오렌지 하나를 꺼내 옆 침대에 앉아 껍질을 벗겼다.

"아, 냄새 좋다."

컬컬한 목소리로 아버지가 중얼거렸다.

"조금 먹어볼 거야?"

"아니, 됐어. 요즘 과일은 하나같이 너무 달아. 솔직히 먹을 마음도 안 든다."

그러면서 내 쪽을 바라보는 아버지의 목울대가 꿀꺽 움직이는 것을 보고 괜히 오기가 나서 한 말이라는 것을 깨달았다.

"그럼 레몬 사 오면 먹을 거야?"

아버지는 흥 코웃음을 쳤다.

"내가 무슨 지에코냐?"

"지에코? 그게 누구야?"

혹시 아버지하고 사귄 여자냐고 물었더니 어이없다는 눈빛으로 나를 노려보았다.

"너는 그 유명한 시도 몰라? 학교 다시 다녀야겠다."

미운 소리 하는 것만은 아직도 선수다.

"그러고 보니 내가 꼬맹이였을 때 구게누마 집 정원에 큰 하귤나무가 있었어."

천장을 올려다보며 아버지가 중얼거렸다. 구게누마는 아버지가 자란 할아버지 집이 있는 곳이다. 할아버지와 할머니가 앞서거니 뒤서거니 돌아가신 뒤로는 큰아버지 가족이 살고 있었다.

"그 시큼한 맛을 떠올리면 지금도 이렇게 생침이 난다니까. 너도 아는지 모르지만, 하귤이라는 건 여름에 열리기 때문이 아니라 겨울에서 여름까지 계속 열리기 때문에 하귤이라고 하는 거야. 흠, 그나저나 참말로 그립네. 그 시큼한 하귤은 요즘 과일 가게에서는 팔지를 않아."

문득 아버지의 입가에 씁쓸한 웃음이 번졌다.

"어째 요즘 들어 자꾸 옛날 일만 생각나서 큰일이다."

"노인성 플래시백인가?"

"저 말본새하고는……."

웃으려다가 기침이 터져 아버지는 몸을 뒤틀었다. 베개에서 튕기듯 머리가 올라가자 링거액 튜브가 당겨져 그 위에 매달린 주머니가 대롱대롱 흔들렸다. 피를 토하는 거 아닌가 하고 더럭 겁이 나서 베갯머리의 비상 버튼을 누르려고 했더니 아버지는 만류하면서 괜찮다고 몇 차례 고개를 끄덕였다.

가까스로 기침이 가라앉은 참에 나는 사이드 캐비닛 위에 놓인 얼음 그릇에서 얼음 한 덩어리를 꺼내 아버지의 입에 넣어주었다. 병원 제빙기의 얼음이 아니라 누나가 일부러 집에서 만들어온 미네랄워터 얼음이다. 배에 물이 차지 않도록 어쩔 수 없이 수분을 제한해야 하지만 아무리 링거를 맞아도 목이 마르다. 투명한 얼음을 맛있다는 듯 입안에서 굴리며 아버지는 지그시 눈을 감았다.

아무리 일이 바빠도 매일 아침 바다에 뛰어들던 정력적인 사람이 겨우 반년 만에 이토록 변해버리다니, 정말 믿을 수가 없었다. 입술이 갈라 터지고 뺨은 움푹 꺼졌다. 아직 쉰 살도 안 되었는데 팔십 노인네처럼 보였다. 사실은 다른 병동으로 옮겨간 사람이 우리 아버지고, 옆 침대에 있던 노인이 실수로 이곳에 남아 있는 게 아닌지 의심스러울 정도였다.

지난 몇 년 동안 아버지는 내게 방해가 되는 존재일 뿐이었다. 기복이 심한 감정을 그대로 드러내는 아버지가 너무 싫었고 자기 하고 싶은 대로 쏘아붙이는 그 억지소리도, 고집 센 구석도 모두 신경질이 났다. 남들 앞에서는 거만해 보일 만큼 자신 있는 척 행동하지만 실은 의외로 소심한 사람이라는 것을 한번 목격하고 나니 정말 너무 싫어서 견딜 수가 없었다.

하지만 지금 이렇게 나보다 약한 존재가 되고 보니 내 감정대로 반발할 수도 없어서 나는 처음으로 냉철하게 아버지를 한 인간으로서 바라보았다. 그리고 인정하지 않을 수 없었다. 그토록 반감을 느꼈던 것은 아버지라는 인간이 내가 가진 싫은 부분을 한자리에 모아놓은 존재처럼 보였기 때문이라고.

한 마디로 흔해빠진 동족 혐오였던 것이다. 아버지가 이토록 약해진 뒤에야 겨우 그걸 깨달은 나 자신을 진심으로 어리석은 놈이라고 생각했다. 하지만 아픈 사람이라는 이유로 여기서 갑작스레 반발을 멈추는 것은 공정하지 않다는 마음이 들었다. 싸워봤자 도저히 이길 수 없는 상대가 어쩌다 기권해 준 덕분에 굴러든 불명예스러운 부전승 같은 느낌이었다. 최소한 한 번만이라도 대판 싸움을 벌인 끝에 내 쪽에서 부루퉁하게 고개를 숙여주는 기회를 갖고 싶었다. 이대로 세상을 떠난다면 그건 정말 못 견딜 일이다.

아버지 입안의 얼음이 이와 마주쳐 시원한 소리를 냈다. 코밑이며 턱 주위에 거뭇거뭇 자라난 수염을 안타까운 심정으로 훔쳐보았다. 몸도 약해졌고 항암제 탓에 머리카락이 거의 다 빠졌는데도 수염만은 평소처럼 자란다. 그게 몹시도 부조리하게 생각되었다.

바깥 복도에서 말소리가 들리는가 싶더니 문이 열리고 누나가 들어왔다. 그새 친해진 간호사와 무슨 얘기를 나눴는지 얼굴에 웃음이 가득하다. 지난번보다 건강해 보였다.

누나는 큼직한 가방을 의자에 내려놓은 뒤 코트를 벗으며 말했다.

"아버지, 좀 어때?"

"응, 나쁘지 않아."

누나 앞에서는 어찌 됐건 허세를 부리려고 한다.

"이치코, 오늘은 화장이 아주 잘 받았구나. 어젯밤에 가쓰야 만났어?"

누나는 긴 머리를 뒤로 넘기며 어이구, 못 말려, 하는 얼굴로 내게 눈짓을 보냈다. 하지만 실제 내 눈에도 누나는 예쁘게 보였다. 날마다 병원에 들락거리느라 야윈 탓인지 전보다 더 여성스러운 느낌이다. 검은 스웨터에 체크무늬 치마의 심플한 차림새가 유난히 잘 어울렸다.

"어젯밤에는 안 만났는데?" 누나는 잰 손놀림으로 가방에서 새 파자마며 속옷을 꺼냈다. "가쓰야 씨, 이따 병문안 오겠대."

"만나지도 않았다면서 그걸 어떻게 알아?"

"전화로 얘기했으니까 알지."

"흥, 내 병실에서 데이트하려고?"

"글쎄 그런 거 아니라니까……." 말을 하려다가 짧게 한숨을 내쉬었다. "그래, 여기서 데이트 좀 하면 안 돼?"

아버지는 다시 한번 흥 하고 코웃음을 쳤다. "그렇다면 일찌 감치 이거부터 해결해야겠다." 링거 바늘이 꽂히지 않은 쪽 손을 사이드 캐비닛에 내밀어 서랍을 열더니 하얀 봉투 두 개를 꺼낸다. "이거 읽어봐."

담요 발치에 툭 던졌다. 누나와 내가 깜짝 놀라 봉투를 쳐다보고 있자 아버지는 바보처럼 허허 웃었다.

"걱정 마, 유언장 아니야. 정식 유언장은 따로 준비해 뒀어. 아무튼 그거부터 읽어봐."

나와 누나는 서로 마주보다가 그리 내키지 않는 심정으로 봉투를 집었다. 안에 깨끗하게 인쇄된 서류 한 장이 들어 있었다.

내용을 대충 훑어보니 왼편 아래쪽에 '야마모토 노부나가'라는 아버지의 서명이 눈에 들어왔다. 한사코 왼쪽으로 기울어진 것이 틀림없는 아버지 글씨였다. 서명 옆에는 도장까지 찍혀 있었다. 맨 위에는 굵은 글씨로 '임종 선언서'라는 제목이 적혀 있었다.

임종 선언서라니, 대체 뭐야. 제목 아래로 줄줄이 이어진 잔 글씨를 눈으로 따라 내려갔다.

나는 정신적으로 건전한 상태에서 나 자신의 의지에 따라 자발적으로 나의 죽음에 대비하여 가족 및 의료 담당자에게 다음과 같은 희망을 표명하며 이를 선언합니다.

쿵쿵쿵 귓속에서 맥박이 울렸다. 문득 심한 갈증이 느껴졌다. 이런 게 다 있다니, 아버지는 어디서 이런 서류를 얻었을까. 대체 어느 틈에…….

나아가 그 아래로는 무슨 설문 조사처럼 몇 가지 항목에 대한 답이 선택형으로 이어졌다. 내 시선이 그 내용을 훑어 내려갔다. 집중하려고 하면 할수록 귓속의 맥박 소리가 방해를 했다.

1. 종말(終末)이라는 진단을 받고 3개월 이상 식물인간 상태가 이어질 경우

☑ 연명 조치(소생술, 생명 유지 장치 혹은 지속을 포함한다)를 일절 거부합니다.

☐ 마지막까지 최상의 의료 기술로 연명 조치를 계속해 주십시오.

2. 죽음이 불가피한 가운데 의식이 있을 경우

☑ 육체적이나 정신적 고통을 제거하는 조치를 가능한 한 실시해 주십시오. 그로 인해 임종 시기가 앞당겨져도 무방합니다.

☐ 고통을 제거하기 위해 생명이 줄어들 우려가 있는 조치는 하지 말아 주십시오. 고통은 견디겠습니다.

언젠가 아버지가 했던 말이 머릿속 한 귀퉁이를 스쳐갔다.

내가 오히려 고통스러운 건 조용히 죽게 놔두지 않는 거야…….

옆에서 서류를 읽고 있던 누나의 손이 떨리기 시작했다.

"뭐, 뭐야, 이게……."

"그 내용대로야." 아버지는 말했다. "내 나름대로 미리 준비를 했어."

"그게 아니라 이건 대체 뭐냐고 묻는 거잖아. 아버지가 직접 만든 서류가 아니지?"

"응, 그런 협회가 있어. 요즘 자주 언급되는 존엄사 협회라는 곳과는 다른 데야. 나도 이제야 알았는데 금세 죽을 사람이 아니어도 회원으로 가입할 수 있다더라. 여차할 때를 대비해 미리 작성하는 회원이 상당히 많은 모양이야. 실제로 인간이란 언제 의식불명 상태로 병원에 실려 갈지 모르잖아. 이참에 너희도 회원으로 등록해서 각자 한 통씩 써두는 건 어때?"

누나도 나도 할 말을 잃었다.

"거기 오른쪽에 대리인 서명 칸이 있지?" 아버지가 뼈가 두드러진 손으로 서류 한쪽 귀퉁이를 가리켰다. "너희 둘이 잘 상의해서 한 사람이 거기에 서명해. 둘 중 누구라도 나는 괜찮아. 하지만 서명한 이상 반드시 책임을 져야 해. 내가 의식불명일 경우에 이 서류에 남겨둔 내용대로 의사가 잘 조치해 주는지

나 대신 지켜보는 게 대리인의 의무니까."

"지금 농담하는 거야? 우리한테 안락사를 거들라고?"

아버지는 어허 하고 한쪽 눈썹을 치켜올리며 긴 한숨을 내쉬었다. "미쓰히데만 어리석은 줄 알았더니 이치코 너도 만만치 않구나. 심장이식이 유행하는 이런 시대에 안락사와 존엄사도 구별을 못 해? 아무래도 데이트 장소를 도서관으로 바꿔서 열심히 공부부터 하고 와야겠다."

누나는 뭔가 대꾸하려다 말고 한 손으로 침대 끝의 난간을 부여잡았다.

"한 통은 내가 갖고 있을 거야." 아버지가 말했다. "또 한 통은 너희한테 맡길 거고. 앞으로 내가 의식을 잃었을 때 잊지 말고 그걸 의사한테 보여줘. 아직 한참 동안은 괜찮아. 공연히 일찍감치 공개했다가 이러니저러니 잔소리하면 귀찮아져. 치료받기 싫으면 빨리 퇴원하라고 위협하는 의사도 있다더라. 하긴 퇴원하라고 하면 나야 좋지."

아버지는 음울하게 웃었다.

"너희들, 잘 들어. 똑똑히 지켜봐야 해, 내가 어떻게 의식을 잃어가는지."

"대체 왜……." 누나의 목소리가 떨렸다. "대체 왜 아버지는 항상 그런 말만 해? 우리가 상처 입는 거 보는 게 재미있어? 이런 거, 악취미잖아."

"이런 바보, 악취미는 무슨? 인간이란 언젠가는 죽어. 다들 죽는다고. 나는 단지 죽을 날이 가까워졌을 뿐이야. 내가 내 죽음을 고민하겠다는데 그게 뭐가 잘못됐냐?"

"아니, 그래도……."

누나는 결국 울음을 터뜨렸다. 서류를 아버지에게 내던지더니 두 손으로 가린 얼굴을 내 어깨에 기댔다. 서류는 펼쳐진 채로 담요 위를 미끄러져 침대 너머로 툭 떨어졌다.

어깨 너머로 누나의 떨림이 전해졌다.

처음 누나에게서 아버지가 암이라는 말을 들었을 때보다, 의사에게 앞으로 남은 기간에 대해 들었을 때보다, 이 서류는 가장 확실하게 현실을 깨닫게 해주었다. 눈에 익은 그 서명은 기적 따위는 일어나지 않는다는 엄연한 사실을 내 눈앞에 들이대는 것 같았다.

"아니, 얘가 왜 울고 그래?" 아버지는 묘하게 위협적인 목소리로 말했다. "너희는 운이 좋은 줄 알아. 죽음이 뭔지는 나처럼 죽어가는 사람을 통해 배울 수밖에 없잖아. 이게 얼마나 좋은 기회야?"

복도에서 들려오는 나직한 소음 사이로 누나의 흐느낌이 가늘게 울렸다.

씁쓸한 얼굴로 지켜보던 아버지가 이윽고 혀를 차며 말했다. "쯧쯧, 환자 앞에서 질질 짜기나 하고. 뚝 그쳐, 짜증 난다."

아버지는 귀찮다는 듯 다시 바깥으로 시선을 던졌다.

창문 너머 저 멀리, 오늘도 또렷하게 바다가 보였다.

집에 와서 자는 건 꽤 오랜만이다.

내 방은 2층의 남측이다. 목재 벽이 파란색인 것은 중학생 때 내 손으로 페인트칠을 했기 때문이다. 어떤 집을 설계할 때나 목재만은 반드시 천연 그대로 사용하는 아버지에 대한 반항심에서 저지른 일이었다. 지금 보니 페인트칠은 하지 않는 편이 훨씬 더 좋았을 것 같다.

방 한쪽 구석에는 내가 맨 처음 탔던 노란색 서프보드가 세워져 있다. 책상 옆 벽면에는 자신의 키의 열 배쯤이나 되는 파도를 타는 톰 커렌의 포스터가 붙어 있다. 그의 보드가 파도의 뱃구레에 그려내는 머뉴버 라인˙은 특유의 부드러움과 아름다움을 지녀서 '톰 커렌 무브'라고 불리기도 한다.

포스터 귀퉁이의 돌돌 말린 부분을 펴주고, 바닥에 떨어져 있던 압핀을 주워 다시 꽂았다.

3년 전에는 이 방에서 날마다 뒹굴며 지냈는데 이제는 왠지 편안하지 않았다. 오래도록 닫아둔 탓에 텁텁하게 고인 공기를 바꾸려고 창문을 활짝 열자 바다 향기를 풍기는 차가운 바람이

˙   파도 위에서 보드가 진행 방향을 바꾸고 남은 흔적.

한꺼번에 밀려들었다.

눈에 익은 바다가 그곳에 있었다. 병실에서 보는 것보다 훨씬 가까웠다.

누나가 집에 돌아온 건 밤 11시가 넘어서였다. 거실에서 텔레비전을 보고 있던 내가 농담 삼아 물었다.

"가쓰야 씨하고 함께 오는 거 아니었어?"

"아냐, 아마미야 씨네 집에 가서 자겠대."

누나는 겸연쩍어하는 기색도 없이 나지막하게 대답하더니 자기 방으로 들어갔다. 얼핏 본 것이기는 하지만 아까 병실에서 헤어질 때보다 눈이 더 부숭한 것 같았다. 오늘 밤 내가 어머니 집으로 갔다면 두 사람은 함께 이 집으로 왔을지도 모른다. 그렇게 생각하니 내가 영 눈치 없는 짓을 한 것 같아 마음에 걸렸다.

텔레비전 소리를 줄이고 조명도 낮춘 뒤에 다시 자리에 누웠다. 이쪽은 대형 거실 한쪽에 마치 덤처럼 불쑥 튀어 나간 코너 부분으로, 다른 곳보다 한 단 낮아서 조그마한 은신처 같은 느낌을 준다. 바닥에는 어딘가의 유목민이 짠 카펫이 깔려 있고 벽에는 체육 수업 때 쓰는 것 같은 매트리스와 쿠션들이 쌓여 있다. 바다를 좋아하는 손님들이 찾아오면 아버지는 이 코너 안쪽 벽에 설치한 초슬림 대형 텔레비전으로 서핑이나 요트 레이스 비디오를 틀어주곤 했다.

이곳에 있으면 내 방에서보다 마음이 고요해진다.

바닥에 놓인 봉투를 바라보았다. 아까부터 몇 번이나 읽어서 내용을 거의 다 외워버렸다.

그 뒤에 병문안을 온 가쓰야 씨가 한 시간쯤 머물다가 누나와 함께 돌아가자 아버지는 이 봉투를 내게 떠안기며 말했다.

"서류 찢어버려도 소용없다고 네 누나한테 미리 말해."

따로 복사본까지 준비해 뒀다는 것이다.

아버지는 나머지 항목에도 착실히 답했다. 임종의 순간을 맞이할 장소는 병원이 좋다, 병명이나 여명의 고지에 관해서는 사실 그대로 알려주기 바란다…….

이미 자신의 병명을 알고 있는 아버지의 그 대답이 과연 본심인지 아니면 우리를 위한 배려인지는 알 수 없었다. 임종 때까지 병원에서 지내겠다는 선택도 어쩌면, 집에서 죽고 싶다는 말을 하면 누나나 나에게 더 큰 부담이 될까 봐 그런 것인지도 모른다.

그중에서도 가장 눈길을 끈 것은 마지막 항목이었다.

5. 뇌사 상태라는 진단이 나왔을 경우

☐ 이용할 수 있는 모든 장기를 제공합니다.

☐ 우측에 명시한 장기의 제공만을 허용합니다. (   )

☑ 장기 제공을 거부합니다.

그 대답은 평소 누구보다 리버럴한 사고방식을 가진 아버지와는 어울리지 않는 것처럼 보였다. 하지만 한편으로는 늘 철저하리만큼 에고이스트였으니까 당연한 선택으로 보이기도 했다.

나는 복사한 서류를 다시 한번 읽어보았다. 아버지가 왜 그러느냐고 물었다.

"아니, 그게⋯⋯." 나는 애써 태연한 척하며 말했다. "아버지가 장기이식에 반대하는 게 좀 이상해서."

그러자 그게 아니라는 대답이 돌아왔다.

"장기이식을 반대하는 건 아니지만 그렇다고 완전히 받아들인 것도 아니었어. 이제 얼마 남지 않은 시간 동안 그걸 완전히 받아들이기는 어려울 것 같아. 그래서 최소한 내 장기 제공만은 거부했어. 그저 그것뿐이야. 하긴 몸이 이 꼴이니 쓸 만한 장기도 없겠지만."

그리고 문득 아버지는 나를 보며 되물었다. "너는 어떤데?"

"나?" 느닷없이 날아온 질문에 나는 잠시 당황했다. "글쎄⋯⋯. 아직 깊이 생각해 본 적은 없지만 내가 죽고 나서 어디든 써먹을 수 있으면 좋을 거 같은데."

"심장도?"

"심장도 상관없어. 뇌사 상태라면 기계의 도움 없이는 스스로 숨도 못 쉬잖아. 그렇다면 심장이든 뭐든 꼭 필요한 사람에게 떼어주는 것도 좋지. 그냥 없어지는 것보다."

"뭐, 그런 식으로 생각할 수도 있지."

"어째 마뜩잖은 표정이시네?"

아버지에게 억지로 장기를 제공하라는 건 아니었다. 그냥 아버지의 생각을 듣고 싶었을 뿐이다.

하지만 긴 침묵 끝에 아버지가 드디어 입을 열었을 때, 나는 내 귀를 의심했다.

"신의 영역이라는 게 있지 않겠냐?"

"응?"

신이라니, 그 신 얘기인가. 나는 혼란스러웠다. 아버지 입에서는 애초에 나올 리가 없는 단어였기 때문이다.

"넌 어떻게 생각해? 가능한 일이면 뭐든 해도 돼? 의학의 힘으로 가능한 일이면 마구잡이로 해치워도 되는 거냐고." 아버지는 손등에 꽂힌 링거 바늘을 지그시 바라보다 다시 입을 열었다. "앞으로 점점 더 의료 기술이 발달해서 예를 들어 뇌 이식까지 가능하게 된다면, 어때, 그래도 괜찮겠어?"

너무 어처구니없는 얘기여서 피식 웃어버렸다.

"뭔 소리야. 그건 불가능하지, 뇌 이식이라니."

"심장이식도 백 년 전에는 불가능한 일이었어."

나는 입을 다물었다.

"뇌 이식은 좀 극단적인 예인지도 모르지만, 예를 들자면 그렇다는 거야."

아버지는 내게 시선을 옮겼다.

"예를 들어 야생의 세계에서는 뛰지 못하는 토끼나 날지 못하는 참새는 없어. 당장 잡아먹혀 도태되니까. 하지만 인간은 의학이라는 무기로 생물로서의 운명적 한계에 저항해 왔어. 그렇게 해서 아까운 목숨들을 수없이 구해냈지. 나도 그걸 부정할 생각은 없어. 두말할 것 없이 훌륭한 일이야. 대단한 업적이지. 하지만 미쓰히데, 나는 이 세계에는 인간이 침범해서는 안 될 신의 영역이 있다고 생각해. 신이라는 말에 저항감이 느껴진다면 자연의 섭리라고 해도 좋아. 밀물과 썰물, 계절의 변화, 생물의 수명, 그런 것들 모두를 말하는 거야. 그중에서 인간만 특별한 존재일 리는 없어. 인간도 늙으면 죽는 것이 섭리야. 몸에 병이 들어 죽는 것도 섭리지. 그게 바로 각자의 수명이라는 거야. 어때, 내 말이 맞지?"

"……."

"아, 오해는 하지 마라. 너도 나하고 똑같이 생각하라는 얘기는 아냐. 각자 다양한 사고방식이 있는 게 좋아. 아니, 안 그러면 불쾌하지. 가장 걱정스러운 건 앞으로 이식 수술이 성공하면 할수록 '내 장기는 아무에게도 주고 싶지 않다'고 생각하는 사람들을 백안시하는 풍조가 생긴다는 점이야. 세상에는 자기 생각만 절대적으로 옳다고 믿는 모리배들이 너무 많으니까. 너는 그런 바보만은 되지 마라."

서둘러 답을 내리려 하지 말라고 아버지는 덧붙였다.

"천천히, 제대로 생각해. 너한테는 아직 시간이 듬뿍 남아 있으니까."

아버지는 그렇게 말했다.

세면실에서 들리던 물소리가 그쳤다.

이윽고 누나가 내 곁으로 다가와 책상다리를 하고 앉았다. 검은 스웨터는 그대로지만 바지는 편안한 걸로 갈아입었다. 방금 씻은 맨얼굴이 반들반들 빛났다. 손에는 아버지가 고이고이 감춰둔 브랜디와 술잔 두 개를 들고 있었다.

"같이 한잔하자."

큼직한 쿠션에 등을 기대며 누나는 말했다.

잠시 둘 다 아무 말 없이 브랜디 잔을 기울였다. 값비싼 양주인데도 묘하게 씁쓸한 맛이 났다.

누나가 텔레비전을 껐다. 침묵이 더해지자 술은 더욱더 씁쓸해졌다. 바닥에 놓인 봉투는 되도록 보지 않으려고 했지만 어슴푸레한 방 안에서도 봉투의 흰빛이 유난히 두드러졌다. 마치 거기서 침묵이 퐁퐁 솟아나는 것 같았다.

"누나." 결국 내가 먼저 입을 열었다. "이거, 어떻게 할 거야?"

"나한테 결정하라고?"

"그건 아니지만……."

'이거, 어떻게 할까?'라고 물었더라면 더 좋았을 것이다. 어떻든 결정할 일은 단 한 가지다. 누나와 나, 둘 중 누가 대리인으로서 서명할지는 그리 큰 문제가 아니다. 아버지의 생각을 우리 두 사람이 받아들일 수 있는가, 받아들이고 거기에 협력할 수 있는가. 그게 문제의 핵심이었다.

누나가 봉투를 집어 서류를 꺼냈다. 혹시 찢어버리려는 건가 했지만 누나는 의외로 침착했다.

"아버지가 이런 생각을 하고 있는 줄은 몰랐어. 묘지라면 우리 집안의 선산도 있는데."

누나가 가리키는 건 선언서의 마지막 부분이었다. 덧붙이고 싶은 희망 사항을 자유롭게 기입하는 칸에 아버지는 왼쪽으로 기운 글씨체로 이렇게 써넣었다.

묘지는 필요 없음. 화장한 뒤에 재는 바다에 뿌릴 것.

"뭐든 자기 멋대로야." 고개를 가로저으며 누나는 한숨을 쉬었다. "대리인이라니, 그런 참혹한 일을 어떻게 우리한테 하라는 건지."

서류 오른쪽에 '대리인으로는 가장 신뢰하는 근친자, 혹은 친구를 선정하는 것이 바람직하다'라고 나와 있었다. 그런가, 아버지 친구 중에서도 대리인을 선정할 수 있구나. 이를테면 아마미야 씨라면 처음에는 놀라겠지만 이내 아버지의 의사를 존중해 군소리 없이 서명해 줄 것이다. 하지만 아버지는 아무래도 우리에게 그 일을 맡기고 싶었던 모양이다.

"참혹한 일이니까 우리한테 부탁한 거 아닌가?" 나는 말했다. "우리한테 운이 좋다고 했잖아."

"흥, 물론 그러시겠지." 누나는 술병을 가져다 손수 자신의 잔에 따랐다. "진짜 바보야, 우리 아버지. 나중에 혼자 마시려고 몰래 감춰두더니 결국 한 모금도 못 마시고 돌아가시겠네. 쌤통이다. 내가 다 마셔버려야지."

콧물을 훌쩍이는 소리에 고개를 돌려보니 누나는 어느새 눈물을 뚝뚝 흘리고 있었다.

문득 어머니의 눈물이 생각났다.

멀리 떨어져 있어도 모녀는 서로 닮는 모양이라고 생각했다.

일요일 낮 페리를 타고 하숙집에 돌아와 벌써 어스름한 저녁 바다에 나갔다 들어왔더니 밤에는 몸과 정신이 녹초가 되어 텔레비전도 못 켜고 이불에 털썩 쓰러졌다. 다음 날 아침에는 첫 수업 직전까지 자버린 탓에 신문 따위는 읽어볼 틈도 없었다.

그래서 내가 그 소식을 들은 건 여전히 멍한 머리로 학교에 나가 첫 수업을 끝낸 다음이었다.

"뭐야, 너 아직도 몰랐어?" 반 친구 히로키가 어이없다는 얼굴로 말했다. "전교생이 아침부터 그 얘기로 정신없어. 앗, 야, 미쓰히데!"

나도 모르게 과학실을 뛰쳐나와 복도를 내달렸다.

하지만 3학년 3반 교실 앞에서 고꾸라지듯이 멈춰 섰다.

만나서 뭘 어쩌겠다는 건가. 게다가 그런 큰 사건이 터졌다면 에리는 오늘 학교에 나오지도 않았을 것이다. 나왔다고 해도 내가 할 수 있는 일은 기껏해야 다른 구경꾼 틈에서 멍하니 지켜보는 것뿐이다. 곁에 다가가 위로해 줄 만한 사이도 아니고, 그녀가 그런 걸 원할 리도 없다.

혹시 너희 오빠, 이상한 사건에 휘말린 거 아닌가?

역시 그때의 내 예상이 적중했다. 아니, 그보다 너무 헐렁한 예상이었다.

에리의 큰오빠 후지사와 아키히토가 동거하던 여자를 살해한 죄로 체포된 것이다.

★

미쓰히데의 하숙방에 다녀오고 이틀 뒤인 금요일, 평소처럼 온 가족이 모여 저녁을 먹고 있을 때, 현관 벨이 울렸다. 네에, 대답하며 나갔던 엄마가 이윽고 미친 사람처럼 주방에 뛰어들었다.

"여보!"

그 즉시 내 위가 오그라들었다.

"겨, 경찰에서 우리 큰애……." 엄마는 자줏빛이 된 입술을 파르르 떨었다. "아키히토 얘기를 물어보러……."

경찰수첩을 나는 그때 처음 봤다. 별다를 것도 없는 평범한 수첩이었다. 뚱뚱하고 나이 지긋한 형사가 급하게 눈을 깜작거리며 아키히로 큰오빠가 어떤 짓을 저질렀는지 알려주었다.

큰오빠가 체포된 것은 바로 그다음 날 아침이었다. 후나바시 근처 낡아빠진 캡슐호텔에서 나오던 길목에 우연히 순찰차가 서 있었고 큰오빠는 경찰과 시선이 마주치자마자 냅다 튀어버렸다. 그 바람에 경찰의 의심을 샀고 결국 모든 사실이 드러나 체포된 것이었다.

돈이 달랑달랑했다지만 여태 그런 데서 우물거리고 있었다니, 참으로 큰오빠다운 짓이어서 어처구니가 없었다. 잽싸게 먼 곳으로 도망칠 만한 용기도 결단력도 없었다는 얘기다. 하지만 그런 어수룩한 행동에 나는 어쩐지 안도감이 들었다.

그렇다, 이상하게도 체포되었다는 말을 들었을 때 내가 느낀 것은 충격이나 슬픔이 아닌 안도감이었다. 그대로 도망쳤다면 분명 술 때문에 죽었거나 자살했거나, 둘 중 하나라는 생각이 들었기 때문이다.

큰오빠는 3년 전에 같이 도망쳤던 여자와 도쿄의 어느 달동네 싸구려 임대주택에서 살았다. 매일 밤 둘 다 술에 빠져 지낸 모양이었다. 여자는 파친코 가게에서 파트타임 아르바이트를 하고 큰오빠는 일용직 노무자로 일했지만, 나중에 여자는 가게 측과 대판 싸운 끝에 일을 그만두고 대낮부터 집 안에서 술만 마셨다. 애초에 큰오빠보다 더한 술꾼이었던 것이다.

두 사람은 거의 매일 밤 말다툼을 했다. 돈 문제로 싸우고 도박 때문에 싸우고 방을 치우지 않았다고 싸우고, 말도 안 되는 이유로 걸핏하면 욕설이 오고 갔다. 술이 떨어지면 둘 다 성질이 사나워져서 큰소리가 터지고, 술에 취하면 취한 대로 큰오빠는 여자를 두들겨 패는 폭력을 휘둘렀다. 그에 따라 여자의 신경질적인 울부짖음과 비명도 점점 높아져 갔다. 접시와 유리창이 깨지고 얇은 벽과 방바닥이 진동했다. 너무 심하게 싸우는 바람에 이웃집과 아래층 사람이 항의를 하면 갑자기 기가 팍 죽어 쩔쩔매는 건 큰오빠 쪽이고, 방금 전까지 얻어맞고 울부짖던 여자는 오히려 낯빛이 새치름해져서 쓸데없이 남의 집 일에 참견하지 말라고 대들었다고 한다. 결국 이웃에서는 완전히 포기하고 아무 말도 하지 않게 되었다.

문제의 사건이 터진 것은 11월 첫째 주였다. 우리 학교에서 축제를 하기 직전의 일이다.

그날 여자는 시장에 다녀오겠다고 나갔는데 깜빡 잊은 게 있었는지 다시 집으로 돌아왔다. 그때 큰오빠는 한창 여자의 경대며 서랍을 뒤져보던 참이었다. 따로 모아둔 돈은 없는지, 전당포에 맡길 만한 물건은 없는지 찾고 있었던 것이다.

당연히 두 사람은 다시 싸움이 붙었다. 술이 떨어져 정상이 아니었던 큰오빠는 평소보다 더 심하게 그녀를 두들겨 팼다. 여자가 악착같이 대들자 더 난폭해졌다. 코피가 날 만큼 따귀를 올려치고 몸을 웅크리자 배를 걷어찼다. 이윽고 그녀는 기둥인지 서랍 귀퉁이인지에 머리와 등을 부딪히고 바닥에 나동그라졌다.

여자가 조용해진 것을 보고 큰오빠는 그녀의 지갑에서 돈을 빼내 집을 나왔다. 중간에 술을 사 들고는 항상 다니던 마작 게임장으로 갔다.

집에 돌아온 것은 한밤중이었다. 곤드레만드레 취해버린 큰오빠는 먼저 잠자리에 든 여자 옆에 기어들어 곧바로 잠이 들었다.

그리고 다음 날 아침, 아무리 기다려도 여자가 일어나지 않았다. 밥 좀 달라고 어깨를 흔들었을 때, 큰오빠는 비로소 이변을 깨달았다. 자는 줄 알았던 여자가 어느새 차갑게 굳어 있었다.

부검 결과 밝혀진 사실이지만 직접적인 사인은 머리를 부딪힌 상처가 아니라 간경변이었다. 서로 싸울 때 머리를 세게 부딪히기는 했지만 그것 자체는 죽음에 이를 만큼의 부상은 아니었다. 여자는 최근 몇 년 동안 큰오빠를 능가할 만큼 술을 많이 마셨고 그로 인해 간이 딱딱하게 굳고 심장도 비대해져 있었다. 간 기능이 저하되면 외부에서의 작은 자극에도 쇼크를 일으키기 쉽다고 한다. 한 마디로 쇼크사였다.

하지만 그날 아침에 여자가 자신의 눈앞에서 피를 흘리며 죽어 있는 모습을 본 순간, 큰오빠는 패닉 상태에 빠졌다. 자신의 폭력 때문에 죽었다고 생각한 것이다. 경찰이 조사에 들어가면 여자의 몸이 멍투성이라는 게 드러날 것이고 날마다 둘이 심하게 싸웠다는 건 이웃들이 모두 알고 있었다. 더럭 겁이 난 큰오빠는(정말 어리석은 인간이다) 덧문을 닫아걸고 문을 단단히 잠근 채 그대로 도망쳐 버렸다. 술 때문인지 공포감 때문인지 아무튼 정상적인 판단이 불가능한 상태였다.

그 뒤 3주일쯤 여자는 계속 그 방에 방치되었다. 발견이 늦어진 데는 몇 가지 이유가 있었다. 북향의 구석방이라 한낮에도 거의 기온이 오르지 않은 데다 건조한 계절이라서 유체의 손상이…… 즉 부패가 느리게 진행되었다. 게다가 여자가 사망하고 나흘 뒤에 이웃에 살던 대학생이 이사해 버린 탓에 역한 냄새를 눈치챈 사람이 거의 없었다. 친구도 없었던 터라 여자의 부재를 알아차린 자는 아무도 없었다.

결국 몇 차례 집 앞을 지나가던 신문 홍보원이 이상한 냄새를 감지하고 경찰에 신고했다.

사실 그런 사정의 절반쯤은 경찰에게서 들은 게 아니라 월요일 아침 뉴스에서 들은 것이었다. 몹시 딱하다는 표정을 지어가며 사건을 전달한 현지 리포터의 한 마디 한 마디에 우리 가족은 몸이 자지러드는 심정이었지만 잠시도 그 화면에서 눈을 뗄 수 없었다. 당사자의 가족이 뉴스를 통해 비로소 사건의 전모를 파악한 것도 참으로 한심한 일이지만 현실이란 그런 것이었다. 경찰은 모른 척하기만 할 뿐 변변히 얘기해 주는 게 없었다.

날마다 선정적인 사건들을 다루는 그런 프로그램을 시청하는 한가한 사람들이 꽤 많은 모양이었다. 점심때가 되기도 전에 이웃 사람들이 은근슬쩍 우리 집 대문 앞을 서성거렸다. 담장 너머로 시선이 마주치자마자 얼른 자리를 피하는 걸 보면 우리를 걱정해서 찾아온 것도 아니었다. '후지사와 아키히토(27세)'가 우리 집 장남이라는 건 모두 알고 있다. 이틀도 안 되어 온 마을 사람들이 이 사건을 알 것이고, 분명 백 년이 지나도록 뒤에서 숙덕거릴 것이다. 저 집 아들이 옛날에 사람을 죽였다고.

실제로는 살인이 아니라 방치였지만 주변 사람들이 보자면(우리 가족조차도) 그 두 가지 사이에 그리 큰 차이는 없었다. 앞으로 어디를 가든 이 마을 사람들의 호기심 어린 시선을 받을 터였다. 시골이란 그런 곳이다. 연대의식이 묘하게 발달한 만큼 무슨 일이 나면 서로 도와주기도 하는 대신, 일단 누군가를 따돌리기로 들면 용서가 없다.

우리 집은 월급쟁이와는 사정이 달라서 동네가 거북스럽다고 냉큼 다른 곳으로 이사할 수도 없다. 온실이며 밭, 화원이 모두 이 동네에 있다. 게다가 여기서 살아가는 한, 마을 조합이나 소방대 등의 모임에 참가하지 않으면 안 된다. 엄마와 새언니 역시 날마다 장을 보러 나가고 어머니모임에도 참석한다. 하지만 가장 딱한 건 아직 아무것도 모르는 어린 조카들이었다. 영문도 모른 채 유치원이나 초등학교에서 따돌림을 당할지도 모른다고 생각하니 처음으로 큰오빠가 너무도 원망스러웠다.

오후에는 계속 전화기가 울렸다. 그때마다 엄마와 새언니는 흠칫흠칫 놀랐다.

몇 년째 연하장 한 장 보내지 않던 사람들이 호기심 반으로 전화하는가 하면 정말로 걱정해서 걸어주는 사람도 있었다. 하지만 한 번 본 적도 없는 사람이 다짜고짜 욕을 하는 전화도 적지 않았다. 말없이 툭 끊는 전화도 있고 마치 재판관 같은 말투로 훈계하는 사람도 있었다. 아무래도 텔레비전에 언뜻 비친 우리 화원 간판을 보고 일부러 전화번호부를 찾아 연락한 모양이다. 참 지극정성이다. 덕분에 또 한 가지, 나만의 이론이 생겼다. 자신이야말로 누구보다 선량한 인간이라고 믿는 사람의 그 정의감은 웬만한 악의보다 더 악질적이라는 것이다.

더 이상 상처받지 말자고 마음에 갑옷을 두르고 단단히 무장하면 할수록 항상 그렇듯이 나는 자꾸만 냉정해졌다. 생판 타인에게서 이토록 노골적인 악의를 감지한 건 태어나서 처음이었다. 그래서일까, 어처구니없게도 이런 상황이 신선하게 느껴지기까지 했다. 이런 때에도 냉정해질 수 있는 나 자신이 몹시 냉혹한 인간인 것 같은 반면, 쿨한 게 뭐가 나쁘냐고 반발하는 마음도 있었다. 앞으로 무슨 일이 있더라도 나는 결코 무너지거나 굽히지 않으리라. 태연한 얼굴로 모든 일을 감내하리라……. 그렇게 결심했다.

그렇건만 잠이 들 때마다 최악의 꿈을 꾸었다. 수없이 뒤척이다 겨우 잠이 들면 내 옆에서 미야코가 죽어 부패한 채 누워 있는 꿈을 꾸고 내 비명소리에 벌떡 일어나곤 했다.

새벽 2시. 땀에 젖은 잠옷이 불쾌해서 결국 갈아입었지만 다시 침대에 든 뒤에도 두 번 다시 잠은 찾아오지 않았다.

멍하니 미야코를 생각했다.

그녀에게서 전화는, 없었다.

사흘 만에 큰오빠는 구치소로 옮겨졌다. 보통은 경찰서 유치장에 가둬둔다는데 아마도 또 다른 사람이 들어왔거나 하는 사정이 있는 모양이었다.

전철을 갈아타며 도쿄까지 찾아갔는데 취조 중에는 외부인과 접촉할 수 없다며 면회가 허락되지 않았다. 결국 창구에 제출하는 서류에 차입품 내용물을 일일이 적어 전달하는 수밖에 없었다.

속옷 상의 3. 속옷 하의 5. 양말 3…….

나는 엄마가 챙겨온 종이봉투 속 물건을 세어가며 서류에 써넣었다. 함께 간 할아버지는 못마땅한 표정으로 살풍경한 접수실 한쪽의 긴 의자에 앉아 있었다. 그게 오히려 나았다. 도와주신다고 해봤자 웅얼웅얼 불평을 하거나 엄마를 나무라는 소리만 했기 때문이다. 할아버지에 의하면 감옥소에 들어가는 놈은 대부분 모친의 교육에 문제가 있는 법이여, 라고 한다. 큰오빠의 어리광을 가장 많이 받아준 사람이 할아버지 자신이라는 건 까맣게 잊어버린 모양이다.

추리닝 상하 각 1, 스웨터 1, 내복 1…….

아버지는 오려고 하지 않았다. 오기는커녕 "아무도 면회 갈 필요 없어!" 하고 내뱉고는 작은오빠와 할머니를 이끌고 오늘도 화원에 일하러 나갔다. 새언니는 조카들을 돌보느라 집에 남았다. 또다시 이상한 전화가 걸려 오면 어떡하느냐면서 울었다.

나도 어제오늘 학교를 쉬었다. 지금쯤 온갖 소문이 돌고 있을 터였다. 학교에 얼굴을 내밀 용기가 없어 결석하는 거라고 생각할까 봐 약이 올랐지만, 어제는 온 집안이 너무 어수선했고 오늘 역시 엄마를 할아버지와 둘이만 보낼 수는 없었다. 경찰이 집에 들이닥친 뒤로 엄마는 내내 울상이었다. 나라도 정신을 똑바로 차리는 수밖에 없었다.

타월 대 1, 소 2…….

무엇을 넣어줘야 할지 아무도 알지 못해서 결국 이것저것 두서없이 챙겨왔다. 손수건, 화장지, 엽서, 사인펜, 나무젓가락, 플라스틱 숟가락……. 먹을 것은 이곳 매점에서 구입한 것 외에는 안 된다고 해서 통조림 몇 가지와 큰오빠가 좋아하는 달콤한 과자를 사서 넣었다.

불룩한 종이봉투를 창구 틈새로 담당자에게 건네며 엄마는 말했다.

"아, 그리고 이거……. 죄송해요." 슈퍼마켓 포장지로 싼 꽃다발을 머뭇머뭇 내민 것이다. "이것도 꼭 좀 전해주세요. 부탁합니다. 죄송해요."

집에서 나오는 길에 비닐하우스에 들러 잘라 온 꽃이었다. 하얀 소국과 분홍색 비단향꽃무. 큰오빠가 지금 꽃을 꽂아둘 만한 심리상태일 리는 없지만 그걸로 엄마의 마음이 조금이나마 풀렸으면 해서 나는 아무 말 하지 않았다.

"꽃병은 안에서 좀 빌릴 수 있을까요? ……네, 그렇군요. 정말 죄송하네요. 잘 부탁합니다. 죄송해요."

비굴할 만큼 연신 머리를 숙이는 엄마를 보며 나는 더 이상 견딜 수가 없어 먼저 밖으로 나왔다. 무표정하게 벽 쪽에 서 있는 제복 차림의 경관에게까지 화가 났다. 그 사람도 그게 직업이라 뻣뻣이 서 있는 것일 텐데 공연히 부아가 났다. 어디에도 화풀이할 데가 없어 뒤따라 나온 엄마를 보자마자 나도 모르게 거친 말이 튀어나왔다.

"죄송, 죄송, 죄송, 대체 누구한테 그렇게 죄송하대?"

"얘, 그래도……."

"엄마가 죄를 지은 것도 아니잖아. 그렇게까지 굽실거릴 게 뭐야, 궁상맞게."

가슴 아픈 듯 시선을 돌리는 엄마 뒤로 할아버지가 따라 나오면서 웅얼웅얼 말했다.

"그게 무슨 말버릇이냐, 부모한테."

할아버지는 더 심한 소리를 하셨잖아요.

마음속으로 그렇게 내뱉었지만 차마 할아버지에게 대들 용기는 없었다.

역까지 모두 입을 꾹 다물고 걸어갔다.

이제 곧 여든이 되는 할아버지가 걸음이 가장 빨랐다. 평소에도 웬만해서는 말을 하는 법이 없는 데다 어쩐지 아버지보다 더 무서워서 솔직히 나는 할아버지가 어렵기만 했다. 하지만 그렇게 따지자면 작은오빠도 어렵고 새언니도 어렵고 할머니도 조금은 어렵다. 그렇다면 역시 나한테 문제가 있는 것이리라.

바싹 마른 낙엽이 소용돌이치며 아스팔트 위에서 버석거렸다. 바람이 차가워서 관자놀이며 귀까지 얼얼했다.

큰오빠는 그래도 따뜻한 곳에서 지낼까. 무슨 포로수용소도 아니고 추워서 벌벌 떠는 일은 없겠지만 지금쯤 분명 술을 못

마셔 벌벌 떨고 있을 게 틀림없다. 자업자득이라고 잠깐 생각
했다.

"에리." 할아버지에게 들리지 않게 작은 소리로 엄마가 말했
다. "내일, 학교 어떻게 할래?"

"갈 거야."

"응, 그래, 그렇게 해. 선생님한테는 오늘 저녁에라도 엄마가
전화할 테니까."

"됐어. 난 괜찮아."

엄마는 긴 한숨을 내쉬며 코트 앞섶을 여몄다. 등이 둥글게
굽어 있었다.

"엄마."

"응?"

"아까 미안해." 역시 작은 소리로 나는 말했다. "그냥 괜히
화가 나서……."

나보다 키가 작은 엄마는 나를 올려다보며 울상이 된 표정 그
대로 미소를 짓더니 마치 연인에게 하듯이 팔짱을 꼈다.

전철을 몇 번씩 갈아타며 집 근처에 도착하자 반듯하게 뻗어
나간 논두렁 길 저 너머에 자전거를 탄 우리 학교 학생의 모습
이 보였다.

누군가 호기심에 여기까지 염탐을 하러 온 것일까. 마음을 다
잡고 그쪽으로 다가갔다. 하지만 그 얼굴을 보자마자 숨이 턱

막힐 뻔했다.

"너희 집에 갔었는데 어디 나갔다고 해서 지금 돌아가는 참이야."

뭔가 복잡한 표정으로 그렇게 말하더니 미쓰히데는 자전거에서 내려 엄마와 할아버지에게 꾸벅 머리를 숙였다.

"하, 학교 친구야." 나는 당황해서 말했다. "학생회장."

미쓰히데가 눈이 둥그레져서 내 쪽을 보았다.

"그럼 이 남학생이 미즈시마 군?" 엄마가 물었다.

"그게, 아, 네네." 미쓰히데가 중언부언 대답했다. "제가, 그러니까, 에리에게 이래저래 신세를 많이 졌습니다."

이번에는 내가 눈이 둥그레질 차례였다. 대체 무슨 신세를 졌다는 것인가.

"걱정해서 일부러 여기까지 와줬구나." 엄마는 가녀린 목소리로 말하고 미소를 지으려고 했다. "저기, 괜찮으면 잠깐 안에 들렀다 갈래?"

"뭐? 아니, 아니, 괜찮아. 그렇지, 미쓰히……가 아니라 미즈시마?" 나는 급히 그의 교복 자락을 잡아당겼다. "엄마랑 할아버지는 먼저 들어가세요. 나도 금방 들어갈 테니까."

엄마와 할아버지를 먼저 들여보낸 뒤, 나는 미쓰히데를 재촉해 논두렁 옆길로 슬쩍 빠져나갔다.

몇 년 전의 농지 구조 개선 덕분에 바둑판처럼 뻗어나간 길은 한없는 일직선이다. 사방이 깨끗하게 트여서 시선을 가로막을 만한 것은 아무것도 없었다.

뜻밖의 일이기는 해도 너무 지나치게 놀랐던 나 자신이 우스워졌다.

"아무튼 입에 발린 인사는 잘하는구나."

그렇게 쿡 찔러줬더니 미쓰히데는 자전거를 밀며 옆에 나란히 다가와 나를 내려다보았다.

"너야말로 왜 갑자기 나를 학생회장을 만들어?"

"그렇게 말해야지, 안 그러면 엄마가 걱정할 거 아냐."

"학생회장이라면 마음이 놓이시나? 미즈시마도 분명 고추가 달렸을 텐데?"

"조용히 해. 누가 듣기라도 하면 어쩌려고."

"들릴 리가 있냐."

"이런 데는 사람 말소리가 유난히 잘 들린단 말이야."

두 사람 모두 입을 다물자 갑자기 주위가 고요해졌다.

이런 심각한 상황에서도 여전히 실없는 우스갯소리를 하는 미쓰히데가 어처구니없었다. 동시에 내내 딱딱하게 굳어 있던 마음이 느긋해진 것도 사실이었다. 이번 사건과 아무 관계 없는 얘기는 정말 오랜만이었기 때문이다.

"어디 갔었어?"

"……도쿄 구치소."

"진짜?"

"진짜야. 차입품 넣어주고 왔어."

"오빠는 어땠어?"

"만나지도 못했어."

자전거 바퀴 돌아가는 소리가 차르륵 차르륵 따라왔다. 산 끝으로 저무는 해가 눈부셨다.

"저기……."

"뭐?"

"왜 왔어?"

미쓰히데는 잠깐 침묵하는가 싶더니 부루퉁하게 말했다.

"왜 왔는지 나도 모르겠다. 한참 망설이다가 3반에 가봤는데 너는 오늘도 결석했다고 하고……. 좀 걱정되잖아. 너희 오빠 일이라면 나도 전혀 관계가 없는 것도 아니고. 아, 이건 지난번에도 말했지?"

"내가 큰오빠에게 돈을 준 건 아직 아무도 몰라. 혹시 들키더라도 너한테 돈 빌렸다는 말은 절대로 안 할 테니까 걱정 마."

"참 나, 그런 뜻으로 걱정한 거 아니야."

"그럼 뭐가 걱정인데?"

발을 멈추고 미쓰히데를 노려보자 그는 당황한 듯 멈춰 섰다.

"내가 충격을 받아 이불 뒤집어쓰고 누워 있을 줄 알았어? 이렇게 찾아와 주면 네 얼굴 보자마자 품속에 뛰어들어 울기라도 할 줄 알았느냐고.”

“…….”

“그런 걸 기대하고 왔다면 참 안 됐네. 내일은 태연한 얼굴로 학교 갈 건데.”

미쓰히데는 한숨을 푸욱 내쉬며 천천히 자전거에 올라탔다.

“너는 진짜 상냥한 데라고는 눈곱만큼도 없다.”

“다들 그런 얘기 하는데, 내가 원하는 게 바로 그거야.”

“그만 갈란다, 나는.”

“그러셔, 아무 걱정 마시고.”

포기한 듯 머리를 저으며 미쓰히데가 자전거 페달을 밟았다.

나는 냉큼 발길을 돌려 방금 온 길로 돌아갔다. 그러자 등 뒤에서 끼이익 하고 브레이크 잡는 소리가 났다.

“아차, 깜빡했네.”

돌아보니 미쓰히데는 굵은 목을 뒤로 틀어 나를 보고 있었다.

“너한테 말 좀 전해주랬어, 구도 미야코가.”

갑자기 심장이 두근거렸다.

그는 자전거를 빙글 돌려 스윽 내 옆으로 왔다.

“실은 너희 집 알려준 게 미야코야.”

“뭐? 미야코한테 그걸 물어봤어? 이상하게 생각할 거 아냐!”

“그래도 이미 물어봤는데, 뭘.”

나는 입술을 깨물었다.

"······그래서 미야코가 뭐래?"

"사실은 자기도 함께 오고 싶은데 못 와서 미안하다더라. 어제 미야코도 결석해서 이번 일을 오늘 아침 학교에 와서야 알았대. 아, 그러고 보니 오늘도 몸이 안 좋다고 조퇴하더라고. 어째 얼굴이 핼쑥하던데."

무슨 일일까. 웬만해서 감기도 안 걸리는 미야코가 조퇴라니.

"아무튼 이따 저녁때 전화한다고 했어."

"······그래?"

"진짜 끝. 이제 간다."

톡 하고 부드럽게 뒤통수를 맞았다.

흠칫했다.

그가 다시 자전거 방향을 바꾸었다. 페달을 밟으려는 그 등에 대고 나는 급히 말했다.

"아, 저기······."

끼이익 하고 다시 멈춰서 돌아본다.

"저기······."

기껏해야 '고마워'라는 한 마디가 도무지 입 밖으로 나오지 않았다.

미쓰히데가 의아한 듯 내려다보았다. 나는 뻣뻣한 혀를 움직여 목에 걸린 소리를 밀어냈다.

"잘 가라고."

미쓰히데는 이를 내보이지 않고 피식 웃었다.

✿

코끝이 차가워졌다. 2층 통로에서 아래층 현관 로비를 내려
다보고 있으려니 입구 유리문이 열릴 때마다 밑에서 바람이 올
라왔다. 내내 꼼짝도 안 해서 그런지 바닷속보다 써늘하게 느
껴져서 나는 딛고 서 있던 발을 바꿨다.

 여기에서는 등교하는 아이들의 머리꼭지만 보인다. 레슬링부
의 천하무적으로 통하는 하시즈메, 부탁만 하면 얼른 하게 해준
다는 소문이 떠도는 이토, 일단 폭발하면 도저히 막을 수 없는
하마구치, 눈썹을 가늘게 밀고 틴트를 짙게 바른 미요시……
모두 머리 가마만 보면 한참 어린 초등학생 같다.

 "미쓰히데, 웬일로 일찍 왔네?"

 내 뒤를 지나가며 말을 건넨 건 히로키였다. 그 옆에는 다카
유키. 럭비부 아침 훈련을 끝내고 오는 길인지 둘 다 얼굴이 붉
어져 있었다.

 "뭘 보고 있어?" 다카유키가 내 옆으로 다가와 아래층을 내
려다보았다. "누구 기다려?"

 "아니, 그냥."

 "흠, 뻔하네." 히로키가 말했다. "요즘 사귀는 여자가 없어서

괜찮은 애를 물색하는 중이지?"

"아냐, 인마. 야, 땀 냄새 난다. 옆에 오지 마."

키들키들 웃는 두 녀석에게 발차기를 먹이려는 순간, 히로키가 말했다.

"앗, 에리다!"

내려다보니 그녀가 마침 현관 로비에 들어서는 참이었다. 3반 신발장 앞에서 실내화로 갈아 신고 있었다. 곁을 지나가던 아이들이 그녀를 알아보고 은근히 거리를 두며 뭔가 속닥속닥 귀엣말을 나누었다. 주위의 수상쩍은 웅성거림 속에서 에리가 입을 꾹 다무는 게 감지되었다.

"에리!"

낭랑한 목소리와 함께 한 여학생이 달려왔다. 구도 미야코였다. 에리의 딱딱하던 어깨가 눈에 띄게 탁 풀렸다. 미야코가 뭔가 얘기하자 에리는 운동화를 신발장에 넣으며 대답했다. 그리고 문득 기척을 느꼈는지 이쪽을 올려다보았다. 길쭉한 눈이 둥그레졌다.

나는 말없이 한 손을 들어 보였다.

에리가 머뭇머뭇 고개를 끄덕였다.

둘은 나란히 우리 발밑을 지나 더 이상 보이지 않게 되었다.

"어라, 너희들 어느 틈에?" 히로키가 내 옆구리를 툭 쳤다. "어떤 사이야?"

적당히 웃으며 얼버무렸다. 어떤 사이인지 나야말로 정말 궁금하다.

쉬는 시간마다 나는 뭔가 볼일이 있는 척하며 에리의 교실 앞을 지나갔다. 그러지 않을 도리가 없었다. 내가 정신이 나간 게 아닌가 싶었지만 자꾸 신경이 쓰이는 건 어쩔 수 없었다.

3반 교실 앞은 나와 비슷한 이유로 슬그머니 에리를 염탐하러 온 아이들로 가득했지만 에리는 어떤 무신경한 시선에도 기죽는 일 없이 한 걸음 한 걸음 주위를 한껏 경멸하는 수탉처럼 고개를 번쩍 쳐들고 있었다. 참 대단한 인물이라고 내심 혀를 내둘렀다. 만일 내가 그런 처지였다면 나는 절대로 그녀처럼 당당할 자신이 없다. 비굴하게 애매한 미소를 지으며 친구들의 질문에 이런저런 변명을 늘어놓았을 것이다.

내가 충격을 받아 이불 뒤집어쓰고 누워 있을 줄 알았어? 이렇게 찾아와 주면 네 얼굴 보자마자 품속에 뛰어들어 울기라도 할 줄 알았느냐고.

솔직히 그 비슷한 장면을 상상하기는 했다. 하지만 오늘 에리의 태도로 봐서는 나 같은 인간은 아무 도움도 되지 않을 것 같다. 참 대단한 여학생이다.

그래서 섭섭한 건가. 뭔가 묘한 기분이다.

방과 후를 기다려 웨트슈트로 갈아입었다. 어제는 에리의 집에 갔었고 오늘 아침에도 일찌감치 학교에 가느라 연습을 하지 못해서 바다에 들어가는 건 만 하루만이었다. 내 생활 리듬이 에리 때문에 흐트러진 것 같아 부아가 났다.

먼바다 쪽에 드문드문 먼저 온 사람들이 있었지만 날씨가 이렇게 써늘하다 보니 역시 몇 명 되지 않았다. 평소 하던 대로 우선 백사장에서 준비체조부터 했다. 무릎 굽히기 운동을 마치고 일어섰을 때였다.

느닷없이 뒤에서 누군가 내 어깨를 왈칵 잡았다. 돌아보자마자 왼쪽 뺨에 날카로운 충격을 느끼고 꼴사납게 보드 위에 자빠지면서 뒤통수를 모래밭에 세게 찧었다. 반사적으로 방어 태세를 취한 내 손에서 모래가 떨어져 눈에 들어갔다. 내 발끝 쪽에 누군가 서 있었다.

"어휴, 아파 죽겠네." 두 팔뚝 사이로 상대가 누구인지 알아보고 나는 소리쳤다. "대체 왜 이래요?"

쓰러진 내 위에 험상궂은 얼굴로 버티고 서 있는 사람은 가쓰야 씨였다. 왼쪽 뺨이 얼얼하게 마비되더니 점점 더 욱신거렸다. 그는 몸을 일으키려는 내 멱살을 움켜쥐었다.

"아파? 겨우 그 정도가 아파?"

얼굴이 확 달라져 있었다.

"다짜고짜 따귀를 날리다니, 내가 뭘 어쨌다고!"

당황스럽기도 하고 뭔가 배신당한 듯한 억울함이 나를 혼란에 빠뜨렸다. 뭔지는 모르지만 분명 오해한 것이다, 가쓰야 씨에게 얻어맞을 만한 짓은 한 적이 없다고 말하려 했지만, 그는 그 전에 나를 난폭하게 밀쳐버렸다.

"대마초 파티는 재미있었냐?"

크으 하는 소리가 났다. 내 목에서 난 신음이었다.

"어때, 해롱해롱하니까 기분 좋았냐고? 세상 무서울 거 하나도 없었어?"

"따, 딱 한 번 했어요. 두 번 다시 안 했다니까요." 나는 필사적으로 변명을 시도했다. "자꾸 강제로 권하는 바람에 어쩔 수 없이……."

"그게 말이 돼?" 가쓰야 씨가 나를 향해 모래를 걷어찼다. "강제로 권했다니 대체 무슨 말이야? 너를 붙잡고 억지로 피우라고 했어? 거절하면 고이케 그놈들이 너를 죽이기라도 한대?"

"어, 어떻게……."

어떻게 가쓰야 씨가 고이케 선배들까지 알고 있는가.

"너희들, 우리 가게 2층에서 무슨 짓 했어? 난교 파티냐?"

"아, 난 아니에요, 나는……."

"분위기상 어쩔 수 없었다는 소리는 하지 마." 아예 입도 뻥긋하지 못하게 가쓰야 씨는 다그쳤다. "왜 그놈들을 말리지 않았어? 어째서 못 하게 말리지 않았느냐고!"

"……."

"넌 그게 제일 문제야. 애가 물러터졌어. 그러니 서핑이든 뭐든 딱 한 걸음만 더 나가면 될 때 슬쩍 도망쳐 버리지. 멍청한 녀석, 네가 조금만 똑똑하게 굴었으면 가와이도 그 꼴이 되진 않았어!"

아랫배가 불쾌한 느낌으로 딱딱하게 굳었다.

"가와이 선배?"

가쓰야 씨가 말없이 나를 노려보았다.

"가와이 선배한테 무슨 일 있어요?"

"됐다."

"예?"

"이제 됐다고!" 가쓰야 씨는 내게 등을 돌리고 모래사장에 침을 뱉었다. "내가 너를 한참 잘못 봤다, 미쓰히데."

초등학교 3학년 때쯤이었을까. 깁스나 붕대, 목발 같은 것에 로망을 품은 적이 있었다. 같은 반 친구가 팔이 부러진 것이 계기였다. 녀석이 어깨에서 팔까지 깁스한 모습을 보고 나는 아버지 어머니 몰래, 다치지도 않은 내 팔과 다리에 붕대를 감아 보기도 했다.

대체 왜 이런 것을 부러워했을까……. 눈앞에 길게 뻗은 가와이 선배의 다리를 보며 나는 생각했다.

가와이 청과물 가게의 계산대 안쪽을 지나 2층으로 올라가면 바로 왼편이 선배의 방이다. 가게 앞에서 슬며시 안을 살펴보니 선배와 꼭 닮은 얼굴의 아주머니가 나를 발견하고 위층으로 올라가라고 알려주었다.

"역시 나는 재능이 없는 모양이다."

침대 위에 다리를 길게 뻗은 가와이 선배가 처량하게 웃었다.

"재능과 부상은 관계없어요."

나는 겨우 그렇게 한 마디 건넸다.

"그런가? 아무튼 한동안 꼼짝 못 하게 됐어. 상처가 낫더라도 재활 치료를 꽤 오래 받아야 한대."

사실은 상처가 낫더라도 후유증이 남을지 모른다고 말해야 할 텐데 선배는 이런 상황에서도 내게 신경을 써주었다. 바다에서 곧장 병원으로 실려 가 수술을 받은 무릎은 두툼한 붕대와 깁스로 고정되어 있었다.

사고가 난 것은 지난주 토요일 아침이었다. 내가 쇼난의 아버지 집에 가 있던 동안의 일이다.

그 전날인 금요일 밤에 가와이 선배는 대학 겨울방학을 맞아 고향에 내려온 고이케, 스기타 선배와 어울려 차 안에서 또다시 대마초를 피웠다. 날이 밝자 세 사람은 대마초에 취한 머리로 바다에 들어갔다. 연일 계속된 강풍으로 파도가 높아 서핑에는 기막히게 좋은 상태였다고 한다. 가와이 선배는 평소의 두려움도 잊고 스스로도 믿을 수 없을 만큼 집중력과 테크닉을 발휘해 튜브에 돌입했다. 시시각각 오므라드는 물의 터널을 마침내 무사히 빠져나와 환성을 내지르며 승리 포즈를 취한 순간, 선배의 무릎은 산산이 부서졌다. 튜브의 출구에서 기다리고 있던 바위에 무릎을 그대로 들이박은 것이다.

"그래도 패들링만으로 모래사장까지 돌아왔어." 선배는 말했다. "대마초에 취한 덕분인지도 모르지만 위급할 때는 기적처럼 힘이 생기더라니까. 진짜 아파서 미쳐버릴 것 같을 때마다 고함을 지르면서 파도를 갈랐어."

자기 힘으로 모래사장까지 나온 선배는 다행히 개를 산책시키러 나온 사람에게 구조되어 인근 종합병원으로 실려 갔다. 그 사람 덕분에 그나마 이 정도로 끝난 것이다. 자칫 잘못했으면 지금쯤 장례식을 하고 있을 터였다.

"미쓰히데, 네가 괜히 책임감 느낄 거 없어." 선배가 말했다. "오히려 내가 너한테 사과해야지. 그거, 가쓰야 씨한테 맞아서 그렇게 된 거지?"

내 턱 왼쪽에 시푸르죽죽한 멍이 있었다. 입안도 찢어져 뭔가 먹으면 아직도 쓰라렸다.

가쓰야 씨는 고이케 선배 일행이 가게 밖에서 숙덕거리는 소리를 듣고 가와이 선배의 부상과 전후 사정을 눈치챘다. 그의 추궁에 두 사람은 일의 발단, 즉 한 달 전의 그 파티 얘기를 털어놓았다. 내기를 해도 좋다. 그 두 사람도 분명 얼굴에 시퍼런 멍이 들었을 것이다.

"내가 멍청하게 다치지만 않았어도 그날 밤 일은 들키지 않았을 텐데." 가와이 선배는 미안하다는 듯이 말했다. "네가 항상 말했었지, 그쪽 바위 조심하라고."

나는 내내 입을 다물고 있었다.

"하지만 설마 거기서 바위가 튀어나올 줄은 몰랐어. 애초에 내가 튜브를 빠져나오리라고는 상상도 못 했으니까. 뭐랄까, 그 순간 네가 서핑에 빠져 정신 못 차리는 이유를 알 것 같더라. 하긴 나는 겨우 맛이나 본 정도지만. 물론 반성은 하고 있긴 한데, 그렇게 해롱해롱하지 않았다면 나 같은 놈은 평생 튜브의 맛은 알지도 못했을걸. 앞으로 다시는 서핑을 못 하더라도 그건 진짜 기분 좋았거든, 솔직히 말해서."

선배는 침대 옆 탁자에 손을 내밀어 아까 아주머니가 갖다준 바나나를 뚝 잘라 내게 내밀었다.

"난 그런 생각이 들었어, 그나마 내 무릎이어서 다행이라고. 혹시라도 너였다면 프로 활동은 포기했어야 할 거 아니냐."

선배의 무릎과 내 무릎에 무슨 차이가 있겠는가. 하지만 나는 역시 아무 말도 할 수 없었다.

별로 먹고 싶지도 않은 바나나를 분풀이 삼아 덥석 입에 넣었다. 비릿한 맛과 달콤한 향이 콧속을 빠져나갔다. 입안이 가득해진 탓에 얻어맞은 곳이 욱신욱신 아팠다.

요즘 들어 갑자기 시간이 너무도 빠르게 흘러가는 것 같다.

이를테면 깁스 따위를 부러워했던 그 옛날에는 하루가 넘치거나 모자라는 것 없이 정확한 길이로 내 앞에 존재했다. 그러던 게 지금은 손가락 틈새로 주르륵 흘러내리는 물처럼 급하게 달아난다. 지구온난화라는 게 슬금슬금 진행되는 것과 마찬가지로 아무도 알지 못하는 사이에 시간의 가속화가 진행된 게 아닌가 싶을 정도다.

사람이 나이를 먹을수록 시간의 흐름을 빠르게 느끼는 것은, 한 살 때는 1년을 1분의 1, 50세 때는 1년을 50분의 1로 느끼기 때문이라는 말을 들은 적이 있다. 그렇다면 나는 1년을 18분의 1로, 아버지는 48분의 1로 느낀다는 얘기다.

그래서일까, 주말에 내가 병실 문을 열고 들어서자마자 아버지는 말했다.

"너, 또 왔어? 엊그제 왔다 갔잖아."

말도 안 되는 과장이라고 생각했지만 아버지가 실감하는 시간은 그런 것인지도 모른다. 자신에게 남겨진 시간이 길지 않다고 생각한다면 더더욱 그럴 것이다.

"어이구, 얼굴이 아주 울긋불긋하구나."

얼굴 왼쪽 편은 보여주지 않으려고 했는데, 눈도 빠르게 알아채고 말았다.

"체육 시간에 농구하다가 무릎에 부딪혔어."

미리 준비한 변명으로 대충 얼버무렸다. 누나의 부탁으로 가져온, 아버지가 갈아입을 옷이 담긴 가방을 내려놓으려고 칸막이 너머를 슬쩍 봤다가 깜짝 놀라고 말았다.

어머니가 싱크대 앞에서 사과를 깎고 있었던 것이다.

"미쓰히데, 좀 마른 거 같네. 밥은 잘 챙겨먹니? 사과 하나 더 깎을 테니까 먹어."

"어, 어머니가 왜 여기에?"

"왜는 무슨?"

깎은 사과를 접시에 내려놓고 어머니는 젖은 손을 내밀어 내 면바지에 쓱쓱 닦았다.

"아, 하지 마."

"근데 너, 대리인 서명은 했어?"

나는 어리둥절해서 입만 헤벌리고 있었다.

얘기를 들어보니 그 '임종 선언서'라는 서류가 아버지 손에 들어온 것은 어머니가 소개해 주었기 때문이라고 한다. 아버지의 희망에 따라 여기저기 알아본 끝에 존엄사에 대해 전문적으로 다루는 협회를 몇 군데 알아 온 것이다. 그중에서 아버지는 마음에 드는 곳을 선택한 것뿐이었다.

발이 넓어서 매사에 정보가 빠른 어머니가 전남편의 부탁에 팔을 걷어붙이고 나선 것은 그리 이상한 일이 아니다. 내가 놀란 것은 아버지가 헤어진 아내에게 부탁을 했다는 점이었다.

누나나 내가 아니고 친구 아마미야 씨도 아니고 굳이 엄마에게 부탁하다니, 대체 무슨 바람이 분 걸까.

　게다가 놀랄 일이 또 있었다. 앞으로 일주일에 두세 번은 누나 대신 어머니가 아버지를 돌봐주러 온다는 것이었다.

　"이치코에게는 나중에 얘기할 생각이고, 너는 기왕 만났으니까 미리 얘기하마." 나름대로 겸연쩍었는지 아니면 창피했는지 아버지는 유난히 부루퉁한 표정으로 말했다. "이치코도 좀 쉬어야지, 너무 말라서 닭 뼈다귀 같아."

　자기야말로 닭 뼈다귀 같으면서. 아버지는 그뿐, 얼굴을 휙 돌려버렸다. 어머니는 옆에서 미소만 짓고 있었다.

　어쩐지 어색해서 평소보다 일찍 자리를 털고 일어선 나를 따라 어머니는 캔 커피를 사러 간다면서 병원 현관까지 배웅을 나왔다.

　출구 옆 자판기 앞에서 우리는 멈춰 섰다.

　"그럼 조심해서 가."

　"커피, 안 사?"

　어머니는 한쪽 눈썹을 치켜들며 나를 흘끗 보더니 말없이 지갑을 열었다. 동전도 없고 천 엔짜리도 없었는지 만 엔짜리를 꺼내려고 했다.

　내가 주머니에서 동전을 꺼내 자판기에 넣어주었다.

　"어머, 네가 사주려고?"

"지난번에 돈도 빌렸고 하니까."

"설마 이걸로 계산 끝내려는 건 아니지?"

"대충 넘어가려고 했더니 역시 안 통하네."

"이 녀석이!"

"아냐, 농담. 그 돈은 할부로 갚을게."

어머니는 쓴웃음을 지으며 자판기 버튼을 눌렀다. 덜커덩 블랙 커피가 나오고 이어서 잔돈이 떨어졌다.

"아버지 앞에서 실컷 마셔. 엄청 부러워하게."

살짝 웃기는 했지만 대답하지 않고 허리를 숙여 캔 커피와 동전을 꺼내더니 어머니는 그것을 지갑과 반대편 주머니에 챙겨 넣었다.

"얘, 미쓰히데."

"응?"

"이치코는…… 싫다고 하겠지?"

나는 어깨를 으쓱 쳐들었다.

"글쎄. 근데 나는 누나보다 히로시 씨가 마음에 걸려. 어머니, 이래도 돼?"

"여행사 쪽은 다른 직원이 있으니까 괜찮아."

"아니, 그런 얘기가 아니잖아."

아무리 히로시 씨에게 아버지에 대한 미안함이 있다고 해도, 아니, 그런 게 있다면 더더욱 전남편을 돌봐주겠다고 나서는 어머니의 결정에 마음이 편하지는 않을 터였다.

내 말에 어머니는 팔짱을 끼고 고개를 숙인 채 리놀륨 바닥에 구두 끝으로 선을 그었다. 그 옆얼굴이 역시 누나와 꼭 닮았다.

"너도 꽤 예리한 면이 있구나."

"무슨 말이야?"

"실은 히로시 씨, 나가버렸어. 그 맨션에서."

"뭐라고?"

나도 모르게 큰소리가 터졌다. 마침 옆을 지나가던 파자마 차림의 입원 환자가 의아한 듯 쳐다보았다. 그는 주스를 사들고 링거 스탠드와 슬리퍼를 질질 끌며 돌아갔다. 그 뒷모습을 지켜보며 어머니는 말했다.

"일주일 전이었나……."

"무슨 일 있었어? 아버지 일로 싸우기라도 했어?"

"싸웠다고 해야 하나……. 그래, 히로시 씨는 그렇게 생각했나 봐. 나는 상의할 생각이었는데."

그게 뭐가 어떻게 다르다는 건지 나는 알 수 없었다.

"딱히 싫어졌다든가 한 게 아니야. 어느새 서로의 가치관이 달라졌다는 걸 깨달은 것뿐이지. 물론 사무실에서 매일 얼굴 보고 업무적인 대화는 평소처럼 하고 있어. 둘 다 성인인데, 뭘. 단순히 함께 사는 것만 관둔 것뿐이야."

넌 걱정할 거 없다고 어머니는 무리한 주문을 덧붙였다.

"역시 히로시 씨는 기분이 나빴겠지. 어머니가 계속 아버지한테 얽매이는 거."

"그런 모양이네."

마치 남의 일처럼 말했지만 어머니의 미간에는 주름이 잡혀 있었다.

"근데 나도 지나간 날들을 차곡차곡 쌓아가며 사는 사람이야. 한 인간과 관련된 과거를 모조리 없었던 일로 하라는 건 어려운 얘기지. 나는 히로시 씨가 아직도 그런 걸 싫어한다는 게 오히려 뜻밖이었어."

"무슨 말인지 모르겠네."

"말하자면 히로시 씨는 이미 형제나 동지 같은 느낌이었거든."

"……."

"몇 달 지나서 마음이 좀 정리되면 아마 히로시 씨와도 새로운 관계가 만들어질 거야. 회사에서 돌아오는 길에 둘이서 술 한잔쯤은 할 거고, 뭔가 문제가 생기면 서로 상의도 할 거고, 가끔은 함께 잘 수도 있고."

반사적으로 뺨이 움찔하는 내 얼굴을 올려다보고 아차차 하는 웃음을 보이며 어머니는 말을 이어갔다.

"결국 나라는 인간을 가장 뒤흔들어 놓은 사람은, 약은 오르지만 역시 네 아버지였다는 얘기야. 진짜 이상하지? 히로시 씨가 훨씬 더 괜찮은 사람인데 말이야. 여자에게 후유증을 남기는 남자라니, 진짜 싫다, 그치?"

"싫다면서 왜 이제 새삼스럽게." 내가 말했다. "그냥 내버려 둬도 되잖아. 어차피 이제 곧……."

끝까지 말하지 못하고 나는 입을 다물어버렸다.

"이제 곧, 뭐?" 어머니는 처음으로 화난 기색을 보였다. "그래, 이제 곧 죽겠지, 네 아버지. 게다가 네 아버지가 그 사실을 알게 된 건 나 때문이고."

"그건 어머니가 아니었어도 어차피 알려질 일이었어."

"이치코는 그렇게 생각하지 않을 텐데?"

"……."

서로 한숨을 쉬며 고개를 떨구었다. 자신의 발밑을 빤히 바라보며 어머니는 말했다.

"이치코하고는 물론 나중에 얘기하겠지만, 걔가 누구를 닮았는지 고집이 여간 센 게 아니라서……. 내가 병구완을 하겠다고 해도 냉큼 받아줄 것 같지 않아. 그러니까 너도 네 누나에게 말 좀 해줘. 잠깐씩이라도 좋으니 엄마에게도 사죄할 기회를 주라고."

"……사죄?"

뜻밖이었다. 어머니가 우리를 버리고 떠난 것에 죄책감을 갖고 있었다니. 혹시 아버지는 그걸 알고 일부러 어머니에게 부탁한 것인가.

어머니는 한마디로 어머니라는 업에 천성적으로 소질이 없었던 것뿐인지도 모른다. 여자가 어머니가 되기 위해서는 그 나름의 노력이 필요한 것이다. 아이를 낳는다고 누구나 자동적으로 어머니가 되는 건 아니다. 어머니 역시 노력은 했겠지만 결국 그 역할을 끝까지 연기할 수 없었다. 아버지와 히로시 씨, 둘 중 누가 됐든 어머니의 본질은 변하지 않는다. 철두철미하게 '여자'일 뿐이었던 것이리라.

누나도 그런 식으로 이해해 주면 좋을 텐데……. 하지만 나는 마음속으로 고개를 저었다. 누나가 아직도 어머니를 용서하지 못하는 것은 바로 어머니가 '여자'이기 때문이 아닐까.

입을 꾹 다물고 있는 나를 올려다보며 어머니가 말했다.

"내가 너무 뻔뻔하니?"

뻔뻔하다고 해도 어쩔 수 없다. 이미 시간이 없는 것이다.

"아니, 알았어." 나는 말했다. "내가 누나한테 얘기해 볼게. 들어줄지 어떨지는 모르겠지만."

어머니는 눈가에 주름을 잡으며 미소 짓더니 내 입가의 멍 자국을 톡 쳤다.

★

지난 일주일 동안 주위의 호기심 가득한 시선에 맞서 온몸에 뻣뻣이 힘을 주고 있었더니 내가 그새 강철 로봇이 된 것 같다. 어떤 공격에도 상처받지 않고 온갖 시선을 무표정하게 되쏘는 로봇.

물론 나는 생살을 가진 인간이라서 누가 흘끔흘끔 쳐다보면 마음속이 마냥 태연할 수는 없다. 작은 한마디에도 금세 너덜너덜해진다. 태연한 척하는 일에 너무 오래 집중한 탓에 원래 내가 어떤 표정과 몸짓을 가진 인간이었는지 나 스스로도 알 수 없을 지경이다.

큰오빠는 아직도 취조가 끝나지 않은 모양이었다. 뉴스는 그런 사건 따위는 진즉에 잊었지만, 우리 동네에서는 그리 쉽게 잊힐 리 없었다. 소문에 소문이 꼬리를 물어서 내 귀에는 마침내 큰오빠가 사체를 조각내 산에 버렸다느니 사실은 야쿠자와 관련되어 여자에게 매춘을 강요했다느니 하는 말까지 들려왔다.

매일 아침 눈을 뜨면 오늘도 그 무시무시한 시선의 한복판에 뛰어들어야 한다는 생각에 이건 뭐, 단순히 우울하다고 할 정도가 아니었다. 이불에서 내 몸을 빼내는 것만 해도 무덤 속 관 뚜껑을 밀어젖히는 정도의 힘과 노력이 필요했다.

그런 가운데 내가 마음을 기댈 곳은 미야코, 그리고 또 한 사람…… 인정하고 싶지 않지만 미쓰히데뿐이었다. 주변 사람들에게 필사적으로 허세를 부리느라 미쓰히데에게까지 쓸 허세는 남아 있지 않았다……라는 건 반절쯤은 사실이고 나머지 반절쯤은 변명이다. 변변히 말도 주고받지 않았지만, 어쩌다 복도에서 마주치면 짤막하게 한마디씩 건네주는 그의 말에 어느새 익숙해져서 문득 깨닫고 보니 그걸 은근히 기다리고 있기까지 했다.

미야코는 쉬는 시간마다 나를 찾아왔다. 그녀는 항상 나를 걱정했지만 솔직히 나는 그녀가 더 걱정스러웠다.

미쓰히데가 자전거로 우리 집에 왔던 그날 밤, 미야코는 약속대로 전화를 해주었다. 큰오빠 일을 한바탕 이야기한 뒤, 미쓰히데가 했던 말이 생각나 내가 물었다.

"미야코, 몸은 괜찮아?"

그녀는 수화기 너머에서 애써 환한 목소리로 웃었다.

"아냐, 내 걱정은 할 거 없어. 별일 아니야. 감기 기운이 좀 있어. 며칠 전에 머리를 잘랐더니 갑자기 목덜미가 오싹하더라니까. 머리 자른 뒤에 감기, 에리도 걸린 적 있어?"

나도 그랬다고 대답하면서도 그렇게 애써 변명할 필요는 없는데, 하고 생각했다.

하지만 그다음 날 만난 미야코는 감기에 걸린 것 같지 않았다. 기침이나 열도 없고 코를 풀거나 두통에 시달리는 기색도 없었다. 그런데도 얼굴이 창백하고 식욕도 없는지 한 달 전쯤에 비해 부쩍 여윈 것처럼 보였다.

그녀는 다이어트 중이라서 그렇다고 말했다. 하지만 그런 거라면 하루에 몇 번씩이나 속이 메슥거리는 표정으로 화장실에 뛰어가는 건 어째서인가.

최악의 가능성을 상상하지 않을 수 없었다.

그렇다고 "혹시, 생긴 거니?" 하고 노골적으로 물어볼 수도 없었다.

그래서 나는 에둘러 탐색해 보았다.

"기타자키 씨라는 사람하고는 아직도 만나?"

미야코는 한참 망설인 끝에 대답했다.

"나도 잘 모르겠어."

말하지 않겠다는 거라면 또 모르지만 잘 모르겠다는 건 대체 무슨 말인가. 그야말로 잘 모르겠어서 의아한 얼굴을 보였더니 미야코는 약간의 설명을 덧붙였다.

"미안해. 일부러 말 안 하는 거 아냐."

그 사람의 일방적이고 제멋대로인 행동에 휘둘리며 어떻게든 버림받지 않으려고 매달리다 보니 그만 지쳤다, 무엇보다 그 사람이 나한테 마음이 없는 게 아닌가 하는 느낌이 들어 괴로웠고, 그런데도 그 사람에게 집착하는 스스로가 싫어서 결국 떨어져 나왔다. 그리고 그뿐, 몇 달째 연락이 없다…….

방과 후 음악실 피아노 앞에 앉은 미야코는 느릿느릿 그런 이야기를 털어놓았다.

유명한 지휘자의 딸답게 미야코의 피아노 연주는 아마추어를 홀쩍 뛰어넘는 수준이다. 쉬는 시간에 마음이 내키면 이곳에 와서 베토벤이나 바흐를 재즈풍으로 연주했다. 그 연주를 듣는 것이 내게는 무엇보다 큰 즐거움이었다.

하지만 지금은 달랐다. 미야코는 피아노 뚜껑도 열지 않았고 나도 연주를 감상할 기분이 아니었다.

"이미 헤어졌다고 마음을 정리했었어. 이제 겨우 잊을 수 있 겠다고 생각하던 참이었고. 근데 얼마 전에 그 사람이 불쑥 찾 아온 거야. 그 사람 집에 깜빡 두고 온 사진 필름을 돌려주러 왔다는데 그때 우리 집에 아무도 없었어. 그 사람, 내가 타준 커 피를 마시고 그 참에 쿠키 하나 집어 먹듯이 나와 자고서는 금 세 가버렸어."

미야코의 담담한 말투에서 도리어 그 아픔의 깊이가 느껴졌 다. 그렇게 어른스러운 척이라도 하지 않고서는 그 사람과의 일을 침착하게 털어놓을 수 없는 것이다.

"나도 잘 모르겠다고 말한 건 그래서야. 아직 끝나지 않았는지 아니면 이번에는 정말로 끝났는지 잘 모르겠어. 바보 같지?"

미야코는 쓴웃음을 지었다. 가슴에 뭉클하게 와닿는 웃음이 었다. 벌써 그런 표정을 배워버린 그녀가 가여웠다. 하지만 분 명 내가 동정해 주는 건 싫어할 터였다. 나는 머뭇거리다가 결 국 위로할 기회를 놓쳤다.

"어쩌다 그렇게 제멋대로인 사람을 좋아하게 됐을까." 미야코가 혼잣말처럼 중얼거렸다. "아예 다카유키를 좋아했더라면 훨씬 마음이 편했을 텐데."

2반의 사기사와 다카유키. 럭비부 풀백.

그를 피사체로 찍어 낸 작품으로 미야코가 큰 상을 받은 게 바로 최근에 있었던 일이다. 프로 사진가의 관문으로 통하는 사진 공모전의 심사위원 특별상이다.

특선이나 입선은 아니지만 최연소 수상자였기 때문에 학교에서도 큰 화제였다. 정말 대단하다고 미야코의 어깨를 두드려준 선생님도 있었지만 개중에는 이 일로 구도 미야코는 더 기세등등해질 거라면서 떨떠름한 표정을 짓는 선생님도 있었다. 교무실에 자주 들락거리다 보면 선생님들의 이런저런 말들이 귀에 들어온다.

미야코의 사진 작품이 실린 잡지를 나는 그녀에게 들키지 않게 몰래 구입해 내 방에서 보았다.

수상 작품은 흑백사진 세 장 세트였다. 가까운 과거에서 흘러온 타임캡슐처럼 그곳에는 미야코가 1년에 걸쳐 포착해 온 다카유키가 봉인되어 있었다.

줄무늬 운동복 차림에 머리카락 끝의 땀방울을 뿌리며 봄날의 바닷가를 달리는 다카유키. 여름 시합에서 킥을 하기 직전에 번뜩이는 눈빛으로 지면에 세워진 타원형 볼과 골포스트와의 거리를 가늠해 보는 다카유키. 그리고 이건 아마 11월 은퇴 시합에서 패배했을 때의 사진이리라, 옆얼굴을 내보인 다카유키가 허공을 향해 포효한다. 높직한 콧날에 안타까움의 주름이 새겨지고 하얀 입김을 토해낸다. 눈가에는 땀인지 눈물인지 알 수 없는 것이 맺혀 있다.

사진에 대해 잘 알지 못하더라도 사람의 시선을 강하게 끌어들이는 힘을 느낄 수 있었다. 프로가 본다면 아직 거친 솜씨인지도 모르지만, 한 심사위원은 바로 그 점에서 큰 가능성을 엿볼 수 있다고 평가했다.

자유분방하고 어느 누구에게도 무릎 꿇지 않는 미야코.

그런 미야코를 경원하는 사람도 많다. 그녀의 재능을 시샘하고 부러워하다 못해 험담을 하며 발목을 잡는 아이들도 있다.

하지만 그들은 중요한 것을 놓치고 있었다. 빛이 강하면 그림자도 진하다는 당연한 사실을. 뭔가 특별한 재능을 갖고 있다는 것은 언제 미쳐 날뛸지 모르는 야수를 몸속에서 키우는 것 같은 일이다. 미야코가 요즘 부쩍 여윈 것은 분명 몸 상태가 나쁜 탓만은 아닐 터였다.

수상자 이름으로 인쇄된 '구도 미야코'라는 글자를 나는 손끝으로 가만가만 더듬었다. 그 옆에 다카유키 사진 세 장이 나란히 실려 있었다. 나는 그 페이지를 발기발기 찢어버리고 싶은 마음과 미야코의 소중한 작품인데 그럴 수는 없다는 마음 사이에서 거의 미쳐버릴 것만 같았다.

나도 잘 알고 있다. 미야코는 다카유키를 사랑하는 게 아니다. 주위에서는 그 두 사람이 사귀는 사이라고 지레짐작을 하지만 미야코는 그를 남자로서 좋아하는 게 아니다. 단지 자신의 또 다른 분신처럼 소중하게 여길 뿐이다.

하지만 나한테는 그게 더 아프게 다가왔다. 미야코의 연인이 된다는 건 애초에 불가능한 나에게 그다음으로 갖고 싶은 것이 지금 다카유키가 차지한 바로 그 포지션이었으니까.

아마도 미야코는 내가 그녀의 임신을 눈치챘다는 걸 알고 있을 것이다. 그래도 본인이 그토록 감추려고 하는 이상, 그저 모르는 척해주는 것밖에 내가 할 수 있는 일은 없었다.

어째서 미야코는 내게 솔직히 털어놓지 않을까. 기회만 준다면 어떻게든 도와줄 텐데, 미야코를 위해 해주고 싶은 게 너무도 많은데, 왜 나에게는 문을 열어주지 않을까. 다카유키에게라면 아무렇지도 않게 열어주는 그 문을.

그렇게 생각하자 다카유키가 가진 넓은 어깨와 두툼한 가슴, 울룩불룩한 팔 근육, 옆에서 보기에도 믿음직한 몸의 각 부분이 모조리 가증스러웠다. 태어날 때부터 갖고 있는 '남자'라는 성별에 무심할 수 있는 그가 견딜 수 없이 미웠다.

남자로 태어났으면서도 다카유키는 그런 행운을 깨닫지 못한 채 미야코의 옆자리라는 포지션을 헛되이 흘려보내고 있었다. 미야코와 항상 붙어 다니면서 아무 짓도 하지 않다니, 바보인지 둔감한 건지, 혹시 불능은 아닌지 의심스럽기까지 했다.

내가 다카유키였다면…….

상상만 해도 몸이 달아오른다.

만일 내가 다카유키였다면 당장 미야코를 내게로 돌려세워 내 것으로 만들었을 것이다. 기타자키 따위는 깨끗이 잊어버리게 할 만큼 열정적인 사랑으로 공격하며 절대로 그녀를 놓아주지 않았을 것이다.

나는 다카유키가 되고 싶었다. 지금까지 아무리 나 자신이 싫어도 다른 누군가가 되고 싶었던 적은 한 번도 없었는데, 나는 지금 다카유키가 될 수 없는 나 자신이 너무도 싫었다. 이토록 간절히 원해도 그가 될 수 없다는 게 부조리하게 느껴질 만큼 격렬하고도 절실하게 그것을 원했다.

흑백사진 속 다카유키의 옆얼굴을 뚫어져라 들여다보았다.

그에 대한 미움은 왠지 미야코에 대한 사랑과 꼭 닮아 있었다.

겨울방학이 시작되자 꽁꽁 묶였던 밧줄이 풀린 것처럼 안도가 되면서 온몸의 힘이 한꺼번에 빠져나갔다.

기말고사 결과가 탐탁지 않았던 것에 대해 선생님들은 아무 말도 하지 않았지만 엄마는 몹시 애를 태웠다. 게다가 그냥 가만히 계셨으면 좋았을 텐데 할머니가 옆에서 입바른 소리를 하고 나섰다.

"범죄자 집안의 딸이니 에리는 이제 시집가기는 다 틀렸다."

그 말에 결국 엄마는 눈물을 보였다. 모두 내가 자식을 잘못 키운 탓이다, 큰애 때문에 에리 인생까지 망쳤구나, 라면서. 엄마가 그렇게 우는 모습은 처음이라서 나는 당황했다. 엄마를 다독여 줄 필요가 있었다. 부모란 때때로 어린애보다 더 손이 많이 간다.

큰오빠가 그런 짓을 한 것은 술 때문이지 엄마 탓이 아니야. 내가 입시 공부 더 열심히 할게. 보란 듯이 합격할 거야. 시집가는 건 아직 한참 나중 일이고, 더구나 큰오빠 일로 나를 색안경 끼고 보는 남자라면 내가 먼저 거절할 거야……

그렇게 말하면서도 나는 왠지 엄마를 속이는 것 같아 나 자신에게 오싹 소름이 끼쳤다. 부모님이 바라는 그런 결혼은 어쩌면 평생 할 수 없을지도 모른다. 그런 걸 바라는 것 자체가 내게는 무거운 짐인데도 이렇게 그럴싸한 소리를 늘어놓으며 엄마를 위로하다니, 이건 사기꾼이나 다름없지 않은가.

엄마는 한참이나 울음을 그치지 않았다. 그 이유가 내 성적이나 할머니의 말 때문만은 아니라는 건 알고 있었다. 아직도 큰오빠를 만나지 못한 것이 가장 큰 원인이다.

처음 열흘 동안의 구류 기간이 지났는데도 면회는 허용되지 않았다. 연장 10일이 끝나고 기소된 다음, 즉 해가 바뀔 때쯤에나 만날 수 있다고 변호사 오쿠야마 씨는 말했다.

오쿠야마 씨는 큰오빠가 체포된 날 당번 변호사였다. 당번 변호사란 변호사협회의 자원봉사 제도로, 경찰에 체포된 사람은 처음 한 번은 무료로 그 변호사의 상담을 받을 수 있다.

아버지는 당일에 연락해 준 오쿠야마 씨에게 큰오빠의 변호를 계속 맡겼다. 따로 아는 변호사가 없었기 때문이다. 여전히 입으로는 내 자식도 아니라고 내뱉고 있지만 그래도 그냥 내버려둘 수는 없었을 것이다.

오쿠야마 씨의 설명에 따르면 기소되고 한 달 이내에 첫 번째 공판, 즉 재판이 있다고 한다. 큰오빠의 경우, 우선 상해와 절도죄(그 여자의 지갑에서 돈을 훔쳤기 때문에)가 적용되는 건 확실하고, 나아가 큰오빠로 인한 부상과 여자의 죽음 사이에 인과관계가 확실하다는 판단이 나오면 상해치사죄가 성립한다. 사체를 집 안에 방치한 채 도주한 것에 대해서는, 큰오빠가 그녀의 남편이었다면 매장의 의무를 방기했다는 이유로 사체유기죄까지 적용되겠지만 결혼한 것은 아니기 때문에 아마 괜찮을 거라고 했다.

상해죄와 절도죄만으로 기소될 경우에는 1년 2개월에서 1년 6개월, 상해치사죄가 붙는다면 단번에 형기가 3년에서 5년으로 늘어난다. 집행유예로 끝나도록 노력해 보겠지만 이건 안 될 가능성이 더 높다고 오쿠야마 씨는 말했다. 엉망진창으로 술에 취해 저지른 범행이고, 평소에도 술에 취하면 상대에게 폭력을 휘두른 데다 현재까지도 알코올의존증에서 벗어나지 못하고 있다. 게다가 법률적으로 사체유기죄가 성립하지 않는다 해도 일부러 문단속까지 하고 도주한 것은 틀림없는 사실이다. 어떻게 보든 정상 참작의 여지가 없고 이미지가 몹시 좋지 않다는 것이다.

우리 가족에게는 큰오빠가 도주하는 바람에 사체를 발견했을 때 이미 부패해 있었다는 사실이 가장 충격적이었지만, 그 점에 대해 오쿠야마 변호사는 태연히 말했다.

"설령 사체유기죄가 추가되어라도 형기는 기껏해야 두 달 차이예요."

마치 가전제품의 가격 비교라도 하는 듯한 말투였다.

큰오빠는 나에게서 돈을 받아 갔던 것은 말하지 않은 모양이었다. 아니면 체포되었을 때 이미 빈털터리여서 그런 건 아예 묻지 않았는지도 모른다.

덕분에 아무에게도 그 일을 들키지는 않았지만, 그 대신 나는 연말 연초의 장장 8일 동안 아침부터 밤까지 도서관에서 보내야 했다. 학원 강의를 듣겠다고 말한 이상, 집에 있을 수는 없었던 것이다.

첫날은 멀리 지바까지 나가 낯선 도서관에서 하루를 보냈다. 하지만 이틀째는 학교 근처 시립도서관 한쪽 구석에 진을 쳤다. 학교 도서관은 3학년 학생들을 위해 늘 개방하고 있었고, 그쪽이 참고서도 충실하게 구비되어 있지만 방학 중에까지 학교 친구들의 따가운 시선을 받고 싶지는 않았다.

시립도서관은 연말에도 예상보다 이용자가 많았는데도 학교 도서관보다 조용했다. 큼직한 창문이 보이는 자리에 앉아 문제집을 풀고 있는데 여자 사서가 책 몇 권을 안고 다가왔다. 내가 고개를 들자 그녀는 방해해서 미안하다는 듯 미소를 지었다. 아름다운 사람이었다. 가슴에 붙은 이름표에 '하야마'라고 적혀 있었다. 그녀는 책등 아래쪽에 붙은 라벨의 번호를 보며 한 권씩 제자리에 꽂고 있었다. 긴 머리를 높이 올려 묶어서 허리를 낮춰 앉을 때마다 뒷목의 작은 점이 보였다.

사서가 책 정리를 끝내고 돌아간 뒤, 나는 그녀가 마지막으로 꽂은 책들을 무심코 바라보다가 가슴이 철렁했다. 1년 전쯤, 나만의 성벽을 둘러쌓고 우울의 심연에 빠져 있었을 때 매달리는 심정으로 읽었던 심리학 관련서 중 한 권이 그곳에 있었다.

자리에서 일어나 그 책을 가져왔다. 조심스럽게 페이지를 넘겼다.

젠더, 섹슈얼리티……. 헤테로섹슈얼, 게이, 바이섹슈얼, 트랜스젠더……. 목차에 줄줄이 적힌 단어들은 아직도 분명하게 머릿속에 남아 있었다.

이 책에서 많은 것을 배웠다. 헤테로섹슈얼은 연애 대상이 이성인 사람을 말한다든가, 바이섹슈얼은 이성도 동성도 좋아할 수 있는 사람을 말한다든가. 이 책을 읽으면서, 혹시 나는 그중에서 트랜스젠더라고 불리는 것에 해당하는 건 아닌가 생각했다.

트랜스젠더란 신체적인 성별과 정신적인 성별이 일치하지 않는 사람들을 말한다. 몸은 여성으로 태어났지만 마음은 남성으로, 만일 좋아하게 된 상대가 여성이라면 옆에서 볼 때는 여성과 여성 사이기에 레즈비언으로 보인다. 혹은 그 반대로 남성의 몸에 여성의 마음이 깃든 경우도 있다.

트랜스젠더 안에서도 성 정체성과 성적 지향이 같은 성인 경우도 있다. 이를테면 몸은 남성인데 마음은 여성, 그래도 그 '여성의 마음'이 동성애를 지향하면 좋아하는 상대는 여성. 이 경우, 옆에서 볼 때는, 즉 육체적인 면에서만 본다면 남성과 여성 커플로 보인다. 하지만, 그렇다고 해서 단순하게 정리해 버리면 큰 잘못이다. 왜냐면 동성애를 하는 그(마음은 그녀)는, 연인인 여성이 자신을 남성으로 대하는 것을 견딜 수 없기 때문이다.

세상에는 여성과 남성이라는 두 가지 성만 있는 것이 아니며, 연애의 형태는 무한하게 존재하고 그 사람의 성별은 육체가 아니라 마음으로 결정된다. 내가 이 책에서 얻은 지식은 간단히 요약하면 그런 것이었다. 하지만 정말로 그 내용을 이해한 것은…… 그 일로부터 1년여가 지난 지금 이 순간인 것 같다.

도서관 여기저기서 조심조심 책장을 넘기는 소리가 났다.

기둥시계가 느릿느릿 11시를 알렸다.

묘하게 침착해진 기분으로 나 자신을 다시 한번 분석해 보려고 했다. 나의 실체에 눈을 감고 애써 모른 척하거나 일부러 못된 척 비굴하게 굴지 말고 가능한 한 솔직하고 냉정하게 나 자신을 객관적으로 직시하기로 했다.

생물학적으로 나는 여성이다. 자신의 성별에 위화감을 느낀다는 의미에서는 트랜스젠더, 연애 경향은 레즈비언에 들어맞을지도 모르지만, 육체를 동반한 성적 지향성은 헤테로섹슈얼, 혹은 헤테로에 가까운 바이섹슈얼이다. 다만 헤테로로서의 성적 욕구가 지나치게 강하다는 건 부정할 수 없다…….

너무 복잡해서 머릿속이 뒤죽박죽이 되는 느낌이지만 그래도 그게 '나'인 것이다.

냉정한 분석 뒤에도 내 마음은 산속 호수처럼 고요했다. 책은 다시 제자리에 돌려놓았다. 책등의 딱딱한 감촉이 손끝에 남았다.

그때 이후로 고민의 본질은 전혀 변하지 않았다. 아무것도 해결되지 않았다. 그런데도 나는 아직 이렇게 살아가고 있다. 몇 번이나 죽고 싶은 기분에 빠졌고 그동안 즐거운 일 따위는 전혀 없었지만, 어떻든 우울함을 견디며 하루하루 살아가고 있다.

예전에는 지금보다 훨씬 더 괴로웠다. 지나치게 강한 성욕이나 여자를 좋아하는 데 대한 고민보다 그게 바로 나라는 사실을 인정할 수 없다는 게 무엇보다 괴로웠다. 자존심도 수치심도 송두리째 내던져 버린 미쓰히데와의 관계, 나를 또 다른 깊은 나락으로 끌고 들어갔을 터인 그 관계가 결과적으로 나를 편안하게 해주다니 정말 우스꽝스러운 일이다.

출구가 보이지 않는 고민에 그토록 괴로워했던 것은 그게 말끔히 해결되지 않는 한, 평생 나를 괴롭힐 거라고 생각했기 때문이다. 고민이 몰고 오는 아픔에 익숙해지는 방법도 있다는 것을 그 무렵에는 생각도 하지 못했었다.

가장 붐비는 시간대를 피해 근처 카페 레스토랑에서 점심을 먹고 날이 어스름해질 때까지 문제집을 집중해서 푼 뒤, 폐관을 알리는 벨 소리를 듣고서야 도서관을 나왔다.

집에 돌아가기에는 아직 이른 시간이었다. 그렇다고 쇼핑을 할 마음도, 서점이나 게임센터에 들를 마음도 나지 않았다. 사람 많은 곳은 싫다. 불이 환하게 밝혀진 곳도 싫다. 건전하지 못한 음침한 곳도 싫다. 시끄러운 건 더 싫다……. 나는 최근 3주일여 동안에 완전히 비뚤어져 있었다.

혼자 저녁노을이나 멍하니 바라보는 게 가장 좋지. 그렇게 생각하고 역 옆의 작은 건널목을 건너 휘적휘적 바다 쪽으로 걸어갔다.

하지만 그건 잘못된 선택이었다.

바닷가로 길게 뻗은 좁은 도로에서 백사장을 걸어가는 두 사람의 뒷모습을 발견한 순간, 나는 이런 옆길을 선택한 것을 진심으로 후회했다.

뒷모습을 보이며 걸어가는 다카유키. 그리고 또 한쪽의 자그마한 등은 미야코.

함께 어딘가 다녀오는 길일까. 그들은 서로의 어깨와 허리를 껴안은 채 걷고 있었다. 미야코에게 들이치는 바닷바람을 다카유키의 큼직한 몸집이 막아주고 있었다. 미야코가 그를 올려다보며 뭔가 말을 한다. 그가 내려다보며 서투른 몸짓으로 그녀의 머리를 끌어안는다. 그 너머로 저녁노을에 물든 둔탁한 빛깔의 구름이 펼쳐진다…….

저 자리에 나는 필요 없어…….

숨이 막힐 만큼 강렬한 질투의 소용돌이 속에서 나는 그렇게 생각했다.

내가 파고들 틈 따위는 어디에도 없는 것이다.

미야코는 내 도움 따위 원하지 않는다. 설령 내가 다카유키를 밀어내고 저 자리에 선다 해도 미야코는 내 허리를 껴안지 않는다. 미치도록 고민되는 일이 있어도 나에게는 상의할 마음도 없다. 나 역시 가장 큰 고민을 미야코에게 비밀로 해왔지만 그건 어디까지나 실제 내 모습이 알려져 미움을 사고 싶지 않았기 때문이다. 미야코가 내게 아무 말도 해주지 않는 것은 그것과는 전혀 다르다. 나는 미야코를 누구보다 소중하게 여기지만, 미야코는 나를 다른 친구와 비슷한 정도로밖에는 생각하지 않는다. 그런 것이다.

오래전부터 뻔히 아는 일이었는데도 목구멍에 뭔가 울컥 치밀었다. 두 사람에게 등을 돌리고 반대 방향으로 걸음을 옮겼다.

견딜 수가 없다.

정말 견딜 수가 없다.

인정하고 싶지 않아 애써 외면해 왔지만 내가 미야코에게 '특별한 사람'이 될 수 없다는 것은 이미 지겨울 만큼 잘 알고 있었다. 그런데도 그녀에게로 향하는 내 마음을 어떻게도 할 수 없었다.

여자들끼리라서 그나마 다행이라고 나 자신을 다독여 왔다. 설령 '특별한 사람'이 되는 건 어렵더라도 곁에 있는 것쯤은 가능하니까.

쉴 새 없이 바닷바람이 들이치고 눈물이 입가로 흘러들었다. 눈물이 넘치고 넘쳐 앞이 보이지 않았다. 내 안에 억지로 밀어넣어둔 바다가 마치 철 지난 태풍처럼 마구잡이로 미쳐 날뛰며 방파제를 뛰어넘고 있었다.

발이 이끄는 대로 길모퉁이를 오른쪽 왼쪽으로 꺾어들었다.

한참을 걷고 나서야 깨달았다. 그곳은 미쓰히데의 하숙집 앞이었다. 다급하게 눈물 콧물을 닦으며 올려다보니 베란다에 항상 널려 있던 웨트슈트가 보이지 않았다. 아마도 쇼난 집에 돌아간 것이리라.

"앗, 에리?"

길가로 새어나온 1층 가게의 불빛 속을 비틀비틀 지나가는데 누군가 불쑥 말을 걸어서 나는 흠칫 놀랐다.

가게 옆 어슴푸레한 곳에서 웨트슈트 차림의 미쓰히데가 놀란 얼굴로 나를 보고 있었다.

"너 이런 데서 뭐 해?"

머리칼이 젖어서 뭉텅이져 있었다. 조금 전까지 바다에 들어가 있었던 모양이다.

"너, 너야말로 여기서 뭐 해?" 목쉰 소리를 억지로 밀어냈다. "본가에 안 갔어?"

"아니, 내일 가려고. 이래 봬도 내가 할 일이 많거든. 너, 지금 바빠?"

"응?"

"지금 바쁘냐고."

"그, 그런 건 아니고……."

미쓰히데가 앞머리를 털면서 나를 지그시 바라보았다.

"그럼 잠깐 들렀다 가라. 커피 한 잔 줄 테니까."

가게가 열려 있는 시간에 여학생을 데려온 것은 처음이었기 때문에 가쓰야 씨는 물론이고 다른 직원과 마침 쇼난 본점에서 와 있던 히로 씨까지 안쪽에서 일부러 얼굴을 내밀고 나를 놀려댔다.

히로 씨는 끌다시피 에리를 데려다 의자에 앉히더니, 험상궂은 얼굴로 내 등을 떠밀었다.

"여긴 됐으니까 넌 어서 옷이나 갈아입고 와."

뒷마당에서 젖은 웨트슈트를 벗었다. 샤워는 나중으로 미루고 일단 몸의 물기부터 닦았다. 급히 추리닝을 입고 있는데 가게 쪽에서 가쓰야 씨의 목소리가 들려왔다.

"거참, 다행이네. 내가 이제야 마음이 좀 놓인다. 저 녀석, 우리한테는 여자친구를 통 소개해 주지 않아서 말이지. 항상 사내놈들하고만 어울리니까 혹시 득도라도 했나 싶었던 참이야."

별소리를 다한다고 혀를 끌끌 차며 나는 추리닝 바지에 다리를 넣었다.

하지만 지난번 그 일 때문에 얻어맞은 뒤로 한동안 나는 가쓰야 씨 앞에서 얼굴을 들 수 없었다. 그래도 다시 말을 걸어주고 이래저래 신경 써준 사람은 역시 가쓰야 씨였다. 그는 어쩌면 내가 아는 사람 중에서 가장 어른스러운 사람인지도 모른다. 아버지나 어머니보다도 더.

추리닝으로 갈아입고 가게로 가자 히로 씨가 에리에게 뭔가 꼬치꼬치 캐묻고 있었다.

"그나저나 우리 미쓰히데의 어떤 점이 마음에 들었을까나?"

대답할 말이 없어 쩔쩔매는 에리의 등을 밀며 급히 2층으로 도망쳤다.

"야, 미쓰히데, 못된 짓 하면 안 된다?"

등 뒤로 날아온 히로 씨의 놀림에 나도 모르게 쓴웃음이 터져 나왔다.

방에 들어선 에리는 어질러진 물건들을 척척 치우고 한쪽에 앉았다. 평소와는 달리 침착성을 잃은 모습이었다. 여기까지 온 것은 본의가 아니었다는 기색으로 안절부절못하고 있었다.

나는 약속대로 커피를 타주었다. 그냥 인스턴트지만 생각해 보니 이런 커피 한 잔이나마 대접해 준 것도 처음이라 묘한 기분이었다.

"저 사람……." 내 쪽을 쳐다보지도 않고 에리는 말했다. "네가 여자들 많이 사귄 거, 모르는 거야?"

"응, 내가 엄청 착실한 척했거든."

에리가 어이없다는 얼굴로 그제야 나를 보았다. 눈가가 불그레했다. 아무래도 펑펑 울고 난 뒤인 것 같았다.

"뜨거우니까 조심해."

머그잔을 건네주고 나는 내 잔을 손에 든 채 창가에 책상다리를 하고 앉았다.

에리가 커피를 한 모금 마시더니 심각한 얼굴로 맛을 음미했다. 아래층에서 가쓰야 씨가 손님과 이야기하는 소리가 들렸다.

선반의 리모컨을 집어 전원을 눌렀다. 은색 보스 스피커에서 작은 소리로 재즈가 흘러나왔다. 뜻밖이라는 듯 에리의 눈이 반짝 빛났다.

"내 거 아니야." 어쩐지 겸연쩍어서 변명했다. "우리 아버지가 고른 거야. 괜찮은지 들어보려고 지난번에 집에서 가져왔어."

빗소리처럼 이어지는 음악의 틈새마다 에리의 숨소리가 들렸다. 나와 눈이 마주치자 그녀는 시선을 돌려버렸다. 이 방에 있는 물건 따위는 이미 다 알고 있을 텐데도 처음 본 사람처럼 두리번거리고 있었다.

"전부터 이상하게 생각했는데…….." 그녀는 말했다. "저건 왜 저런 곳에 붙어 있어?"

그 시선이 반으로 접힌 이불의 베갯머리 쪽 벽으로 향하고 있었다. 방바닥에 닿을 듯 낮은 곳에 서핑 잡지에서 오려낸 사진 몇 장을 붙여두었다. 화려한 립 액션을 구사하는 롭 마차도. 편안하게 튜브 안으로 돌진하는 마틴 포터. 잡지의 좌우 두 페이지에 걸쳐 있는 연속 사진도 있다. 움직이는 파도의 페이스*에

• 　서퍼가 활주하는 파도의 안쪽 면.

시계추 같은 원심력을 이용해 날카롭게 라인을 그리는 세키야 도시히로. 모두 일류 서퍼들이다.

"이미지 트레이닝이야." 나는 말했다. "잠들기 전에 찬찬히 보면서 저런 감각을 내 것으로 만드는 거. 농구부에서도 하잖아, 비디오 보면서."

"거대한 파도구나." 그녀가 말했다. "합성 사진 같아."

실제로 하와이의 파도는 엄청나게 거대하다. 작년에 노스쇼어에서 이 사진만큼 큰 파도를 탔을 때, 나는 정말로 죽을 뻔했다. 바닷속으로 빨려 들어가 연거푸 파도에 두들겨 맞으면서 내가 드디어 죽는구나, 하고 실감했다. 파도가 한 번만 더 덮쳤다면 틀림없이 빠져 죽었을 것이다. 폐의 공기가 바닥나고 바닷물을 들이켜기 시작한 참에 파도가 뚝 끊겼다. 세트가 지나간 것이다.

"이런 파도가 정말로 있다는 것도 믿어지지 않지만……." 에리는 커피를 다시 한 모금 마신 뒤에 말을 이어갔다. "이런 파도를 타겠다고 덤비는 바보들이 있다는 게 더 믿어지지 않아."

나는 하하 웃어버렸다.

"그래, 맞아. 나도 가끔 그렇게 생각해."

"얼마 전에 우리 학교 학생도 서핑하다가 크게 다쳤다고 하던데."

가슴이 덜컥 내려앉았다.

"혹시 아는 사람이야?"

"응, 내가 서핑 가르치던 선배."

"저런!"

나는 가와이 선배에 대해 말해주었다. 물론 대마초를 피웠다는 얘기는 하지 않았지만, 무릎을 바위에 정통으로 부딪혔다는 말을 듣자마자 에리는 미간을 찌푸리며 고개를 돌렸다. 어깨가 바르르 떨렸다.

"추워?"

에리는 고개를 가로저었지만 나는 전기스토브를 그녀 쪽으로 밀어주었다.

"요즘 바닷물, 차갑지 않아?"

"그야 차갑지."

"근데 왜 날마다 들어가? 시합에 대비하려고?"

"아니, 앞으로 한동안 시합은 없어. 근데 4월부터 10월까지는 빽빽하지. 혹시 보러 올 생각이었어?"

"누가?"

말투는 차가웠지만 왠지 이전처럼 가시 돋친 데는 없었다.

"너는 본 적 없지, 서핑 시합?"

고개를 끄덕이는 그녀에게 나는 설명해 주었다.

선수는 제한 시간 내에 몇 개의 파도를 타면서 최상의 연기를 보여주어야 한다. 그래서 가장 좋은 파도를 남보다 먼저 잡아타고 그 파도가 무너지는 방식을 파악한 뒤에 다양한 기술을 선보이며 심사위원에게 어필한다. 한 회 한 회가 진검승부다. 다음 파도 때 하면 된다고 미뤘다가는 패한다. 이 정도면 됐다고 생각해도 패한다. 같이 들어간 상대 선수를 쳐다보다가 아차 하는 생각이 들면 대개는 패한다. 심리적으로 이미 졌다는 증거이기 때문이다.

"남은 시간을 알아버리면 마음이 급해져. 그래서 나는 시합 중에 시간은 계산하지 않아. 아무튼 내 앞에 닥쳐오는 파도에만 집중하려고."

에리는 건성으로 듣고 있었다. 마음이 딴 데 가 있는 것이다.

그녀의 눈가가 붉그레한 이유를 나는 굳이 묻지 않았다. 어쩌면 지난번처럼 캐묻는 게 좋을지도 모른다. 하지만 이번에는 모르는 척하는 게 나로서도 마음이 편했다. 이유를 얘기해도 제대로 위로해 줄 자신이 없었다.

아마도 큰오빠 문제로 실컷 울고 싶었을 것이다. 학교에서는 그토록 강한 척했지만 역시 힘들었을 거라고 생각했다. 에리도 눈물을 흘릴 때가 있다는 것을 알고 오히려 마음이 놓였다.

그보다 뭐였더라, 만나면 꼭 말하려던 게 있었는데…….

"아, 생각났다!"

물어볼 게 있다고 말하자 에리는 잔뜩 경계하는 눈치였다.

"뭔데."

"너, 지에코라는 사람 알아?"

"뭐?"

"지에코. 뭔가 새콤한 과일과 관계가 있는 사람인 모양인데 내가 영 무식해서 말이지. 너는 알 거 같은데?"

에리는 무슨 말인지 모르겠다는 얼굴로 나를 바라보았다.

나는 아버지가 옛날 하귤을 그리워했다는 얘기를 해주었다. 그 대신 레몬이라도 사다주겠다고 했더니 "내가 무슨 지에코냐?" 하고 되물었다고 말하자 에리의 미간이 환해졌다.

"그건 시인 다카무라 고타로가 아내 지에코에게 바친 시 얘기잖아." 그녀는 말했다. "국어 시간에 『지에코초智惠子抄』라는 시집에 대해 배웠는데, 기억 안 나?" 그러고는 말을 덧붙였다. "진짜 유명한 시인이야. 모르는 사람 없을걸?"

유난히 힘주어 말하는 바람에 나는 불끈했다.

"그야 나도 배운 기억은 나지. 근데 무슨 내용인지 잊어버렸어." 나는 말했다. "쳇, 미안하다. 머리가 나빠가지고……. 어쨌든 그 시가 레몬과 무슨 관계인데?"

"설마 「레몬 애가」라는 시도 몰라? 교과서에 나왔잖아."

"뭐, 듣고 보니 그런 게 있었던 것 같기도 하고……."

내가 말끝을 흐리자 에리는 어처구니없다는 듯이 고개를 저었다.

"그나마 서핑이라도 잘해서 다행이다."

말은 그렇게 했지만 에리는 상당히 자세하게 시의 내용을 알려주었다. 시인 다카무라 고타로가 아내 지에코의 임종 직전을 회상하는 애절한 시였다. 아내가 바싹 마른 입안을 적시려고 레몬을 이로 베어 먹었다는 대목에서는 한순간 감귤 향기가 코끝을 스치는 것 같았다.

덜컹덜컹 가게 셔터가 닫히는 소리가 들렸다.

"야, 미쓰히데!" 아래층에서 가쓰야 씨가 소리쳤다. "우리 이제 간다!"

알았다고 대답하자 곧바로 오토바이와 자동차 시동이 걸리고 배기음이 멀어져갔다. 히로 씨는 오늘 밤 가쓰야 씨 집에서 잘 것이다. 창문 밖은 벌써 어둑어둑했다.

에리가 자리에서 일어났다.

"나도 그만 갈게."

"방학 끝나면 또 와."

가지 말라고 붙잡는 대신에 나도 자리를 털고 일어섰다.

"됐어, 데려다줄 거 없어."

"아니, 웨트슈트하고 보드를 아직 못 치웠어."

"그래? 미안, 방해해서."

"내가 들어오라고 했는데, 뭘."

에리 뒤를 따라 계단을 내려갔다. 그녀의 목덜미에 짧은 머리카락이 삐져나와 있었다.

어쩐지 기분이 이상했다. 이 방에서 우리가 옷을 입은 채 만난 게 처음이었기 때문이다. 그저 그런 평범한 얘기를 나누고 커피 한 잔 마셨을 뿐인데 왜 이렇게 심장 근처가 근질거리는 걸까.

뒷문으로 밖에 나서자 차가운 공기가 살갗을 찔렀다.

"갈게."

에리가 등을 보이며 돌아섰다.

"또 와야 해."

그녀가 천천히 뒤돌아보았다.

"그 말, 아까도 했어."

"알아. 가게 문 열려 있을 때라도 괜찮으니까 꼭 와."

에리는 그 말에는 대답하지 않고 인사만 건넸다.

"커피, 잘 마셨어."

결국 선언서에는 내가 서명했다. 일단 네가 장남이니까, 하고 누나는 말도 안 되는 변명을 했다.

야마모토 미쓰히데.

내 손으로 쓴 글씨였지만 찬찬히 보니 아버지 글씨체와 비슷하다는 것을 깨닫고 괜히 심통이 났다. 뜻밖의 부분에서 서로 닮는 것은 모녀 간에만 나타나는 현상이 아닌 모양이다.

어머니가 평일 오후에 병간호를 맡기로 한 것에 대해 역시나 누나와 한바탕 티격태격했다. 하지만 아버지가 단 두 마디로 평정해 버렸다.

"내가 정했어. 뭐, 불만 있냐?"

갈라 터진 입술로 그렇게 말하는데 누나도 더 이상 반대할 도리가 없다.

나중에 누나는 애먼 나에게 툴툴거리며 화를 냈다.

"우리 집 꼴을 좀 봐. 아버지가 지었던 것은 가족을 위한 집이었어. 근데 그 사람이 나가버린 뒤로 완전히 빈집처럼 황량해졌어. 우리 집을 이렇게 만든 그 사람, 난 절대 용서 못해."

누나에게 어머니는 오래전부터 '그 사람'이었다.

하지만 나는 이번만은 아무 말도 하지 않았다. 달래지도 않고 나무라지도 않고 그저 묵묵히 들어주는 역할만 했다. 누나는 한바탕 속이 풀릴 때까지 쏟아내면 그다음은 길게 끌지 않는 성격이다. 집안의 이런 속사정까지는 가쓰야 씨에게도 털어놓지 못할 테니 나는 입 다물고 그 응어리가 풀리기를 기다려주기만 하면 된다.

어머니가 간호해 준 덕분인지 뭔지 아버지의 건강 상태는 요즘 들어 안정세였다. 항암제 투여가 일단락되었기 때문인지도 모른다. 얼굴에 핏기가 돌아오고 구역질도 가라앉아서 계란찜 정도는 떠먹기도 하는 모양이었다.

정초에는 집에 가도 된다고 담당 의사의 허락이 떨어진 것은

12월 30일이었다.

"통증에 대비해 약을 드리겠습니다." 담당 의사 데라야마는 누나와 나를 따로 불러 말했다."솔직히 말하면 이번이 마지막 외박이 될 거예요. 되도록 마음 편히 지내실 수 있게 해주세요."

삼십 대 후반쯤일까. 은테 안경 안의 눈빛이 차갑도록 침착했다. 약간의 상냥함만 곁들인다면 단숨에 간호사나 여자 환자들의 인기를 독차지할 텐데 웃음기라고는 일절 보이지 않는 의사 선생님이다. 병원 내에서는 실력이 좋다는 소문이 돌았다. 그런 말을 들을 때마다 나도 모르게 결국 아버지의 암은 낫게 해주지 못했잖아, 하는 반발심이 들었다. 나쁜 것은 암이지 의사가 아닌데도 누군가 남의 탓으로 돌리지 않고서는 마음이 정리되지 않는 것이다.

그 선언서를 본 순간, 나는 아버지가 죽어간다는 현실을 분명하게 실감했다. 하지만 아직도 받아들일 수는 없었다. 항상 자기 멋대로 굴던 아버지가 어떻게 자신의 죽음만은 순순히 받아들이는지 신기할 정도였다.

다음날인 31일 오후, 아마미야 씨가 병원까지 차를 가져와 주었다. 아버지는 오랜만에 집에 돌아왔다.

벽을 짚으며 천천히 걸음을 옮겨 마침내 자신의 작업실에 들어서자 아버지는 기울어진 제도대와 전문 서적이 들어찬 책장을 신기하다는 듯한 눈빛으로 바라보았다.

사무실 직원들에게는 퇴직금을 주고 이미 다른 일자리를 찾아보라고 지시했다고 한다. 피를 토하고 쓰러졌을 당시에 진행 중이던 작업도 모두 마무리해서 이제 주변 정리는 완벽하다고 할 만큼 끝이 났다.

햇살이 눈부신지 실눈이 되어 벽에 세워둔 롱보드를 바라보다 아버지는 불쑥 말했다.

"계속 따기만 하는 도박이라는 건 없는 모양이다."

"도박?"

"그래, 나는 좀 이른 시기에 도박에 진 것뿐이야. 이제 새삼 울면서 원망해 봤자 판돈은 돌려주지 않아. 기왕 이렇게 된 거, 떠날 때만이라도 씩씩하게 내 의지를 보여줘야지."

아버지는 창가로 다가가 창문을 활짝 열었다. 그리고 내가 지난번에 그랬듯이 아주 오랫동안 겨울 바다를 내다보았다. 갑작스레 바다에 들어가겠다고 할까 봐 조마조마했지만 그런 무리한 요구는 더 이상 하지 않았다.

그날 밤.

자정 무렵에 돌연 구역질과 통증이 한꺼번에 덮쳐들었다. 약을 먹어도 전혀 효과가 없었다.

제야의 종이 울리는 텔레비전 방송을 중간에 꺼버리고, 누나가 아마미야 씨에게 급히 전화를 걸었다. 아버지는 결국 단 하룻밤도 집에서 지내지 못한 채 다시 병원으로 가야 했다.

차 안에서 아버지는 입을 꾹 다물고 한숨만 내쉬었다. 자신이 한숨을 내쉰다는 것도 자각하지 못하는 듯했다.

하룻밤의 외박도 견뎌낼 수 없을 만큼 약해진 것을 의사는 왜 알지 못했을까. 그나마 내 집을 다녀간 것만도 다행이라고 해야 할까. 외박 허락이 떨어졌다는 말에 어린애처럼 기뻐하던 아버지를 떠올리니 너무도 가엾었다. 사탕을 줬다가 금세 빼앗을 거라면 아예 처음부터 주지 않는 게 낫다.

아버지가 다시 한숨을 내쉬며 낮은 목소리로 말했다.

"죽는다는 거, 참 시간이 걸리는구나."

아무도 대답하지 못했다.

견딜 수 없는 것은 죽음 그 자체보다 죽음으로 다가가는 길에 맞닥뜨리는 이런 과정 하나하나인 거라고 나는 생각했다. 수많은 낙담과 실망이 차곡차곡 쌓이면서 환자의 기력을 서서히 앗아가는 것이다.

실제로 그날 이후 아버지는 부쩍 기운을 잃었다. 몇 계단씩 툭툭 떨어지듯이 나날이 상태가 나빠지는 게 뚜렷하게 눈에 보였다.

"의사라는 놈은 이 판국에도 최선을 다하겠다는 말을 한단 말이야." 통증으로 일그러진 얼굴로 아버지는 이를 갈며 말했다. "나한테는 그게 최선을 다해 고통스럽게 해주겠다는 말로 들려."

통증을 완화하기 위한 링거도 점점 효과가 떨어지고, 그래서 모르핀 양을 늘려달라고 하니 이번에는 환각에 시달렸다. 의식이 몽롱한 상태에서 협탁에 놓인 가위를 들고 링거 줄을 잘라버린 적도 있었다.

누나가 연말연시 휴일에 이어 유급 휴가를 받아 찾아왔는데 누군지 알아보지 못하기도 했다.

"아버지, 나야, 이치코."

누나가 귓가에 대고 말했지만 아버지는 천장에 시선을 고정한 채 고집을 부렸다.

"아니, 넌 이치코가 아니야. 이치코를 불러와."

그럴 때면 누나는 눈물이 글썽한 눈으로 나를 돌아보았다.

"이건 아버지가 하는 말이 아니야." 나는 누나를 달랬다. "약이 시키는 말이지."

그 증거로 다음 날 아침이면 아버지는 아무것도 기억하지 못했다.

하지만 왜 그런지 어머니를 못 알아보는 일은 없었다. 모르핀 투여 사이클에 따라 어머니가 오는 낮에는 비교적 정신이 또렷했기 때문인지도 모르지만, 그래도 8년씩이나 떨어져 살던 사람인데 정말 신기했다. 누나가 그런 걸 눈치채지 못한 것에 나는 안도했다. 둘이 교대로 왔기 때문에 마주칠 일이 없었던 덕분이다.

새해 초에 1인실이 비어서 아버지는 그쪽으로 옮겨졌다.

하루 중 잠들어 있는 시간이 점점 더 길어졌고, 의사는 마침 내 방광에 카테터를 연결하라고 지시했다. 그러는 게 조금이나 마 몸이 편해질 텐데도 아버지는 끔찍이 싫어했다. 배설까지 남의 신세를 진다면 살아 있을 의미가 없다, 몇 시간이 걸리든 내 힘으로 화장실에 가겠다고 마지막까지 저항했지만, 자리에 서 일어설 수 없게 되자 결국 체념했다.

하루에 몇 번씩 간호사가 확인하러 왔다. 잠든 아버지 옆에서 링거 눈금이며 오줌의 양, 색깔 등을 차례차례 체크해서 기록 했다.

어떤 일이든 능숙해진다는 건 좋은 일이지만, 곁에서 지켜보 자면 '의료'라기보다 '작업'에 가까웠다. 마치 아버지라는 고물 기계를 정비 점검하는 느낌이어서 그리 유쾌하지는 않았다. 하 지만 누나는 간호사들이 친절하다고 고마워했다. 사소한 점들 이 하나하나 신경에 거슬리는 건 단순히 내가 지쳐서 신경질적 이 된 탓인지도 모른다.

오늘 저녁에 온 20대 후반의 간호사는 한바탕 필요한 사항을 기록하더니 약 기운에 취해 멍해진 아버지의 이불을 훌떡 걷고 방광에 이어진 카테터를 바로잡았다. 그 순간 아버지의 그것이 당겨지는 모습이 눈에 들어왔다.

어렸을 때 은밀히 두려움과 부러움의 대상이었던 그것은 이제 냉장고 구석에 석 달쯤 깜빡 잊고 넣어둔 가지 같았다.

중요한 부분을 거칠게 다루어도 아버지는 힘없이 눈꺼풀을 반쯤 올렸을 뿐 아무 말도 하지 않았다. 바로 보름쯤 전이었다면 지금 성추행하는 거냐고 분명 미운 소리 한마디쯤은 던졌을 것이다.

간호사가 나가고 병실이 고요해졌다.

다시 눈을 감아버린 아버지의 흙빛 얼굴을 내려다보았다.

죽음이란 심장이 멈추는 것이 아니었다. 죽음이란 이렇게 타인과의 관계를 잃어가는 것이다.

★

"올해는 연하장이 줄어들 줄 알았는데 꼭 그렇지도 않더라."

설날 오후, 어머니는 안도한 얼굴로 그렇게 말했다.

하지만 연하장의 실제 내용은 다양했다. 큰오빠 사건을 듣고 우리 가족을 위로해 주는 것보다 아무리 선의로 해석해도 값싼 동정이나 비꼬는 말로 받아들일 수밖에 없는 것도 적지 않았다. 물론 그 사건 따위는 알지 못하는 척 의례적인 인사말을 적어 보낸 것이 대부분이지만, 과연 그중 몇 퍼센트가 정말로 모르는지는 의문이었다.

설날부터 초사흘까지 두툼한 묶음으로 우편함에 들어 있던 연하장이 하루하루 줄어들더니 이윽고 거의 없어졌을 때 겨울 방학이 끝났다.

개학하고 며칠 뒤, 여태 갖지 못한 돈을 봉투에 넣어 미쓰히데에게 돌려주었다. 학교에서 건네면 누구든 보게 될 것 같아서 일부러 그의 하숙집으로 갔다. 아래층 가게는 정기휴일이었다.

직원과 마주치는 게 거북스러웠을 뿐, 정기휴일을 고른 것에 딱히 별다른 뜻은 없었지만, 어쨌든 미쓰히데와 나는 결국 벌거벗고 함께 잤다. 우리에게는 그게 당연한 일이고 그러지 않는 게 오히려 용기가 필요한 일이었다.

가슴을 맞대고 미쓰히데의 달아오른 살갗과 몸의 무게를 느꼈을 때, 무척 오랜만이라는 마음이 들었다. 지난번에도 거의 한 달 만에 만났지만 이번에는 그보다 간격이 더 벌어졌다. 이렇게 오래 못 만난 건 처음이었다.

하지만 그 간격을 그다지 실감하지 못했다. 이전과 똑같다고 생각하면서 나도 미쓰히데도 어딘가 묘하게 어색했다. 원인은 짐작이 갔다. 서로 증오하는 척하는 게 잘되지 않았고, 그와 동시에 어떤 방식으로 서로를 품어야 할지 알 수 없었던 것이다.

원래 다른 연인들처럼 몸이 하는 일에 감정이 그대로 실리는 게 아니었다. 하지만 이제는 몸이 하는 일에서 감정을 완전히 배제할 수 없었다. 그를 마주 볼 때 이전에는 내 시선에 날카로운 가시와 혐오감을 진하게 담았는데 이제는 그것조차 힘들었다.

미쓰히데도 자신의 페이스를 잃은 것 같았다. 우리는 한참이 지나도 아무 곳에도 도달하지 못했다. 지금까지는 껴안기만 해도 쉽게 가닿았던 곳이 이제는 손끝조차 닿지 않았다. 아무리 몸의 리듬을 맞춰 움직여도 마냥 답답한 주고받음만 이어졌다. 초조해서 온몸에 소름이 돋을 것 같았다.

마구잡이로 거칠게 움직여 겨우 끝을 내기는 했지만 이건 불완전연소였다. 나뿐 아니라 미쓰히데도 마찬가지라는 건 그의 떨떠름한 표정에서 알 수 있었다.

옆으로 누워 흐트러진 호흡을 가다듬었다. 옆에서 그도 거친 숨을 몰아쉬고 있었다. 이윽고 그가 뭔가 할 말이 있는 듯 입을 열려고 해서 나는 손을 저어 가로막았다. 방금 끝난 정사에 대해서는 아무 말도 하고 싶지 않았다.

천천히 몸을 돌려 그를 바라보며 다른 화제를 꺼냈다.

"가와이 선배는 좀 어때?"

"뭐?"

왜 갑작스레 엉뚱한 얘기를 꺼내느냐는 듯 미쓰히데가 어리둥절한 표정으로 나를 보았다.

"가와이 선배 말이야. 무릎 다쳤다면서?"

"아, 응. 조금씩 좋아지고 있어. 갑자기 그 선배 얘기는 왜?"

"그냥 좀 마음에 걸리는 소문이 있어서."

미쓰히데가 배를 깔고 엎드려 양쪽 팔꿈치를 짚었다.

"소문이라니, 무슨 소문?"

"가와이 선배 다쳤을 때, 뭔가 이상한 걸 피웠다고 하던데."

미쓰히데의 얼굴빛이 변했다.

"정말이었던 모양이네?"

"뭔 소리야. 아니야. 너무 어이없는 얘기라서 잠깐 놀랐어."

"그러셔?" 코웃음을 쳐주었다. "뭐, 사실이 어떻든 상관없지만, 넌 거짓말 진짜 못한다."

"글쎄 아니라니까."

"나한테까지 괜히 거짓말할 거 없잖아."

미쓰히데는 입을 꾹 다물어버렸다.

"내가 딴 사람한테 얘기할 것도 아니고."

"……."

더 이상 얼버무려 봤자 별 의미가 없다고 생각한 것이리라. 포기한 듯 한숨을 내쉬었다.

"그 소문……." 소문이라는 부분을 강조하며 그가 말했다. "누구한테 들었어?"

"딱히 누구한테 들었다기보다 지나가다 잠깐 들었어."

"그러니까 누가 그런 얘기를 했느냐고."

나는 미쓰히데가 몸을 돌리는 참에 딸려 간 담요를 다시 끌어당겨 가슴을 가렸다.

그저께 방과 후, 도쿄의 대학에 간 농구부 선배들이 학교에 놀러와 후배들 연습을 봐주던 때의 일이었다. 입시가 코앞에 닥친 나는 더 이상 연습에는 참여하지 않지만 모처럼 선배들이 왔다고 해서 한쪽 구석에서 잠깐 지켜보았다. 그때 선배 두 명이 옆에서 쉬면서 낮은 목소리로 수군덕거렸다. 가와이가 크게 다쳤다더라, 뭔가 이상한 것을 피웠다더라, 하는 목소리가 내 귀에 들어왔다. 그 '이상한 것'이 무엇인지는 모르지만, 적어도 담배는 아닌 것 같았다.

"대체 어디서 그런 얘기를 들었지?"

미쓰히데가 말했다. 표정이 홱 바뀌어 있었다. 전기난로 불빛에 드러난 옆얼굴이 피 칠을 한 것처럼 빨개서 마치 원한 섞인 주문을 외우는 망령처럼 보였다.

"이케 선배라고, 알아?"

"누구?"

"성씨에 이케가 들어가는 선배. 이케다도 아니고 이케타니도 아니고, 이케……, 이케…….."

"혹시 고이케?"

"아, 그래, 고이케. 그 사람, 알아?"

"고이케가 뭐랬는데?"

"선배들이 그랬어. 고이케 녀석도 참, 상대를 봐가면서 권할 것이지, 가와이처럼 단순한 애는 누가 봐도 그런 쪽에는 소질이 없게 생겼잖아……. 아니, 왜 나를 노려봐? 내가 한 말도 아닌데."

"아, 미안."

"미안할 것까지는 없고."

베갯머리에서 달칵 소리가 났다. 자명종의 시침이 미리 맞춰둔 바늘과 겹쳐지는 소리였다. 넘어진 시계를 일으켜 보니 6시였다. 미쓰히데가 오늘 아침 이 시각에 일어난 것이다.

"저기……."

"응?"

"그 '이상한 거'라는 게 뭐야?"

그는 침묵하고 있었다.

"혹시 대마초?"

"……."

역시 그렇구나 싶었다. 언젠가 미야코와 함께 본 포스터가 머릿속을 스쳐갔다.

"너도 알고 있었어? 가와이 선배가 그거 피웠다는 거?"

"……."

"나한테는 꼬치꼬치 물어보면서 정작 너는 아무 말도 안 하겠다?" 그래도 그가 침묵하고 있어서 나는 들으라는 듯이 진한 한숨을 내쉬었다. "하긴 나하고는 상관없지. 가와이 선배 얘기는 알고 싶지도 않고."

거짓말이었다. 가와이 선배에게 개인적인 관심은 없지만 그가 뭘 했는지는 매우 궁금했다.

"아무튼 사람이란 겉모습만 보고는 모른다니까. 물론 나도 이런 말을 할 처지는 아니지만, 그래도 그런 걸 피울 줄은 상상도 못 했어. 가와이 선배, 얌전한 줄 알았는데 겉과 속이 완전히 다르네."

"그런 거 아냐."

발끈한 듯 미쓰히데가 말했다.

"대마초를 피우다니, 정상은 아니잖아."

"쳇, 너하고 나는 어떤데? 우리가 한 짓은 정상이었어?"

나는 말문이 턱 막혔다.

"가와이 선배도 그래. 처음부터 피울 마음이 있었던 게 아니야. 분위기에 떠밀려 어쩔 수 없이 그렇게 됐지. 그 자리에서 거절했다면 당장 분위기가 썰렁해지고, 이런저런 인간관계를 감안하다 보니……."

왜 그렇게 불끈하는지 의아할 만큼 그는 열심히 가와이 선배를 변호했다. 마치 제 식구나 연인을 편들어 주는 것 같았다.

"직접 본 것처럼 말하네? 어떻게 그런 것까지 알아?"

몇 초 동안 망설인 끝에 미쓰히데는 별수 없다는 듯이 털어놓았다.

"내가 직접 봤어."

"뭐?"

그의 목울대가 꿀꺽 움직였다.

"대마초 피울 때, 나도 그 자리에 있었어."

"에이, 거짓말."

"이 방이야, 다들 모였던 게."

"설마."

"그래, 나도 피웠어."

나는 선뜻 말이 나오지 않았다.

"캠프파이어 다음 날 밤이었어. 학교 쉬는 날이었잖아. 낮에 다테야마에서 너 만나서 돈 건네주고 오후에는 바다에 들어갔거든. 근데 밤에 고이케 선배와 스기타 선배 일행이 여기로 몰려왔어. 내가 피운 건 그때 딱 한 번뿐이었지만 가와이 선배는 두 번째로 또 피웠다가 그 사고를 당한 거야. 한마디로 운이 없었어."

"……바보 아냐, 너희들?"

"응, 나도 알아." 힘없이 대답하며 미쓰히데는 쓴웃음을 지었다. "하지만 너라면 절대 피우지 않았다고 자신 있게 말할 수 있어? 너도 조금쯤은 관심 있잖아. 마리화나로 기분이 붕 뜬다는 게 뭔지, 분명히 궁금해질걸. 네가 그 자리에 있었다면 딱 잘라 거절할 수 있었겠냐?"

"당연히 거절했지." 미쓰히데의 어리석음에 화가 났다. "네 말대로 나도 어이없는 짓은 많이 했어. 그건 인정해. 솔직히 말해서 내 눈앞에 들이밀면서 피워보라고 한다면 조금쯤은 마음이 흔들릴지도 몰라. 그래, 그것도 인정해. 하지만 나는 틀림없이 거절했을 거야. 내 정신이 어딘가로 날아가는 그런 바보 같은 짓, 나라면 절대 하지 않아. 그것만은 참을 수 없으니까."

자신이 뭘 하는지 알지 못한 채 우왕좌왕하는 인간처럼 딱한 것도 없다. 그런 꼴이 된 나 자신은 상상만 해도 끔찍하다. 절대로 그것만은 사양한다.

하지만 미쓰히데는 내 말이 몹시 거슬린 모양이었다.

"계속 바보 취급을 하는데, 애초에 일이 그렇게 된 건 네가 도무지 이해할 수 없는 짓을 했기 때문이었어."

온몸으로 분노를 드러내며 미쓰히데는 내게 대들었다. 그런 말을 들으니 나도 벌컥 화가 났다.

"바보한테 바보라고 한 게 뭐가 잘못이야?" 어쩐지 어린애들 싸움 같다고 생각하면서도 나도 모르게 대꾸했다. "네가 바보 짓을 해놓고 그걸 내 탓으로 돌려?"

"네 탓으로 돌리는 게 아니야. 그건 진짜로 너 때문이었어."

"내가 뭘 어쨌는데?"

"그날 거절했잖아!"

"뭐?"

"캠프파이어 날 밤에, 내가 묻기도 전에 네가 도끼눈을 뜨고 다짜고짜 거절했지?"

"그게 뭐 어쨌다고!"

"나는 진짜 신경질 났다고!"

미쓰히데는 자신의 고함에 주춤한 듯 일순 침묵했지만, 다시 입을 열었을 때는 목소리가 더 높아지고 말에 가속도가 붙었다.

"하긴 네가 뭘 알겠냐. 딱히 네가 거절해서 화가 났다는 게 아냐. 너도 싫을 때가 있겠지. 그런 것쯤은 나도 알아. 하지만 내 얼굴 보자마자 그 얘기만 하는 거, 진짜 화가 났다고! 근데 그게 뭐 어쨌냐니, 진짜 넌 그런 애였어. 이제 정말 지긋지긋하다. 너하고 엮인 뒤로 좋은 일이라고는 하나도 없었어."

좋은 일이 없었던 건 나도 마찬가지다. 처음에 요코하마에서 그에게 들킨 것부터가 재앙의 시작이었다. 이 녀석이 하필 거기에 나타나지만 않았어도 우리는 그야말로 '도무지 이해할 수 없는' 관계가 될 이유도 없었다. 나는 그때그때 적당히 누군가와 자는 일을 거듭하며 더욱더 심하게 나 자신을 경멸하기만 하면 됐다.

"아, 그래?" 나는 최대한 냉담한 말투를 골라 내뱉었다. "잘 못된 건 전부 다 내 탓이라는 거지?"

"그런 말이 아니잖아."

"방금 그렇게 말했잖아."

"그런 말 안 했다니까, 이 피해망상자야."

"그렇게도 내가 마음에 안 들면 앞으로 안 만나면 되잖아. 아니, 그보다 나를 자꾸 불러내지만 않았어도 진즉에 이 관계는 끝낼 수 있었어."

"진짜 말도 많네."

"거의 매번 네가 나를 불렀으면서 이제 와서 어떻게 그런 말을 해? 어처구니가 없다 못해 감탄스럽다."

"닥치라니까."

"하긴 그러고 보니 넌 처음부터 그랬어."

"닥치라고 했지!"

"자존심만 높아서 자기만 깨끗한 척하는 인간이지." 그가 내 어깨를 움켜잡았다. 나도 모르게 비명이 터졌지만 가까스로 꿀꺽 삼키고 덮쳐드는 그를 노려보았다. "이, 인간이란 진실을 들으면 화를 낸다더라."

미쓰히데가 목이라도 조를 듯한 얼굴로 말없이 나를 노려보았다.

마음속으로 후회하고 있었다. 내 말이 지나쳤다고 생각했다. 하지만 내가 항상 하던 엉뚱한 화풀이라는 것을 미쓰히데가 알아줄 거라고 기대했다. 평소처럼 그냥 받아줄 거라고 내 마음대로 믿어버렸다. 그런데 평소와는 전혀 다른 말투로 미쓰히데가 내뱉었다.

"그래, 맞아. 보다시피 나는 자존심만 높은 바보 얼간이야. 나자신에게만 너그럽고 허약하고 한심한 놈이지. 근데 나도 한마

디만 하자. 이제 와서 새삼스러운 말을 하는 건 너도 마찬가지
아니야? 처음 내 방에 찾아와 자자고 들이댄 건 바로 너였어."

"……."

"그때 이후로는 항상 내가 청했지. 하지만 너도 나하고 이러
는 게 진짜로 싫었다면 안 오면 되는 거였어."

나는 입술을 깨물었다. 진짜 미운 소리를 한다고 생각했다.

"내 지시에 따르지 않으면 요코하마 일을 불어버리겠다는
거, 너 설마 그걸 진짜라고 생각했다는 말은 못 하겠지?" 땅속
을 음울하게 파고드는 듯한 목소리로 그는 말을 이어갔다. "그
건 거래도 뭣도 아니었어. 그냥 명목상의 이유였지. 너도 그건
이미 알고 있었잖아?"

악문 입술에서 희미하게 녹슨 쇠 냄새가 났다. 미쓰히데의 큼
직한 손이 내 턱을 잡았다. 엄지손가락이 천천히 내 찢어진 입
술을 더듬었다. 오싹할 만큼 부드러운 몸짓이었지만 쏟아져 나
온 말은 그 반대였다.

"잘 들어, 이 말만은 꼭 해야겠다."

승자처럼 의기양양하게 그는 내뱉었다.

"너는 너 자신의 의지에 따라 이 방에 왔어. 단지 나와 자고
싶어서, 그걸 참을 수 없어서 헐떡거리며 이 방에 들락거렸다
고. 나는 단 한 번도 너한테 강요한 적 없어. 아무에게나 다리
벌리는 음란한 여자 주제에 이제 와서 갑자기 피해자인 척하지

말란 말이야."

"……."

멍하니 미쓰히데를 올려다보았다.

머리 한 귀퉁이에서 이건 배신이다, 하는 생각이 떠올랐다.

사실은 배신이고 뭐고 그에게 충성을 요구한 내가 제정신이 아니었지만, 퍼뜩 그런 생각이 들었다.

그런 말은 하지 않을 줄 알았는데.

그 말만은 하지 않을 거라고 생각했는데.

돌연 아픔이 찾아왔다. 낚싯바늘을 삼킨 물고기가 이런 아픔을 느끼지 않을까. 배 속을 뚫고 들어온 바늘에 내장이 줄줄 끌려나오는 것 같아서 나는 낮게 신음했다. 모든 감정이 출구를 찾아 목구멍으로 치밀었다.

다급하게 미쓰히데를 밀쳐냈다. 옆에 나뒹구는 옷을 손에 잡히는 대로 주워 입다가 냄새로 미쓰히데의 티셔츠라는 것을 알았다. 방구석에 내던지고 다른 것을 낚아채 허겁지겁 입었다. 그 순간, 뒤에서 그가 내 손목을 움켜잡았다.

뿌리쳤다.

"잠깐만."

뿌리쳤다.

"잠깐 기다리라니까."

두 팔을 모두 잡혔다. 뿌리쳤다. 몇 번을 뿌리쳐도 다시 잡혔다. 자리에서 일어난 미쓰히데가 등 뒤에서 나를 꽉 안았다.

"놔!"

"진정해."

"놔, 놓으라고, 이 바보야!"

"에리, 이러지 마."

나지막히 달래는 목소리였지만 진정되기는커녕 오히려 더 화가 났다.

나는 온 힘을 다해 버둥거렸다. 덫에 걸린 짐승처럼 마구 몸부림쳤다. 어떻게든 내 등에서 그를 떼어내고 싶었다. 그의 팔이 강철 기계처럼 나를 조였다. 아무리 몸부림쳐도 꿈쩍도 하지 않았다. 점점 더 강하게 끌어안았다.

힘에 부쳐 더 이상 꼼짝도 할 수 없었다.

아팠다. 숨이 쉬어지지 않았다.

미쓰히데의 팔에 다시금 힘이 들어갔다. 그것이 내가 한 말에 대한 앙갚음이 아니라 자신이 한 말에 대한 후회 때문이라는 건 그의 한마디가 내 귀에 들어왔을 때 알았다.

"……미안해."

나지막하게 중얼거린 그 말의 의미가 한 박자 늦게 내 머릿속에 도착한 순간, 그가 내내 그 말을 되풀이하고 있었다는 것을 겨우 깨달았다.

등 뒤에서 껴안은 팔의 힘이 점점 강해졌다. 미쓰히데는 바보처럼 여전히 똑같은 말만 중얼거렸다.

뼈가 삐걱거리고 숨이 막히고 관절이 빠져나갈 것 같은 아픔이 마침내 한계에 달해서 저절로 비명이 터져 나왔다. 흠칫 놀란 미쓰히데가 팔의 힘을 풀었다.

"나는⋯⋯." 신음에 가까운 소리로 그는 말했다. "그런 말을 할 생각이 아니었어. 너무 화가 나서 너한테 가장 상처가 될 말을 하려고, 그래서 그냥⋯⋯. 미안해. 미안하다."

다시금 치미는 뭔가를 나는 가까스로 꿀꺽 삼켰다. 목구멍에는 아직도 바늘에 찔린 듯한 아픔이 남아 있었다.

"그러니까 그게 본심이지." 나는 말했다. "말할 생각도 없었는데 저절로 흘러나왔다면 그게 바로 본심이야."

필사적으로 변명할 줄 알았는데 미쓰히데는 고개를 가로저을 뿐 침묵했다. 팔은 여전히 나를 안고 있었다. 조금 전에 온 힘을 다했던 것과는 다르게, 마치 부서질 듯한 물건을 조심조심 안고 있는 느낌이었다.

'동정까지 받는구나, 마침내.'

나는 눈을 질끈 감았다.

대체 어디서 어떻게 잘못된 것일까. 지금까지 둘 중 누구도 주도권을 쥔 적이 없었는데 어디서 그 균형이 무너졌을까.

'아니, 이런 관계가 이만큼 오래 이어진 게 오히려 이상한 일이었어.'

내가 먼저 시작했으니 내가 먼저 끝내야 속이 시원하다.

눈을 떴다.

너 따위, 이제 필요 없어.

그렇게 말해주려고 숨을 깊이 들이쉬었다.

"너 따위……."

하지만 갑자기, 정말로 갑자기, 눈두덩이 뜨거워지는가 싶더니 두 눈에서 뭔가 주르륵 떨어졌다. 깜짝 놀라 어떻게든 참으려고 했더니 목소리가 이상하게 나왔다. 그동안에도 눈물방울이 툭툭 미쓰히데의 팔에 떨어졌다.

"엇……."

그가 내 얼굴을 들여다보려고 했다.

"됐어, 내버려둬!"

떨어지는 눈물을 두 팔로 훔치고 나는 말했다.

"너……."

너 따위.

빨리 말해버리려고 다시 한번 숨을 들이쉬었다.

"너밖에 없는 걸 어떡하라고!"

단숨에 내뱉었다.

미쓰히데가 문득 얼어붙었다.

아니야, 말이 잘못 나왔다. 그런 게 아니다.

"너 따위…… 너 따위…… 진짜, 너무 싫어!"

"에리……."

"근데 어쩌라고! 너무 싫건 말건 너 말고는 아무도 없는데 어쩌라고! 너밖에 없다고…… 내가 모두 다 내보일 사람…… 아무것도 감추지 않고 마주할 사람, 너무 약이 오르지만 너밖에 없어……."

"알아." 미쓰히데가 내 어깨에 빰을 비볐다. "이런 바보, 그런 건 나도 이미 다 알아."

"아, 진짜." 나는 콧물을 훌쩍 들이켜며 너무 분해서 몸을 바르르 떨었다. "왜, 왜 내가 이런 말을 하냐고, 대체."

미쓰히데가 내 어깨를 잡아 자기 쪽으로 돌려세우려 했다.

나는 저항했다. 후회로 비명을 내지를 뻔했다. 하지만 동시에 안도감으로 숨이 막힐 것 같았다.

미쓰히데가 힘으로 나를 눕히려 했다. 그것만은 못 하게 하려고 했지만 자꾸만 콧물이 흘러 수습할 수가 없었다. 미쓰히데는 마치 유도 기술을 쓰듯이 나를 내던지더니 위를 덮쳤다. 나는 얼굴을 돌려 피했다. 눈을 질끈 감았다.

하지만 더 이상 힘으로 나를 굴복시키려 하지 않았다. 내 이마에 달라붙은 머리칼을 쓸어 올리고 팔베개를 해주듯이 내 머리를 당기고 담요를 가슴까지 덮어주었다.

더 이상 저항할 힘도 없었다. 그의 팔은 베개로 쓰기에는 너무 굵고 딱딱했지만 그가 하는 대로 내버려두었다. 방의 어둠

이 고마웠다. 도저히 그의 눈을 마주할 수 없었다.

　머리 바로 위에서 그의 숨결이 들렸다. 내가 뭔가 말해주기를 기다리는지 지그시 침묵하고 있었다.

　나도 침묵했다. 고집을 부리느라 입을 다물었던 게 아니다. 할 말 따위, 아무것도 없었다. 평생 할 말을 다 해버린 것처럼 완전히 지쳐버렸다.

　미쓰히데가 부스럭부스럭 움직였다. 코 옆에 그의 겨드랑이 털이 닿아 재채기가 터지려는 것을 꾹 참아야 했다. 시큼한 땀 냄새가 났지만 이상하게도 싫지 않았다.

　"저기……." 이윽고 입을 열었을 때, 그의 목소리는 온화해져 있었다. "나는…… 너하고 하는 거, 진짜 좋았어."

　어안이 벙벙했다. 대체 무슨 소리를 하는 건가.

　말을 해놓고 그 스스로도 우스웠는지 피식 웃었다.

　"좀 창피하지만 어쩔 수가 없다, 그게 사실이니까. 어쨌든 진짜 좋았어. 너하고 하는 게 너무 좋아서…… 그래서 네가…… 좋아졌어. 이런 말 하면 너는 싫어하겠지만."

　"……."

　"처음에는 물론 너를 좋아해서 잔 건 아니야. 근데 이제는 정말 뭐가 뭔지 잘 모르겠다. 정식으로 사귀는 사이와 지금의 우리 사이가 어떻게 다른 건지……. 너는 알지? 역시 내가 머리가 나빠서 모르는 건가?"

나는 입을 다물고 있었다.

"내 말, 듣고 있어?"

"……."

"에리."

"듣고 있어."

코가 꽉 막혀서 목소리가 이상하게 나왔다.

"방금 네가 말했지, 나밖에 없다고."

"……."

"그거, 나도 똑같아."

놀라서 시선을 들었다. 붉은 기를 띤 어둠 속에서 그의 얼굴 윤곽이 떠올랐다.

"흥, 착각하고 있네." 당황한 마음속을 들키고 싶지 않아 나는 일부러 차갑게 내뱉었다. "너는 나한테 집착하는 게 아냐. 이 관계가 좀 특이하니까 그거에 집착하는 거겠지."

"그럴지도 모르겠다." 그는 깨끗이 인정했다. "그렇다고 해도 달라지는 건 없어. 그냥 똑같아. 솔직히 말해 내가 너를 진짜 좋아하는 건지는 아직 잘 모르겠다. 근데……."

작게 끌끌 혀를 차더니 혼자 투덜거렸다.

"제기랄, 제대로 설명을 못 하겠네. 어쨌든 다른 여자하고는 왠지 잘 안 돼. 너 아닌 다른 어느 누구에게도 끌리지 않아."

덜컥한 것은 심장 근처가 아니었다. 몸속 깊은 곳, 그것을 할 때 가장 뜨거워지는 곳과 정확히 일치하는 곳이다. 근질거리는 듯한 달콤한 통증이 찌르르 몰려와서 나도 모르게 신음을 흘릴 뻔했다.

그가 강하게 나를 원한다는 느낌 때문이었는지도 모른다. 내게 원하는 것이 내 마음이 아니라 몸이라면 그곳에 통증을 느끼는 것이 당연하다고 우기고 싶었다. 그의 말을 받아들인 것은 마음인데도 몸이 통증을 느끼는 건 그 두 가지가 별개의 것이 아니라는 증거처럼 생각되기도 했다.

"우리 둘 다 지금까지 아무것도 속이지는 않았잖아?" 미쓰히데가 내쉰 숨이 내 이마에 눅눅하게 와 닿았다. "우리는 모든 것을 다 알면서 했어. 그렇지?"

그렇다. 분명 그건 맞는 말이다.

우리가 하는 일이 칭찬받을 만한 짓은 아니라는 것쯤은 잘 알고 있었다. 하지만 아무리 그것이 양심에 찔리는 짓이었어도 우리는 상대를 좋아한다고 믿어보려는 거짓된 시도 따위는 하지 않았다.

미쓰히데와 나 사이에는 처음부터 이른바 연애 감정이 끼어들 여지가 없었다. 그와 동시에 선택의 여지도 없었다. 나는 '반드시' 미쓰히데가 필요했다. 처음에는 그와의 계약이, 그다음에는 그의 몸이. 그리고 이제는 그 자신이. 결코 사랑 따위는 아니지만 사랑조차도 이 집착보다는 약할 것이다.

"나를 이용해."

느닷없는 말에 나는 당황스러웠다. 미쓰히데가 시선을 내려 나를 보았다.

"너한테 지금 내가 필요하다면 이용해도 돼. 당분간이라도 좋아. 나도 기분 좋으니까 그야말로 서로서로 좋은 일이잖아. 다른 사람에게 폐를 끼치는 것도 아니고. 뭐, 그리 어렵게 생각할 것도 없어."

"그거, 진심으로 하는 말이야?"

"왜?"

"그건 그러니까 지금만 좋으면 다 괜찮다는 거야? 다른 사람에게 폐만 끼치지 않으면 무슨 짓을 하든 상관없다는 거냐고."

"허 참, 그게 아니지." 어처구니없다는 듯이 미쓰히데는 말했다. "나하고 있을 때까지 모범생처럼 굴지 좀 마라. 자꾸 이러면 부회장님이라고 부른다?"

"그런 얘기가 아니라……."

딱히 이런 상황에서 모범생인 척할 마음은 없었다. 다만 내가 그날 밤에 낯선 남자와 자고 돈까지 받았던 게 마음에 걸렸던 것이다. 그것도 다른 사람에게 폐를 끼친 건 아니라는 식으로 정리될 수 있을까. 그렇다면 왜 그때가 생각날 때마다 이렇게 불쾌한 기분이 들까.

그날 밤 일은 미야코에게는 절대로 말할 수 없다. 앞으로 누군가 좋아하는 사람이 생기더라도 그 사람에게는 말할 수 없다. 부모님에게도, 그리고 언젠가 태어날 나의 아이에게도 역시 말할 수 없다. 그렇게 영원히 꺼림칙하게 남을 만한 행위를 어떻게 '어렵게 생각할 것도 없다'라는 한마디로 정리해 버릴 수 있을까.

미쓰히데가 말을 이었다.

"나도 지금만 좋으면 다 괜찮다고는 생각하지 않아. 하지만 솔직히 말해서 나는 지금 내 코앞에 닥친 일만으로도 힘에 부쳐. 우리가 지금 하는 게 옳은 일은 아니겠지만, 나는 반드시 옳은 일만 골라서 할 수 있을 만큼 강하지 않아."

나는 큰오빠를 떠올렸다.

가와이 선배를 떠올렸다.

미야코를 떠올리고, 그리고 나 자신을 떠올렸다.

반드시 옳은 일만 골라서 할 수 있을 만큼 강하지 않다…….

"뭐, 괜찮잖아?" 미쓰히데는 말했다. "너, 지금 나 싫어?"

나는 시선을 피했다.

미쓰히데가 한쪽 팔꿈치를 괴고 윗몸을 일으켰다.

"정말로 너무너무 싫어?"

고집스럽게 시선을 돌렸다. 미쓰히데가 내 눈 속을 들여다보려고 했다.

"말해봐, 한 번쯤은 솔직하게 말해보라니까."

'이미 수없이 말했잖아.'

그렇게 생각하면서 눈을 감았다. 미쓰히데가 내 턱을 잡았다.

"에리, 말해봐."

나는…….

나는 결국 고개를 가로저었다.

미쓰히데가 안도의 한숨을 내쉬는 게 느껴졌다. 길고 긴 한숨이었다.

"그럼 한 가지 부탁할 게 있어."

떨떠름하게 눈을 뜨자 바로 위에 나를 내려다보는 그의 얼굴이 있었다.

"뭔데?"

여전히 코는 꽉 막힌 채였다.

"나한테……. 어때, 괜찮지?"

"뭐가?"

"나한테 허락해 줘도 괜찮지?"

"글쎄 뭘?"

"그러니까 말하자면, 너한테 다정하게 구는 거."

제 입으로 말하고도 몹시 겸연쩍었는지 그는 화난 사람처럼 난폭하게 내 가슴팍에 얼굴을 묻고 이마를 비볐다.

뜨거운 이마였다.

너한테 다정하게 구는 거…….

이윽고 나는 무거운 팔을 들어 미쓰히데의 머리를 껴안았다. 그의 어깨와 등에서 긴장이 풀리고 그 대신 나를 누르는 묵직함이 커졌다.

그의 머리카락을 가만가만 손끝으로 빗어 내렸다. 그가 웅웅거리는 소리를 흘렸다.

달래주듯이 천천히 쓰다듬었다.

그러고 있으려니 어쩐지 내가 그를 낳은 것 같은 느낌이 들었다.

🐚

우뚝 솟아오른 파도를 머릿속에 떠올렸다.

내 실력이 미치지 않는다는 것을 잘 알기 때문에 도저히 맞설 수 없는 파도가 있다. 해변에서 한번 척 보기만 해도 기가 죽을 만큼의 파도. 그야말로 대마초의 힘이라도 빌리지 않고서는 대치할 수 없는 상대. 당해낼 도리가 없는 적. 그래도 맞서라고 하는 건 죽으라는 거나 마찬가지다. 용기와 무모함은 동전의 양면 같지만 똑같은 것은 아니다.

너는 그게 제일 문제야. 애가 물러터졌어.

그때 가쓰야 씨가 한 말은 지금도 낙인처럼 마음속에 남아 있다. 그렇다, 나의 적은 파도가 아니라 나 자신이다. 자꾸 편한

쪽으로만 달아나려고 하는 나 자신의 물러터진 마음이다.

하지만 나는, 아니, 에리도, 어떻게든 '지금'을 뛰어넘지 않으면 안 된다. 미래고 개똥이고 간에 우리에게는 지금 이 순간밖에 존재하지 않는다.

그것은 밀려드는 큰 파도를 뚫고 먼바다로 나가는 것과 흡사하다. 두려움을 떨치고 나 자신을 일으켜 세워 용기와 무모함의 경계선을 가르고 물을 힘껏 할퀸다. 바닷속에 끌려 들어가 모래 섞인 물을 들이켜고, 폐는 산소를 원하며 찌부러진다. 이윽고 수면에 얼굴을 내밀고 숨을 쉬는 것도 한순간뿐, 다시 다음 파도가 덮쳐든다. 도망칠 곳은 없다. 어디에도 없다. 그래도 우리는 계속해서 파도를 가른다. 포기하면 그야말로 끝장이라고 나 자신에게 되뇌면서 덮쳐드는 파도를 뛰어넘는다. 그렇게 해서 언젠가 문득 꿈처럼 고요해진 먼바다로 나가 기다리는 것이다. 이윽고 닥쳐올 나만의 파도를.

에리의 손끝이 내 머리카락을 쓰다듬는다.

가슴을 억누르던 답답함이 마치 물결이 빠지듯 스르르 멀어져 갔다.

나는 몸을 일으켰다. 뭔가가 목구멍까지 치밀었지만 그것을 막상 말로 바꾸려 하면 내 의도와는 다르게 표현될 것 같았다.

에리의 머리를 안고 눈 속을 들여다보았다.

까만 눈동자가 마주 응시했다.

"내가 기억해 줄게."

"……뭘?"

"네가 해온 일, 모두 다."

에리의 얼굴이 일그러지는 바람에 나는 서둘러 덧붙였다.

"네가 잊어버리라고 하면 반드시 잊어버릴게. 하지만 그때까지는 내가 계속 기억해 줄게. 절대로 버리지 않고 꼭 지니고 있을게. 그러니까…… 안심해."

스스로는 깨닫지 못하는 것이리라. 에리는 매달리는 듯한 눈빛을 하고 있었다. 그것은 그녀가 내게 처음으로 보여준 표정이었다. 어린애가 울음을 꾹 참을 때처럼 턱에 복숭아 씨 같은 주름이 졌다. 뭔가 견딜 수 없어져서 나는 그 턱 주름을 검지로 쓰다듬었다.

"그 대신 너도 계속 기억해야 돼. 내가 그동안 저지른 일, 너는 다 알고 있으니까. 나란 놈이 사실은 얼마나 비겁하고 물러터지고 지저분한 놈인지, 그걸 모두 다 아는 건 이 세상에 너뿐이니까."

안타까움으로 서로 맞닿은 에리의 두 눈썹이 꿈틀했다. 그녀는 눈을 감고 머뭇머뭇 내 목에 팔을 감았다.

차가워진 그녀의 어깨를 끌어안았다. 서로의 몸을 담요로 단단히 감쌌다. 내 체온이 전해져 그녀의 어깨가 점점 따스해지자 깊은 한숨을 내쉬었다.

우리는 이미 지겨울 만큼 잘 알고 있었다. 저지른 죄에 대해 적합한 벌이 주어지지 않는 건 고통스럽다는 것. 또한 그런 사람을 올바르게 벌할 수 있는 건 그 죄를 올바르게 알고 있는 사람뿐이라는 것. 나에게는 에리밖에, 그리고 에리에게는 나밖에 없었다.

"저기⋯⋯."

"응?"

에리가 나를 빤히 바라보았다.

명치에 뭔가 뜨거운 것이 치밀었다. 그것이 목에서 부글거려서 괴로울 지경이었다.

지금까지와는 전혀 다른 방식으로 우리는 다시 서로를 안았다. 행위 하나하나는 전과 똑같지만 그 하나하나가 가지는 의미는 전혀 달랐다. 서로 증오를 들이대는 것이 아니다. 서로를 상처 입히는 말로 컴컴한 희열을 얻는 것도 아니다. 그저 어떻게 하면 서로의 입술에서 좀 더 깊은 숨을 이끌어낼 수 있을지, 오로지 그것만 생각하며 우리는 천천히 몸을 움직였다.

그런 키스를 나눈 것도 처음이고 몸을 연결한 채 대화를 나눈 것도 처음이었다. 그 자세로 내가 해준 우스운 얘기에 에리가 피식 웃음을 터뜨린 것도 물론 처음이었다. 조금 전에 눈물을 보였던 탓에 그 웃음에는 여전히 코맹맹이 소리가 섞여 있었다. 일렁이는 듯한 가느다란 진동이 내게 전해져 왔다.

깊게, 좀 더 깊게 동화한다.

밀려왔다 밀려가는 파도를 닮은 꿈틀거림이 나를 받아들이고 희롱하고 헤엄치게 한다.

바다를 품고 있는 것 같았다.

아니지.

그녀가 바다를 품은 것이다. 나에게는 도전의 대상이며 영원히 대립할 수밖에 없는 저 바다를 그녀는 너무도 쉽게 몸속에 품고 있었다.

눈을 감았다. 그녀의 내부가 강하게 나를 밀어내려고 한다.

그 강한 힘에 응하듯 허리를 움직이며 나는 아버지의 시들어 버린 고간을 떠올렸다. 그 아버지도 예전에는 이런 식으로 어머니를 품고 어머니의 바다에 자신을 풀어놓았던 것이다. 그래서 지금 내가 이곳에 있다……

천천히 오르고, 오르고, 끝을 향해 한없이 올라간 에리가 이윽고 어린애 같은 신음을 내며 절정에 도달했다. 한 박자 늦게 나도 무너져 내렸다.

거친 숨결이 교차한다. 가슴의 두근거림이 전해져 온다.

서로의 몸의 열기.

쏟아지는 땀.

살갗의 탄력.

오르내리는 가슴팍.

그런 것 모두가 살아 있다는, 단지 그것이 몹시도 슬펐다.

　나중에 생각해 보니 나는 이미 예감하고 있었다.
　너무도 맑은 날 특유의 안타까움.
　그날은 마치 4월처럼 따스한 햇살이 비쳐서 나는 이유도 없이 아침부터 들썽거렸다. 가슴속에 만개한 꽃잎이 한없이 휘날리는 듯한, 뭔가 서글픈 안타까움이 있었다.
　오후에는 페리를 타고 쇼난 본가에 갈 예정이어서 새벽에 바다에 들어갔다가 뜨거운 물로 샤워를 하고 옆의 식당에 아침을 먹으러 갔다. 벽에 붙은 메뉴를 한참 살펴본 끝에 결국 어제와 똑같은 것을 주문했다.
　지난 3년 가까이 이 짓을 되풀이해 왔다고 생각하니 어울리지도 않게 가슴이 뭉클해졌다. 앞으로 몇 년이든 똑같이 할 것 같지만 이제 2년 뒤에는 나도 스무 살이 된다. 거짓말 같지만 자동으로 그렇게 되고 만다. 그때쯤이면 나는 이곳에 없을 것이다.
　2년 뒤, 아니, 1년 뒤에 내가 어디서 무엇을 하고 있을지 전혀 상상이 되지 않았다. 내가 아는 것은 역시 바다에 들어가리라는 것뿐이다. 미래를 예상할 수 없는 나날이란 불안하기도 하고 약간 외롭기도 하지만 그 대신 다른 무엇과도 바꿀 수 없는 해방감이 있다.

남들과 똑같은 레일 위를 달리고 싶지는 않다. 파도에 정해진 라인 따위는 없다. 저 흐르는 듯한 '톰 커렌 무브'처럼 나는 나만의 라인을 정할 것이다. 그렇게 마음먹으면 불안이나 외로움도 그리 나쁘지는 않다. 외로움과 인연이 없는 자유라는 건 있을 리 없다. 아버지나 어머니를 보면 잘 알 수 있다.

　아침을 잔뜩 먹었더니 슬슬 졸렸지만 내 방에 올라가기 전에 가게 문을 열어야 했다.

　가쓰야 씨가 친척의 결혼식 참석을 위해 아마미야 씨와 함께 니가타에 갔기 때문이다. 그래서 내일까지 가게는 오후 담당 직원 다케시 씨가 맡기로 했다.

　크게 하품을 하면서 열쇠를 꽂고 덜거덕거리는 셔터를 맨 위로 밀어 올렸다. 그때였다.

　"미쓰히데!"

　부르는 소리에 돌아보니 역 쪽에서 다카유키가 숨을 헉헉거리며 달려왔다. 추리닝이 가슴팍까지 땀에 젖어 있었다.

　"아니, 웬일이야?"

　내 질문에 대답도 없이 다카유키는 당장 멱살이라도 잡을 듯한 기세로 말했다.

　"너 오토바이 있었지? 나 좀 잠깐 빌려줘."

　"뭐야, 무슨 일 있어?"

　"급히 갈 데가 있어."

"그래도 너는 면허가⋯⋯."

"면허 없어도 오토바이는 잘 타."

"아니, 잘 타는 거야 나도 알지. 근데 내 오토바이도 아니고, 주인은 오늘 출타 중이야."

"오토바이도?"

"뭐?"

"오토바이도 없냐고."

"아니, 오토바이는 있지만⋯⋯."

가쓰야 씨의 가와사키 오토바이는 뒷마당에 있다. 어제 타고 나왔다가 아침에 가게 자동차로 니가타에 갔기 때문이다.

"남의 것을 내 마음대로 빌려줄 수는 없어. 나도 오후에 쇼난 집에 가야 해서 오늘 밤 여기 없을 거야."

"내가 책임지고 꼭 제자리에 갖다 놓을게."

"직원이 보면 내 맘대로 빌려준 거 당장 들켜."

"그럼 가게 문 닫은 뒤에 몰래 갖다 놓으면 되잖아."

다카유키는 평소와는 달리 유난히 끈질기게 물고 늘어졌다.

"아니, 그래도 안 돼."

"무리한 부탁이라는 건 나도 알지. 근데 그래도 어떻게든 해 달라는 거야. 미쓰히데, 사정 좀 봐줘."

다카유키는 머리까지 숙였지만 나는 난감하기만 했다.

"절대로 문제 일으킬 일 없어. 내가 진짜 급해. 따로 부탁할

데도 없다니까."

발까지 동동 구르며 통사정을 하고 있었다.

"혹시 사고라도 나면 어쩌려고?"

"절대 사고 안 낸다니까. 약속할게."

"참 나, 대체 뭔 일이길래 그러냐."

다카유키는 말도 없이 초조하게 나를 보았다. 이유를 말하고 싶지만 말할 수 없다는 표정이었다. 정수리에서 뺨을 타고 흘러내린 땀방울이 턱 끝에 고였다가 툭 떨어졌다.

"알았어." 나는 한숨을 내쉬며 말했다. "그 대신 절대 비밀이야. 너를 믿고 빌려주는 거니까."

다카유키의 우락부락한 몸에서 그제야 긴장이 스르르 빠져나갔다.

은혜는 꼭 갚을게, 라고 녀석은 말했다.

그래도 역시 꺼림칙했다. 뒷마당에서 가쓰야 씨의 가와사키 오토바이를 끌고 가게 앞으로 나오면서 나는 내 마음대로 허락한 것을 벌써 후회하고 있었다.

"정말 조심해야 돼. 사고가 나거나 경찰에 잡혔다가는 나 진짜 뼈도 못 추려."

얻어맞은 멍 자국이 이제 겨우 가셨는데 이걸 들켰다가는 이번에는 주먹 한 방으로는 끝나지 않는다. 가쓰야 씨는 도리에 맞지 않는 일을 가장 싫어하는 사람이다.

오늘 밤 안으로 반드시 제자리에 갖다 놓을 것, 기름은 줄어든 만큼 정확히 채워둘 것을 조건으로 다카유키를 보냈다. 몹시 걱정스러웠지만 나 혼자 전전긍긍해 봤자 쓸데없다.

가게 시계를 올려다보았다. 10시 40분.

다케시 씨가 출근하는 대로 곧장 나갈 수 있게 준비해 두려고 2층 내 방에 올라갔는데 몸이 노곤해져서 나도 모르게 털썩 드러누웠다. 그 순간 충전 중이던 휴대전화가 울렸다. 열어보니 누나의 번호가 줄줄이 이어져 있었다.

"여보세요."

"왜 계속 전화를 안 받아!"

"아, 미안, 방금 아침 먹으러……."

"미쓰히데, 빨리 좀 와." 절박한 목소리로 누나가 말했다. "지금 즉시 출발해."

그 순간, 아침부터 예감했던 게 이거였다고 깨달았다.

페리보다 자동차로 해안도로를 타는 게 더 빠를 거라면서 다케시 씨가 계산대에서 택시비를 빌려주었다. 하지만 토요일이라서 그런지 고속도로로 진입하는 도로가 꽉 막혀 있었다.

신호등도 아닌데 멈출 때마다 무릎이 제멋대로 달달 떨렸다. 다카유키가 빌려 간 오토바이만 있었어도 이런 정체 따위는 뚫고 내달렸을 것이다. 하지만 후회해 봤자 소용없었다.

"그저께부터 어째 좀 이상했어." 신경이 곤두섰는지 누나는 말투까지 딱딱해져 있었다. "그래도 설마 이렇게 급하게 나빠지실 줄은 몰랐어."

새벽부터 아버지는 부쩍 힘들어했다고 한다. 병원 연락을 받고 누나가 달려갔을 때는 전혀 의식이 없고 입에는 이미 인공호흡기를 달고 있었다. 호흡 곤란 증세를 보여서 긴급 조치를 한 것이지만 이제 길어야 하루 정도라고 의사가 말했다고 한다.

그 말을 듣자마자 나는 벌컥 화가 났다. 저절로 큰소리가 나왔다.

"그런 때는 연명 치료를 하지 않기로 약속했잖아. 당장 중지하라고 해."

"얘, 그게 말이 쉽지, 어떻게 그러니……."

전화기 너머에서 누나는 반쯤 울먹이고 있었다.

"병원에 와보면 너도 알 거야. 상상했던 거하고는 달라. 나도 그런 치료 없이 편히 가시게 해드리려고 했는데 막상 달아놓은 것을 떼라고 하기는 정말……. 아버지 아직 살아 계시잖아."

택시는 엉금엉금 기어가는 것 같았다. 겨우 10여 미터를 달리고 1분씩 멈춰 서기를 반복했다.

나는 무릎을 움켜쥐었다.

어떻게 해야 할까. 어차피 하루밖에 남지 않은 목숨이라면 이미 달아놓은 기계를 떼어내서라도 아버지의 의사를 존중해 줘야 할까.

아버지에게 직접 물어볼 수만 있다면 좋을 텐데 의식이 없다면 그것도 불가능하다. 이미 자신이 어떤 일을 당하는지, 어떤 상태인지, 알지 못할 것이다. 그렇다면 어떻게 되는가. 하루짜리 연명 치료는 당장 그만두라고 소란 피울 것 없이 돌아가실 때까지 조용히 기다려도 아버지는 알지 못하는 건가. 아니면 의식이 없는 것처럼 보여도 아직 감각이 살아 있어서 자신에게 일어나는 일들을 모조리 알고 있을까. 마음속으로 한시라도 빨리 편하게 놓아달라고 애타게 부르짖는 건 아닐까.

제기랄, 대체 어떻게 해야 하는가.

누군가 의지할 사람을 이토록 간절히 원해본 건 태어나서 처음이었다. 하지만 하필 이런 때에 가쓰야 씨도 아마미야 씨도 곁에 없었다. 그들은 누구보다 아버지의 마지막 소원을 이해하고 존중해 주었다. 이런 때 가장 의지할 수 있는 사람들이었다. 의사를 설득해야 할 단계에서도 나나 누나보다 아마미야 씨가 나선다면 훨씬 더 진지하게 응해줄 게 틀림없다.

액셀을 지나치게 밟았던 운전기사가 급브레이크를 넣었다.

나는 쥐고 있던 무릎을 놓고 손바닥을 면바지에 비볐다. 벌써 이렇게 마음이 약해져서는 안 된다고 입술을 악물었다. 아버지가 대리인으로 선택한 사람은 아마미야 씨도 아니고 가쓰야 씨도 아닌 바로 나다.

휴대전화가 울렸다. 누나였다.

"지금 어디야?"

"이제 곧 고속도로야."

"얼마나 더 걸리겠니?"

"한 시간은 가야 할 거 같아. 아버지는?"

"계속 똑같아. 숨 쉬는 게 힘들어 보여."

"호흡기 달았다면서?"

"그래도 들이쉬고 내쉴 때마다 목에서 가르릉 소리가 나. 간호사들이 가래를 제거해 줘도 금세 또 차고."

"저기, 어머니한테는……."

"연락했어." 누나가 말했다. "별수 없어서."

사무실로 연락한 모양이었다. 어머니는 하와이 투어 고객들을 인솔해 나리타공항에 나가 있었다. 그들과 함께 비행기에 탈 예정이었지만 탑승 직전에 급하게 히로시 씨에게 일을 넘기고 병원으로 달려오는 중이라고 한다.

"그리고 구게누마의 마사코 고모도 곧 도착하신대."

"진짜? 왜?"

"아버지가 말은 그렇게 했지만 연락을 안 할 수도 없잖아. 그래도 오빠인데 임종은 하시게 해야지."

"그야 그렇지만……."

전에 아버지가 한 말이 머릿속에 떠올랐다.

"내 말 명심해. 너희 고모에게 연락하려면 내가 완전히 죽은 걸 확인한 다음에 하는 게 현명할 거야."

마사코 고모는 그 선언서에 대해 전혀 알지 못했다. 형제자매는 어차피 장례식장에서나 만날 테니 상관없다면서 아버지가 말하지 않았기 때문이다.

"아 참, 작은아버지는?"

"빠질 수 없는 중요한 회의가 있어서 우선 작은어머니만 먼저 오신대."

앞 차 꽁무니에 다시 빨간 등이 켜지고 운전기사가 혀를 차며 브레이크를 밟았다.

"나는 평생 나 좋을 대로 살아왔어." 마지막으로 집에 돌아온 날, 거실 안락의자에 누운 아버지는 천장을 보며 말했다. "죽을 때도 그렇게 할 거야. 최종적으로는 죽음을 맞이하는 본인의 의사를 존중해 주는 게 옳아. 물론 가족이 모두 동의해 준다면 더할 나위 없겠지. 내가 가족이라고 생각하는 사람은 이치코와 너뿐이야. 나중에 너희 고모가 무슨 말을 하건 그냥 내버려둬."

아버지와 마사코 고모가 소원한 사이가 된 계기는 8년 전, 아버지와 어머니가 헤어졌을 때부터였다. 그 뒤로 할아버지가 돌아가시면서 더욱더 왕래가 끊기다시피 했다.

성품이 온유한 작은아버지는 그나마 낫지만, 누나도 나도 어릴 때부터 마사코 고모는 영 대하기가 껄끄러웠다. 항상 깔깔

거리며 웃고 아버지와는 다르게 매우 상식적인 인물이지만, 급한 성격에 날카로운 말솜씨만은 아버지보다 한 수 위였기 때문이다.

그래도 고모는 몇 번 병원에 문병을 왔었다. 그때마다 선언서 얘기는 차마 꺼내지 못했는데 이제야 갑작스럽게 그런 걸 보여주면 대체 뭐라고 할지, 생각만 해도 마음이 무거웠다.

그 밖에 또 누구에게 연락했느냐고 물어보니 누나는 그게 전부라고 말했다. 가쓰야 씨에게도 아직 말하지 않은 모양이었다.

"왜 전화 안 했어?"

"지금 출발해도 때를 맞출지 애매하잖아. 그쪽은 내일 결혼식인데 이런 얘기해 봤자 괜히 폐만 끼칠 거야."

그 말에 누나도 나름대로 다부진 데가 있다고 감탄했는데 금세 가녀린 목소리가 이어졌다.

"미쓰히데, 제발 빨리 좀 와."

이제 곧 도착한다고 말하고 휴대전화를 끊었다.

갑자기 택시가 속도를 올렸다. 고속도로에 진입하자 미끄러지듯이 차선을 변경해 다른 차들 사이에 합류했다. 창문 양쪽으로 바다가 펼쳐지기 시작했다.

병원 앞에서 내려 현관으로 뛰어들었다. 4층에서 엘리베이터를 내리자마자 누나와 덜컥 마주쳤다.

"아, 미쓰히데!" 안도하는 표정으로 누나가 말했다. "잠깐 전화하러 가려던 참이야."

"무슨 일 있었어?"

"아니, 아무리 기다려도 네가 안 와서."

"휴대전화는?"

"병실에서는 안 되고, 밖으로 나와야 해."

휴대전화는 치료용 정밀기기에 영향이 있어서 사용 금지라고 한다. 누나는 긴장이 풀린 듯, 그런 얘기를 해주는 사이에도 더욱 지친 얼굴이 되었다. 집에서 급하게 뛰어나왔는지 옷차림도 허술하고 화장기도 없었다. 눈가가 거뭇거뭇했다.

간호사 센터 앞을 지나 양쪽에 병실이 늘어선 복도를 걸으면서 누나에게 물었다.

"마사코 고모는 오셨어?"

"응, 방금 전에." 누나가 잰걸음으로 따라왔다. "지금 의사 선생님 만나러 가셨어. 내 말만으로는 뭔가 부족했나 봐."

중환자실의 두툼한 문이 안쪽으로 활짝 열려 있었다. 창문 커튼이 대부분 내려져서 병실 안은 조금 어두웠다.

한 걸음 들어서다가 나도 모르게 흠칫 멈춰 섰다.

침대 주위가 온통 기계로 가득했다. 발치에는 네모난 컴퓨터, 앞쪽에는 녹음용 믹서 같은 대형 기기가 각각 철제 받침대에 실려 있었다. 화면에 디지털 숫자가 깜빡거리고 기호와 알파벳

이 줄줄이 이어졌다. 기기에서 이어진 여러 줄의 코드, 그리고 자바라 호스도 길게 늘어져 있었다. 투명한 비닐 튜브가 서로 엇갈리며 침대 위에 누운 아버지의 몸에 연결되었다.

"푸슈…… 그르르르……."

정신을 차리자 몹시 귀에 거슬리는 소리가 귀에 꽂혔다. 스타 워즈의 다스베이더 같은 그 숨소리에 맞춰 담요의 가슴팍 근처가 규칙적으로 오르내렸다.

"푸슈…… 그르르르……."

몇 번에 한 번씩은 규칙적으로 심호흡이 섞였다. 기계를 피해 머뭇머뭇 다가가 보니 눈을 감은 아버지의 입에 투명한 튜브가 박혔고, 빠지지 않게 반창고로 고정되었다. 두 팔은 흰색 줄로 침대 난간에 묶여 있었다.

"이건 뭐야?"

침대 건너편에서 아버지를 들여다보는 누나에게 물었다.

"몸부림을 치면 튜브가 떨어질 위험이 있다고 간호사가……."

"아무리 그래도……."

"푸슈…… 그르르르……."

가슴이 들먹거릴 때마다 목구멍에 찬 가래가 가르릉거렸다. 아버지의 목울대가 고통스럽게 꿈틀거리고 미간에 깊은 주름이 새겨졌다.

"이제 자력으로는 호흡을 못 해."

목소리를 낮춰 누나가 말했다.

"푸슈…… 그르르르……."

"의식은 전혀 없는 거야?"

"한번 불러봐."

어떻게 해야 할지 몰라 허둥거리는 나를 보더니 누나가 아버지의 귓가에 대고 깜짝 놀랄 만큼 큰 소리를 냈다.

"아버지, 내 말 들려요?"

"푸슈…… 그르르르……."

전혀 아무 반응도 없었다.

나는 멈칫멈칫 손을 내밀었다. 혈압계 띠를 두른 아버지의 팔을 만져보았다. 내 손보다 아버지의 팔이 더 뜨뜻했다. 흠칫 손을 거두었다. 만지지 말걸, 하고 후회했다.

"푸슈…… 그르르르……."

"그때 그 선언서는 어떻게 했어?"

"의사 선생님에게는 오늘 아침에 보여줬어."

누나의 목소리가 다시 작아졌다.

"뭐래?"

"전에 비슷한 서류를 봤다더라고, 존엄사 협회에 등록한 거. 그때도 인공호흡기를 단 말기 암 환자였는데, 본인이 의식이 있었던 모양이야. 너무 고통스러우니 이제 치료를 멈춰달라고 분명하게 의사 표시를 했다는 거야."

"푸슈…… 그르르르…….”

"그래서?"

"이 병원에서는 첫 케이스여서 이래저래 힘들었나 봐. 본인
의 희망대로 해주고 싶다고 가족도 동의했지만, 병원 측에 책
임 문제가 없는지 존엄사 협회와 의사회에 문의하고 법규를 알
아보고……. 그러는 사이에 환자가 숨을 거뒀대.”

"푸슈…… 그르르르…….”

"이런 경우 병원에 책임을 묻지 않는다는 건 이미 알지만, 그
래도 의사 선생님은 호흡기는 제거하고 싶지 않대. 적극적인
치료는 멈추더라도 호흡기까지 떼어내면 아무래도 자신이 죽
인 것 같은 죄책감이 든다는 거야. 그래도 가족 전원의 의견이
일치한다면 다시 한번 생각해 보겠다고 하셨는데…….”

누나는 거기서 말을 멈췄다.

"그랬는데?"

"푸슈…… 그르르르…….”

"그랬는데, 어떻게 됐어?"

"마사코 고모가…….”

문득 누나가 이마에 손을 짚으며 고개를 떨구었다. 입술을 틀
며 울음을 참고 있었다.

"뭐야, 고모가 뭐랬는데?"

"…….”

"누나."

그제야 누나는 이마에서 손을 내리고 코를 훌쩍였다.

"그 서류를 보자마자 말도 안 된다고 펄쩍 뛰셨어."

"그게 누나한테 화낼 일이야?" 나는 말했다. "아버지 본인의 의사잖아. 분명하게 설명해 줬어야지."

"했어, 했는데……."

크게 혼이 난 모양이었다. 누나답지 않게 입술을 파르르 떨고 있었다.

"푸슈…… 그르르르……."

나는 굳어버린 혀를 겨우 움직였다.

"고모가 나무란다고 누나까지 마음이 바뀐 건 아니지?"

누나는 시선을 피했다.

"잘 모르겠어."

"무슨 소리야? 누나는 아버지가 이런 꼴이 된 걸 뻔히 보면서도 아무렇지도 않아?"

"그래도 뭘 어떻게 해야 할지 모르겠어. 뭐가 뭔지……. 미쓰히데, 부탁이야, 네가 결정해."

그건 안 된다고 말하려다 나는 입을 다물었다. 누나는 거의 쓰러질 듯한 표정이었다.

"저기, 누나."

"응?"

"잠깐 쉬는 게 좋겠어."

누나는 긴 한숨을 내쉬었다.

"미안하지만 그래야겠다."

대기실에 내려가 있을 테니까 무슨 일 있으면 부르라는 말을 남기고 누나는 병실을 나갔다.

나는 벽에 세워놓은 철제 의자를 펼치고 앉았다.

가는 길에 누나가 간호사 센터에 얘기했는지 5분쯤 뒤에 간호사 두 명이 들어와 아버지의 목에서 가래를 빼주었다. 호흡기의 튜브의 중간 부분을 열고 거기에 흡입기를 끼워 넣는 것이다.

하지만 그렇게 제거해도 잠시 지나면 다시 가래가 찼다.

"푸슈…… 그르르르……."

"푸슈…… 그르르르……."

"푸슈…… 그르르르……."

"푸슈…… 그르르르……."

듣고 있는 나까지 숨이 답답해져서 의자의 등받이에 몸을 기대고 심호흡을 했다. 아버지의 숨소리에 말려들지 않으려고 억지로 내 리듬에 집중하며 호흡을 가다듬었다.

"푸슈…… 그르르르……."

그러면서 아버지의 마지막 모습을 바라보았다. 얼굴 아랫부분이 반창고로 가려져 표정도 파악할 수 없었다. 이따금 힘들어 보이는 것 말고는 아무 반응도 없이 그저 가슴이 오르락내리락, 공기가 들락날락할 뿐이다.

솔직히 말해서 더 이상 인간으로 보이지 않았다. 아버지가 온갖 기기를 달고 있는 게 아니라 기기가 아버지를 매단 채 제멋대로 움직이는 것처럼 보였다. 게다가 그것은 생명을 유지해 준다기보다 아버지에게 남겨진 마지막 뭔가까지 빨아들이는 것 같았다.

조금이라도 살아날 가망이 있는 환자라면 또 모르지만, 아버지의 몸은 이미 너덜너덜해졌다. 이제 어떻게 해도 아버지에게 닥쳐온 죽음을 막을 수 없다. 그런데도 이렇게 인간인지 아닌지도 알 수 없는, 살아 있는지 아닌지도 알 수 없는 상태로 의식도 없이 하루 이틀 억지로 목숨을 늘려본들 대체 뭐가 달라지는가. 그만큼 고통이 길어지는 것밖에 없다.

'아예…….'

얼핏 생각하자마자 시큼한 위액이 올라왔다. 지난번 대마초의 우울한 환각보다 더 지독한 메슥거림이었다. 필사적으로 꿀꺽 삼켰다. 마치 나를 따라하듯이 아버지의 목울대가 꿈틀 움직였다. 그러고는 살짝 미간을 찌푸렸다.

대체 아버지를 이런 꼴로 얼마나 더 내버려두라는 것인가. 이런 때를 대비해 아버지는 일부러 나한테 서명을 하라고 했는데.

고모가 반대한다는 말을 듣고 나는 오히려 더욱더 결심이 굳어졌다. 누나의 우는 얼굴도 거기에 박차를 가했다.

하지만 가장 큰 이유는 한시바삐 이곳에서 해방되고 싶다는 것이었다. 책임의 중압감과 망설임이 가져온 위의 통증과 구토감에서 벗어날 수만 있다면, 저 가르릉거리는 소리를 듣지 않을 수만 있다면, 나는 어떤 일이든 할 것이다. 이를 악물었더니 뇌혈관이 끊기는 것만 같았다.

"미쓰히데."

흠칫 놀라서 시선을 들었다.

침대 발치에 마사코 고모가 와 있었다. 옆에는 흰 가운을 입은 데라야마 의사, 그리고 그 뒤에는 누나. 누나는 코끝이 빨개진 채 입술을 깨물고 있었다.

자리에서 일어서자 의자가 삐익 소리를 냈다.

"이치코에게서 얘기는 들었다."

아버지와는 대조적으로 작고 통통한 몸집의 고모는 온통 검은색으로 차려입은 모습이었다. 검정 치마에 검정 스웨터. 나름대로 적합한 옷을 골라 입은 것이겠지만, 그 주도면밀함이 나는 마음에 들지 않았다.

우리 아버지, 아직 안 돌아가셨어요.

그런 말이 튀어나오려는 것을 꾹 참았다.

"정말 어이가 없더구나." 고모가 말했다. 손에 든 것은 선언서가 든 흰 봉투였다. "이런 중요한 일을 너희들끼리 결정하다니, 대체 생각이 있니?"

고모의 빠른 말투에 아버지의 호흡 소리가 겹쳤다.

"아무리 본인이 원했다지만 어떻게 저 생명 줄을 떼어낼 수 있어? 몰상식한 것도 정도가 있어야지."

수수한 색깔의 립스틱을 바른 입술을 앙다물며 마사코 고모가 나를 노려보았다.

시선을 돌려 아버지의 얼굴을 내려다보았다.

고모와 말다툼을 하고 싶지는 않았다. 나 역시 좋아서 이런 일에 관여한 게 아니다. 모두 내던지고 어딘가 컴컴한 구석에 숨어 아버지의 죽음을 조용히 기다릴 수만 있다면 얼마나 마음 편할까.

"푸슈…… 그르르르……."

하지만 그럴 수는 없다. 여기서 마음이 약해진다면 나는 평생 저 소리에서 달아날 수 없을 것이다. 꿈에 어떤 가위에 눌릴지, 그것까지 충분히 상상이 되었다.

"푸슈…… 그르르르……."

이건 아버지가 아니다. 이미 아버지라고 할 수 없다. 최상의 파도를 타는 중에 옆에서 불쑥 끼어든 놈의 노에 맞아 관자놀이가 찢어졌을 때도, 모처럼 만난 근사한 파도가 아깝다면서 뭍으로 돌아가지 않고 피를 철철 흘리며 서핑을 계속했던 아버지. 그게 우리 아버지다. 아니, 우리 아버지였다.

"푸슈…… 그르르르……."

"고모." 기계적으로 오르내리는 담요를 빤히 응시하며 나는 입을 열었다. "내가 약속했어요, 아버지하고. 틀림없이 그 선언서대로 해드린다고."

"그래서 뭘 어쩌겠다고?"

"그러니까 의사 선생님……."

데라야마 의사가 나를 보았다.

"모든 책임은 제가 질 테니까요." 한 차례 숨을 내쉬고 말을 이어갔다. "이 기계들, 그만 치워주세요."

"애가 지금 무슨 소리야!" 큰 소리로 고모가 부르짖었다. "네가 어떻게 책임질 건데? 아직 나이도 어린 네가 어떻게 책임을 지냐고. 사람 목숨이 걸린 일이야. 대체 누가 그걸 책임질 수 있어? 지금 이 호흡기를 제거하면 어떻게 되는지 알기나 해? 네 아버지, 단 몇 분 만에 세상 떠나. 넌 정말 그래도 된다고 생각해?"

"하지만 아버지가 그걸 원한다니까요!"

나까지 목소리가 커졌다.

"글쎄 네 아버지는 지금 의식이 없잖아."

"그러니 이런 때를 위해 그 선언서를 준비한 거잖아요. 그거 읽어보셨어요?"

"이런 종이 쪼가리가 대체 뭔데?" 마사코 고모가 흰 봉투를 꾸깃꾸깃 움켜쥐었다. "네 아버지가 이 순간에도 마음이 안 변했는지 네가 어떻게 알아? 조금이라도 더 살고 싶어 할지도 모르잖아."

"아버지는 그런 사람이 아니에요. 고모도 잘 아시잖아요?"

"아니, 백번 양보해서 그렇다고 쳐도 아직 살아 있는데 어떻게 호흡기를 떼어낼 수 있어? 그건 살인이나 마찬가지야!"

고모는 침대의 쇠 프레임을 탕탕 내려치다가 그대로 움켜쥐었다.

"아뇨, 이건 전혀 달라요."

나도 모르게 덤벼들 뻔했다. 이건 전혀 다르다. 아니, 당연히 다르다. 왜 그걸 이해하지 못하는가.

"이건 존엄사라고요. 법적으로도 인정해 주는 일이에요. 고모가 모르시는 것뿐이죠."

고모가 입을 꾹 다물고 날카롭게 나를 노려보았다. 그 눈에 눈물이 글썽거리는 것을 보고 나도 입을 다물었다.

마사코 고모도 굳이 고집을 부리려는 건 아니다. 오히려 그 반대라는 건 잘 알고 있다. 잘 알지만 제발 더 이상 아무 말 말았으면 좋겠다고 생각했다. 아버지가 세상을 떠난다는 것도 견딜 수 없는데 왜 이런 답답한 논쟁을 해야 하는가 말이다.

"부탁드립니다, 선생님." 나는 말했다. "이 기계, 그만 치워주세요."

데라야마 의사가 내키지 않는다는 표정을 보였다.

"우리도 환자의 요청을 받아들이지 않겠다는 건 아니에요. 다만 마지막까지 최선을 다하는 게 의사로서의 의무니까……."

"그런 뻔한 말씀은 듣고 싶지 않습니다."

머쓱한 듯 데라야마 의사가 입을 꾹 다물었다.

"그건 저도 그렇고 아버지도 처음부터 다 아는 일이었어요. 그래서 아버지는 그 선언서를 사전에 작성한 거예요. '마지막까지 최선을 다한다'는 걸 중지시키려고요."

"얘, 미쓰히데!"

마사코 고모의 목소리는 그냥 무시해 버렸다.

"누나, 그렇지? 사실이지?"

데라야마 의사 뒤에서 누나가 흠칫했다. 양팔로 자신의 몸을 껴안은 그 얼굴은 새파랗다 못해 하얗게 질려 있었다.

"우리가 무엇 때문에 그토록 어렵게 아버지 앞에서 서명을 했어? 그리고 아버지는 군이 왜 이런 걸 준비했어? 바로 이런 상황에 대비하기 위한 거였잖아."

"미쓰히데, 넌 인정머리도 없니? 네 아버지를 단 일분일초라도 더 살게 해주고 싶은 마음이 없어?"

"왜 그런 마음이 없겠어요! 나도 아버지가 좀 더 오래 옆에 있었으면 좋겠어요. 하지만 이런 상태를 살아 있는 거라고 할 수 있냐고요!"

손으로 가리키자 아버지가 마치 장단을 맞추듯이 목을 그르
렁 울렸다.

"외부에서 억지로 공기를 집어넣어 숨을 쉬게 하다니…….
이건 펌프질에 펄쩍펄쩍 뛰는 개구리 장난감하고 똑같잖아요!"

"무슨 그런 심한 말을!" 마사코 고모는 봉투를 걸레 짜듯이
부르쥐었다. "너를 키워준 아버지에게 어떻게 그런 끔찍한 말
을 해?"

"끔찍한 건 고모겠죠. 아버지는 이런 꼴이 되는 것만은 진짜
질색을 했어요. 근데 그 소원을 싹 무시하고 억지로 살려두나
니, 그게 더 끔찍한 짓 아니에요? 이건요, 그냥 고모의 자기만
족이에요."

옆에서 흐느끼는 소리가 들렸다. 누나였다.

"푸슈…… 그르르르……."

이런 말다툼 소리가 아버지에게도 들릴까.

아버지, 들린다면 제발 일어나서 뭔가 한마디 해줘.

"네 아버지는 어떻게든 살아보려고 이렇게 애를 쓰고 있는
데……." 고모는 나지막한 목소리로 말했다. "너는 이걸 보고
도 아무 생각이 없어? 가슴이 아프지도 않아?"

강한 허탈감에 무릎에서 스르르 힘이 빠졌다. 감정이 뒤죽박
죽 소용돌이쳐서 말이 나오지 않았다.

"자식이라는 게 저리도 매정하다니."

내가 아무 말도 하지 않자 고모는 고개를 내저으며 혼자 중얼
거렸다.

"오빠도 참 불쌍하네."

그 순간, 귓속에서 뭔가 뚝 끊겼다.

불쌍하다고? 그런 진부한 말을 하다니! 아버지가 불쌍하다
면 나 역시 불쌍하다. 누나도 불쌍하고 고모도 불쌍하고, 이렇
게 살아 있다는 것 자체가 불쌍하다. 죽음을 앞둔 아버지가 마
지막으로 우리에게 가르쳐주려고 한 것이 결국 그런 거 아닌가.

그때였다. 급한 발소리와 함께 문 옆에서 어머니가 얼굴을 내
밀었다.

"얘들아, 늦어서 미안…….."

숨을 헐떡이며 우리를 차례대로 바라보더니 아버지의 침대로
시선을 옮겼다. 그 즉시 얼굴빛이 변했다.

"어, 어떻게 된 거야?"

"그건 내가 묻고 싶은 말이야!" 꾸깃꾸깃한 봉투를 휘두르며
마사코 고모가 갑작스레 앞으로 나섰다. "이봐요, 언니. 이 서
류를 처음 가져온 게 언니라면서요? 대체 무슨 생각인지, 어디
얘기나 들어봅시다."

"그만 좀 하세요." 내가 말했다. "어머니는 아버지가 부탁하
니까 서류를 구해온 것뿐이에요."

"아니지, 언니가 오빠한테 이상한 말을 속닥거렸겠지. 예전

부터 그랬어, 언니는……."

인내의 한계였다.

나는 성큼성큼 데라야마 의사 옆으로 다가갔다. 인공호흡기 본체를 잡고 받침대까지 통째로 끌어당겼다.

"앗, 학생, 그러면 안 돼!"

"미쓰히데!" 고모가 내 쪽으로 몸을 돌렸다. "무슨 짓이야!"

본체에는 손잡이와 스위치들이 줄줄이 달려 있었다.

"미쓰히데!"

데라야마 의사에게 아무리 부탁해 봤자 고모가 저렇게 반대하는 한, 소용없다. 그렇다면…….

"내 손으로 꺼버릴게."

그건 내 목에서 튀어나온 소리였다.

고함을 지르며 고모가 뛰어왔다. 나는 잡힌 팔꿈치를 뿌리쳤다. 전원 스위치를 찾아보았다. 어떤 것인지 알 수 없었다. 아니, 어디에도 그런 건 달려 있지 않았다.

"대체 어떻게 끄는 거야…….."

"푸슈…… 그르르르……."

"선생님, 어떻게 끄는 거냐고요. 이제 충분하잖아요!"

"아니, 그래도……."

데라야마 의사가 신경질적으로 입가를 비벼댔다.

그 순간, 본체 왼편에 조그만 돌기가 보였다.

이건가.

손을 내밀었다. 이상할 만큼 몸이 부들부들 떨렸다.

고모가 비명을 올리며 내 팔에 매달렸다.

"안 돼, 미쓰히데! 네 손으로 아버지를 죽일 셈이야?"

검지를 내민 채 나는 그 소리를 들었다.

"푸슈…… 그르르르……."

조금만 더 손을 내밀면 된다.

"푸슈…… 그르르르……."

이 스위치만 끄면 아버지는 편안해진다. 나도 편안해진다. 그
런데…….

네 손으로 네 아버지를 죽일 셈이야……?

왜, 손이 움직여지지 않을까.

"약속했다니까요."

숨만 헉헉거릴 뿐 말이 이어지지 않았다.

"내가…… 아버지하고, 약속했다고요."

"미쓰히데……."

고모는 내 앞으로 다가와 기계 밖으로 나를 떠밀면서 어린애
처럼 훌쩍훌쩍 울었다.

"이러면 안 돼. 애, 제발 부탁이야. 그래, 알았으니까 네가 손
을 대는 잔인한 짓만은 하지 마. 그랬다가는 틀림없이 후회하
게 돼. 평생 후회할 거란 말이야. 기어코 이 기계를 끄겠다면 그

건 의사 선생님이 하시도록 해야지."

등 뒤에서 아버지의 목이 가르릉 울리는 소리가 들렸다.

나는 휘청거리며 몸을 일으키고 고개를 들었다.

누나가 두 손으로 입을 가린 채 울고 있었다.

데라야마 의사가 창백한 얼굴로 나를 응시했다.

"그래도……." 데라야마 의사는 침을 꿀꺽 삼켰다. "이건 좀……."

그때였다.

문 옆에 서 있던 어머니가 움직였다. 성큼성큼 다가오더니 데라야마 의사 옆을, 그리고 나와 고모 앞을 지나 침대 베갯머리 쪽에 섰다.

"푸슈…… 그르르르……."

아버지의 목울대가 가늘게 떨렸다.

어머니는 뼈가 두드러진 자신의 손을 아버지의 이마에 가만히 얹었다. 미간에 깊이 파인 주름을 펴주듯이 엄지로 쓰다듬었다.

"푸슈…… 그르르르……."

이윽고 어머니는 내 쪽을 돌아보며 아버지의 이마에서 손을 내렸다. 그리고 그 손이 곧장 기계 쪽으로 향했다.

딸칵.

작은 소리가 울렸다.

어디서 바람이 들어오는가. 커피에서 피어난 김이 왼편으로 눕는다.

복도는 어슴푸레했다. 천장 형광등 하나가 나간 탓이다.

이따금 위층에서 이동용 침대를 끄는 소리가 들렸다. 눈앞의 엘리베이터가 낮게 신음하기도 했지만 이곳에 멈추는 일은 없었다.

나는 아버지를 기다리고 있었다. 지금쯤 아버지의 몸을 깨끗이 씻기고 있을 것이다. 그런 일을 하는 장소가 이 병원 어디에 있는지는 알지 못한다. 아무튼 그게 끝나면 아버지는 이 영안실로 실려 올 것이다.

꽤 오래 걸리는구나 하고 손목시계를 들여다봤다.

'7시 반?'

일순 시계가 멈춘 줄 알았다. 벌써 10시는 넘었을 줄 알았는데……. 하지만 가만 생각해 보니 그럴 리 없었다. 내가 병원에 뛰어든 게 오후 3시쯤이었으니까 이제 7시 반인 게 아마 맞을 것이다.

그렇게 생각하면서도 실감은 나지 않았다. 다카유키를 만나 오토바이를 빌려준 게 한두 달 전의 일만 같았다.

상의 앞을 여미고 옷깃을 세웠다. 목덜미가 왠지 써늘했다. 바짓단으로도 냉기가 올라왔다. 등을 웅크리고 커피를 마셨다. 자동판매기에서 사온 종이컵 커피는 맛이 있지도 없지도 않았지만 우선 차가운 몸을 녹여주기는 했다.

어머니와 누나는 따뜻한 위층 대기실에서 쉬라고 했다. 마사코 고모는 저녁에 찾아온 작은아버지와 함께 일단 구게누마로 돌아갔다.

아버지가 숨을 거두자 고모는 더 이상 나와 어머니를 책망하지 않았지만, 진심으로 이번 일을 받아들였기 때문이라기보다 울다 지쳐 말도 나오지 않는 것에 가까웠다. 나에게는 단 하나뿐인 아버지였지만 고모에게도 단 하나뿐인 오빠였다. 이제야 그런 생각을 해보고 있었다.

모레가 장례식이다. 앞이 까마득하다. 아버지를 화장해 바다에 뿌리는 일로 또 누군가와 티격태격해야 할지도 모른다고 생각하니 그만 넌덜머리가 났다. 하지만 이제 와서 이 일을 내팽개칠 수도 없다. 더 이상 어머니에게 떠맡길 수는 없다. 이미 충분히 한심한 아들인 것이다.

다시 커피를 한 모금 마셨다. 따뜻한 기운에 콧구멍이 촉촉하게 녹았다. 식도를 타고 위로 흘러드는 액체를 느끼며 나는 뜨거운 한숨을 내쉬었다.

그 뒤, 아버지는 고통 없이 떠났다. 데라야마 의사가 다가가 입가의 반창고를 떼어내고 튜브를 목에서 뽑아내자 아버지의 입에서 깊은 숨이 새어나왔다. 몇 차례 목울대가 오르내려서 뭔가 말하려는 게 아닌가 하고 다들 놀랐지만 그런 극적인 일은 일어나지 않았다. 그저 그것뿐이었다. 죽음이 그렇게 어이없는 것이라니, 아마 죽은 아버지도 깜짝 놀랐을 것이다.

덜컹거리는 소리가 다가와서 고개를 들었다. 복도 안쪽 문이 열리고 바퀴 달린 이동용 침대가 나오는 게 보였다. 잠시 사람 소리가 들리더니 이윽고 간호사가 나를 불렀다.

어머니와 누나에게도 알려야 했지만 이제는 새삼 서두를 필요도 없다는 생각에 나 혼자 간호사의 뒤를 따라갔다. 아까 커피를 뽑아주러 올라갔을 때, 웬일로 어머니와 누나가 나란히 앉아 온화한 분위기로 띄엄띄엄 얘기를 나누고 있었다. 조금만 더 그런 대화의 시간을 갖게 해주고 싶었다.

감색 카디건을 걸친 젊은 간호사는 진지한 얼굴로 나를 영안실로 안내해 주고, 추웠는지 두 팔을 맞대고 방을 나갔다.

텅 빈 영안실 한쪽 벽에 흰 꽃으로 장식한 제단이 마련되었다. 촛불이 켜진 제단 앞 이동용 침대에 아버지가 길게 누워 있었다.

체구가 큰 사람이라고 새삼 생각했다. 옆에 놓인 의자에 앉아 얼굴에 덮인 하얀 사각 천을 바라보았다. 어쩐지 아버지가 재미없는 장난을 치는 것만 같았다. 모든 게 너무도 드라마 속 장면과 똑같아서 속임수에 걸려든 듯한 기분이었다. 사실은 저기 어디쯤에 깜짝카메라가 설치되어 있고 이제 곧 아버지가 벌떡 일어나 껄껄 웃는 게 아닐까 하고 멍하니 비현실적인 상상에 빠졌다.

사각 천을 벗겨봐야 할지 잠시 망설였지만 결국 그대로 두기로 했다.

그 선언서에 희망한 대로 아버지의 몸은 한 군데도 빠짐없이 온전히 남았다. 그런데도 조금 전에는 살아 있었고 이제는 죽었다는 건 대체 뭔가. 인공호흡기의 스위치를 끄기 전과 후를 비교해 봐도 가슴이 오르내리던 게 멈추고 더 이상 가르릉 소리를 내지 않는 것을 빼고는 어디도 달라진 것이 없는데 대체 무엇이 삶과 죽음을 가르는 것일까.

멍하니 앉아 있기에도 지쳐 아버지의 팔 옆에 턱을 괴고 엎드렸다. 소독약 냄새가 훅 끼쳐서 나도 모르게 얼굴을 찌푸렸다.

삶과 죽음 사이에는 좀 더 명확한 경계가 있을 거라고 생각했었다. 하지만 실제로는 거의 똑같은 것인지도 모른다. 단순한 비유가 아니라 나 또한 내일 아침 잠에서 깨어나면 이미 죽은 사람이 되어 있을 수도 있다.

아마도 에리의 큰오빠로 인해 죽은 여자도 그런 느낌이었을 것이다. 가와이 선배만 해도 바위에 부딪힌 게 무릎이 아니라 머리였다면 한순간에 저승행이었다.

하와이의 노스쇼어에서 거대한 파도에 잡혔을 때의 감각이 생생히 되살아났다. 의식이 아득해지면서 숨이 막히던 것도 사라졌다. 그때 내가 있었던 곳의 한발 앞이 지금 아버지가 가 있는 그곳인 것이다.

얼굴에 덮인 하얀 천은 한가운데가 불룩했다. 아버지의 코가 높직한 탓이다. 네모난 천 가장자리를 냅킨처럼 꼼꼼히 바느질해 둔 것을 보고, 이런 걸 만드는 업자도 있구나, 하고 또다시 별 관계도 없는 생각을 했다.

건강하던 때의 아버지 얼굴이 어땠는지, 벌써 잘 생각나지 않는다. 돌아가시기 직전의 인상이 너무도 강렬했기 때문일까.

아버지가 이 세상 사람이 아니라는 게 실감 나지 않는 탓인지 슬픔이라는 감정도 생기지 않았다. 아까 병실에서 죽은 얼굴을 보고 있을 때도 머릿속이 묘하게 고요했다. 누나가 아버지에게 매달려 우는 것을 보고 역시나 눈시울이 뜨거워졌지만 그것도 그저 덩달아 울어보는 느낌이었다.

어쩌면 고모의 말이 맞는지도 모른다. 나는 남들보다 매정한 것이리라. 그래서 인공호흡기를 떼어내라는 말을 내뱉을 수 있었는지도 모른다. 게다가 실컷 말만 늘어놓고 막상 내 손으로 직접 저지를 용기도 없어 결국 어머니의 손을 빌렸다. 진짜 한심한 아들이다.

만일 그때 어머니가 스위치를 끄지 않았다면 데라야마 의사는 어떻게 했을까. 아니, 나는 어떻게 했을까. 분명 내 손으로 껐을 거라고 생각하는 건 이미 아버지가 돌아가셨기 때문인지도 모른다. 아직 숨을 쉬고 있는데 내가 정말로 그 스위치를 끌

수 있었을까. 자신 있게 그렇다고 말할 수가 없다. 내 손으로 스위치를 끄지 못한 것을 지금은 몹시 후회하고 있지만, 만일 내 손으로 꺼버렸다면 이런 후회는 하지 않았을까. 그것도 잘 모르겠다. 그때는 또 내 손으로 꺼버린 것을 후회했을지도 모른다.

생각하면 할수록 내가 한 행동이 옳았는지, 자신이 없어진다. 아버지를 편하게 해주려고 했다는 건 거짓말이고 단지 내가 편해지려고 한 것은 아닐까. 고모 말처럼 아버지는 일분일초라도 더 살고 싶어 했던 건 아닐까. 추태를 내보이지 않겠다고 허세를 부리기는 했지만 마음속으로는 내가 그걸 눈치채 주기를 바랐던 것은 아닐까……. 그렇게 생각하니 문득 두려움에 비명이 터질 것 같았다. 눈을 질끈 감고 두려움을 꿀꺽 삼켰다.

갑자기 휴대전화가 울리는 바람에 소스라치게 놀랐다.

전자음이 나를 놀리듯 태평한 멜로디를 연주했다. 아버지가 눈을 뜨고 일어날 것 같아 다급하게 주머니에 손을 넣었다. 병원 내에서 휴대전화 사용은 안 된다고 했다. 잠깐 망설였지만 어쩔 수 없어서 휴대전화를 꺼냈다. 에리의 번호가 찍혀 있었다.

"네, 여보세요."

목쉰 소리가 나왔다. 고모와 큰 소리로 입씨름을 한 탓이다.

"나야."

에리가 말했다. 지난 수요일에 만났었으니까 사흘 만이다.

"지금, 통화 괜찮아?"

"응."

"아, 누구 옆에 있어? 그럼 나중에 다시 걸게."

"아냐." 하얀 천을 바라보며 대답했다. "나 혼자야. 무슨 일 있어?"

실내가 넓은 탓인지 유난히 목소리가 웅웅 울렸다.

"저기." 머뭇머뭇거리면서 에리는 말했다. "내일 잠깐 볼 수 있어?"

"아니, 안 돼." 내 말이 너무 차갑게 들렸을 것 같아 설명을 덧붙였다. "지금 병원에 와 있어."

"그렇구나……. 그럼 어쩌지?"

"뭐가."

"응? 아니, 아냐."

"뭔데?"

다시 한번 재촉하자 그녀는 그제야 말했다.

"아니, 하귤이……."

"응?"

"오늘 큰오빠 면회 다녀왔어. 근데 돌아오는 길에 어떤 집에 커다란 하귤나무가 있길래 내가 잠깐 물어봤어. 옛날 신맛이 나는 귤나무라고 하더라."

"……."

"그 집 아주머니가 몇 개 따주셨거든. 혹시 괜찮으면 그거,

아버님께 드릴까 해서."

나는 흰 천을 멍하니 바라보았다.

"내가 한 개 맛을 봤는데 정말 엄청 새콤해."

나는 흰 천을 멍하니 바라보았다.

"듣고 있어?"

"……."

"역시 오지랖이었나?"

"……."

"여보세요? 끊었어?"

입을 열려다가 다시 다물었다.

아버지는, 죽었다. 이제 다시는 아무것도 먹지 못한다. 먹지 않아도 된다. 배도 고프지 않고 목마르지도 않다. 그 미운 소리를 들을 일도, 지독한 방귀 냄새를 맡을 일도 결코 없다. 아버지는 드디어 죽은 것이다.

하얀 천이 흐늘흐늘 흐려졌다.

"여보세요, 듣고 있어? 여보세요…… 미쓰히데?"

더 이상 참을 수가 없었다.

단숨에 모든 것이 터져 나왔다. 시야 가득히 옆으로 후려치는 듯한 비가 쏟아졌다.

콧물을 훌쩍이는 소리에 에리가 깜짝 놀라는 기척이 들려왔다.

"미안, 나도……." 소매로 눈을 닦았다. "나도 이러려고 한

게 아닌데……."

에리는 침묵하고 있었다.

실을 조심조심 당기는 것처럼 나는 그녀의 침묵에 귀를 기울였다. 희미하지만 기척이 감지되었다. 가느다란 전파로 연결된 이 전화 너머 어딘가에 그녀는 분명하게 살아 숨 쉬고 있었다.

귀에 휴대전화를 댄 채 손을 내밀었다. 흰 천의 귀퉁이를 들어 올렸다.

아무것도 보이지 않았다.

바닷속에서 하늘을 올려다볼 때처럼 눈앞이 온통 은빛으로 흐려져 아무것도 보이지 않았다.

★

완만한 능선을 그리며 아득한 저 멀리까지 이어진 해안선에 아침 안개가 서렸다.

모래사장에 큼직한 골든리트리버가 달려와 찰싹찰싹 물거품을 튕겼다. 나를 보고 우뚝 멈추는가 싶더니 다시 제 주인에게로 달려갔다.

아침 해에 빛나는 바다가 신음하며 떨쳐 일어서더니 한 귀퉁이부터 저 멀리까지 무너졌다. 밀려온 파도가 내 발을 적시려다가 아슬아슬한 선에서 포기한 듯 물러가며 사르륵 소리와 함께 모래에 스며들었다. 바닷물에 젖어 부드러워진 모래 속으로 게 한 마리가 허둥지둥 파고들었다.

날씨가 맑은 만큼 바람은 차가웠다. 그래도 뒤편 소나무 숲 앞의 주차장에는 멀리서 휴일 서핑을 즐기러 온 사람들의 자동차가 빼곡하게 들어찼다.

이런 상황에서 그를 알아볼 수 있을지 마음에 걸렸지만 그건 쓸데없는 걱정이었다. 다들 비슷비슷한 웨트슈트, 저마다 서핑 수준이나 스타일이 다른 사람들 속에서 딱 한 명, 유난히 눈에 띄는 사람이 있다 했더니 그게 바로 미쓰히데였다.

웨트슈트 차림은 익숙하지만 미쓰히데가 실제로 서핑을 하는 모습은 처음 봤다. 세계 대회에 출전할 정도니까 실력이 상당할 거라고 예상은 했지만 이렇게 잘 타는 줄은 몰랐다.

거대한 연체동물과 장난이라도 치듯이 미쓰히데는 파란 파도의 뱃구레를 슬슬 미끄러졌다가 뛰어오르고 다시 미끄러져 내려왔다. 대단하다. 평소의 미쓰히데와는 전혀 다른 인상이었다. 아니, 어쩌면 이쪽이 진짜 미쓰히데인지도 모른다.

파도 사이를 자유자재로 빠져나가는 모습이 마치 두툼하게 껴입은 옷을 벗어던진 사람처럼 가뿐해 보였다. 혼자서만 특별히 진화해 버린 별종의 생물 같다.

보드 위에 배를 대고 엎드린 채 먼바다로 끝없이 저어 나가 파도를 타고 불쑥 일어선다. 내가 모래사장에서 이렇게 지켜본다는 건 아직 눈치채지 못한 모양이다.

어린 미쓰히데에게 서핑을 가르쳐준 것은 얼마 전에 돌아가신 아버지였다고 한다.

저렇게 바다에 도전하는 동안 그는 어떤 생각을 할까. 조금쯤은 아버지를 떠올릴까. 아니면 테크닉을 연마하는 것으로만 머릿속이 가득할까. 어쩌면 예전에 하숙방에서 얘기해 준 것처럼 바로 지금 타고 있는 파도 외에는 아무런 생각도 없는지도 모른다.

만일 그렇다면, 정말 부럽다. 나는 저런 식으로 나 자신을 잊어버릴 만큼 깊이 빠져들 만한 것을 아직 하나도 갖지 못했다.

지난번 시험 결과에 따라 목표 대학을 몇 군데로 정하기는 했지만, 설령 원하는 대학에 합격한다 해도 거기서 과연 무엇을 해야 할지, 나는 아직 모르겠다. 무엇 때문에 대학에 가려고 하는지, 여태 그 대답도 찾지 못했다. 적극적으로 뛰어들고 싶은 일이 아무것도 없다.

말썽 많은 큰오빠조차도 대학에는 분명한 목적을 갖고 입학했는데……. 그때만 해도 큰오빠는 상당히 우수한 성적으로 농학부를 졸업했다. 하긴 아무리 착실히 공부해도 그다음 인생이 반드시 잘 풀리는 건 아닌 모양이다.

불효한 큰아들을 만나기 위해 엄마는 오늘도 새벽같이 일어나 도쿄에 갔다. 면회가 허용된 뒤로 벌써 네 번째다.

체포되면서 강제로 술을 끊은 덕분에 오랜만에 다시 만난 큰 오빠는 약간 살이 올라 있었다. 피부에도 윤기가 돌고 나름대로 건강해 보이는 아들을 보자마자 엄마는 면회실에서 눈물을 흘렸다. 안도감, 그리고 세상 떠난 그 여자에 대한 미안함 때문일 것이다.

공판은 다음 달에나 시작되고 판결은 그 한두 주 뒤에나 나온다고 한다. 형기가 몇 년이 되건 엄마는 앞으로 주말마다 큰오빠를 찾아갈 것이다.

바다가 내는 소리가 배 속에 울렸다.

모래 위에 털퍼덕 앉아 나는 무릎을 끌어안았다.

사금을 녹여낸 듯 반짝이는 바다를 바라보고 있자니 최면술에 걸린 것처럼 기분이 좋아졌다. 머릿속이 깨끗이 씻겨서 뇌의 주름에 달라붙은 때까지 벗겨져 나간다.

며칠 전 미야코가 했던 말이 떠올랐다.

그녀가 얘기했던 게 분명 지금 이 느낌에 대한 것이었다.

"멍하니 바다를 바라볼 때하고 똑같아."

그날도 우리는 방과 후 음악실에 있었다.

"이렇게 피아노를 치다 보면 머릿속이 텅 비면서 기분이 좋아져. 나도 모르는 사이에 일종의 트랜스 상태에 빠진다고나 할까."

깜빡 잊고 온 노트를 찾으러 음악실에 갔는데 옆방에서 피아노 소리가 들려왔다. 안을 들여다보자 역시 미야코였다. 한 번도 들어본 적 없는 낯선 곡이라도 미야코가 치는 피아노 소리라면 나는 금세 알아듣는다.

"이렇게 피아노를 잘 치면서 음대에 가지 않다니, 아깝다." 내가 말했다. "재능을 타고났는데."

"고마워." 미야코가 방긋 웃었다. "근데 기왕 재능으로 승부할 거라면 난 사진 쪽으로 뛰어들 거야. 그래서 대학에는 안 갈 생각이야."

교실이 들어찬 본관과는 한참 떨어진 별관이라서 음악실은 고요했다. 다른 아이들의 기척도 없었다. 방과 후의 소란스러움도 창문 너머 저 멀리 테니스 코트에서 희미하게 들려올 뿐이다.

그랜드피아노 옆으로 다가가 건반 위에서 선명하게 뛰노는 미야코의 손끝을 가만히 지켜보았다.

하늘은 두 가지를 동시에 주지 않는다는 건 거짓말이다. 재능이란 주어지는 사람에게는 세 개든 네 개든 동시에 주어진다. 그 증거로 미야코가 찍은 사진이 또다시 그 사진 잡지에 실렸다. 이번에도 다카유키를 찍은 사진이었다.

"진학 상담하면서 선생님한테 엄청 혼났어."

오른손 음계를 되풀이해 연습하면서 미야코는 피식 웃었다.

"선생님이 '너, 제정신이냐, 그런 누드 같은 사진을!'이라고 하더라. 누드 같은 게 아니라 진짜 누드인데."

너도 사진을 봤느냐고 묻길래 얼떨결에 거짓말을 했다.

"아, 미안. 아직 못 봤어."

사실은 잡지가 나온 그날로 당장 구입했다. 눈이 따가울 만큼 들여다봐서 구석구석까지 또렷이 떠올릴 수도 있었다. 누드라고 해도 상반신뿐이지만, 선생님이 과민하게 반응하는 것도 이해가 되었다. 얼핏 보기에는 투박한 그 흑백사진에는 도발하는 듯한 에로티시즘이 엿보였기 때문이다.

럭비로 단련된 다카유키의 근육은 미쓰히데의 그것과도 또 달라서 마치 막 떼어낸 바위처럼 울룩불룩했다. 그의 등 뒤로 보이는 벽의 질감이며 엉덩이 밑의 침대 커버 무늬를 보고 나는 그곳이 미야코의 방이라는 것을 알았다. 바지 지퍼를 반쯤 내리고 한쪽 무릎을 세워 팔꿈치를 짚은 다카유키는 매우 귀찮다는 듯한 시선으로 이쪽을 노려보고 있다. 다른 한쪽 다리는 렌즈를 향해 뻗고 있어서 발바닥이 큼직하게 보였다.

평소에는 포커페이스를 유지하는 다카유키가 미야코에게만은 이런 표정을 내보이는 것이다. 마치 꾸지람을 듣고 잔뜩 토라진 어린애 같은 표정을.

호수가 가득 차듯이 창백한 외로움이 모공으로 스멀스멀 기어들어 와 내 몸속을 얼어붙게 했다.

"그 선생님, 내가 일반 대학이 아니라 사진 전문대학에 간다니까 막 화를 내시는 거야. 당사자가 가고 싶다는데 왜 그러시는지 모르겠어."

마치 남의 일처럼 말하면서 미야코는 손끝으로 화음을 짚었다. 귀로 기억한 노래를 떠올리며 쳐보는지 이따금 머리를 갸웃거리면서도 금세 정확한 음을 찾아내고 있었다.

"사진 같은 거에 빠져서 앞으로 뭐가 되겠냐는 둥, 지금은 재미있겠지만 머지않아 시들해질 거라는 둥……. 어쩜 그렇게 실례되는 말만 하는지. 내가 진지하게 뛰어든 일을 그런 식으로 깎아내리는 거, 전혀 귀에 들어오지 않아. 에리, 넌 어떻게 생각해?"

담담하게 말하는 그 표정 너머로 누가 어떤 말을 하건 이미 자신이 갈 길을 정해버린 사람의 자신감과 여유, 그 뒤에 담긴 고독함까지 훤히 보였다. 그리고 나는 그 곁에서 한없이 외로웠다.

"에리, 너는 대학 갈 거지?"

피아노 치는 손을 멈추지 않은 채 미야코는 얼굴을 들고 고양이 같은 눈망울로 나를 빤히 바라보았다.

"나를 받아주는 데가 있으면."

"뭔 소리야, 넌 어디든 합격이야." 미야코가 웃으며 말했다. "원서 넣을 데는 이미 정했지?"

"응, 일단 원서는 냈어."

"도쿄 쪽 대학?"

"아니, 꼭 그렇진 않아. 그냥 여기저기. 요즘 우리 집 사정도 어렵고, 가능하면 집에서 다닐 수 있는 곳이 좋긴 한데…….'"

"그래도 네가 정말 원하는 곳으로 가는 게 좋아. 넌 주변 사정에 너를 끼워 맞추려 드는 게 문제라니까."

"……."

"하긴 그런 게 너의 장점이기도 하지."

웃음을 머금은 눈으로 나를 바라본다. 코에 주름을 잡고 피식 웃으면서 나는 그런 미야코의 말을 언제라도 다시 떠올릴 수 있게 가슴속에 소중히 챙겨 넣었다.

미야코의 손가락이 조금 전보다 더 부드럽게 움직였다.

"그 곡, 아름답다. 무슨 노래야?"

"제목은 모르겠어." 미야코가 말했다. "어렸을 때부터 알고 지내던 피아니스트가 만든 곡이야. 그 사람의 피아노 연주를 내가 대충 기억해서 쳐본 거라서 실은 엉망이야."

그래도 한 번 들으면 잊히지 않을 만한 인상적인 선율이었다. 재즈처럼 블루노트*가 반복되는 사이사이에 아름답고 애절한, 어딘가 그리운 멜로디가 떠올랐다.

---

* 장음계에서 제3음과 제5음, 제7음을 반음 낮춰 연주하는 블루스나 재즈 음악의 독특한 음계.

412

건반을 누르면서 미야코가 천천히 눈을 깜빡인다.

졸업하면 이렇게 날마다 볼 수도 없다고 생각하니 그 속눈썹 한 올 한 올, 손가락이 짚어내는 소리 하나하나가 눈물이 날 만큼 사랑스러웠다. 강하게 빛나는 눈망울, 부드러운 뺨, 복숭앗빛 귓불, 도톰한 입술……. 그녀가 가진 것, 그녀와 관련된 것 모두가 미치도록 사랑스러웠다.

숨을 죽이고 그 옆얼굴을 바라보다가 어느새 미야코가 피아노 연주를 멈춘 것을 깨닫고 흠칫했다.

"저기, 에리."

미야코는 오른손으로 건반 표면을 쓸면서 작은 목소리로 말했다.

"응?"

"너도 이미 눈치챘지?"

미야코의 왼손이 자신의 배에 가 있었다.

어떻게 대답해야 할지 몰라 두근거리는 마음으로 침묵하고 있었더니 미야코는 얼굴을 들어 나를 보며 피식 웃었다.

"네가 걱정해 준 거, 나도 다 알고 있었어. 근데 이런 일은 상의해 봤자 해결될 일도 아닌 거 같아서……."

"…….""

"하지만 고마워. 말없이 지켜봐 준 거. 너의 그런 점을 진짜 좋아해."

나는 말없이 시선을 떨구었다. 눈이 마주치면 해서는 안 될 말이 한꺼번에 쏟아질 것 같았다.

"지금 3개월째야." 미야코는 말했다. "내 배 속의 어딘가에 해마 같은 게 둥둥 떠 있다고 생각하면 진짜 신기해. 기타자키 성격으로 봐서는 틀림없이 지우라고 할 줄 알았는데 뭐에 눈이 뒤집혔는지 꼭 낳으라고 하는 바람에 진짜 깜짝 놀랐어."

장난 투로 말하기는 했지만 미야코는 곧바로 후우 한숨을 내쉬었다.

"내내 잠을 못 잘 만큼 고민했어. 기타자키는 자기 할 말만 하고는 해외로 촬영하러 가서 도무지 돌아오지를 않는 거야. 아버지도 벌써 두 달째 집에 없고. 이런 일을 다른 사람에게 결정해 달라고 할 수도 없잖아. 결국 나 스스로 답을 내리는 수밖에 없더라. 무지하게 고민했는데 도저히 지금 애를 낳기는 어렵다고 판단했어. 그래서……."

사실은 마음먹고 병원까지 갔었어, 라고 그녀는 중얼거렸다.

"뭐?"

나도 모르게 고개를 들었다.

"지지난 주 토요일에." 미야코는 쓸쓸한 웃음을 지었다. "근데 결국 못 했어."

얼마나 불안했을까. 한마디만이라도 내게 말했다면 그렇게 힘들 때 내가 곁에서 지켜주었을 텐데.

그런 말이 튀어나오려는 것을 꾹 참았다.

"혼자 갔어?"

"응. 그랬는데……." 미야코는 애매하게 고개를 끄덕였다. "다카유키가 나중에 병원으로 찾아왔더라고."

다카유키는 다 알고 있었으니까, 라고 미야코는 말했다.

원래는 같이 병원에 가기로 했었는데 다카유키가 깜빡 차를 놓쳤다고 한다.

"다카유키도 이래저래 사정이 있었어. 걔도 계속 내 일에만 매달릴 수는 없잖아."

내가 진짜 한심하다는 얼굴을 했기 때문인지 미야코가 급히 변호에 나섰다. 하지만 아무리 그래도 그런 중요한 때에 차를 놓치다니.

"그 대신 오토바이를 몰고 병원으로 달려왔더라니까. 아 참, 그러고 보니……." 장난기 어린 눈빛으로 미야코는 나를 흘끔 올려다보았다. "그 오토바이, 미쓰히데가 빌려줬다던데?"

큰오빠 사건 이후로 미쓰히데가 번번이 내 편을 들어준 탓인지 미야코는 그가 나를 좋아한다고 생각하는 모양이었다.

"근데 그 오토바이 얘기는 아무한테도 하면 안 돼. 주인도 집에 없는데 다카유키가 막무가내로 빌려달라고 했나 봐. 그거 빌려준 거 알면 미쓰히데가 그 주인한테 된통 혼날 거래."

그딴 건 이제 어떻든 상관없다.

'낳을 생각이야?'

내가 묻고 싶은 건 그것뿐이었다.

하지만 결국 묻지 못했다. 미야코의 입에서 확실한 대답을 들으면 그 순간부터 그녀는 지금보다 훨씬 더 내게서 멀어지고 말 것 같았다.

"그래서 그 사람은 돌아왔어?"

우선 그것만 물어보았다.

"누구? 오토바이 주인?"

"아니, 기타자키 씨."

"아, 그 사람?" 미야코가 미소를 지으며 오른쪽 검지로 피아노 건반을 쓰다듬었다. "아직. 근데 곧 돌아올 거야."

"해외라면, 어디?"

"나도 잘 몰라. 지난번에 전화 왔을 때, 전에 올림픽을 했던 도시 근처라고만 하고 분명하게는 알려주지 않았어."

"그게 뭐야? 올림픽을 했던 도시라면 한두 군데가 아니잖아."

"그렇지. 근데 그 사람, 아마 전쟁터에서 사진 찍고 있을걸."

"정말? 그거…… 위험하지 않아?"

미야코는 쓴웃음을 지었다.

"그래도 어쩔 수 없어. 그 사람, 위험하지 않은 장면은 찍을 생각도 없대."

그뿐, 우리는 잠시 말없이 앉아 있었다.

멀리서 들려오는 웅성거림, 이따금 낡은 교실이 삐걱거리는 소리 외에는 정말로 고요했다. 마치 꿈속처럼.

이윽고 미야코는 한숨을 내쉬며 어깨를 움츠렸다.

"그 사람이 이제야 터덜터덜 돌아온다고 해도 앞으로 어떻게 될지 모르겠어."

"하지만 넌 그 사람이 터덜터덜 돌아와 주기를 바라고 있지?"

일부러 놀리듯이 말해보았다.

미야코는 그 질문에는 답하지 않았다. 눈가에 살짝 웃음만 감돌았다.

"에리, 그거 알아?"

"뭘?"

"반드시 만나야 할 사람만 만나게 마련이래."

"그래도……." 나는 말했다. "미야코, 넌 사람 보는 눈이 없는 것 같아."

"그런가?"

"그렇다니까. 내가 보기에는 기타자키 씨라는 사람도 다카유키도 진짜 바보 같아. 너를 이렇게 혼자 두다니, 이게 말이 돼?" 계속 농담하는 척하며 슬쩍 한 마디를 덧붙였다. "내가 남자라면 당장 너하고 결혼할 텐데."

웃음을 터뜨릴 줄 알았는데 미야코는 다정한 눈빛으로 나를 보았다.

"네가 여자라서 정말 다행이야." 미야코가 말했다. "덕분에 이런 얘기도 할 수 있으니까."

"무슨 소리야, 다카유키에게도 다 말했으면서."

"하지만 그거하고는 또 달라. 나를 사랑하는 건 아니잖아, 다 카유키는."

그렇지 않다고 가볍게 말하려다가 나는 흠칫했다.

나를 사랑하는 건 아니잖아, 다카유키는……?

"여자든 남자든 사실은 별로 중요하지 않아." 미야코는 신중 하게 단어를 고르면서 말했다. "그래도 역시 나는 네가 여자라 서 좋아. 왜 그럴까……. 그건 아마 지금의 너를 너무 좋아해서 그런가 봐."

심장이 가슴 안쪽에서 제 몸을 마구 내던지고 있었다. 너무도 격렬해서 심장 박동에 맞춰 미야코의 얼굴이 두세 겹으로 흐려 질 정도였다. 더 이상 견딜 수 없어서 나는 시선을 돌렸다.

설마, 미야코가 이미 다 알고 있었다니, 그럴 리가…….

"에리."

"……."

자칫하면 눈물이 터질 듯한 얼굴로 나는 다시 눈을 들었다.

조금 전의 다정한 표정 그대로 미야코는 조용히 미소 지었다.

"미안해……."

뭐가 미안하냐는 질문은 이제 필요 없었다.

나는 말없이 고개를 저었다.

미야코가 시선을 떨구고 건반을 더듬었다. 작게 '라' 음이 울렸다.

들릴 리 없는 오케스트라 조현 소리까지 함께 울리는 것 같았다. 은밀하게 점점 가늘어지면서 실내 구석구석까지 스며들었다. 그리고 그 여운이 완전히 들리지 않게 되었을 때…….

나는 가만히 손을 내밀었다. 기도하듯이 숨을 죽이고 미야코의 뺨을 만졌다.

그녀는 가만히 있었다.

떨리는 손끝을 조금씩 미끄러뜨려 입술을 더듬었다.

미야코가 나를 응시했다.

올곧은 눈빛으로 빤히 올려다보고 있었다.

그리고…… 조용히 미야코는 속삭였다.

"……괜찮아, 에리."

아득히 높은 곳에서 가늘고 날카로운 울음소리가 쏟아진다.

위를 올려다보니 파랗게 갠 하늘에 원을 그리며 솔개가 날고 있었다. 피리 소리를 떠올리게 하는 울음소리가 바람에 흔들리며 띄엄띄엄 귀에 들어와 파도 소리와 뒤섞였다.

서글픈 여운의 그 소리는 그때 울렸던 단 한 번의 블루노트와 어딘가 비슷한 느낌이었다. 지금도 내 귓속에 남아 있다. 조용히 입술이 맞닿았을 때 미야코의 손끝이 우연히 짚었던 그 작고 작은 불협화음.

"어, 너 뭐야?"

보드를 옆구리에 낀 미쓰히데가 곁을 지나가다가 퍼뜩 나를 알아보고 깜짝 놀란 소리를 냈다. 큰 걸음으로 성큼성큼 다가오더니 약간 수줍어하는 표정으로 나를 내려다보았다.

"언제부터 와 있었어?" 파도 소리에 지지 않을 만큼 큰 목소리였다. "안 추워?"

"응, 방금 와서 괜찮아."

거짓말을 했다.

"뭐라고?"

"방금 와서 괜찮다고!"

나도 큰 소리로 맞받아 주었다.

"쳇, 여기서 보는 줄 알았으면 좀 더 멋있게 탈걸."

"거꾸로 고꾸라지는 거, 다 봤어."

"봐도 하필 그런 걸 봤어? 원숭이도 나무에서 떨어질 때가 있다잖아."

"오, 너 원숭이였어?"

미쓰히데의 입이 시옷 자를 그렸다.

나는 자리에서 일어나 엉덩이를 털었다.

"꽤 열심히 연습하던데?"

"오늘 파도가 그럭저럭 괜찮았으니까." 그가 말했다. "평소 같으면 더 일찍 나왔지. 미안하다, 몸소 여기까지 나오셨는데 기다리게 해서."

"너 보러 온 거 아니거든? 오랜만에 바다나 실컷 보고 싶어서 나왔어."

"……."

쓴웃음을 짓더니 미쓰히데가 앞장서서 걸음을 옮겼다.

미쓰히데가 옷 갈아입기를 기다려 둘이서 우치보선 전철을 타고 가나야로 향했다. 미쓰히데는 거의 주말마다 다니는 곳이지만 둘이 나란히 페리에 탄 것은 그 여름날 이후로 처음이었다.

천천히 달려가는 배의 꽁무니 갑판에 서서 난간에 팔꿈치를 짚고 바다를 보았다. 기름 냄새가 코끝을 스치자마자 그날 안절부절못했던 마음이 다시 떠올랐다.

어색하지 않다면 거짓말일 것이다. 하지만 미쓰히데는 그때 일을 다시 입에 올리지 않았다.

멀리에 콤비나트며 철탑이 빛나고 우치보선 전철이 가느다란 뱀처럼 슬금슬금 달려가는 게 보였다. 뒤편 항구 너머로는 험준한 산맥이 파란 하늘에 삐죽삐죽한 능선을 그렸다. 저 산에 '톱날 산'이라는 뜻의 노코기리야마라는 이름을 붙인 것은 분명 뱃사람들일 것이다.

하얀 물거품을 일으키며 뱃머리가 수면을 갈랐다.

파도가 닿았던 모든 순간

빛의 난반사 때문에 눈이 부셨는지 미쓰히데가 얼굴을 돌려 나를 내려다보았다.

"지금 이러고 있는 수험생은 너뿐일 거야."

"왜 이러실까." 나는 말했다. "나오라고 한 건 너야."

"아, 진짜로 나올 줄은 몰랐어."

어이가 없어서 나는 한숨을 내쉬었다.

"어쨌든 나는 진심으로 하는 말이야." 미쓰히데는 걱정스러운 표정이었다. "정말 괜찮아?"

"흠, 글쎄." 나는 어깨를 으쓱 쳐들었다. "이제야 공부하겠다고 버둥거려 봐야 소용없어. 뭐, 어딘가 한 군데는 붙겠지."

"오, 자신 있는 모양인데?" 미쓰히데가 웃었다. "그럼 이따 우리 집에도 잠깐 들러. 누나가 맨날 피곤하다더니 가쓰야 씨하고 이즈에 온천 여행을 떠났어. 진짜 세월 좋다니까."

세월 좋은 건 너, 라고 말하려다 귀찮아서 관뒀다. 쇼난 본가의 미쓰히데 방은 어떤 모습일지 적잖이 궁금하기도 했다.

이번 토요일에 같이 어디 좀 가자는 말을 꺼낸 건 미쓰히데 쪽이었다. 아버지 성묘를 갈 예정이라고 하길래 무덤이 없다고 하지 않았느냐고 되물었더니 그는 씨익 웃었다.

아버지 친구가 요트를 빌려줘서 화장한 재를 바다에 뿌리고 갑판에서 술판을 벌이며 모두 함께 아버지를 보내드렸다는 얘기는 들었다. 좁은 무덤 속에 갇히는 것보다 그런 식으로 대자

연과 애매하게 뒤섞이는 게 더 좋을지도 모른다. 깔끔하고 통
쾌한 느낌이다. 뭐랄까, 지구상의 생물로서 매우 자연스러운 귀
결이라는 느낌이 들었다.

자연스러운 일.

미쓰히데의 아버지에게는 그게 가장 중요했던 것이리라.

아직 숨이 붙어 있는 동안에 인공호흡기를 떼어냈다는 말을
미쓰히데에게서 들었을 때, 나는 솔직히 큰 충격을 받았다. 그
건 멀쩡한 사람을 죽인 거나 마찬가지 아닌가, 하고 생각했지
만…….

어쩌면 마찬가지가 아닌지도 모른다.

스스로 숨을 쉴 수 없다면 그쯤에서 그만 죽는다. 그게 자연
스럽다는 아버지의 의견을 존중한다면 미쓰히데의 어머니가
호흡기 스위치를 꺼버린 것은 단순히 부자연스러운 일을 자연
스럽게 만들어준 것일 뿐이다.

그런 결정이 옳은지, 아니면 그래도 연명 치료를 해서 단 1분
이라도 오래 살게 해주는 것이 옳은지, 나는 아직 잘 모르겠다.
어쩌면 그건 영원히 정답을 찾을 수 없는 난제인지도 모른다.
두 가지 모두 옳은 점이 있고 또한 그른 점이 있다. 그러니 각
자 자신의 뜻에 따라 선택할 수밖에 없다.

"에리, 내 말 듣고 있어?"

"응?"

눈을 들자 미쓰히데가 나를 툭툭 치고 있었다. 배는 마침 보소반도와 미우라반도의 한가운데쯤을 지나는 참이었다.

"왜?"

"하나 먹어보자고."

나는 발치에 놓인 가방에서 부스럭부스럭 종이봉투를 꺼냈다. 그 안에는 집에서 가져온 하귤 세 개가 들어 있었다. 큰오빠 면회를 마치고 돌아오는 길에 어떤 집에서 얻어 온 그 하귤이다.

미쓰히데는 봉투에 손을 넣어 귤 하나를 꺼내더니 굵은 엄지손가락으로 쭉쭉 껍질을 벗겼다. 싱싱한 향기가 차가운 바닷바람 속에 퍼졌다.

한 조각 떼어 그는 진지한 얼굴로 입에 넣었다.

"크윽, 시다……."

얼굴이 온통 쪼글쪼글해져서 퉤엣 귤을 뱉었다.

부르르 몸을 떤다.

반절 떼어 건네주려고 해서 나는 정중히 거절했다. 전에 한 개 그 맛을 봤기 때문에 이미 잘 알고 있다. 신맛이 장난이 아니다.

하지만 미쓰히데는 얼굴을 찌푸리고 이따금 켁켁거리면서도 한 조각 한 조각 확인하듯이 입에 넣었다. 억지로라도 한 개를 다 먹을 작정인 모양이다.

"크으윽, 이건 진짜 시다." 이 사이로 습습 숨을 들이쉬며 신음했다. "너무 시어서 위에 구멍이 나겠어."

마지막 한 조각을 꿀꺽 삼키더니 미쓰히데는 심호흡을 하듯이 가슴을 쫙 펴고 갑판 저 멀리 수평선을 내다보았다.

"그럼 이번에는……."

천천히 몸을 돌리더니 그가 내 손에서 두 번째 하귤을 가져갔다.

깜짝 놀라 올려다보자 미쓰히데가 말했다.

"이 근처면 될 거 같아."

"그래도……."

유골을 뿌린 자리는 건너편에 펼쳐진 쇼난의 바다일 터였다.

"괜찮다니까." 그가 웃었다. "어차피 바다는 다 이어져 있어."

"그건 그렇지만……."

"우리 아버지, 너무 챙겨주면 버릇 나빠져."

미쓰히데는 하귤을 손안에서 두세 번 궁굴리더니 손목을 뒤로 젖혀 바다를 향해 휘익 던졌다. 멋진 포물선을 그리며 날아간 귤이 저 멀리 바다 위에 둥실 떠올랐다. 선명한 주황빛이 파란 파도 사이에서 출렁출렁 흔들린다. 마치 별 같았다.

미쓰히데가 나를 보며 턱을 끄덕였다.

마지막 귤이 가장 컸다.

나는 그것을 힘껏 던졌다. 최대한 미쓰히데가 던진 귤 가까이에 떨어지도록 겨냥해서 던졌다.

뱃머리에 일어난 물거품이 뒤쪽 바다에 하얀 띠 같은 길을 남

겼다. 넓은 바다 곳곳에 흩어져 있는 낚싯배가 역광을 받아 반
짝반짝 빛났다. 갑판 위를 달려온 어린애가 저 멀리 등대를 가
리키며 신이 난 듯 소리를 높였다.

나는 짙푸른 바다를 가만히 바라보았다.

두 개의 하굴은 파도 틈새에서 맞붙었다 떨어지기를 거듭하
며 천천히 뒤로 흘러갔다.

점점 멀어져간다. 작아져 간다.

콩알만큼 작아지고 이내 금빛 점이 되고…….

이윽고 반짝이는 물거품과 구별이 되지 않았다.

파격은 청춘의 특권이다

뭔가 더 많이 알아야 할 것 같다. 혹은 이미 지나치게 많이 알아버린 것 같다.

청춘은 늘 그 간극 사이에서 불안하게 뒤흔들린다.

자신 속에서 모자람이나 넘침을 느끼는 것은 기성 사회의 기대치에 자신을 견주어 보기 때문일 것이다. 그것이 모자람이나 넘침이라기보다 단지 '다름'일 뿐이라는 것을 인정하기까지 수없이 많은 고뇌와 조정이 필요한 것인지도 모른다. 그렇다면 청춘이란 기성 사회의 기대치와 나 사이의 '다름'을 깨닫고 그것을 스스로 감당해 가며 정면으로 마주하고 싸워나갈 때 의미가 있을 것이다. 젊음의 그러한 고뇌가 치열할수록 한 사회에 형성된 기성의 틀이 좀 더 새로워지고 확장될 것이기 때문이다.

『파도가 닿았던 모든 순간』에는 그런 의미에서 매우 매력적인 두 명의 캐릭터를 만날 수 있다. 공부 잘하는 모범생이자 착한 딸로 통하는 여학생 후지사와 에리. 그녀는 항상 주위의 기대치에 자신을 끼워 맞추는 경향이 있다. 공부와는 담을 쌓고 서핑에만 몰두하며 '오는 여자 막지 않는다'는 소문이 떠도는 남학생 야마모토 미쓰히데. 그는 늘 가벼운 개그를 날리고 수많은 여학생과 사귄 경험이 있는 '경박한 녀석'이다. 이 두 사람은 '노는 물'이 전혀 달라서 애초에 접점이라고는 찾아볼 수 없는 별개의 종이다. 하지만 겉으로 보이는 모습만이 전부는 아니다. 에리에게는 누구에게도 말하지 못할 엄청난 비밀이 있고, 미쓰히데에게는 의외로 진지한 면이 있다는 게 서서히 밝혀진다.

닮은 구석이라고는 찾아보기 힘든 두 주인공에게는 한 가지 공통점이 있었다. 자신이 떠안고 있는 문제에 누구보다 치열하게 정면으로 마주했다는 점이다. 아직 모든 면에서 미숙한 청춘, 진정한 의미에서의 독립은 요원하기만 한 청춘이 유일하게 가진 큰 재산이다. 작가 무라야마 유카가 그려낸 주인공들의 삶에서 좀 더 많은 청춘이 새로운 가치를 창출하는 힌트를 얻을 수 있을 것 같다.

무라야마 유카는 에쿠니 가오리, 요시모토 바나나와 함께 일본의 3대 여성 작가로 손꼽힌다. 1964년생이니까 어느덧 '중견

작가'라는 호칭이 어색하지 않을 나이다. 아직 무명이던 시절에 그녀를 일약 인기 작가의 반열에 올린 작품이 『천사의 알』이었다. 1993년 소설스바루신인상 수상 작품인데, 신인작가의 소설이 이례적으로 100만 부 이상의 대 베스트셀러로 기록되었다. 그 속편인 『천사의 사다리』는 연상 연하 커플의 운명적인 사랑 이야기로 이 작가의 인기에 박차를 가하는 작품이 되었다.

무라야마 유카의 가장 주목해야 할 재능은 역시 타고난 이야기꾼이라는 점일 것이다. 매우 파격적인 소재를 다루면서 잠시도 독자의 공감과 집중력을 놓치지 않을 만큼 맛깔난 톤으로 생동감 넘치게 풀어나간다. 이번 소설을 읽으면서 시종 바닷가의 모래알이 몸 어딘가에 달라붙은 듯한 생생한 실감과 짭조름한 바다 향기를 느낄 수 있었다는 독자평이 많았다. 일렁이는 파도 속으로 멀리멀리 사라져 가는 주황빛 하귤을 묘사한 마지막 장면은 수많은 독자가 잊지 못할 인상적인 소설의 결말로 뽑기도 했다.

2003년 『별을 담은 배』로 나오키상을 수상하고, 2009년에는 『더블 판타지』로 주오고론문예상, 시마세연애문학상, 시바타렌자부로상까지 한 작품으로 세 개의 상을 휩쓰는 진기록을 남겼다. 이 작가의 필력에 잘 어울리는 보답이 아닌가 싶다.

또 한 가지 빠뜨릴 수 없는 것은, 그녀가 기본적으로 독자에게 공감을 구걸하지 않는 강한 자아를 가졌다는 점이다. 기존의 틀을 깨뜨리는 과감한 발상, 전혀 새로운 사고방식을 매 작품마다 거침없이 담아냈다. 파괴적인 선구자에게는 담대한 용기가 필요하다. 작품이 발표될 때마다 찬반 논란의 한복판에서 그 소란을 감당하기가 쉽지만은 않았을 것이다.

몇 년 전, 무라야마 유카가 몸에 문신을 새겼다고 해서 화제가 된 적이 있다. 인터넷을 검색하다가 이 문신과 관련한 인터뷰를 발견했다. 역시 고개가 끄덕여지는 면이 있어서 소개하고자 한다.

Q 문신을 하셨다고 하던데요, 왜죠?

A 2년 전쯤에 했어요. 저는 어머니가 몹시 엄격한 편이어서 언제나 착한 아이인 척하는 게 거의 습성이었어요. 글을 쓰는 사람으로서 이래서는 안 되겠다고 각오를 다진 것과 동시에 그 습성만은 어떻게든 고쳐야겠다고 마음먹었죠. 주위 사람들에게 미움을 받을까 봐, 혹은 나를 나쁘게 생각할까 봐 굳이 마시지 않아도 되는 걸 마시거나 항상 웃는 얼굴로 겉모습만 꾸미고 나서는 것을 중단하지 않고서는 진짜 글을 쓰는 힘이 생겨나지 않는다는 생각이 들었거든요. 그래서 우선 너무도 어리석어서 다들 뒤에서 손가락질을 할 만한 짓을 좀 해보자고 결심했어요. 글 쓰는 사람을 다들 선생님, 선생님 하지만 사실 이토록 사회의 맨 밑바닥을

벅벅 기어야 하는 직업도 없어요. 내 안의 더러운 부분을, 생각 있는 사람이라면 누구라도 꽁꽁 감춰둘 만한 일을 모조리 다 글로 풀어내고 그걸 독자들에게 읽으라고 강요하는 일이잖아요.

소설에서 이런 인간관계나 감정에 대해 말해버리면 반드시 누군가는 상처를 입을지 모른다는 걸 뻔히 알면서도 그것을 쓰는 것으로 작품이 좀 더 깊어진다고 생각하면 쓰지 않을 도리가 없어요. 어느 순간에 거의 악마가 되는 나 자신을 받아들여야만 한다면 평소부터 나 자신을 '사람답지 못한 사람'이라고 생각해 두는 게 좋겠죠. 평소에는 그냥 착한 사람인 척하는 건 공정하지 않잖아요? 그래서 알아보기 쉬운 표시를 나 자신에게 새겨두자고 마음먹은 거예요.

Q 어디에 새기셨어요?

A 가슴 옆에는 불사조를, 왼쪽 발목에는 빙글빙글 휘감고 올라가는 용을 새겼고요. 그리고 한 군데가 더 있는데 그건 극히 한정된 사람밖에는 볼 수 없는 곳이에요.

Q 이제 지울 수도 없고, 정말 뒤로 물러설 수 없게 되었는데요.

A 그렇죠, 그런 게 필요했어요.

Q 뭔가 달라지셨나요?

A 일상생활에서는 달라진 게 없지만, 이제는 평생 글을 쓸 수밖에 없겠구나 하고 각오가 딱 선 것 같아요. 그런 표시가 내게 새겨져 있으니까 이제 어떤 글을 써내든 '아, 이 사람은 원래 그런 사람'이라고 다들 포기해 주실 거라는 약삭빠른 계산도 있었고.

Q 앞으로 어떤 글을 쓰실 계획인지요.

A 사람들이 눈살을 찌푸릴 만한 이야기라도 필요하다면 쓸 생각이고, 매우 아름다운 빛을 희구하는 글도 써내고 싶어요. 동일본 대지진 이후로 거의 날마다 위장약이 필요할 만큼 뉴스를 보는 것만으로도 큰 상처를 입었어요. 안전한 장소에서 그저 바라보기만 하는 주제에 상처를 입은 나 자신이 또 죄송스럽기도 했고, 내게도 언제 그런 재앙이 덮쳐들지 모른다고 새삼 실감했죠. 가족들에서부터 기르는 고양이에 이르기까지 당장 내일, 우리가 함께 있을지 어떨지 알 수 없잖아요? 소설이 그런 때 과연 어떤 도움이 될까 하는 고민도 했습니다.

'피해자에게 보내는 메시지'를 써달라는 잡지사의 청탁도 있었지만, 언어를 직업으로 하는 만큼 뭔가 글로 적어보면 그저 공허한 소리로만 들리고 사람들에게 가닿지 않을 것 같아 거절했습니다. 그건 아마 좀 더 내 안에 재워두었다가 언젠가 침착해졌을 때 작품에 담아내는 수밖에 없겠죠. 언어가 대체 어떤 도움이 되느냐는 마음이 있는 반면, 바로 이런 때일수록 언어의 힘을 믿고 싶다는 마음도 있었어요. 나 자신이 발하는 언어에 대한 감각이 변화한 것 같습니다. 다양한 사람들에게 가닿는 언어를 모색하는 중이에요.

(《요미우리 신문》 2011년 6월 7일)

무라야마 유카는 독한 술을 빚어낸다. 그 술에 깊이 취해 때로는 감미롭게 때로는 괴롭게 허우적거리겠지만, 이윽고 그 술에서 깨어난 우리의 시선은 이 세상을 그 전과는 상당히 다른 모습으로 포착할 것 같다.

옮긴이 **양윤옥**

일본 문학 전문 번역가. 2005년 히라노 게이치로의 『일식』으로 일본 고단샤가 수여하는 노마문예번역상을 수상했다. 무라카미 하루키의 『1Q84』, 『직업으로서의 소설가』, 히라노 게이치로의 『장송』, 『한 남자』, 『본심』, 사쿠라기 시노의 『호텔 로열』, 『빙평선』, 히가시노 게이고의 『나미야 잡화점의 기적』, 『악의』, 『라플라스의 마녀』, 『붉은 손가락』, 『유성의 인연』, 『매스커레이드 게임』 등 다수의 작품을 우리말로 옮겼다.

파도가 닿았던 모든 순간

초판 1쇄 인쇄 2024년 7월 25일
초판 1쇄 발행 2024년 8월 8일

지은이 무라야마 유카
옮긴이 양윤옥
펴낸이 김선식

부사장 김은영
콘텐츠사업본부장 임보윤
책임편집 채윤지 **디자인** 윤신혜 **책임마케터** 양지환
콘텐츠사업2팀장 김보람 **콘텐츠사업2팀** 박하빈, 이상화, 채윤지, 윤신혜
마케팅본부장 권장규 **마케팅2팀** 이고은, 배한진, 양지환 **채널2팀** 권오권
미디어홍보본부장 정명찬 **브랜드관리팀** 안지혜, 오수미, 김은지, 이소영
뉴미디어팀 김민정, 이지은, 홍수경, 서가을
크리에이티브팀 임유나, 변승주, 김화정, 장세진, 박장미, 박주현
지식교양팀 이수인, 염아라, 석찬미, 김혜원, 백지은
편집관리팀 조세현, 김호주, 백설희 **저작권팀** 한승빈, 이슬, 윤제희
재무관리팀 하미선, 윤이경, 김재경, 임혜정, 이슬기
인사총무팀 강미숙, 지석배, 김혜진, 황종원
제작관리팀 이소현, 김소영, 김진경, 최완규, 이지우, 박예찬
물류관리팀 김형기, 김선민, 주정훈, 김선진, 한유현, 전태연, 양문현, 이민운

펴낸곳 다산북스 **출판등록** 2005년 12월 23일 제313-2005-00277호
주소 경기도 파주시 회동길 490
대표전화 02-704-1724 **팩스** 02-703-2219 **이메일** dasanbooks@dasanbooks.com
홈페이지 www.dasanbooks.com **블로그** blog.naver.com/dasan_books
종이 신승아이엔씨 **인쇄** 민언프린텍 **후가공** 제이오엘앤피 **제본** 국일문화사
ISBN 979-11-306-5515-4 (03830)

다산북스(DASANBOOKS)는 책에 관한 독자 여러분의 아이디어와 원고를 기쁜 마음으로 기다리고 있습니다.
출간을 원하는 분은 다산북스 홈페이지 '원고 투고' 항목에 출간 기획서와 원고 샘플 등을 보내주세요.
머뭇거리지 말고 문을 두드리세요.